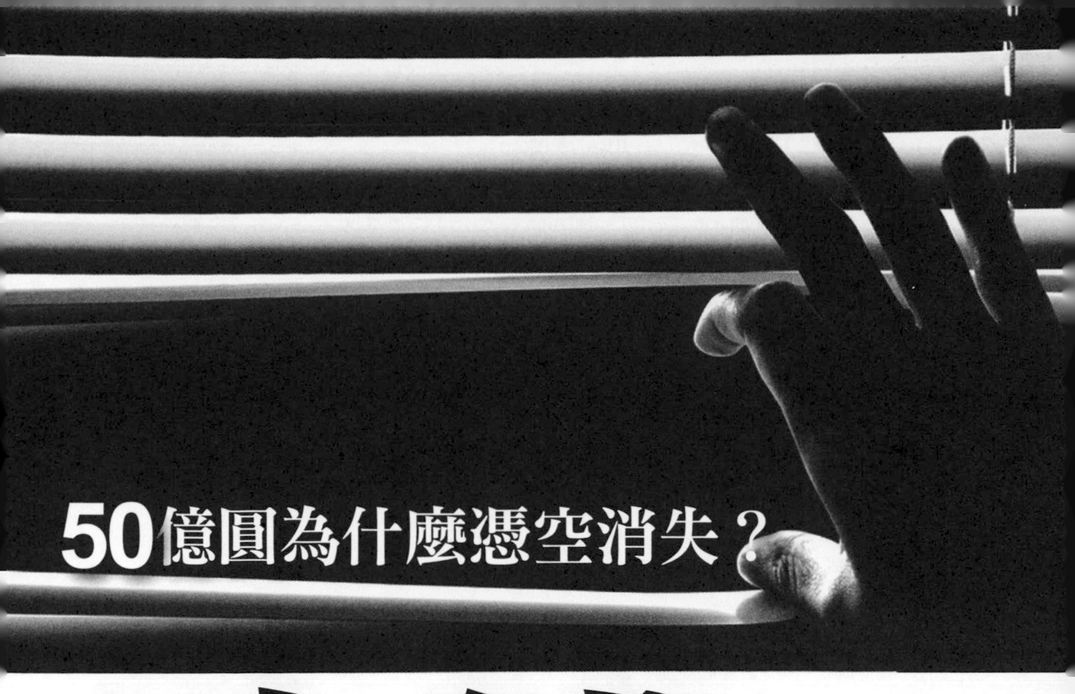

洗錢

マネーロンダリング

橘玲／著
TACHIBANA Akira

王蘊潔／譯

經濟趨勢 27

洗錢

作　　者　橘玲
譯　　者　王蘊潔
責任編輯　林博華
總 編 輯　林博華

發 行 人　凃玉雲
出　　版　經濟新潮社
104台北市中山區民生東路二段141號5樓
電話：(02) 2500-7696　傳真：(02) 2500-1955
經濟新潮社部落格：http://ecocite.pixnet.net
發　　行　英屬蓋曼群島商家庭傳媒股份有限公司城邦分公司
104台北市中山區民生東路二段141號2樓
客服服務專線：02-25007718；25007719
24小時傳真專線：02-25001990；25001991
服務時間：週一至週五上午09:30~12:00；下午13:30~17:00
劃撥帳號：19863813　戶名：書虫股份有限公司
讀者服務信箱：service@readingclub.com.tw
香港發行所　城邦（香港）出版集團有限公司
香港灣仔駱克道193號東超商業中心1樓
電話：(852) 25086231　傳真：(852) 25789337
E-mail: hkcite@biznetvigator.com
馬新發行所　城邦（馬新）出版集團 Cite (M) Sdn Bhd
41, Jalan Radin Anum, Bandar Baru Sri Petaling,
57000 Kuala Lumpur, Malaysia.
電話：(603) 90578822　傳真：(603) 90576622
E-mail: cite@cite.com.my
印　　刷　宏玖國際有限公司
初版一刷　2008年5月1日
二版六刷　2022年4月26日

城邦讀書花園
www.cite.com.tw

ISBN：978-986-6031-44-1

售價：380元
Printed in Taiwan

〔出版緣起〕

當商業遇上文學

——從洗錢到半澤直樹

經濟新潮社編輯部

在日本的大眾文學裡，以財經、企業為主題的小說，通稱為「經濟小說」或「企業小說」。日本經濟小說的起源，一般來說是從二次大戰後經濟開始復甦而誕生的，隨著大企業的興起、「企業社會」的形成，一般公認以一九五七年城山三郎所著的小說〈輸出〉，代表著經濟小說的登場。從那時開始，不斷有作者投入這個領域的寫作，代表性的作家有城山三郎、山崎豐子、清水一行、森村誠一、高杉良等等，而一九九〇年代以來，以女作家幸田真音為首，黑木亮、池井戶潤、江上剛、橘玲、真山仁等人有許多描寫財經金融業界的小說陸續出版，獲得矚目，其中有些更結合了推理小說的技巧，更增添其可讀性與趣味性。而所描述的事件緊叩時代的脈動，例如M&A、洗錢、全球化、衍生性金融商品、金融改革、銀行壞帳問題等等。

也有些經濟小說，被改拍成電視劇或電影。稍早的例子有高杉良的暢銷小說《金融腐蝕列島：咒縛》於一九九九年被拍成電影。晚近改編為電視劇的經濟小說，有山崎豐子的《白色巨塔》、《華麗一族》、《不毛地帶》；真山仁的《禿鷹》系列小說；池井戶潤側寫三菱汽車隱瞞瑕疵召回事件的《飛上天空的輪胎》、描述小企業與大公司之間智慧財產權苦鬥的《下町的火箭》都很精彩；還有城山三郎描述經濟成長期的通產省官員作風的名作《官僚之夏》，江上剛的《隱蔽指令》，高橋誠之助描寫松下幸之助與其妻松下梅之的創業故事《神的妻子》等等。

近年來，台灣已有一些日本經濟小說出版，惟並未打著「經濟小說」的旗幟。例如山崎豐子的《白色巨塔》、《華麗一族》、《女人的勳章》、《不沉的太陽》、《不毛地帶》，以及宮部美幸的《火車》、白石一文的《一瞬之光》等等，在日本都被視為是經濟小說。跟其他小說一樣，經濟小說也是在描寫人的真實面，尤其著重在職場工作者的真實面。其主題即使各式各樣，描繪各種不同的產業，不變的是，對於細節的描寫務求寫實，因此也被日本讀者認為具有「情報價值」、「資訊價值」，而在此真實性之上，再融入普遍的人性刻畫。

經濟新潮社已推出的日本經濟小說有：

《洗錢》是日本暢銷理財作家橘玲的處女作，是一部融合了謀殺、境外洗錢、理財操作、愛情等元素的經濟犯罪小說。二〇〇八年在台出版之後，爆發阿扁總統洗錢事件，為此書增添了幾許現實色彩。前行政院長陳冲先生，也曾在受訪時表示很喜歡這本書。

幸田真音可說是繼高杉良之後，日本經濟小說的代表性作家。她的特色是寫作題材廣泛，而且具有國際視野。讀者可以注意她著墨的現代金融界的大議題（跨國購併、衍生性金融商品、壞帳等等）、銀行員的立場、金融業界的特殊政商關係，以及其作品中的女性角色。已出版有《避險》、《銀行駭客》、《欲望上海》、《傷—銀行崩壞》。

江上剛有二十餘年的銀行員經驗，二〇〇二年以匿名作家出道，發表處女作《無情銀行》一炮而紅，當時他還是瑞穗銀行築地分行的經理。他的歷練豐富，特別是一九九七年震撼全日本的第一勸業銀行總會屋（職業股東）事件發生時，他擔任公關部次長，而親歷事件核心。《無情銀行》書末的解說文章，詳細評論日本的銀行與黑道、大藏省、日銀之間的勾結關係，相當精采。

二〇一三年夏秋之際，池井戶潤的兩本經濟小說《我們是泡沫入行組》與《我們是花樣泡沫組》被拍成電視劇《半澤直樹》，風靡了全亞洲。這齣戲把銀行放貸的內幕與職場鬥爭連結起來，更增添了娛樂效果。然而其中的金融元素，上司授意放款給不良企業，變成呆帳之後由屬下善後，甚至官司纏身，這是許多銀行員的夢魘，也是該劇的寫實之處。

祝您閱讀愉快！

註

本書純屬虛構。書中除了一小部分提到真名的金融機構以外，都是架空虛構的。

本書中所介紹的利用租稅天堂進行稅務上的各種操作技巧，純屬作者的想像，僅止於對於稅法的個人見解。

讀者可以在為自己行為負責的情況下，自由嘗試這些手法，但作者無法保證其在現實中的效力。

同時，作者和出版社無法對因此所引起的各種事態負責。

目次

名詞淺釋：

- **境外市場（Offshore Market）**

不同於國內金融市場（Onshore），承認非居住者享有稅制等優惠措施的國際市場。也就是狹義的租稅天堂。

- **租稅天堂（Tax Haven）**

租稅規避地。不徵收法人稅、所得稅和資產稅，或是實際稅率極低的國家和地區。

- **洗錢（Money Laundering）**

洗錢就是利用境外金融機構，將黑錢變成正常資金的一種行為。

第一章　夏　香港

1

二〇〇一年夏天，香港。

從沿著維多利亞港，連結香港本島東西向的地鐵港島線中環車站下車，一踏上通往皇后像廣場的狹窄樓梯，迎面吹來混雜著廢氣和灰塵的海風。

書報攤在人行道上撐起一把破舊的大遮陽傘，報紙和色情雜誌雜然地堆在地上。簡陋的路邊攤用保麗龍大盒子裝滿冰水，裏面浮著五色繽紛的罐裝果汁。刺耳的汽車喇叭聲。令人厭煩的人潮。穿著背心短褲，渾身曬得黝黑的攤販已經早早打開便當盒，大口吃著燴飯。

秋生戴著一副雷朋太陽眼鏡，擋住幾乎要把人烤焦的陽光，環顧廣場四周。周圍都是高聳入雲的摩天大樓，維多利亞港上的渡輪傳來陣陣汽笛。高級精品店林立的櫥窗前，一個斷了雙腿的乞丐裸著上半身，手上拿著鐵罐，在人行道上爬行。口水從他滿是泥巴的臉上垂了下來，他像鳥在喝水般不停地向行人磕頭。

模糊的白墨色天空，黃色的巨大太陽，和黏在皮膚上的嚴重濕氣。雖然還是上午，卻因為周圍林立的大樓冷氣不斷吐出熱風的關係，光是站在原地，渾身就不停的冒汗。香港的夏天，是全世界最糟糕的季節之一。

狹小的廣場內有兩個人工池，看起來像是來自中國大陸的觀光團，正在殖民地風格的立法會大樓前拍照留念。幾個戴著金屬框眼鏡，捲起襯衫袖子，像是在附近金融機構上班的男人拎著公事包，快步穿越公園。秋生很快在有噴泉的人工池畔發現了他要找的人。

五十多歲男人身材微胖，頭頂微禿，身旁是戴著玳瑁花俏眼鏡的肥胖女人。男人像幼稚園學童般把黑色背包斜揹在身上，不停用毛巾擦著脖子上的汗，不安的眼神四處張望，右手始終放在皮包上。他的樣子，彷彿就在大聲吶喊：「這裏面放了重要的東西。」除非是衰運當頭的傢伙，否則，在非假日白天的中環，即使在大馬路上數鈔票，也不會遭到搶劫。中環曾經是大英帝國統治亞洲的據點，如今已經和華爾街、倫敦金融市場一樣，成為世界屈指可數的金融街。

女人身上那件圖案花俏的粉紅色襯衫，從背部到腰部已經被汗水浸濕了一大片，從她臉上的濃妝，似乎可以聞到她身上濃烈的香水。女人心浮氣躁地把作為約定記號的觀光導覽書當成扇子，拼命搧了起來。

一看手錶，剛好十一點整。那兩個人一定是提前三十分鐘，就等在大太陽底下。

秋生走進太子大廈正門下一小片陰涼處，繼續觀察這兩個人。女人看了好幾次手錶，正在對男人發著牢騷。男人懶得回答，煩躁地揮了揮手，目光追隨著一個正走向他們的上班族。這兩個人只知道秋生是日本人，不知道他的年齡、長相，甚至連性別也不知道，根本無從和他取得聯絡。他們只能抱著裝有鉅款的皮包，站在指定地點，像鄉下人進城般拿著旅遊導覽書，等待別人上前打招呼。只要稍微超過約定的時間，他們就會坐立難安。

十一點零五分。如果讓客人繼續等待，很可能惹惱他們。秋生判斷這兩個人應該沒問題後，便大步走向兩人，向他們打招呼。

「請問是佐藤先生嗎？」

男人一臉驚訝地看著秋生。這也難怪。任何人聽到「駐香港的ＦＡ（Financial Adviser，理財顧問）」，都會以為對方必定穿著訂做的三件式西裝，手拿黑色公文包。看到一個身穿深藍色Ｔ恤，外面套了一件白色薄夾克，戴了一副好像黑道小弟般的太陽眼鏡，像是二十多歲的男人現身，誰都會感到錯愕。秋生今年已經三十四歲，但看起來比實際年齡更加年輕。

「我是工藤。」

秋生自我介紹後，男人終於領悟到自己正在找的人現身了。他從背包側袋拿出鱷魚名片夾，一臉尷尬地說：「是，還請你多關照。」他冒著豆大汗珠的脖子上，掛著一條很粗的十八Ｋ金項鍊。打高爾夫球曬得黝黑，汗毛濃密的手腕上，戴著鑲著廉價鑽石的勞力士手錶。雖然這身打扮讓秋生忍不住想要皺眉頭，但在香港這個暴發戶的城市，這已經是見怪不怪了。在這個城市，無論怎麼炫耀自己腰纏萬貫，也不會遭到他人的輕蔑。

男人的名片上印著日本西部地方都市的地址，以及「佐藤工務店株式會社　代表取締役董事長」的粗體字。秋生瞥了一眼，直接放進了夾克胸前的口袋。他只要知道客人是鄉下的土木建築店的夫妻就已經足夠了。當然，他並沒有遞上自己的名片。即使他想這麼做，也根本沒有名片。

「有帶護照嗎？」

「有，有帶。」

土木建築店老闆露出不安的眼神回答後，瞥了一眼身旁的太太。

「太太也帶了嗎？」

女人輕輕點了點頭，一雙眼窩很深的圓眼睛充滿猜疑地瞪著秋生。她臉上的濃妝被汗水弄花了，近距離看的時候，簡直就像可怕的女鬼。「呃……」她開口對秋生說話。

「時間來不及了，我們走吧。」

秋生若無其事地無視女人的問話，朝大馬路邁開步伐。土木建築店老闆慌忙跟了上來，他的太太也一臉悵然地跟著。

「香港太熱了，真是受不了。」

土木建築店老闆用毛巾擦著不斷冒出的汗水，假裝熟絡地和他搭訕。當發現秋生根本不理睬他時，便不安地回頭看著太太。女人則狠狠地瞪著秋生的背影，一副「我才不會上你的當」的態度。

雙層有軌電車緩慢地行駛在東西向貫穿中環的德輔道，往金鐘方向駛去。單側雙線道的車道上，擠滿了整個車體都畫滿了花俏廣告的城巴、專線小巴等小型巴士，以及門上寫著大大的「的士」字樣的計程車，紛紛拼命按著喇叭。廢氣和煙霧使遠處的景色顯得灰濛濛的，有點模糊不清。即使號誌燈變成了綠色，仍然有幾輛車蠻橫地衝過斑馬線。行人靈巧地閃避這些車子，若無其事地過馬路。

馬路對面就是香港滙豐銀行（編按：全名為「香港上海滙豐銀行」）總行大樓。

據說「滙豐」兩字是象徵錢潮滾滾的意思。滙豐銀行總行大樓的外形很像城堡的高樓，所以有「油田基地」的暱稱。大樓正面有兩座大銅獅子，大廳挑高五個樓層。大膽的挑高正是喜歡炫耀財富的香港人不可或缺的建築設計。

香港滙豐銀行總行是英國最大的金融集團HSBC集團的旗艦店，是大英帝國自十八世紀以來在東南亞殖民的象徵。雖然隨著共產中國的誕生而從上海撤退，但滙豐銀行和同樣是大英帝國殖民地銀行的渣打銀行一起，成為香港的發鈔銀行。香港沒有發行貨幣的中央銀行，因此，這兩家發鈔銀行也成為香港金融制度的支柱。之後，中國銀行香港分行也成為發鈔銀行，香港市面上有三種不同種類的紙鈔，至今仍有八成是由香港滙豐銀行發行的，有獅子圖案的紙鈔。

發鈔業務獲得了相當龐大的利益，不僅使HSBC成功地將香港第二大銀行恆生銀行納入自己的旗下，更利用這些巨額的資金，接二連三地併購英國和美國的中堅銀行，成為世界級的金融集團。當決定香港在一九九七年回歸中國後，它們立刻將股票在英國上市，成功地轉移資本。同時，在中國的改革開放政策實施後，終於如願再度打進上海市場。在日本人所知的香港金融機構中，香港滙豐銀行無論規模和知名度都拔得頭籌，因此，想要在這家銀行開戶的特殊人士也絡繹不絕。

他們搭大樓中央的電扶梯來到三樓，兌換港幣和外幣的櫃檯位在挑高空間的兩側，正面是ATM。他們搭電扶梯繼續往上，來到五樓，就是寫著個人理財中心的開戶窗口。由於還是上午的時間，幾乎沒什麼客人。

秋生請櫃檯幫他找負責新開戶顧客的貝蒂。香港是一個徹底講究關係的社會，無論做任何事都需要透過熟人介紹。對他們來說，和自己沒有任何關係的陌生客人，簡直就和路旁的石頭沒什麼兩樣。

「嗨，阿秋，好久不見。陳先生好嗎？」

貝蒂從裏面的辦公室走了出來，用帶著廣東口音的英語向秋生打招呼。她身上的深藍色素色制服燙得一絲不苟，白色襯衫上當然沒有任何污漬。在這麼炎熱的香港，穿長袖襯衫上班已經成為她們的常態。

「一切都很好。我正打算等一下去見陳先生。」

秋生說著客套話，把土木建築店老闆夫妻介紹給貝蒂。

剪著妹妹頭的貝蒂擠出一個制式笑容，瞥了兩個客人一眼，用英語快速地說：

「開戶時，需要護照影本，請把護照給我。」

兩個人好不容易才捕捉到「護照」這兩個字，女人從LV皮包裏拿出兩個人的護照，一臉「交給她真的沒問題嗎？」的表情，看著丈夫。男人第一次露出威嚴的表情，從容地點點頭。在鄉下經營土木建築店，或許這樣不發一語的點點頭，就可以把工作搞定。一旦不滿意，只要對手下大發雷霆，或許就可以解決問題。但在香港這種地方，如果不明究裏的亂點頭，只會讓自己淪為俎上魚肉。

貝蒂從女人手上接過護照，把秋生他們帶到電梯旁的沙發上。他們要在這裏著手開戶的準備工作。

香港滙豐銀行一直都是由行員和希望新開戶的顧客面對面，一一說明每個項目，填寫開戶申請書上的必要事項，直到最近，開戶手續才電腦化。即使如此，遇到連半句英語都不會說的日本人，還是很難順利進行溝通。於是，就需要像秋生這種人的協助。只要秋生稍加協助，貝蒂就可以節省和語言不通的人雞同鴨講的時間，客人也不需要面對猶如鴨子聽雷般的英語而羞愧不已。這種方法可以讓日本人和香港人共存共榮。

香港女人都很嬌小，貝蒂在香港女人中也顯得很嬌小，而且，整個人瘦巴巴的，看她拿護照去影印的背影，很可能誤把她當成是國中生。但是，在香港金融機構工作的都是菁英份子，貝蒂也曾經在英國受過高等教育，自尊心特別強。無論如何，都不可能願意為連英語都不會說的顧客服務，她們只尊敬自己的白人上司，和從香港的大學畢業的那些超級菁英份子的男士。

香港的母語是廣東話，英語和中國話（普通話）都是外國話。香港的國中分為英語中學和中文中學，就讀國中時，可以選擇學習哪一種語言。讀英文中學的學生彼此用英文名字稱呼，在基督教會學校，由牧師為學生取英文名字。如今要取什麼名字，完全是個人自由，而且，英文名字會正式記載在身份證上。年輕一代的香港人幾乎很少用父母幫他取的名字，而是習慣用英文名字。貝蒂也是如此，當恭敬地和她打招呼時，不是叫她的中文名字，而是必須叫她「Ms. Elizabeth」。秋生雖然是日本人，卻會說英語，而且，他的帳戶上維持了超過一百萬港幣的餘額，終於成功地在貝蒂的記憶角落留下了自己的名字。

秋生叫土木建築店老闆夫妻坐在大廳的椅子上，自己在桌上攤開貝蒂交給他的開戶簡章，不經意地看了一眼手錶。十一點十五分。距離時限還有一個小時多一點。簡章上用英語和中文密密麻麻寫著開戶說明。秋生把香港滙豐銀行的白色信箋放在一旁，從夾克內側口袋拿出萬寶龍的鋼筆，寫下了今天的日期。

土木建築店老闆夫妻一踏進香港滙豐銀行總行的豪華大廳，就面對貝蒂像連珠炮似的英語，又看到這份不明究裏的簡章，已經被嚇得不知所措。看到秋生和銀行客服人員親切交談的樣子，原本對這個身份不明的詭異男人的懷疑頓時煙消雲散了。秋生指著櫃檯後方寬敞的辦公樓層，慢慢地對他們說：

「等一下，我們要去貝蒂在那裏的辦公桌，為你們辦理開戶手續。手續很簡單，只要回答她的問題，她就會把資料輸入電腦。問題一定要由本人親自回答。最後，在列印的資料上簽名，手續就完成了。」

這時，秋生緩緩地將頭轉向他們。兩人都用求助的眼神看著秋生。當他們遇到傲慢的香港銀行行員後，才知道只有眼前這個男人會助他們一臂之力。於是，就完全依賴他，對他言聽計從。

秋生無視他們令人心煩的視線，開始進行事務性的說明。

「香港滙豐銀行的戶頭分為卓越理財帳戶和運籌理財帳戶兩種，也可以在日本國內登入。這一次，我們會開設其中的一種帳戶。開戶需要你們兩個人的姓名、出生年月日、職業、護照號碼，以及家裏和工作單位的電話。手續完成後，可以當場拿到ATM的金融卡和港幣支票。港幣帳戶除了活存帳戶、支票帳戶和定期帳戶以外，還可以同時開設外幣帳戶，存入日幣或美金。但是，不是居住在香港的人，不能申請信用卡。至於帳戶管理，可以在日本使用電話理財服務和網路銀行服務。如果港幣帳戶裏有錢，可以利用日本國內連結PLUS網路的ATM，提領日幣現金。還有什麼問題嗎？」

兩個人張大嘴巴，看著秋生。雖然秋生說的是日語，但他們似乎完全有聽沒有懂。

「呃，請問個人也可以開支票帳戶嗎？」

土木建築店老闆不愧是生意人，對「支票帳戶」這幾個字的反應十分敏感。

「在歐美銀行，個人支票是理所當然的服務。和日本一樣，支票帳戶裏的存款不計利息。港幣支票使用的機會也不多。」

秋生回答後，瞥了一眼女人。她已經沒有了剛才的猜疑，滿臉尊敬地看著他。大部分人對自己完全無法理解的事不是徹底拒絕，就是盲目相信。這對經營土木建築店的夫妻知道，一旦拒絕秋生，就等於他們大老遠跑來香港，帶著裝在背包裏的現金都是白忙一場。因此，擺在他們面前唯一的路，就只能相信他。

「卓越理財帳戶和運籌理財帳戶有什麼不同？」

男人再度戰戰兢兢地問道。秋生指了指挑高大廳對面，好像飯店大廳般豪華的會客室說：

「卓越理財帳戶的客人可以坐在那裏。」

兩個人露出「喔~」的表情，看著貴賓客戶專用的樓層。入口旁邊放著免費的飲料吧，除了咖啡、中國茶以外，還有小餅乾和點心。接待室後方是寬敞的包廂，那些貴賓客戶找來自己的理財專員，討論資產管理問題。

「無論哪一種帳戶，都沒有規定最低存款金額的限制，但如果低於最低平均金額，就會從帳戶中收取手續費。卓越理財帳戶的平均餘額要維持一百萬港幣。目前一元港幣相當於十五日圓（編按：此約為二〇〇二年時的滙率），所以，相當於日幣一千五百萬左右。開了卓越理財帳戶後，就可以領到一張卡，可以大剌剌地坐在那裏的沙發上喝咖啡，俯瞰走在馬路上的窮人。」

秋生從自己錢包裏拿出一張象徵身份的卡片，隨意地放在桌上。兩個人再度露出「喔~」的表情看著卡片。

「另一種運籌理財帳戶只要平均餘額維持在兩萬港幣以上，也就是三十萬日幣，就不需要收取手續費。如果帳戶餘額有十萬港幣，也就是大約一百五十萬圓日幣，還可以省下每年二百五十港幣的帳戶管理費。今天你們打算存多少？」

土木建築店老闆看了一眼放在腿上的皮包，回答說：

「呃，今天畢竟是第一次，所以，我想先存一百萬日幣……」

他太太也在一旁輕輕點頭。

「我知道了。那我們就先開運籌理財帳戶。現在，我來解釋一下這些項目的內容。」

「呃……」

土木建築店老闆誠惶誠恐地插嘴問：

「回到日本後，也可以匯款嗎？」

「當然。」

「既然這樣，我們也可以存一千五百萬……」

根據秋生的經驗，有一半客人為了虛榮，會想要開卓越理財帳戶。卓越理財帳戶原本就是專為那些把面子視為僅次於生命的香港人所設計的帳戶，的確可以滿足暴發戶的自尊心。然而，如果無法妥善進行帳戶管理的人開了不符合自己身份的帳戶，日後容易引發麻煩。於是，秋生第一次露出笑容。

「即使成為卓越理財帳戶的客人，也只是多一個囉嗦的香港人理財專員。如果你們是在日本生活，運籌理財帳戶就足夠了。你們不妨用看看，如果仍然覺得有需要，到時候再升等吧。」

「對啊，老公，就按照這位先生說的去做吧。」

女人已經對秋生深信不疑，馬上斥責先生。

土木建築店老闆一臉不悅，嘟著嘴說：「那就聽你的。」

秋生至今為止遇到的顧客，無論是中小企業的經營者，還是一流企業的上班族，幾乎沒有人可以正確地用英語寫出自己的地址、電話和生日。為了避免發生金融卡和月結單投遞失誤等問題，必須事先問客人相關資訊，為他們翻譯成英文。

土木建築店夫妻一五一十地把自己的住家地址、電話號碼等個人資訊告訴了秋生，秋生用英文寫在香港滙豐銀行的信箋上。填寫國際電話號碼時，必須在日本國碼「81」後面，填寫去除區碼「0」之後的號碼。英文的地址和日本相反，從公寓名字和門牌號開始，最後才是郵遞區號和國名。香港曾經是英國殖民地，就連日期也要用英文填寫，必須按照「日、月、年」的順序。在美式英語中，則改成「月、日、年」。因此，寫月份時，不是使用數字，而是要用英文字母拼寫。這種事，已經是國際社會的常識，但大部分日本人從國中開始，學了超過十年的英語，卻連這一點也不知道。

工作單位也要用英語填寫，但這種鄉下的土木建築店根本不可能有英文名字，於是，秋生就寫成「Sato Inc.」，男人的頭銜是「CEO」，女人則是「CFO」。職業種類則寫成「Building Company」。

「呃，請問CEO是什麼？」

土木建築店老闆尷尬地小聲問道。

「Chief Executive Officer，最高經營負責人，也就是董事長。」

「那CFO呢？」

女人似乎也很在意自己的頭銜。

「這是Chief Financial Officer，也就是最高財務負責人，管理財務和會計的主管。」

兩個人「喔～」的互看了一眼。

「午休的時候，專員會出去，所以，我們動作快一點。下午我還有其他事，無法陪你們。」

秋生故意看了一眼手錶，冷冷地說道。自己沒時間陪他們閒聊。

現在十一點三十分。香港股票市場上半場是十點到十二點半，下午從二點半開始到四點。金融機構的午休時間也配合股市從十二點半開始，但這一對夫妻不可能知道這種事。一聽到午休，就以為所有國家都是十二點到一點。雖然距離午休時間還有一個小時，但秋生這番話等於在向他們宣佈，只剩下三十分鐘而已。兩個人的臉色更加蒼白了。

秋生看著剛才老闆給他的名片，填寫了公司的地址和電話，完成了一系列工作。

「辦完手續後，需要登記簽名。你們要簽英文名字還是日文名字？」

聽到秋生的問題，夫妻倆露出「啊!?」的表情。在他們至今為止的人生中，幾乎從來沒有簽過名。歐美金融機構通常都是用護照確認身份，因此，要求簽名和護照上的一致。但在香港滙豐銀行可以允許客戶自行決定帳戶管理的簽名。這有點像是登錄印鑑（譯註：事先在公所單位登錄，用於重要文件的印鑑）和銀行印鑑的關係。

秋生把空白的信箋放在他們面前。

「可不可以請你們在這裏寫兩遍英文名字？還有順便寫一下日文簽名。」

簽名一旦登記後，如果日後無法簽出相同的筆跡，就無法動用存入的款項。果然不出所料，土木建築店老闆用生硬的英文字母所簽的兩次名字根本就不像，他太太的字則像是國中英語教科書上的工整印刷體，誰都可以輕易模仿。金融機構會拒絕這種可以輕易模仿的簽名。

「我想，你們還是不要使用英文簽名比較好。那請在這裏簽上日文名字。」

這對夫妻毫不懷疑地點頭聽從秋生的指示。

完成準備工作後，秋生向貝蒂示意，把他們帶到她的辦公桌。把用英文寫好開戶必要資料的信箋遞給貝蒂，說了一句「麻煩妳了」，然後，秋生回到接待區，翻開了《華爾街日報》亞洲版。其實，他可以陪在他們身旁，但秋生擔心，如果有他的陪同，銀行方面會問許多細節問題。如果秋生不在，貝蒂只會形式上問幾個問題，把信箋上的資料輸入電腦而已。不管貝蒂問什麼，土木建築店老闆夫婦完全有聽沒有懂，只是面帶笑容地不停點頭。秋生已經事先確認了開戶需要的資料，不會有任何問題。作業很順利而有效率地進行著。

開戶資料輸入完成後，貝蒂舉手叫秋生過去。秋生必須在列印出來的申請書介紹人欄上簽上自己的名字。在香港滙豐銀行開設卓越理財帳戶和運籌理財帳戶時，必須由擁有相同帳戶的介紹人簽名。這也正是在香港舉目無親的日本人想要在香港開設戶頭時，需要依賴像秋生這種人的理由。秋生之所以在最後簽名，是因為不想讓客人知道自己的帳戶號碼和真名。「工藤秋生」其實是他的筆名，也就是杜撰出來的名字。

香港滙豐銀行的體制比日本金融機構更先進，當手續完成後，當場可以領取金融卡、PIN和支票簿。PIN就是Personal Identification Number的縮寫，是金融卡所使用的密碼。貝蒂形式化地解釋完帳戶管理費的情況後，順利完成了開戶手續。

「呃，我們從日本帶來的錢要怎麼處理？」

貝蒂帶著商業化的笑容把他們送出她的辦公桌旁，土木建築店老闆立刻不安地問道。好不容易從日本帶了鉅款來這裏，如果就這麼宣告結束，他們真不知道如何是好。

「帳戶已經開好了，接下來，我們要去下面，我教你們日幣存款的方法，以及換港幣和美金的方法。之後，也要學一下在ATM存款、提款和支票的用法。」

聽到秋生的回答，土木建築店老闆似乎鬆了一口氣，用手上的毛巾拼命擦著臉。他太太無視丈夫的存在，她看著有生以來，第一次拿到外國銀行的金融卡和支票簿，好像小孩子般興奮不已。

秋生帶他們來到三樓的外匯櫃台。正面的ATM區的左側是港幣的活存帳戶和支票帳戶的窗口，右側是定期帳戶和外幣帳戶的窗口。

「除了港幣以外，還可以把從日本帶來的現金、美金、歐元、英磅等十二種主要貨幣存入帳戶。存款方法基本上都一樣，現在，我教你們港幣、日幣和美金三種貨幣的存款方法。由於帳戶的最低平均餘額要兩萬港幣，所以，稍微多存一點，先拿四十萬日幣，換成港幣存進去吧。」

說著，他把兩個人帶到服務台旁的櫃檯，拿了一張空白的信箋，寫上大大的幾個英文字。

「Please deposit this into my savings account.」

「Deposit是『存款』的意思，savings account是『活存帳戶』的意思。所以，這句話的意思是『請幫我把這些現金換成港幣，存進活存帳戶』。你們可以試著讀一遍嗎？」

「婆利斯、德坡吉特、台斯、因托、買……」

兩個人好像在唸咒語般重複著秋生所寫的英語。

「你們去那裏的櫃檯，把四十萬日幣現金和金融卡交給窗口存款。」

土木建築店老闆露出「啊?!」的神情看著秋生，他用眼神拼命哀求：「難道你不陪我去嗎？」也許是女人在這種時候比較識時務，他太太拉著丈夫的袖子說：「你別這麼沒出息。」然後，一起走去櫃檯。

三十秒鐘後，順利辦完了存款手續。其實，只要把日幣現鈔和金融卡放在櫃檯，行員不需要多問什麼，也知道是日本客人要求存款。土木建築店老闆笑嘻嘻地回到秋生身旁。他可能以為這輩子第一次對外國人說英語，對方竟然聽懂了吧。這麼一來，四十萬日幣換成了大約二萬七千港幣，當場存進了他的戶頭。

「接著，我們去對面的外幣存款櫃檯，把日幣和美金存進帳戶。你們還剩下六十萬圓，所以，要不要各存三十萬？」

兩個人莫名其妙地點點頭。

「基本上，存款方法和剛才一樣，只要把現金和金融卡拿出來，最後的部分換成『Japanese yen account』，就可以存入日幣帳戶。如果換成『US dollar account』，就可以存入美金帳戶。首先請你太太去存美金吧。」

女人順從地說了聲「好」，從丈夫手上拿過三十萬日幣，快步走向櫃檯。男人慌忙跟了上去。如果他們同時做日幣存款和美金存款，櫃檯的行員會向他們確認，到時候，他們會不知所措，所以，不同的貨幣必須分別進行。美金和日幣的匯率為一美元兌一百二十日圓（編按：此約為二〇〇二年時的滙率），他們會在帳戶內存入大約兩千五百美金。

接著，他們又換了一個窗口，由土木建築店老闆拿著最後的三十萬存入帳戶。當他們走回來時，男人露出納悶的表情。

「我拿了明細表，好像被他們扣了七百五十圓，這是怎麼一回事？」

「把港幣以外的外幣直接在窗口存入帳戶時，銀行方面會收取百分之零點二五的手續費。把日幣換成港幣和美金時，也要支付兌換手續費，所以，兩者是一樣的意思。」

即使聽了秋生的說明，這對夫妻仍然露出「是這樣嗎？」的懷疑表情。無論做任何生意，既然要拜託別人做事，別人當然會收取相應的手續費。從日本帶了一大筆錢，直接存入日幣帳戶，對銀行方面根本沒有任何好處。接受客人的存錢也是一種服務，一旦要求別人做麻煩的事，當然要收取手續費。

總之，對這些相關事宜一竅不通的這對夫妻，把從日本帶來的一百萬現金變成了在日幣帳戶內存了三十萬圓，美金帳戶裏存了二千五百美元，港幣帳戶裏存了兩萬七千港幣。

土木建築店夫妻在不遠處小聲商量著什麼。男人似乎下定決心似地走向秋生問道：

「我們身上其實帶了不止這些錢，請問要存在哪一個帳戶比較好？」

這一切都在秋生的意料之中。

「存日幣的話，雖然可以避免匯兌風險，但目前沒有利息。美金存款和日本銀行的美金存款利息相同，大約有百分之三的利息。如果日幣升值，就可能傷到本金。港幣維持一美元等於七點八的匯率，匯兌風險和美元相同。不過，自從一九九七年亞洲金融風暴後，港幣存款的利率比美元存款的稍微高一點。香港銀行對利息所得不會課稅，如果要賺取利息，換成美元或港幣應該比較好。」

在日本國內的金融機構存外幣時，利息一律要徵收百分之二十的所得稅。在國外的金融機構就不需要徵收所得稅。所以，同樣是美金存款，如果懂得妥善運用在香港、美國等境外市場的銀行，投資報酬率就可以增加百分之二十，如果運用複利的效果，幾年後，數字就會呈現很大的差異。而且，這種報酬不需要向日本政府繳稅，因此，既不需要冒任何風險，也不需要付出任何代價。正因為如此，不少頭腦靈活的人都利用不針對資產課稅的國外金融機構進行外幣存款。

然而，夫妻倆互看了一眼，並沒有表示意見。外行人都一樣，聽到「可能會損失本金」這句話，就會望而卻步。於是，秋生決定讓他們安心。

「一旦存進帳戶，可以隨時換成外幣，所以，現在也可以先把錢存進日幣帳戶。」

這對夫妻已經對秋生言聽計從，即使秋生叫他們換成泰銖或是新加坡幣，他們也不會有異議，但他現在沒時間玩這種遊戲。

「那我們就存日幣。」

土木建築店老闆鬆了一口氣地說道。

「要存多少？」

秋生問。土木建築店老闆把背包從肩上拿了下來，打開看了一下。裏面有四疊用封條封好的一百萬圓日幣。也就是說，這對夫妻這次帶了五百萬圓現金到香港。

根據外匯法（外匯管理法）規定，出國旅行時，每個人只能攜帶一百萬圓現金。這對夫妻在沒有向海關申報的情況下，最多只能帶兩百萬現金出國。一旦超過這個金額，就必須向海關申報資金的性質和用途。土木建築店老闆當然不可能向海關申報「我們帶了五百萬圓準備去香港」，所以，他們違反了外匯法。

不管土木建築店老闆夫婦在日本觸犯了任何法律，也和秋生完全沒有關係。這項外匯法規定本來就漏洞百出，即使運氣不好被發現了，如果只有五百萬圓，只要說：「我想帶老婆去香港奢侈一下，作為我們的結婚紀念。」事後申報就沒有問題了。國稅局對無法徵收稅金的錢沒有興趣。除非身上所攜帶的是黑錢，當事人是稅務調查對象時，才會引發麻煩。

秋生眼尖的確認金額後，找來外匯窗口的行員，「我們要存四百萬日幣，麻煩清點一下。」行員找來另一名行員，分頭開始點現金。香港滙豐銀行總行並沒有日幣現鈔的自動點鈔機器，必須人工點鈔。即使選擇客人比較少的上午時間，如果存款金額大，就會耗費相當長的時間。秋生估計現金確認作業差不多需要五分鐘。如果不抓緊，時間就來不及了。

「在他們點現金的時候，太太，我向你說明一下ATM的操作。」

說著，他把女人帶到ＡＴＭ前。

「可不可以請妳把剛才寫了ＰＩＮ的信封拿出來？」

女人從皮包裏拿出一張四方形的紙，用眼神問秋生：「是這個嗎？」

「妳把信封的騎縫打開，裏面有六位數字，就是這張金融卡的密碼。首先用這個號碼變更密碼，因為，經常發生不少人因為遺失信封，結果忘記密碼的問題。」

女人佩服地點點頭。

「有沒有絕對不會忘記的六位數字？」

秋生問。女人想了片刻，回答說：

「那就用我老公的生日好了。」

想必無論個人名義還是公司名義，所有金融卡和信用卡的密碼，都是統一用她丈夫或自己的生日吧。

把金融卡插進ＡＴＭ後，首先必須輸入密碼。當輸入信封內的密碼後，就出現了選項畫面。只要選擇「變更ＰＩＮ」，就可以自由改變密碼。女人毫不起疑地當著秋生的面，把密碼改成了丈夫的生日。

「ＡＴＭ的使用方法和日本相同，但轉錢到活存帳戶和支票帳戶的方法不太一樣。可不可以先請妳按一下確認餘額的鍵？」

女人按了確認餘額的鍵，畫面上出現了兩個帳號。其中一個帳戶的餘額是兩萬七千港幣，還有一個帳戶的餘額為零。

「ATM會顯示港幣活存帳戶和支票帳戶的餘額。帳戶號碼最後是833的是活存帳戶，001是支票帳戶。目前，只有活存帳戶裏有存款。現在回到剛才的畫面，領一百港幣出來。」

女人在提款畫面上選擇了活存帳戶，輸入「一〇〇」後，按了確認鍵，ATM就吐出了香港滙豐銀行的一百港幣。在沒有中央銀行的香港，除了香港滙豐銀行的百元港幣以外，還有標準渣打銀行和中國銀行發行的紙幣，但香港滙豐銀行的ATM當然只會吐出自家銀行的紙幣。女人從ATM拿出一百港幣，再度露出「啊喲」的驚訝表情。

「接下來，把這一百港幣存進去。選擇存款的畫面，再輸入金額。」

女人在存款畫面選擇了活存帳戶，同樣輸入「一〇〇」後，按了確認鍵。這次，出現了一張明細表和空的信封。女人不知道是怎麼回事，露出困惑的表情。

「香港有多種紙幣流通，ATM沒有日本那樣的自動存款系統。存款時，必須把現金和記載了存款金額的明細表放進信封後封好，放進ATM。最多只能存二十張紙幣或支票，不可以存硬幣。所有信封都會在當天回收，行員會將信封內的明細表和紙鈔核對，如果沒有問題，翌日就會入帳。由於在存款後，無法立刻反應在帳戶餘額上，所以，客戶一定要保留單據。你們回國之前，可以在機場把剩下的港幣存進ATM。」

女人再度露出「啊喲」的表情，急急忙忙把一百港幣和明細表放進信封封好。

「然後，再從活存帳戶轉兩千港幣到支票帳戶。方法很簡單，只要在轉帳畫面的轉出帳戶按下活存帳戶，轉入帳戶按下支票帳戶後，指定金額就可以了。」

女人按照指示完成後，支票帳戶出現了二〇〇〇的數字。女人第三次做出「啊喲」的表情。

解釋完ATM的操作方法時，土木建築店老闆一手拿著存款單走了過來。銀行收取一萬圓手續費後，存款金額為三百九十九萬。如此這般，土木建築店老闆夫妻把從日本帶來的五百萬如數存進了香港滙豐銀行的帳戶。

秋生再度把他們帶到接待室。

「最後，我教你們使用支票的方法。我們事先已經談好，這次的謝禮為三萬圓，我拿日幣沒有用，所以，請你們開一張二千港幣的支票給我。我拿去銀行後，隔日就會從你們支票帳戶中，扣除剛才已轉入的兩千港幣。」

秋生從女人手上接過香港滙豐銀行的支票，教他們寫日期、金額和簽名的位置。金額要同時填寫英文和數字，秋生再度在空白信箋上示範。雖然支票要寫抬頭，但秋生請他們空著。當然是因為一旦寫上偽造的姓名「工藤秋生」，錢根本無法匯入他的帳戶。

「我打算存在公司名義的帳戶上，所以，不用寫抬頭沒關係。」

聽秋生這麼說時，土木建築店老闆毫不懷疑地照辦了。

「所有手續都辦完了，我已經把電話理財服務和網路銀行的使用方法寫在這份使用手冊上，你們回日本後，可以試看看。電話理財服務的操作方法很麻煩，盡可能使用網路。兩者登入時的密碼都一樣，會在一個星期以內寄到府上，請不要和金融卡的密碼搞錯了。」

秋生說著，從夾克內側的口袋裏拿出一份自己製作的網路銀行使用手冊。

「上面也寫著使用日本國內的ATM，從港幣帳戶提領日幣的方法。如果萬不得已，需要提領這次存入的存款時，可以把外幣帳戶的錢轉入港幣帳戶。不過，日本國內的ATM一天只能提領相當於一萬港幣，也就是十五萬的現鈔。除了匯兌手續費以外，還需要支付二十五港幣的手續費，所以除非不得已，不然最好不要這麼做。」

這時，他故意看了一下手錶。十二點二十五分。時間很緊迫。

秋生制止了準備好好道謝的土木建築店夫婦，笑著對他們說了一聲：「祝你們旅行愉快。」便轉身快步走下電扶梯。

他在電扶梯中央轉頭一看，發現他們正深深對著他鞠躬。

2

走出香港滙豐銀行，來到和皇后像廣場相反方向的皇后大道，香港最大財團長江實業總公司大樓，和花旗銀行香港據點進駐的摩天大樓立刻出現在眼前。左側的中國銀行香港分行傲視群雄，睥睨著周圍的一切。風水師認為，這幢大樓就像是一把「劍」，劍頭直接刺向香港總督府，引起了軒然大波，在香港回歸中國大陸前，引發了一場風水大戰。據說，中環一帶之所以會出現許多玻璃帷幕的大樓，就是為了擋住中國銀行大樓發出的煞氣。

中國銀行是共產黨政權成立以前的中國中央銀行，如今，它已經將寶座拱手讓給了中國人民銀行，成為專門負責外匯的國有商業銀行。但其實這只是形式而已，中國銀行香港分行是中國政府在香港的經營據點，是進出香港的中國企業的主要銀行，同時，旗下也擁有眾多大陸的金融機構，形成巨大的控股公司。

香港滙豐銀行西側那幢厚重的建築，就是標準渣打銀行。由南非的標準銀行和印度渣打銀行合併而成的標準渣打銀行，也是典型的大英帝國的殖民地銀行，但企業規模和HSBC集團有很大的落差，如今，成為新興國家的專門銀行，尋求生存之路。

中環維多利亞港那一側前往九龍的渡船碼頭旁，鴉片商渣甸洋行（譯註：Jardine Matheson，現叫怡和洋行）發展而成的香港最大證券公司——怡富證券（Jardine Fleming）的大樓傲視群倫。怡富的另一位創辦人羅拔・富萊明就是〇〇七系列作家伊恩・富萊明（Ian Fleming）的祖父，他也是投資新大陸的資本家之一。香港人雖然無法原諒日本侵略中國的行為，但是對英國的殖民地統治卻抱著寬容的態度，幾乎沒有人討論這些事。

從中環往南走，就來到高級精品群集的大型購物中心——置地廣場。由於還不到午休時間，路上的行人並不多，秋生快步穿越馬路，在十字路口左轉，沿著和緩的坡道往上走，那裏就是時髦的咖啡廳、餐廳、爵士吧和live house聚集的蘭桂坊。自從蘭桂坊成為王家衛的電影《重慶森林》的舞台後，這一帶頓時聲名大噪。一到週末的夜晚，手拿雞尾酒杯的年輕人擠滿了狹小的巷道，根本找不到立足之地。秋生正要前往其中一家店門口飄著鮮艷國旗的義大利餐廳。

他向正無所事事的靠在waiting bar的服務生小李打了一聲招呼，小李把他帶到裏面靠窗的座位。店內的裝潢以白色為基調，感覺十分素雅，隔著吧檯，可以看到廚房內的情況。這家餐廳想要營造出電影《北非諜影》的感覺，在店裏放了一架大鋼琴。但這架鋼琴只有在開店一個月左右的時候派上用場。之後的一年多來，始終坐鎮在餐廳的角落，從來沒有人碰過。秋生的座位在大鋼琴的旁邊，很自然地和其他座位之間有了區隔。

午餐時間從十二點開始，店裏沒有其他客人。老闆卡爾洛百無聊賴地把龐大的身軀塞在吧檯角落的高腳椅上，一看到秋生，便開心地笑了起來，命令服務生送來一小杯冰基爾酒。餐廳裏的冷氣很強，幾乎令人感到有點冷。

香港屬於潮濕的亞熱帶氣候，香港人以為開冷氣就是款待客人，越高級的店，室內溫度越低，客人就像是從將近四十度的戶外突然走進冰天雪地。香港上班族的最高境界，就是在盛夏季節，也穿著三件式的西裝工作。所以，即使在酷暑的夏日，也必須隨身帶著夾克外套。否則，一不小心穿得太少走進餐廳，絕對會因為冷氣過強感到不舒服。

「最近怎麼樣？」

秋生舉起杯子感謝卡爾洛的基爾酒後問道。卡爾洛是義裔美國人，他的祖父母那一代，就從托斯卡尼前往新大陸。他原本是美國一家金融機構的香港駐員，當他發現繼日本之後，香港也開始流行義大利料理，便突然辭去工作，開了這家餐廳。現在的廚師是香港人，剛開店的一年左右，從紐約的小義大利區請來一位主廚調教，所以，這裏可以吃到香港少見的正統托斯卡尼料理。

「阿秋，亞馬遜的股票為什麼還不漲？書籍部門的業績已經轉黑了，有沒有可以讓人痛快一下的股票啊？」

卡爾洛愁眉苦臉喝了一口酒。這家餐廳生意興隆，但卡爾洛沉迷於股票，把餐廳的一大半利潤都賠進了網路股。卡爾洛認為亞馬遜公司（amazon.com）的創辦人傑夫•貝佐斯（Jeff Bezos）是繼比爾•蓋茲之後的奇才，這一年來，他買了超過二十萬港幣的股票，曾經飆到一百港幣的高價，如今暴跌到十幾元港幣。卡爾洛並沒有從中汲取教訓，自從得知秋生以前曾經在投資銀行工作，每次見到他，就和他聊股票的事。

「PCCW怎麼樣？我想，應該已經跌到谷底了。」

「呿，那個不動產業的不肖子。」

卡爾洛說著，豎起中指。他應該在香港市場網路股上也賠了不少錢。

Pacific Century Cyber Works（PCCW）是華僑界的要人，也就是長江實業的李嘉誠的次子李澤楷所設立的公司，它成功併購了舊香港電信公司，與軟體銀行（Soft bank）、光通信一起，一躍成為網路時代的寵兒。一九九七年，標下東京八重洲舊國鐵用地的，正是這位李澤楷。然而，PCCW也受到了在二〇〇〇年春天的IT泡沫化的影響，股價從原來的三十元跌到不到三元，成為原來的十分之一。

長江實業集團是經營流通業和海港事業等眾多項目的最大華人財團的控股公司，當初，創業者李嘉誠把賣塑膠花賺來的錢投入不動產而發跡。香港的土地都歸政府所有，民間的開發公司以長期租賃契約向政府租借土地後進行開發。因此，不動產業者和政界有著密切的結合，形成巨大的金權結構。簡單的說，香港的經濟受到了HSBC（英國資金）、長江實業（華人資金）和中國銀行（中國資金）三方面的支配。政、官、財界的勾結比起日本有過之而無不及。

秋生不理會卡爾洛的牢騷，叫服務生小李拿菜單過來。小李說，今天進了新鮮的白肉魚，嚐嚐看吧。但是，幾乎都是從來沒有在市場的魚店看過的品種。

這時，在附近金融機構上班的歐美人紛紛來這裏吃午餐，大家都問坐在吧檯的卡爾洛：「情況怎麼樣？」卡爾洛沒有理會他們，獨自嘀嘀咕咕地站了起來，走進廚房，大聲對廚師們咆哮。玩股票固然不錯，但必須先賺錢。卡爾洛餐廳的午餐很受歡迎，不出十分鐘，餐廳已經座無虛席，門口已經大排長龍。

秋生從夾克口袋裏拿出剛才當便條紙使用的香港滙豐銀行的信箋，上面寫著剛才開戶的鄉下土木建築店夫妻的個人資料。在完成開戶手續後，他向貝蒂把這份資料要了回來。護照ID、家裏和工作單位的地址、電話，還有他們在空白信箋上的簽名。

接著，秋生端詳著他們給他的支票。那對夫妻絕對想不到，在支票的左下角有一行數字，其中的一部分代表他們的帳戶號碼。秋生拿出鋼筆，把六位數的帳戶號碼寫在信箋上。用數字表示男人的生日，就是金融卡的密碼。有了這些資料，再加上簽名，就等於把銀行的存摺和印鑑交給了陌生人。

那對夫妻之後會帶著現金來香港幾次？存款金額會是兩千萬？還是三千萬？從他們公司的規模來看，應該不可能到一億吧？

——當這筆錢突然從帳戶消失時，他們會想起我嗎？

秋生捫心自問。

即使他們聰明到懷疑秋生，這個世界上根本沒有「工藤秋生」這個人，他們根本無從查起。還是說，他們會向銀行調閱開設帳戶申請書，確認介紹人欄上的真名和帳戶嗎？

當然，即使他們真能查到這個地步，想要找到秋生的下落，還有很長一段路要走。

這半年來，越來越多日本建築業者帶現金來香港。由於日本公共事業大幅縮小，地方的土木建築業都過得捉襟見肘，在超過十年的不景氣裏，不可能只有特定業者的手頭特別活絡。

秋生第一次見到那對土木建築店夫妻時，就覺得他們的目的也是有計畫地讓公司倒閉。在小渕政權時代（**編按：小渕惠三自一九九八年起擔任日本首相及自民黨總裁，二〇〇〇年過世**），自民黨通過各地的信用保證協會，向多年來支持自民黨的自營業者和中小企業經營者，提供五千萬日幣以內免擔保的貸款作為輔導金。大部分經營者都努力利用這筆錢重新站起來，但也有一小部分人已經感到心灰意冷，認為再努力也沒用，於是，就把匯入帳戶的資金提領出來後，存入國外的金融機構，導致公司的支票跳票，讓公司破產。

像今天這樣直接把現金帶到國外，根本無從追蹤下落。一旦公司破產，除非有什麼意外，國稅局根本不會有興趣。對銀行來說，國家保證歸還本金的八成，剩餘的部分有擔保品抵押。必須償還債務的信用保證協會可能會遭到嚴厲指責，但不同於稅務當局，信用保證協會並沒有強制調查權，根本不可能發現隱匿的資產。而且，一旦因為公司經營失敗申請破產，法院就會判決免責，只要低頭哈腰一個月，貸款就可以一筆勾銷。接下來，只要在國內低調過日子，然後，偶爾出國大肆揮霍隱匿的財產即可。這些錢是向日本政府騙來的，完全不會受到良心的呵責。因為，政府掌握了隨意印鈔票的特權。比起繼續經營根本不會賺錢的公司，讓貸款像雪球般越滾越大，日子越過越清苦，這種方法顯然聰明多了。

然而，這些動歪腦筋的傢伙絕對無法想像，有人可以自由動用他們的銀行帳戶。當那對夫妻發現辛辛苦苦搬來的錢突然憑空消失時，不知道會露出怎樣的表情？

想到這裏，秋生已經對他們失去了興趣。他看著窗外，發現原本空蕩蕩的街道不知什麼時候擠滿了穿著白襯衫的上班族和粉領族。曾經出現在《重慶森林》中的漢堡店大排長龍。秋生只去吃過一次，就再也不想去了。

秋生拿起桌上的便條紙，揉成一團，丟進煙灰缸裏，向服務生小李借了打火機，點燃了便條紙的角落。在他喝完剩下的基爾酒之前，便條紙已經化為灰燼。

十二點四十幾分，林媚衝進店裏。

「對不起，我又遲到了。」

她喘著粗氣坐了下來，沒有拿手帕，直接用手背擦著額頭上的汗。今天，她穿了一件很短的藍色小可愛，充分展現了身體的曲線。沒有穿襪子的腳上蹬著一雙銀色高跟鞋。這是她上個月生日時，秋生在太古廣場的精品店買給她的禮物，另外還有一件搭配的披肩，總共花了五千元港幣。當秋生聽到她要穿著這套簡直和內衣沒兩樣的衣服外出時，比聽到價格更加驚訝不已。好像一摸就會斷的細肩帶連著一塊薄薄的布片，勉強遮住了阿媚外形好看的乳房。她的背上冒著汗，幾乎可以看到她的肌膚。

阿媚身高將近一百七十公分，纖細的肢體可以當模特兒。夏天是展示她的小麥色肌膚和她引以為傲的身材的最佳季節，只要走在街頭，幾乎每個男人都會回頭多看她幾眼。如果沒有充分的自信，根本無法在這個城市生活。

阿媚高中畢業後，前往加拿大親戚家，在溫哥華的中國餐廳打工兩年，順利地拿到了加拿大國籍，於香港回歸中國的一九九七年回到香港。香港承認雙重國籍，許多討厭中國共產黨政權的香港人，紛紛在短時間移民到加拿大和澳洲等移民政策寬鬆的國家，申請第二國的國籍。阿媚也是其中之一。她雖然沒有讀過大學，但在加拿大生活兩年期間，英語能力大為增強。不過，每次她情緒激動的時候，就會滿口廣東話。

「他們說今天的魚很好吃。」

秋生把菜單遞給阿媚，把服務生叫了過來。

「怎麼辦呢？白肉魚要用煎的或是炸的，難得吃一下牛排也不錯。阿秋，你吃什麼？」

「我還是老樣子，吃義大利麵。我要點一道魚，所以，一份就夠了。」

燉內臟等濃稠的醬汁是托斯卡尼料理的最大特色，但大白天根本吃不下這種食物。最近，吃蛋奶義大利麵和奶油培根義大利麵都會覺得不消化，所以，最後還是點了只用鹽和辣椒調味的清淡義大利麵。

阿媚像開機關槍似地向服務生點了菜。每次她說廣東話時，秋生完全聽不懂她在說什麼。許多香港人只吃廣東菜，但阿媚在加拿大生活了一段時間後，飲食生活也受到了美式影響，每個星期都要吃一次中國菜以外的料理。最近，不少虛榮的香港人都喜歡吃日本料理和義大利料理。這幾年，香港開了不少家迴轉壽司店。

「今年我們一起去加拿大吧，滑雪的季節去最棒了。」

阿媚從皮包裏拿披肩時，也拿出一份觀光旅行的簡介，翻到寫著「溫哥華和加拿大洛磯山脈八天七夜HK$九八〇〇」行程的那一頁。她的短髮髮型和她飽滿的額頭，和讓人感覺驕傲自大的褐色眼眸相得益彰。

「妳說得倒容易，妳可以請假嗎？」

「沒問題，我會向陳先生請假。」

陳先生在這一帶很有勢力，在上環經營一家私人信箱公司，秋生也在那裏租了一個信箱，每個星期都會去領一次信。阿媚從加拿大回香港後，靠親戚的關係，在陳先生的事務所工作。阿媚很聰明，又會說英語，很快就進入了狀況，如今，事務所幾乎都交給她負責。

不知道阿媚為什麼對剛來香港不久，不僅人生地不熟，甚至連工作也沒有的日本人產生了興趣。她二十三歲，比秋生小了一輪，每逢假日，就帶他四處參觀，成為他在這個城市生活的嚮導。

不光是阿媚，香港的年輕女孩都很著迷日本時尚雜誌和演藝圈，她們對東京迪士尼樂園、原宿或是六本木的了解比秋生多得多。聊到藝人的話題時，秋生根本無力招架。最後，秋生終於接受，對身為香港政府公務員的女兒，生活無虞的阿媚來說，和日本男人交往這件事，可以讓她在朋友面前很有面子。

「阿秋，我好想和你一起在加拿大洛磯山脈的冰原大道（Icefield Parkway）開車兜風。冰河就在眼前，感覺好夢幻。我還沒去過耶。」

對於生長在永遠不可能下雪的這片土地上的香港人來說，對冰和雪的世界有一種異常的興趣。

「妳不是在溫哥華住了兩年嗎？應該有很多機會可以去洛磯山脈吧？」

「我工作的中國餐廳一個月只有一天休假，要怎麼去？」

阿媚嘟起了臉。她一本正經的表情感覺很幼稚。可見她仍然對當時受人指使的生活耿耿於懷。

在香港回歸中國前，大批香港人湧入加拿大，想要取得那裏的國籍，當時的勞動條件其差無比。即使是香港大學畢業的超級菁英份子，也只能做除草的工作。阿媚能夠找到中國餐廳的工作，已經算是很幸運了。

「所以，我一定要和你一起去看冰河。你反正很閒，今年，我一定要向陳先生請八天的假。不過，聖誕節前後，機票的價格會比較貴。」

陳先生的公司一旦缺少阿媚就很難運作。阿媚自己也對這種立場很滿意，所以，她想休假三天兩夜也很難。

整個午餐時間，阿媚都喋喋不休地說著洛磯山脈有多棒。班夫最高級的度假飯店溫泉飯店（Banff Spring Hotel）、被稱為像綠寶石的露易斯湖（Lake Louise），和通往Jasper國家公園的冰原大道。由於溫室效應，北半球最大的哥倫比亞冰原正以每年一點六公尺的速度後退，聽說北美麋鹿（moose）、麋鹿（elk）和大角羊（Bighorn Sheep）等動物也已經陸續出現了。

阿媚把香腸義大利麵和香煎白肉魚吃得精光，飯後還吃了水果派和提拉米蘇。

「如果我還來不及看，冰原就消失了怎麼辦？我一定會很懊惱，後悔一輩子的。」

秋生喝完espresso之前，覺得好像已經去過加拿大三次了。

3

走出卡爾洛的店，和準備送東西給客戶的阿媚分手後，秋生在皇后大道上攔到了專線小巴。

香港本島中心除了眾所周知的雙層城巴以外，還有紅色車頂的公共小型巴士和綠色車頂的專線小巴四通八達。由於公共小巴和專線小巴都是小型巴士，秋生一開始完全無法分辨兩者的差異。

專線小巴雖然和普通巴士相同，但只要在小巴的行走路線上，可以隨叫隨停，也可以隨時下車。近距離移動時，搭專線小巴非常方便。另一種小巴有點像是共乘計程車，雖然目的地固定，但在和司機交涉後，可以自由變更路線。不過，司機只會說廣東話，如果上錯車，就會在車上不知所措。

秋生以前並不知道小巴的這些規定，第一次坐車時，完全聽不懂司機的問話，遭到車上乘客的白眼，還被司機趕下車。之後，當他和阿媚聊起這件事時，阿媚捧腹大笑，告訴他為什麼會遭到這種不合理的待遇。

「我從來沒有聽過外國人到香港會搭小巴，當大家看到有人不會說廣東話，又六神無主的樣子，以為一定是福建鄉下來的。香港人覺得和福建人在一起，自己也會感染到他們的晦氣。這種時候，你一定要大聲說英語。於是，大家就知道『喔，原來是外國人』，乘客中就會有人親切的告訴你怎麼搭車。不過，阿秋，我拜託你還是搭計程車吧。」

香港的計程車起步費是十五港幣，相當於日幣二百出頭，絕對不算貴。但是，搭小巴和電車只要兩元港幣（約三十日幣），想去哪裏，就去哪裏。所以除非是深夜，否則，秋生很少搭計程車。在人口密集的香港，擁有自家車很花錢，而公共交通工具的費用卻很便宜。而且，秋生也不想和語言不通的司機兩個人坐在計程車上。所以，當他在近距離移動時總是搭專線小巴。

小巴經過上環後不久，他叫了一聲「落車！」後下了車。只要知道這句如同魔法般的咒語，專線小巴就會隨時停車。

前往澳門的渡輪碼頭就在上環，雖然和金融街中環只相差一站，卻是香港典型的庶民區，沿街到處可以看到專賣各種海產乾貨的南北貨商店。第一次造訪這裏時，秋生冷眼看著堆積如山的乾鮑魚和魚翅，有一種好像淺草和丸之內相鄰的感覺。

走進一條掛滿了大眾餐廳和食材店大招牌的小巷道，秋生在一幢老舊的住商大樓前停下了腳步。入口處是一道嶄新而牢固的鐵門，旁邊裝設了按鍵式的電子鎖和對講機。他拿起對講機，按下「九〇一」，傳來用廣東話盤問的聲音，他報上「阿秋」的姓名後，鐵門就打開了。

他搭隨時都可能停止運作的舊式電梯來到九樓，沿著邋遢而狹小的走廊走到盡頭，就是陳先生的公司。他輕輕敲了敲門，厚實的門另一端傳來上下雙重鎖打開的聲音，看起來為人親切的肥胖男人把圓臉探了出來。他修剪得很整齊的頭髮三七分開，丸子鼻上戴了一副圓眼鏡，穿卡其色直條紋的夾克，卻打了一個領結。雖然他堅稱領結是他的註冊商標，但無論怎麼看，他都不像是規矩的生意人。

「阿秋，有沒有賺到錢？」

陳先生像大阪人一樣，用不太流利的英語問道。他的聲音很宏亮。秋生聳了聳肩，他哈哈大笑起來，用力拍了拍他的背。

陳中信五十多歲，文化大革命後，決定逃到香港。他在鯊魚出沒的大鵬灣游了一天一夜，才終於來到這個資本主義國家。陳先生的父親是廣州一個普通高中的教師，因為在學校教英語，就被喊著「造反有理」的學生貼上了反革命的標籤。陳先生每天都跟著他姊姊一起去參加批鬥大會。他的父親被拉到講台上，身體半蹲，雙手伸到背後，做出名為「飛機」的姿勢，連續「反省」好幾個小時，直到失去意識為止。最激烈批鬥父親的，正是陳先生的姊姊。幾個月後，陳先生的父親在絕望中自殺了。

文革結束後，學生們在毛澤東的指示下，下鄉來到農村，陳先生被分配到在廣東省的偏僻農村養豬。他在豬舍二樓被監禁了整整三年的時間，整天餵豬吃飼料，幫豬洗澡，處理豬的排泄物。最後，陳先生把自己照顧的豬全殺了，投奔香港。

「如今我知道，如果當時我姊姊不批鬥父親，她就會被當成反革命份子批鬥。但是，我不知道看到我姊姊時，自己能不能原諒她，所以，我從來不回廣州。」

當秋生和陳先生在夕陽照射的辦公室內聊天時，他曾經這樣喃喃說道。

來香港後，陳先生曾經做過許多生意。聽別人說，其中也不乏見不得人的工作，但陳先生很少提及當時的事。如今，他經營這家電話祕書和信箱服務的公司，手下有五名員工。公司裏有十個電話，每個電話上都貼著簽約公司的名字。當電話鈴聲一響，總機就會以簽約者「董事長祕書」的身份應答，請對方留話，或是轉接到指定的手機上。國外的電話都由阿媚負責接聽，還有一些棘手的電話也都是由阿媚負責處理。但使用電話祕書服務的公司通常不會有太多電話，工作也不會太忙碌。

二十平方公尺不到的狹小辦公室內，牆上放著隔成很多小區塊的架子，裏面雜然地塞著信件。陳先生從裏面拿出寄給秋生的信件，嬉皮笑臉地說：「又是一大堆情書，阿媚吃醋起來會很可怕喔。」他左腳一瘸一拐的，據說是來香港後，被車子撞到的，但實情就不得而知了。陳先生的最大缺點，就是他的笑話很冷，而且，會不厭其煩地重複老掉牙的冷笑話。秋生透過租房子的房屋仲介的介紹，認識了陳先生。

陳先生的客人都是一些用偽造的姓名收發信件，或是有什麼隱情，不方便把信件寄到家裏的人，幾乎沒一個好人。偶爾也會因為做生意的關係，需要利用這個辦公室充當門面的情況，但通常只要生意稍有起色，客人就會自己租用辦公室。然而，如果對顧客的隱私太好奇，生意根本做不下去。尤其是最近，隨著大型祕書服務公司盛行，開始大打廣告作宣傳，像陳先生這種零星小企業，即使明知道客人的背景不單純，也只能照單全收。

「做這個生意，看到的都是一些人渣，真是受夠了。」這是陳先生的口頭禪。

在這些顧客中，秋生最規規矩矩。不知道為什麼，五十多歲還沒有結婚的陳先生很欣賞秋生，每次秋生去公司，陳先生就請他到附近的大眾餐廳吃飯。秋生就是在這種交往方式中，慢慢了解到陳先生前半生的經歷。

秋生的信件都是香港、美國和境外市場的金融機構寄給他的月結單。正因為陳先生知道這一點，所以，才會每次看到秋生時，就挖苦他：「有沒有賺到錢？」秋生是把陳先生的公司，而不是租的公寓作為自己在香港的聯絡點。

秋生借用了一張辦公桌，打開二十幾封信，把一些DM和基金運作報告丟進垃圾桶，拿出月一結單，集中在其中一個信封。帳戶的餘額可以在網路上確認，根本不需要一一核對。而且，這一年多來，秋生根本沒有做過任何交易，唯一的交易紀錄就是銀行存款和MMF（Money Market Fund，編按：即貨幣型基金，係投資於銀行定存、商業本票、承兌匯票等風險低、流通性高的短期投資工具，因此具有流通性佳、低風險與收益較低的特性）的利息而已。

秋生拿出土木建築店老闆夫婦給他的那張二千港幣，沒有寫抬頭的支票，說：「這是這個月的月費。」一交給了陳先生。陳先生接過支票說：「月底再付就好了，還有一段時間，你不用這麼客氣。」但還是動作俐落地打開上了鎖的抽屜，把支票放了進去。雖然他說的話很客套，動作卻沒有絲毫的顧忌。在香港，如果不收別人已經拿出來的錢，反而可能被誤會居心不良。

每個月光是轉接電話和信箱服務，就要兩千港幣實在太貴了，不過，秋生視之為一種保險費。如果有人打電話到這裏，總機會轉到秋生的手機，但至今為止，他從來沒有用過這項服務。他留了家裏的電話給介紹他生意的仲介，歐美的銀行很吝嗇，除非發生了什麼重大的變故，否則根本不可能打國際電話。

秋生之所以會支付連他自己都覺得昂貴的租費，是為了獲得陳先生花費了三十年的歲月，才在香港建立的人際關係。他在做所謂的理財顧問工作時，陳先生介紹秋生去一家小型投資顧問公司當幽靈員工，把他介紹給各家金融機構的相關人員。名義上，秋生每個月都可以從那家投資顧問公司領取薪水，然後再全額支付給公司。於是，他就可以承作該投資顧問公司簽約的各項金融商品，同時，也可以順利成為香港居民，也就是獲得非日本居民的身份。做這個行業，只有非日本居民，才能靈活運用稅法的各項優惠。秋生已經在不知不覺中，學會了香港社會的處世哲學。

窗外的天空一片漆黑。盛夏的這個季節，有時候會下起傾盆大雨。

「趁還沒有下雨，我先回去了。」

「你不等阿媚回來嗎？你們不是要約會嗎？」

陳先生挖苦道。對了，阿媚好像有提過，「想去新開的俱樂部玩玩」，但秋生忘了是約在什麼時候。香港是英國殖民地，迪斯可是成年人的社交場合。在那裏，上流社會的人打扮得光鮮亮麗，用年輕、美貌、珠寶、名牌和其他各式各樣的方法滿足虛榮心。阿媚帶著秋生走遍各家夜店，由於香港本來就很小，只要去時下流行的酒吧或餐廳，經常可以遇到老面孔——大部分都是有錢人家的不肖子或是寶貝女兒。

離開公司時，陳先生像往常一樣，用溫暖而厚實的手掌，用力握住秋生的手。從他的手上，似乎可以感受到他在文革中失去父親，將青春耗在餵豬上，在有鯊魚出沒的海中求生，在香港也飽受不為人知的辛苦。每當他握住秋生蒼白瘦弱的手時，都令秋生有一種罪惡感。

走到戶外時，天空已經下起了豆大的雨。他跑到德輔道上，剛好看到往銅鑼灣方向的雙層巴士。車上只有零星幾名乘客。他跳上正準備出發的電車，直接到了上層，在靠窗的座位坐了下來。

經過中環時，終於下起了滂沱大雨，高聳入雲的摩天大樓感覺遙遠而模糊。烏雲在低空翻騰，閃電不時劃過天空。上午約定和那對夫妻見面的皇后像廣場上空無一人，只有一把被人遺忘的紅色兒童傘放在噴泉旁的長椅上。秋生心不在焉地看著雨點打在積著灰塵的玻璃窗上，心想：

「我到底在幹什麼？」

4

到了銅鑼灣，雨非但沒有停，反而越來越大。秋生在巴士站躲了一陣子雨，最後還是衝進雨中。秋生租的公寓就在三越、SOGO等日系百貨公司集中的鬧區靠海的那一帶。那幢房子是一九八〇年代建造的，在到處都是屋齡超過三十年的香港，還算是差強人意。香港沒有地震，所以，到處都是高樓林立，但在房屋的設計上很馬虎，感覺隨時都會倒塌。香港的不動產比日本泡沫經濟時期更貴，即使在這一帶買一間老舊大樓的兩房一廳，也要三千萬日幣左右。在一九九七年回歸榮景時，價格更是現在的一倍。

他渾身淋得像落湯雞般的回到公寓，從長褲口袋裏拿出鑰匙串，推開入口的防盜門。這幢大樓十五層樓，地下一樓到三樓是店家和公司行號，四樓以上都是住宅，秋生住在十二樓。這幢大樓只有一部電梯，每個樓層各有三戶人家。三戶人家都距離電梯出口很近，分別用鐵門隔開各自的空間。用鑰匙打開鐵門後，才終於來到自己家門口。第一次看到這麼戒備森嚴時，秋生嚇了一跳，以為香港和紐約布朗區的治安一樣差，後來才知道，中國人喜歡把自己的家圍成城堡。也許是因為在廣大國土上的村莊，經常受到匈奴和外國人蹂躪的遙遠記憶始終揮之不去吧。

秋生租的房子有兩間臥室和一個狹小的飯廳兼廚房，是標準的兩房一廳格局。家裏的碗櫃、衣櫥和兩張床是之前的房客留下的。他一個人住，照理說，只要一張床就夠了，但房屋仲介叮嚀他不要扔。通常，這種格局的房子都是租給一家三口或是一家五口的香港人居住，附有傢俱時，下次出租，可以租出好價錢。阿媚每個月都會來小住幾天，所以，她把自己的換洗衣服放在另一間臥房。飯廳的桌子、冰箱、洗衣機和電視，以及餐具都是他搬進來後，慢慢買齊的。由於他還沒有決定到底要在香港住多久，所以，家裏只準備了最低限度的生活必需品。

秋生在一九九九年初來到香港，至今已經兩年半了。剛開始，他在飯店住了幾個月，後來決定要在香港住一陣子，於是，開始找公寓。當時，他在上環的一家餐廳認識一個香港大學的學生，他女朋友家剛好經營房屋仲介公司，於是，就介紹他租了這個房子。

這裏的房租每個月一萬港幣（約十五萬日幣）。保證金是兩個月的房租，再加上秋生沒有正當職業，必須用現金預付六個月的房租。由於在簽約的時候完全沒有討價還價的餘地，秋生還以為自己受騙了。之後，向認識的香港人一打聽，才發現他的房租比行情便宜。如果是一般的日本人，相同條件的公寓一個月要收一萬五千港幣。換算成日幣，就是二十五萬左右，和在六本木或是麻布租高級公寓的價格差不多。

一段時間後，秋生終於理解了自己受到厚待的理由。對房屋仲介來說，秋生是女兒的未婚夫介紹的客人。如果向秋生收取的房租高於行情，等於踐踏了未來女婿的面子。無論是好是壞，香港社會就是講究這種關係。

這幢老舊的公寓內，秋生是唯一的外國人。這件事本身並沒有問題，但信件的投遞就很傷腦筋。秋生來香港之前，把所有的信件都寄往美國的私人信箱。租了公寓之後，原本想把地址改寄到香港的住家，但如果三不五時收到國外金融機構的月結單，等於在向左鄰右舍宣揚：「我很有錢，來搶我吧。」他找房屋仲介商量這件事後，房屋仲介就介紹他去找陳先生的公司。

秋生把濕透的夾克和長褲脫了下來，晾在廚房，擰乾T恤，裝進送乾洗的袋子，然後，把內衣褲丟進洗衣機，去沖了一個澡。換上乾淨的T恤和牛仔褲，從冰箱裏拿出夏威夷柯納咖啡豆，放進研磨機。這是只有夏威夷出產的高級咖啡豆，獨特的口感和甜蜜的芳香是其他咖啡豆所沒有的。這也是秋生唯一的奢侈品。他將濾紙放進咖啡機，保特瓶的飲用水也準備就緒。同時，他打開了放在飯廳桌上的電源。香港的自來水是硬水，如果不慎喝下，絕對會拉肚子。秋生打開電視，有線電視正在播CNN的新聞。

電腦啟動後，他立刻上網看《華爾街日報》和《日經新聞》的最新消息，並查看了東京股票市場的行情。紐約現在還是半夜，股市情況和今天上午一樣。他打開用密碼鎖住的Excel檔案，喝著剛泡好的苦澀咖啡，把從陳先生公司帶回來的月結單上的數字輸入電腦。香港滙豐銀行有十五萬美金，花旗銀行香港分行有五萬美金，境外市場的銀行有二十萬美金的定期存款，美國的網路證券公司有十萬美金的美國債和MMF。秋生的總資產為五十萬美金，相當於六千萬日圓。他目前手上沒有股票，財產既沒有增加，也沒有減少，不出五分鐘，就完成了所有的作業。一看時鐘，還不到下午四點。雨勢慢慢變小，打開窗戶，一陣這個季節很難得的涼風吹了進來。

秋生躺在床上，看著滿是污漬的天花板。他無事可做。

秋生是因為某個偶然的契機，開始做所謂的理財顧問的工作。

一年前，他像今天一樣無所事事，傍晚之後，就去附近飯店的附設酒吧喝酒。香港人不抽菸，也很少去外面喝酒。這種時候，聚集在這裏的通常都是從金融機構離職，又無法回到自己的國家，而淪入地下經濟圈子的歐美人。秋生避開他們，獨自在吧檯角落獨酌，不一會兒，一個年輕的東方人在他旁邊坐了下來，用客氣的英語點了一杯啤酒，從皮包裏拿出基金說明書，認真地看了起來。秋生從他的動作立刻察覺他是日本人。

終於，男人重重地歎了一口氣，把資料丟在吧檯。秋生問他：「那是什麼？」這就成為他和誠人相識的契機。

誠人不到三十歲，是某大電器廠商研究部門的研究員，這次是來香港參加某位經濟評論家主持的資產運用研討會。這個研討會的主題是，在香港滙豐銀行的外幣帳戶中存入五萬美金後，購買某基金，就可以成功投資致富。幾乎所有參加者都是這位評論家所寫的理財書籍的讀者。誠人也參加了在飯店舉行的研討會，但越聽越覺得荒唐。

「據說這個基金鐵定會賺。」

誠人進行簡單的自我介紹後，把手上的資料遞給秋生。這是赫赫有名的E公司推出的程式交易（trading system）的基金，這種保本型基金投資期間為十年，只要持有十年期滿，即使操作失敗，本金也不會虧損，但投資報酬率也相當低，對專家來說，是毫無吸引力的商品，卻很受入門投資者的青睞。

「那個評論家說，『我希望你們每個人都變成有錢人，即使推薦你們買這個基金，我也賺不到一分錢。』真的是這樣嗎？」

誠人得知秋生有曾經在金融機構工作的經驗，便這麼問他。聽到誠人的問題，秋生忍不住笑了起來。

「這個世界上，怎麼可能有好心人會賣你基金，不收取手續費的？這個基金只是把手續費包含在投資額內，這樣比較好推銷。」

秋生之前向亞洲總代理商的香港經紀人購買這支基金時，曾經仔細研究過該基金的手續費制度。曾經在日本生活數年，會說幾句日語的澳洲經紀人用圖示的方式告訴他，要成為銷售代理商，首先要付百分之四的手續費，之後，代理商可以每年從信託報酬中抽取百分之零點五的收益。這個澳洲人還推薦說：「如果你認識日本的有錢人，要不要也試試當代理商？」

「這個基金的巧妙之處，在於它不是一開始就從投資本金中扣除百分之四的銷售手續費，而是在十年的投資期間內，每年逐漸從信託報酬中扣除。如果投資報酬率理想，誰都不會在意這種事。所以，銷售代理商可以偽裝成是手續費免費的無銷售費用基金（no load fund）。在金融的世界，誘人的產品絕對有內幕。」

「果然是這樣。」

誠人露出一副好像解開難題的表情。

「五萬美金的百分之四就是二千美金，約二十四萬日幣。參加這次研討會的大約有三十人，如果每個人都買，就是七百二十萬日幣。哇，他賺得可多了。」

他當場用心算計算出獲利。

「而且，最低投資金額五萬美金也是圈套。我當初看相關資料時，針對個人募集是用集合帳戶的方式，最低投資金額為兩萬美金。大概是因為覺得兩萬美金的手續費太少，所以，才擅自加碼到五萬美金吧。」

「真是心狠手辣，需要做到這個地步嗎？」

誠人是電腦程式設計師，平時幾乎都住在研究所裏，根本沒時間花錢。雖然薪水不高，但已經存了一千萬日幣。他原本打算拿一半出來換成外幣進行投資，剛好得知有這場研討會，又剛好遇到年假快要到期了，於是，就好奇地前來參加。

「五萬美金大約六百萬日圓。雖然並不是絕對不會賺，但投資專家不是經常說『不要把雞蛋放在同一個籃子裏』嗎？我在想，如果是詐騙，那我就虧大了，所以，還在猶豫到底要不要買。那個研討會有一種詭異的宗教氣氛，大家都顯得很興奮，我反而感到很不自在。」

「基金本身是信用良好的基金公司有系統地在銷售，即使買了也不會有太大的問題。但這檔基金最近淨值偏高，無論是再好的基金公司，也不可能永久維持良好的投資報酬率。購買這種程式交易式基金的訣竅，就是逢低買進，逢高拋出。我也差不多想要脫手了。如果你很想買，我可以打電話給香港的經銷商，讓你申購兩萬美金。」

秋生提議道，誠人考慮了一下說：

「不，不用了。不過，請你收我為徒。」

秋生嚇了一跳，仔細一聽，才知道誠人所生活的電腦網路世界中，在自己有興趣的領域遇到高手時，會理所當然地拜對方為師。對誠人而言，投資就像是一種遊戲，他的興趣是如何在不被國稅局發現的情況下運用資金。說起來，他並不是投資客，而比較像駭客。秋生認為他的這種個性和自己有幾分相像。

「你想了解什麼？」秋生問。誠人說，他想在國外開一個匿名帳戶。

秋生叮嚀他絕對不能濫用後，教了他一個簡單的方法。

「提到境外帳戶，大家都會想到境外金融市場或是租稅天堂，但最近對洗錢的防範很嚴格，無法輕易開設匿名帳戶。雖然沒有帳戶開戶人名字的數字帳戶（number account）很有名，但目前即使在瑞士銀行，也無法開設完全匿名的帳戶。最主要的原因當然是美國為了防止販賣武器和毒品的恐怖組織用來洗錢，其實，在美國的金融機構，反而最容易開設匿名帳戶。」

誠人雙眼發亮地聽著秋生的談話。

「美國是日本所說的國民總號碼制的國家，靠ＳＳＮ，也就是社會保險號碼對國民進行管理。不管是駕照還是銀行帳戶，就連參加玩具獎品的抽籤，也需要有ＳＳＮ。然而，不可思議的是，在證券公司和期貨公司等仲介公司，即使外國人沒有ＳＳＮ，也可以順利開戶。

「在香港，如果要在境外市場的金融機構開戶，一定要本人親自去櫃檯出示護照，或是郵寄護照的影本。但是，護照影本可以輕易篡改，所以，最近需要律師、公認會計師或是銀行負責人證明影本和護照正本相同，才能順利開戶。同時，還要提供證明自己住址的英文文件。當然，從護照到律師認證，乃至英文地址證明都可以偽造，但這已經是犯罪行為，根本不值得這麼做。

「然而，靠ＳＳＮ進行顧客管理的美國金融機構，根本沒有用護照確認身份的習慣。雖然不可能用這種方法在銀行開戶，但外國人去美國證券公司或是期貨公司開戶時，根本不需要護照影本，也不需要地址證明，只要在申請書上簽名，把資料寄過去就大功告成了。我實在搞不懂，為什麼現在還這麼寬鬆？」

聽到這裏，誠人發出感歎的聲音。

「這麼說，我可以用一個亂編的名字和地址填寫申請書後，就在美國的網路證券公司開戶嗎？」

「只要你把簽了名的申請書寄過去，他們很樂意為你開戶。不過，你需要知道帳戶號碼和登入密碼，所以，至少要收一次信。如今，有些地方也可以用網路寄發每個月的月結單。」

「這種事，只要去租一個信箱就搞定了。」

誠人興奮起來。

「這個方法的好處，在於不需要篡改護照影本，也不需要胡亂編一個律師的名字，根本沒有觸犯日本任何一項法律。沒有任何一項法律禁止日本國民用筆名向美國的證券公司申請開戶。至於有沒有觸犯美國的法律，我就不得而知了。」

「無懈可擊，真是太厲害了！」

誠人激動地叫了起來，周圍的歐美人已經喝得醉醺醺了，莫名其妙地看著他們。誠人完全不在意周圍人的冷眼，問秋生說：

「但是，即使成功地開設了假戶頭，要怎麼匯錢進去？」

「你是在問當匯到國外的金額超過兩百萬日幣時，金融機構會自動向國稅局報備這件事吧？我們可以反向思考，就是當匯款金額低於兩百萬時，國稅局就根本不知道。你不需要太緊張，可以大大方方的把錢匯到假帳戶。」

「我在研討會上聽說，從銀行匯款到國外時，即使不超過兩百萬，國稅局也會查。」

「當然，國稅局對銀行有調查權，如果客人在短時間內，連續幾十次密集的匯款到國外，當然會被盯上。但上班族的稅金已經從薪水中扣除了，國稅局對上班族的資金運用根本沒有興趣。如果你還擔心，可以每次在不同的銀行匯款。

「如果不想從銀行匯款，最簡單的方法，就是像你這次一樣。你為什麼會來香港參加這種莫名其妙的研討會？一方面是因為證券交易法的法律因素，最重要的原因，就是把現金帶過來，不是嗎？那個投資專家叫你們花五萬美金買基金，其實就是叫你們在不向海關申報的情況下，帶六百萬現金出國。比方說，你可以用這筆錢在香港的銀行開一個戶頭，等你順利在美國的證券公司開設匿名帳戶後，就可以把存在香港的這筆錢換成美金滙過去，就不會在日本國內的金融機構留下滙錢到國外的紀錄。如果匯到國外的錢不超過一千萬圓，用這種原始的方法就可以了。」

「要怎麼提領存在假名戶頭裏的錢？」

「雖然網路證券公司可以在網路上進行匯款，但據我所知，只能匯款到相同名字開設的帳戶，所以，不能用這種方法。幸好，美國是支票社會，許多證券公司也發行個人名義的支票。只要用這些支票，就可以匯到包括日本在內的任何帳戶。只是比較花時間而已。」

誠人的口吻簡直就像是信徒在跟教主說話。

「你用這種方法開了很多匿名帳戶嗎？」

「我才不開這種帳戶。」

秋生笑著回答說：

「大家想要開匿名帳戶，目的就在於不想繳稅。我九年前在美國工作時，已經取消了在日本的戶籍，所以，在稅法上，我不是日本居民，根本不需要向日本政府繳稅。在香港，不僅利息和讓渡所得不需要繳稅，而且，在香港以外的所得也不需要課稅。即使一切合法，也不需要繳半毛稅金。如果去開什麼匿名帳戶，反而容易啟人疑竇。」

「大師，我服了你！」

誠人誇張地做出下跪的姿勢。

誠人原本打算聽研討會主辦人的建議，把日本帶來的現金如數存進香港滙豐銀行的美金帳戶。但是，當時香港滙豐銀行還沒有網路銀行，而且，如果只開設外幣帳戶，無法發行金融卡。如果把這筆錢用來買基金當然沒問題，但似乎又不太甘心。

於是，秋生建議他把錢存在當時唯一可以透過網路在國外登入的花旗銀行香港的分行。在花旗銀行開戶時不需要介紹人，只要帳戶內超過三萬港幣，就不需要帳戶管理費，所以，只要先存五十萬日幣就沒有問題了。帳戶的操作和日本花旗銀行幾乎相同，當地貨幣的港幣活存帳戶和綜合帳戶之間可以自由轉換。當然，也會發行金融卡，除了可以在日本國內的花旗銀行ATM提領以外，在任何連結國際ATM網路Cirrus的提款機，都可以將港幣存款換成日幣提領。不僅如此，還可以在網路上確認即時帳戶餘額和自動繳款，還可以把錢匯到香港和國外的金融機構。那個時候，如果想從日本登入帳戶，絕對首推香港的花旗銀行。

唯一的缺點，就是如果聽不懂銀行專員的英語，可能無法順利開戶，但誠人曾經在美國大學求學一年，這方面應該沒有問題。秋生告訴誠人飯店附近的銅鑼灣分行的地點後，他說第二天一大早就去開戶。

「對了，我忘了一件事。」秋生說。

「花旗銀行和香港滙豐銀行不同，你拿日幣去銀行，也無法存入銀行。我不知道你打算存多少錢，我想，你要事先去其他銀行或是錢莊，把日幣換成港幣。」

「但是……」誠人偏著頭說：「我打算把這次從日本帶來的八十萬日幣換成美金存進銀行。我把日幣換成港幣，又再換成美金，就會浪費匯兌的手續費。有沒有什麼好方法可以避免損失手續費？」

他似乎故意在出難題。此舉激起了秋生的玩興，他不禁笑了起來。雖然也可以直接把日幣換成美金拿去銀行存款，但這太沒意思了。

「雖然我連名字都還沒告訴你，但你願意相信我嗎？」

「當然。」誠人毫不猶豫地回答。

秋生從夾克口袋裏拿出隨身攜帶的美元支票簿，確認誠人的姓名拼法後，寫了一張給他的空白支票。

「這是我開戶的境外銀行的美金支票，明天，你拿去花旗銀行存款，最快三個工作天，最晚在五個工作天後，就會匯入你的帳戶。你等一下回房間把八十萬日幣拿來給我，然後，我們一起去前面印度人開的錢莊問一下日幣和美金的匯率，再根據這個匯率，把八十萬日幣換算成美金後，我把這張支票給你。我要聲明，如果我是騙徒，我的帳戶裏沒有一毛錢，這張支票就是廢紙，你的八十萬日幣就泡湯了。」

「真好玩，完全沒有問題。」

即使在擠滿了醉客的吧檯前數著誠人拿來的現金，這些錢也根本無法引起別人的注意。雖然會引起側目，但這些錢太少了，沒有人感興趣。

秋生確認了八十萬無誤後，帶著誠人走出酒吧，看著錢莊的告示牌。那天的匯率平均值是一美元兌一百二十圓四十六錢。

不知道為什麼，香港的錢莊都是印度人開的。最有名的就是位在尖沙咀重慶大樓一樓的印度人街，這裏的錢莊提供的匯率比香港滙豐銀行等一般金融機構更優惠。重慶大樓成為從世界各地來自助旅行者的朝聖地。

「你幫了我很多忙，我付你一圓手續費，按照一百二十一圓四十六錢的匯率來計算吧。」誠人說。但秋生笑著搖了搖頭。

「這是遊戲，我不會做這麼不上道的事。而且，我拿到的是現金，沒有任何風險，你還不知道這張支票能不能兌現。你應該要求，你冒這麼大的風險，我必須在匯率上給你優惠。」

秋生從夾克口袋裏拿出HP財務計算機計算出八十萬日幣等於六千六百四十一美元二十一分。他把這個金額填在支票上，簽了名，交給誠人。秋生的簽名很大，很潦草，很難看出他的真實姓名。但他在支票的角落留下了電子郵件的信箱。在微軟的hotmail可以匿名申請電子郵件信箱，自從秋生開始流浪生涯後，他開始使用任何地方的電腦都可以登入的電子郵件信箱。無論去世界任何地方的鄉下，只要有一台可以連結網路的機器，就可以收發郵件。

「如果一星期後還沒有入帳，你寫信到這個信箱，我會幫你去查一下。」

聽到秋生這麼說，誠人很恭敬地道謝說：「謝謝你。」從他很有家教的言行舉止，不難察覺到他之前從來沒有為錢煩惱過，否則，不可能毫不懷疑地參與這種荒唐的賭博。或者，他只是笨蛋而已？無論如何，對秋生來說，只是玩玩而已。

翌日晚上，秋生就收到了誠人寄來的第一封電子郵件。他已經順利在花旗銀行香港分行開設了帳戶，並已經把支票存了進去。同時，已經成功地從網路上登入帳戶，第二天就要回日本了。最後，所有參加研討會的成員中，只有誠人沒有購買那檔基金。當他告訴大家他在花旗銀行香港分行開了帳戶後，主辦研討會的評論家訓斥他不要亂來。「結果，我很火大，就暗示手續費的事，他立刻嚇得臉色鐵青。」

秋生沒有回信。

第三天，誠人又寄了一封郵件給秋生，報告他回到日本後，立刻用假名申請了一個私人信箱，並打算第二天去美國的網路證券公司開戶。

秋生仍然沒有回信。

又過了兩天，他又寫信說錢已經順利進了花旗銀行香港分行的帳戶。最後，還很客氣地補充了一句：「如果你看到這封信，可不可以請你回信給我？」

秋生回信說：「確認入帳，了解。」五分鐘後，立刻收到回覆：「謝謝你回信。」同時，還在郵件中問道：「我該怎麼稱呼你？即使只是網路上用的名字也沒關係。」

秋生想了一下，回信說：

「ＡＫＩ。工藤秋生。」

這個名字並沒有特別的涵義，只是臨時想到的名字。

之後，他們通了幾次信，誠人順利地在美國證券公司開了匿名帳戶，並成功地從香港花旗銀行把錢匯進了這個帳戶。他在自己的網站上公開了這個經驗，吸引了不少網友。他在信中說，人數多得連他自己都嚇到了。「我稍微提到了秋生先生的事，很多人都寫信來，希望把你介紹給他們，我很傷腦筋。」接著，又寫了一封郵件來拜託：「我實在無法拒絕其中兩位網友，我可不可以把你的電子信箱告訴他們？」

這時，秋生才發現事情已經發展到不可收拾的地步。誠人在邀請他加入遊戲。

如果是半年前，面對這種邀請，他絕對會一笑置之。但這幾個月來，秋生依然無所事事，根本無事可做。他瀏覽了誠人的網站，對想要千里迢迢來香港找自己的那些怪人也產生了興趣。如果說，自己對可以在完全匿名的情況下，窺探這些宅男宅女的隱私完全沒興趣，顯然是騙人的。但最大的理由，還是因為他實在太無聊了。

為了消磨時間，秋生開始接待在誠人的介紹下，從日本來香港的客人。他和十幾個人用電子郵件交換意見後，並實際見面後，很快了解到這份工作的架構。真正值得交談的不超過整體的百分之五，剩下的百分之九十五都是人渣、垃圾。這種人往往在一開始擺出低姿態，一旦見了面，就要求秋生出示身份證，或是質問他有沒有投資顧問的登記證，說一些很無聊的話。就連看到秋生一言不發地起身，才驚訝地哀求說「我錯了，不要丟下我。」的舉動也一模一樣。

有些人很明顯想利用境外市場達到犯罪目的。也有些是被列入黑名單，或是宣告破產，無法申請信用卡的人，想利用無法登入日本國內信用資料庫的國外銀行開戶，以申請信用卡。雖然這不是違法行為，但和這些亡命之徒扯上關係，絕對不會有什麼好事。有專門處理這方面問題的業者在體育報和晚報上登廣告，宣稱「即使已經破產，也可以申請信用卡」，只要找他們就可以解決問題。

秋生把一些奇奇怪怪的客人刪掉後，將客人分成不同的等級。根據客人的等級，採取不同的態度。最低層級的客人採用時間制，一小時的顧問費為兩萬日幣，並自行制定了「在香港滙豐銀行開戶的顧問費為三萬圓，時間必須控制在一個半小時內」之類的遊戲規則。如此一來，就可以徹底控制這些財迷心竅的客人，任何事都可以操之在我。

然而，持續半年之後，秋生對原本覺得樂趣無窮的這種生意感到厭倦。他製作了一份詳細的教戰手冊，用自動回信的郵件方式處理絕大部分的委託，但之後又開始覺得麻煩，就把整份教戰手冊上傳到誠人的網站。沒想到，再度引起好評，參觀人數暴增，轉寄給秋生的郵件也增加了，但他最近一個星期才去看一次電子信箱。這些郵件無非都是「我不想繳稅」、「我想把不法的錢帶到國外」、「我想在遺產稅上動手腳」、「有什麼賺錢的好機會」，秋生已經感到煩不勝煩。

他在自稱「工藤秋生」後，越來越喜歡這個假名。他雖然沒有英文名字，但開始自稱「AKI」。就讀英文中學的香港人和美國人一樣，喜歡用暱稱相互稱呼。所以，不到半年的時間，大家都叫他「嗨，阿秋」。這就是和以前唯一的不同。

結果，他還是回到原點，躺在床上，看著天花板上的污漬。

5

女人等在中環東側遮打花園對面麗嘉酒店的咖啡廳。下午三點。今天又是一個炎熱的天氣。香港島上有許多大得莫名其妙的酒店，麗嘉酒店卻是鬧中取靜，很有格調的一家飯店，這裏的大部分客人都是常客。

秋生和女人從來沒有用電子郵件聯絡過。這次是因為誠人的強烈要求，相關工作也完全由他安排。她希望在香港或是境外設立法人，以法人名義開設銀行帳戶。目前還不了解詳細情況，秋生猜測對方想利用這種方法逃稅，既然這樣，當然不可能會在郵件中留下證據。所以，秋生事先完全沒有掌握任何資訊。

「奢華。超級大美女。敬請期待囉。」

誠人在郵件中這麼寫道。既然這樣，就不需要約定所謂的記號，於是，秋生指定在非假日的午後，約在不會有太多人潮的這個咖啡廳見面。裏面的座位有一對白人男子和東方女子，一看就知道是在偷情。一群日本觀光客看到英式下午茶的豪華餐點，情不自禁地歡呼起來。咖啡廳裏還有幾個打開公文包，手拿資料，正在談生意的男人。Wedgwood的陶瓷。Émile Gallé的花瓶。令人回想起殖民地時代的骨董擺設，令人宛如踏進不同於戶外喧囂的另一個世界。

這天，秋生像往常一樣早晨六點起床，確認了前一天紐約股票市場和芝加哥期貨市場的收盤價。那斯達克指數仍然在兩千點上下徘徊，道瓊工業指數也正在上攻一萬一千點的關卡。隨著小泉改革政權的假象消失，日本股票市場欲振乏力，芝加哥期貨市場的日經二二五股價指數紋風不動。他打開CNBC的股市新聞頻道，上了年紀的主播誇大其詞地把芝麻小事說得繪聲繪影，口沫橫飛分析著剛收盤的股市多麼富有戲劇性。如果股市每天都這麼戲劇化，股票交易員早就胃穿孔，命喪黃泉了。

他泡了咖啡，打開電腦，心不在焉地看著電視。時間已經來到七點五十五分，新加坡股票交易所SGX已經開始日經二二五的交易。他從網路即時新聞中確認了日經指數。一萬二千八百六十點，比芝加哥的收盤價低十點。五分鐘後的上午八點，也就是日本時間上午九點，大阪證券交易所的日經二二五也開始了。或許是受到新加坡的影響，股市一開盤就下挫十點，為一萬二千八百五十點。他立刻查了幾個短期的選擇權價格，發現波幅太小，他根本無意介入。不到三十分鐘，他就感到厭倦。

難得留宿的阿媚睡眼惺忪地起床了，等她換好衣服，他們一起出門吃早餐。阿媚和父母、兄弟住在九龍半島的新界，去陳先生的公司上班時，單程就要將近一個小時。她經常哀歎說：「其實從你這裏上下班輕鬆多了，但我爸媽很囉嗦，不允許我住在外面。」昨天，她也是拜託朋友編了謊言，才能夠外宿。

阿媚說，秋生一個人住在香港島的黃金地段太奢侈，應該早日讓她成為「室友」。事實上，香港的不動產價格貴得令人咋舌，根本不存在單身生活的可能性。況且，中國社會的共同體意識很強，根本沒有孤獨的概念。另一方面，香港的風俗習慣不允許輕易和年輕女孩同居，想讓阿媚成為室友，還是必須先辦理該辦的手續。想到這些事，秋生每次都只能敷衍幾句。阿媚對秋生的這種態度大感不滿，每次都成為他們爭吵的理由。最近可能因為阿媚滿腦子都是加拿大旅行的事，無暇顧及這個問題。

秋生在附近的書報攤買了華爾街日報亞洲版，在經常光顧的早餐店一邊吃皮蛋粥，一邊翻閱著報紙。曾經在九〇年代席捲美國的新經濟幻想，像可口可樂的氣泡般消失了，如今，矽谷的每個人都提心吊膽，不知道IT產業的營運資金什麼時候會出現缺口。阿媚向陳先生請長假的計畫似乎也觸礁了。

「他叫我趁聖誕節和過年的時候休連假，這根本不可能嘛，到時候親戚都會來家裏，我根本忙不過來。」

在香港，凡事都以親戚的聚會為優先。除非秋生和阿媚訂婚，否則，根本沒有正當理由可以取消這些例行的安排。陳先生明知道這些道理，故意調侃阿媚，阿媚卻完全沒有發現。

秋生和前往地鐵站的阿媚分手後，撥開擁擠的人潮回到家中，翻閱著他掛名的那家投資顧問公司寄來的避險基金的資料。受到時下經濟不景氣和基金數的增加，以前最低申購金額一百萬美金的避險基金也降到了五萬美金。大部分都是挑選幾檔過去績效良好的基金，重新包裝成策略避險基金（Fund of Hedge Fund）。不少顧客喜歡買這種基金，基金的手續費本來就已經夠高了，秋生搞不懂為什麼有人會去買這種手續費加倍的金融商品。當然，別人愛怎麼花錢是他家的事。

資料上羅列了詳細的數據，他才看了一半，就興趣缺缺地把資料丟在一旁。無論怎麼分析以前的績效，都無法預測未來。而且，也沒有人能夠保證這些資料正確無誤。這種資料，只是看了讓自己安心而已。

秋生聽著莫札特的安魂曲，翻閱著一本內容在說日本國債暴跌導致經濟崩潰的小說，但也很快就看膩了。因為故事情節實在太荒唐滑稽，竟然是一個買賣國家所發行債券的債券交易員力挽狂瀾，拯救了日本。

全世界的人有百分之九十五以上根本不在意日本會不會破產，是不是會引發金融恐慌。秋生也是其中之一。國家的破產沒什麼大不了。重要的是，自己該怎麼活下去。

結果，他一直看著天花板上的污漬，直到下午。

當他回過神時，發現咖啡廳門口站著一個年輕女人。女人穿著一看就知道是香奈兒的夏季套裝，波浪的頭髮染成淺咖啡色。咖啡廳內所有的男人都向她行注目禮。的確是個美人胚子，絕對不會認錯。

秋生舉手向她示意，起身微微欠身行禮。女人鬆了一口氣走到桌旁。

「我叫若林麗子，謝謝你從百忙中抽空過來。」

女人恭敬地鞠了一躬。

麗子抬頭挺胸地入座，向服務生點了冰紅茶。雖然是典型的日式英語，但她的發音很標準。秋生從正面端詳著麗子，發現她的五官很協調，但眼尾有幾道淺淺的魚尾紋。她的年紀應該不到三十歲，或是三十歲出頭吧。古馳的皮包、寶格麗的手錶，都證明了她是有錢人。她的臉色似乎有點蒼白。

寒暄了幾句後，秋生問她委託內容。麗子說，她未婚夫經營的公司將有數千萬圓的利潤，希望可以利用境外法人藏匿這些利潤。

「他因為太忙了，沒時間來香港，所以叫我來打聽清楚。」

麗子神情緊張地窺視著秋生。她的眉毛剃掉後，畫出完美的形狀。搭配套裝顏色的藍色眼影更加襯托她那雙咖啡色的眼眸。臉上的化妝無懈可擊，簡直就像是時裝雜誌彩頁的模特兒。這個奢華的女人讓秋生忍不住感到臉紅，然而，秋生仍然感覺到她身上似乎有什麼不對勁。只是不知道到底是哪裏不對勁。

秋生首先詢問她未婚夫從事的行業。麗子對業務內容不太清楚，但似乎是不動產和金融顧問的工作。

「顧問業可以有幾千萬的利潤嗎？」

「呃，這我就不太清楚了。」

「妳是希望和在香港成立的法人做交易，將這些利潤轉移到海外而不想繳稅，對吧？」

「對。」

「我勸妳還是打消這個念頭。」

秋生冷冷地說道，麗子一臉錯愕地睜大了眼睛。

「大家都以為只要在境外設立法人，假裝有交易，就可以輕易逃稅，其實，這是天大的誤會。如果是製造業或是流通業，的確可以利用境外的子公司節稅，但如果是金融相關的行業，沒有實際的商品流通，很容易被國稅局盯上。如果是一千萬左右的利潤，在日本國內就可以動手腳。比方說，可以轉到決算期不同的子公司，或是請朋友的公司出一份預約請款單，或是以紅利的方式匯進員工的帳戶，到時候再拿回來。在境外設立法人需要花錢，一旦被國稅局發現是偽造的，就會變成惡性逃漏稅，到時候會引起很大的麻煩。這麼做，根本毫無意義。」

麗子聽了，低著頭沉思片刻後，終於抬頭看著秋生。

「其實，要處理的金額更多一點。」

「有多少？」

「五億。」麗子用沙啞的聲音回答。

「公司的年營業額是多少？」

「我不太清楚，可能十億日幣左右吧……」

「營業額十億的公司有五億的利潤，然後，要如數帶到境外逃稅嗎？這太荒唐了。我勸妳還是放棄吧。這根本不可能瞞過國稅局，萬一被發現了，不光是懲罰性的重罰，還可能關進大牢，留下前科。即使繳一半的稅金，手頭上還可以剩下兩億五千萬，這樣還不夠嗎？」

「我也是這麼跟他說……」

麗子說完，又低頭不語。

秋生等待她的下文。

「他好像要把那五億圓還給某一個人。」她輕歎一聲說道。

「不能光明正大的支付嗎？」

麗子沒有說話。

「最近，黑道都會開一兩家合法的公司，可以和他們訂契約，把錢匯過去，之後，再讓那家公司倒閉就解決了。這麼一來，可以將所有金額作為虧損處理，對方是處理黑錢的專家，之後的問題，交給他們去辦就好了。」

麗子仍然一言不發，一雙洋娃娃般的大眼睛噙著淚水，只是一味地搖頭。秋生雖然不知道到底有什麼內情，但她似乎必須將五億的隱匿資金帶到海外交給他人，不這樣不行。

「退一萬步，能不能由對方出面設立假公司？如果匯到自己設立的公司，到時候根本找不到理由為自己開脫。如果是第三者的公司，即使到時候被發現並沒有進行交易，也可以找藉口。」

「我未婚夫說，要由我在境外設立公司，簽定合約後，把錢匯過去……。他叫我來問一下有沒有什麼好方法。」

「這簡直是亂來。如果這麼堂而皇之，連妳也會成為罪犯。」

麗子白皙的手握緊手帕，削瘦的身體不停顫抖。她擦著帶金粉的鮮藍色指甲油，左手的無名指上戴著一只紅寶石外圍了一圈鑽石的訂婚戒指。秋生忍不住咂了一下嘴。為什麼誠人把這麼麻煩的客人介紹給我？

「妳現在打電話回日本，我可以和妳未婚夫談。不然，妳身上的負擔太重了。」

聽到秋生這麼說，麗子慌忙哀求說：「請你千萬別這麼做。我離開日本時，向他保證一定會把事情辦好。萬一不行，將會危及他的立場。」

「妳的意思是，會危及生命嗎？」

麗子再度沉默。一行熱淚從她蒼白的臉頰上滑了下來。

秋生不禁在心裏想：「我才想哭呢。」他第一次遇到這種麻煩事。

「真傷腦筋。我會努力想想看有沒有什麼方法，可不可以給我一天的時間？」

雖然秋生意興闌珊，但眼下不得不這麼回答。當然，這也是為了找理由再度見到這麼有魅力的女人。

最後，秋生問了最重要的事。

「這個世界上，不可能有什麼方法可以讓五億圓這麼一大筆錢像變魔術一樣憑空消失，無論如何，都必須有一個人違法。妳有這種心理準備嗎？」

麗子臉色鐵青地點點頭。

秋生問了她的聯絡電話，以及她要在香港停留幾天。麗子說，在這件事解決之前，她不會回日本。秋生接過寫著半島酒店房間號碼的便條紙，約定第二天上午和她聯絡，便起身離開了。

6

走出麗嘉酒店，秋生往中環車站的方向走了幾步，來到在香港很具有代表性的文華東方酒店。他坐在頂樓酒吧可以眺望維多利亞港的座位，喝著波本酒。等到傍晚六點過後，整理完交易單的交易員就會三五成群來到這裏，把吧檯周圍擠得水洩不通。現在只有兩三個客人而已，酒保閒來無事地擦著杯子。

即使在傍晚時分，戶外仍然酷熱不已，地面上的水蒸氣使九龍半島的高樓大廈看起來霧茫茫的。也許又要下一場雨了。麗子住宿的半島酒店就在正對面。

香港的人口幾乎都集中在面向廣東省南部的九龍半島的南端，和正對著維多利亞港的香港本島北部。俗稱「新界」的九龍半島的一大半，都是清朝在一八九八年的鴉片戰爭後以九十九年的期限出租的地區，一九九七年，九十九年的期限剛好期滿。香港中心則是清朝政府割讓給英國的地區，照理說，根本不需要歸還給中國政府，某些英國保守派也強烈主張守住「固有領土」。但在現實中，如果佔香港八成面積的新界沒有水和糧食，殖民地根本不可能繼續維持下去。因此，在柴契爾夫人和鄧小平會談後，決定將香港全面歸還給中國政府。

由於有這樣的歷史背景，因此，大英帝國對香港的投資都集中在極小部分的割讓地，那裏的大樓也特別密集。香港北部以中環為中心，聚集了大量金融機構，以尖沙咀為中心的九龍半島南端，則有點像是東京的新宿和池袋，形成商圈鬧區。

秋生看著渡輪在天星碼頭靠岸後，乘客紛紛下船的樣子，思考著剛才的事。

麗子打算從未婚夫公司的帳戶中提領五億圓到境外，作為費用或是虧損處理，並把匯出的這筆錢在境外交給第三者。

關於境外付款的問題，只要對方在境外，也就是租稅天堂國家的金融機構有帳戶，應該不是太大的問題。麗子他們如此大費周章，到時候，對方應該不會說要拿日幣現金或是不記名的折扣債券吧。不過，之後的問題，就不關秋生的事了。

問題是，如何讓五億圓漂亮地從資產負債表上消失。泡沫經濟崩潰後，日本經濟一蹶不振，政府的法人稅收入大幅減少。最近國稅局查察部連一億圓以下的逃漏稅也不放過。如果不設計一套天衣無縫的詭計，一下子就會被逮住。

之前，秋生也曾經接過幾件逃稅和節稅的委託，他也曾經出手相助。但那幾次都是利用法律漏洞的合法詭計。

遇到這種情況時，經常使用的方法，就是利用境外子公司進行進口交易。

比方說，某家日本國內企業在香港設立分公司。這家分公司向中國購買成本為八十圓的商品，母公司以每件商品一百圓的價格進口。在這樁交易中，母公司可以將每個二十圓的利益轉移到子公司。母公司再用「雖然很努力促銷，但還是賣不出去」的藉口，將以成本一百圓進口的商品，以一個七十圓的價格如數賣給一百圓商店。雖然每件商品損失了三十圓，但這筆費用可以作為虧損計算，所以，可以減少繳稅金額。對一百圓商店來說，可以用七十圓的價格買到成本八十圓的商品，並以一百圓的零售價格賣出。因此，無論是製造商品的中國公司、進口商品的日本企業，還是一百圓商店都有利可圖。唯一蒙受損失的，就是收不到稅金的日本政府。

這種技巧可以將利益轉移到境外子公司，還可以在帳面上呈現虧損，因此，許多公司都引進了這種方法，於是，日本政府制定了「轉移價格稅制」加以規範限制。這項法律限制了用不符合市價的價格和子公司進行交易，目的不是為了做生意，而是利潤轉移的行為。然而，在進行和企業主要業務相關的交易時，很難界定到底是為了節稅，還是正當的商業行為。尤其在當今，日本的景氣持續低迷，全國各地很難找到盈利的公司。因此，光是進行不合成本的交易，很少會被檢舉是在逃漏稅。

然而，這項完美計謀有一個問題。即使在境外或是香港這類不課稅或是輕課稅的國家設立法人，試圖轉移利潤，如果國內企業實質支配境外的子公司時，國稅局就可以根據「租稅天堂對策稅制」，將利潤合併在日本國內的所得課稅。也就是說，境外子公司的利潤會百分之百連結到日本的母公司。

為了逃避這種實質支配基準，唯一的方法，就是由非日本居民持有超過百分之五十的股份。這種時候，就可以凸顯出秋生這種非日本居民的存在價值。

一旦擁有超過半數的股份，就掌握了對子公司的支配權。因此，有一定規模的公司往往不敢輕易嚐試，通常只有老闆獨當一面的中小企業才會有效運用這項手法。一旦公司的所有權在第三者手上，即使國稅局感覺有蹊蹺，也只能乾瞪眼。如果彼此可以建立信賴關係，以充分的時間進行準備工作，的確是相當痛快的「節稅」手法。香港的法人稅相當低，只有百分之十六，如果可以結合境外法人，甚至可以完全免稅。

這個世界上，為錢不惜付出一切代價的人多如牛毛。即使在香港，想要找非日本居民把名義出借給想要逃稅的日本企業實在太簡單了。這些人知法犯法，即使成為股東，只要不是董事，無論那家公司從事什麼犯罪行為，他們的責任也很有限，所以，根本不當一回事。在資本主義中，股東的責任限定在出資金額的範圍內。由於只要一美金，就可以在境外設立空頭公司，因此，出資百分之五十的股東所要承受的最大風險，就是損失五十美分而已。

然而，當企業利用這些背景有問題的非日本居民時，必須同時承受無限大的風險。一旦這些人掌握了企業逃漏巨額稅金的證據，往往會以此要脅企業，進行勒索。如果這些人和黑道或是職業股東勾結，很可能會把企業榨乾。所以，最後還不如乖乖繳稅還比較划算。在香港，有太多日本人成為社會邊緣人，經營者如果和這種人扯上關係，就是徹頭徹尾的笨蛋。

況且，麗子的未婚夫經營的是顧問公司，不可能運用商品進行交易。如果現在更改公司的營業項目，未免太明顯了，根本是下下之策。這麼一來，只有用投資的名義把五億圓匯出來，之後，再讓投資的那家公司倒閉，才能讓這筆錢從帳簿上消失。這種方法風險很大，只要稍有閃失，就等於掛著「我逃稅了」的牌子在國稅局門口走來走去。

最簡單的方法，就是在香港設立法人，由麗子擔任董事長，再以不動產投資之類的名目，隨便簽一份合約，把五億圓匯過來。現在他們的手頭應該還很寬裕，秋生可以從中大撈一筆顧問費，之後，一切就聽天由命吧。如果國稅局起疑，調閱香港的登記證，一切就完蛋了，但應該有百分之零點一的可能會睜一隻眼閉一隻眼吧。秋生只不過根據委託人的要求，合法地協助他們在香港設立法人而已。至於客戶如何運用這個法人，和他完全沒有關係。麗子也是被未婚夫所騙，才會成為法人代表。至於她的未婚夫，只要能夠證明這筆錢之後匯給了第三者，就可以免除刑責。

不過，這麼一來，就淪為騙徒。

不然，不妨在境外設立法人，在香港成立子公司？

在金融機構開設境外法人的帳戶並不是想像中那麼容易。除了瑞士、盧森堡以外，設置在曼島（Isle of Man）、海峽群島（Channel Islands）等歐洲具代表性租稅天堂的金融機構，根本不願意為來路不明的公司法人開設帳戶。如果開設帳戶的目的只是為了逃漏稅，銀行方面更不願意配合。

如此一來，只能在加勒比海的蓋曼、百慕達、英屬維京群島（British Virgin Islands），或是南太平洋的萬那杜（Republic of Vanuatu）、諾魯共和國（Republic of Nauru）和帛琉等規定比較寬鬆的地方設立法人。不過，突然匯五億日幣到登記在租稅天堂的莫名其妙的公司，國稅局絕對會立刻展開調查。

但如果把公司設立在香港或新加坡，日本國稅局進行照會時，就會輕易查出董事名冊。況且，香港本來就是日本國稅局最重點警戒的地區，聽說日本方面派了調查官常駐在香港。

還是在境外設立一個控股公司，然後到香港設立一個持股百分之一百的子公司？這麼一來，登記證上就不會出現董事的名字。如果查到境外法人，當然又另當別論，但光是日本的國稅局在那裏叫囂，根本查不出公司真正的幕後老闆。租稅天堂也會遵循所謂的市場機制，如果輕易洩露登記資料，就會嚇跑好客人。租稅天堂通常是除了觀光以外幾乎沒有其他資源的貧窮國家，協助世界各地富豪逃漏稅是他們的最大產業。如果對富豪不再具有吸引力，這些國家的國民就只能回到石器時代的生活。除非是發佈國際通緝的恐怖組織，同時蒐集到買賣毒品、槍枝或是販賣幼兒的證據對當局施加壓力，否則，即使看似有問題，也不可能輕易洩露資料。

不過，這種方法也有幾個問題。

在香港設立子公司時，必須出示境外法人的母公司登記資料。一旦股東名字出現在上面，一切努力就化為泡影。

還是在境外成立兩家法人，把香港的公司變成孫公司？或是買一個適當的法人，利用更換的登記證，強行設立公司？雖然有多種不同的方法，但如果斧鑿的痕跡太深，一旦事情曝光，就很難開脫。

還有另外一個問題，就是香港的法人代表，要寫誰的名義？隨便找一個街上的遊民，由他們擔任法人代表？還是偽造身份證？

想到這裏，秋生發現這個案件的風險相當大。如果滿足麗子的要求，秋生自己就會觸犯法律。而且，目前完全不知道麗子未婚夫的背景和他所處的狀況。那五億圓應該也不是透過正常管道取得的。

如果五億圓消失後，某個相關人去告發「其實是被一個住在香港的日本人騙了」，結果會怎麼樣？即使不知道秋生的真名，已經有幾個人直接見過秋生。國稅局不難從這些委託人開戶資料上查出介紹人秋生的真名。到那個時候，不光是成為逃漏稅的幫凶，更可能會因為詐騙五億圓而遭到逮捕。這太不划算了。絕對不能讓這種情況發生。

秋生瞥了一眼時鐘。如果麗子直接回飯店，現在差不多已經到了。自己應該立刻打電話到半島酒店，找到麗子，告訴她：「我拒絕妳的委託。妳收拾一下行李，明天就回日本吧。」

秋生喝了一口被冰塊兌稀的波本酒。

酒吧內不知道什麼時候已經座無虛席，吧檯周圍的股市交易員大聲談笑著，討論今天的市場行情。夜幕低垂，九龍的高樓大廈亮起了五彩繽紛的燈光。

五億日幣。換算成美金大約有四百萬美金……。

秋生叫來服務生，又點了一杯雙份的波本酒。

「四百萬美金。」他在嘴裏嘀咕著。

一年半前，秋生曾經以這筆鉅款為目標，在股海翻騰，經歷了慘痛的經驗。

秋生在泡沫經濟最鼎盛的時期，從東京都內的私立大學畢業，進入一家都市銀行，跑了兩年外勤後，被召回總公司，以二十五歲的年紀被派到紐約分行。因為他讀的是理工科，在數字方面很強，而且公司內會說英語的人不多。當時剛開始流行垃圾債券和衍生性金融商品的話題，就連腦筋僵化的日本銀行，也認為有必要派年輕人去美國學習最新知識，於是，秋生就雀屏中選了。

前往紐約的兩年期間，秋生跟著美國上司學習如何為垃圾債券基金定價。垃圾債券顧名思義就是「垃圾」，通常都是一些財務狀況很差，隨時可能關門大吉的公司為了調度資金所發行的債券，因此，利率相當高。經常有一年的利率高達百分之一百的債券，這就好像用五十美元的價格在銷售一年後可以中一百美元的獎券一樣。但遇到地雷債券的機率也相當高，以前，根本沒有人願意購買這種債券。

一九七〇年代中期，一位名叫麥克•米爾肯（Michael Milken）的人像彗星般登場，用魔力把這些垃圾變成了黃金。米爾肯運用再怎麼危險的獎券，只要大量蒐集，就可以平攤買到地雷債券的風險，以高獲利投資的數字魔術，獲得了驚人的利潤。米爾肯在八〇年代末期，因為內線交易而鋃鐺入獄，一度導致垃圾債券市場崩潰。進入九〇年代後，債券市場再度抬頭，和IT產業一起引起了很大的迴響。這些垃圾債券、住宅貸款債券和融資債券的價格受到息票（coupon）、償還期限、利率和風險的影響，變化情況很複雜，必須運用電腦、數學和統計分析的先進知識加以計算。秋生的上司曾經在大學數學系擔任助教授，他指示秋生修正定價程式，把數據資料分類，驗證計算結果。

那位上司被挖角到華爾街的投資銀行半年後，秋生也被挖角了。他的工作是負責選擇權的定價和債券衍生性商品的組合。所謂選擇權，就是買賣股票、股價指數、外匯和商品等原資產的權利。計算選擇權的權利費，也需要運用微積分、蒙地卡羅模擬方法（Monte Carlo method）進行複雜的計算。要把這些選擇權結合到債券內，或是將這些衍生性金融商品本身證券化賣給投資人時，只有設計程式的人才了解如何計算出適當的價格。公司並不在意邏輯有多嚴謹，或是定價的正確性，而是從該部門可獲得的利潤來進行評價，因此，這些衍生性金融商品根本是黑箱作業，最後淪為從顧客身上賺取不合理手續費的工具。秋生親身體驗了這樣的過程。

三十一歲時，秋生被挖角到避險基金部門。他的工作地點在距華爾街有一小段路的蘇活區的一角，雖然辦公室是用以前的倉庫改造而成，但裏面卻是最先進的高科技實驗室。那時候剛經歷一九九七年亞洲金融風暴，聽說喬治・索羅斯的基金蒙受了鉅額的損失，不再像以前那麼風光。秋生受邀加入的避險基金並不是靠預測行情，運用財務槓桿賺取價差的全球宏觀（Global Macro）策略，而是及時掌握世界各地的市場價格，及時發現相同的產品有不同的價格時，低價買進，高價賣出，以一物二價的價格差進行無風險投資的市場中立（market neutral）策略進行操作。在現貨和期貨、期貨和選擇權、股票和可轉換公司債等各方面，都可以發現這種價差，而將之化為莫大的財富。用光纖電纜連結的數十台高速電腦發出嗡嗡的呻吟，在通訊網路中走遍世界各地，掌握尋寶圖，挖掘墳墓，獨佔寶物。

秋生身為財經人士的經歷在此受到了很大的挫折。避險基金的同事們不是在一流研究所取得數學和物理博士的學位，就是曾經在軍事研究所研究過最先進的機密，秋生根本沒有受過專業教育，甚至無法理解他們談論的內容。

秋生不到半年就提出了辭呈，但他已經無力再回華爾街求職，也不想回日本。他將公寓退租後，揹起行囊，開始在美國過著浪跡天涯的嬉皮生活。他從紐約南下，前往佛羅里達州、紐奧良、德州等地旅行後，在美國和墨西哥國境交界處徘徊了一陣子，穿越沙漠，從拉斯維加斯來到西海岸，在洛杉磯的汽車旅館四處投宿時，發現那裏有許多和自己相同的人。

秋生在華爾街時代的年收入超過二十萬美金，轉職到避險基金後，也有高額分紅，即使他揮霍度日，銀行帳戶裏還剩下五十萬美金。雖然暫時不需要急著找工作，但這些錢無法提供他一輩子過無憂無慮的生活。在西海岸風光明媚的別墅勝地，有許多和秋生境遇相同，二十幾歲、三十出頭就已經燃燒殆盡，在商場最前線遭到淘汰。但他們即使不工作也不至於影響生計，結果就沉迷於毒品和性愛。這些一九九〇年代的淘汰菁英似乎有一種獨特的特質，秋生很快就結交了幾個志同道合的朋友。在其中一人位於馬里布（Malibu）附游泳池的別墅過了一個月，整天抽大麻和古柯鹼。有一天早晨醒來，發現原本睡在旁邊的朋友因為吸食海洛因過量變得冰冷。秋生擔心自己早晚也會像他一樣變成毒蟲，努力振作起已經被毒品麻醉的腦袋，在一九九九年初，離開了美國，來到香港。

秋生的目標是將五十萬美金的資產先增加到一百萬，如果可以，他希望可以增加到兩百萬。如果有這麼一大筆錢，即使沉溺於大麻、古柯鹼到死，生活也應該不虞匱乏。秋生在平凡的中產階級家庭長大，國中、高中和大學都算是優等生，缺乏根源性的慾望。他不是想用這些錢去幹什麼，而是害怕貧困潦倒。

想要累積財富的最佳方法，就是靈活運用衍生性金融商品的知識，從波段差額中獲利。

找到公寓後，秋生在深水埗的電腦行，訂購了用於交易和支援的兩台機器，用很便宜的價格買了盜版的列表計算軟體、統計解析軟體和程式設計軟體安裝在電腦上。Windows OS還沒有上市時，香港已經有了盜版，聽說是「中國的情報機構為了籌措自己的薪水，利用最先進的研究設施，有組織地從事盜版生意」。

香港的市內電話是定額制，一天二十四小時上網都沒有問題。即使不要求光纖，原本至少希望有ISDN級的通訊速度，但住在這幢屋齡二十年的公寓，這些要求根本是異想天開，於是，秋生只能作罷。最近，香港ADSL終於普及了，但當時還沒有。原本他並不打算進行短線操作，所以，認為應該問題不大。

秋生的投資標的是芝加哥商業交易所（Chicago Mercantile Exchange, CME）的那斯達克指數、S&P股價指數期貨和選擇權，以及新加坡交易所SGX的日經二二五。除此以外，還投資了美元期貨、美國和日本的個股。美國對境外人士的股票交易所得不課稅。另外，透過香港的證券公司買賣日本股票，也完全不用繳稅。國稅局如果知道日本人在進行股票交易，或許會調查，但交易本身是以香港證券公司的名義進行，所以，根本不需要擔心。自從他離開避險基金，成為嬉皮浪跡天涯後，嚴格來說，秋生是以非日本居民的身份處於灰色地帶。

一九九八年秋天，俄羅斯發生金融危機，導致有許多避險基金超級明星的長期資本管理公司（Long Term Capital Management, LTCM）發生危機。股市盪到了谷底，秋生個人開始投資的一九九九年，無論日本還是美國，都是投資人豐收的一年。日本股市繼泡沫經濟崩潰，又承受了接二連三的金融風暴打擊後，在一九九八年年底開始逐漸回升，迎向了IT泡沫時代。那斯達克指數也持續飆升，朝向五千點的夢幻目標邁進。

秋生把資金分散在美國網路證券公司、期貨公司和香港證券公司三個地方，以科技股為中心，用融資的方式購買股票，持有股價指數期貨的長倉（Long position，可以理解成「買超」），賣出賣權（put option）。他在市場上始終貫徹著如果股價上升，就利用槓桿效果而獲利的強勢投資策略。

一九九九年年底時，他原本的五十萬美金已經增加到八十萬。日經指數即將站上兩萬點，那斯達克指數也衝破了四千點。大家都認為股市已經處於隨時可能崩盤的狀況，再加上遇到千禧年的問題，在十二月後，秋生把所有持股都脫手了。

然而，市場卻出乎秋生的意料，進入二〇〇〇年後，並沒有發生任何問題，千禧年效應使股票繼續攀升。秋生慌了手腳。無論怎麼想，這種榮景不可能永遠持續，一旦錯過這個機會，還要多花多少年才能達到這個目標？

距離他首要目標的一百萬美金還差二十萬。現在回想起來，那一年，他隨著股市行情的波動獲得巨大成功這一點，令他產生了過度的自信。秋生把六十萬美金匯入境外銀行，將剩下的二十萬美金投入芝加哥期貨，準備最後奮力一搏。他希望在半年以內，讓這二十萬美金翻一倍。

二〇〇〇年一月底，他的持倉以那斯達克指數期貨和選擇權為中心，到了二月中旬，他的持倉規模已經超過兩百萬美金，槓桿率已經達到十倍。他採取買進買權、賣出賣權的大膽投資策略，以秋生的計算，只要那斯達克指數超過五千五百點，就可以一口氣賺進二十萬美金。

時序三月時，那斯達克指數終於突破了五千點，秋生的總資產也快速累積到九十萬美金。由於紐約股市的交易時間相當於香港的晚上十點三十分到凌晨五點，他從星期一到星期五深夜，整天盯著電腦畫面，確認價格波動，即時接收各種數據，確認股價的變化和持倉風險。

之後的股價起起伏伏，曾經一度跌到四千六百點，但在三月下旬，再度站上五千點的大關。然而，進入四月後，股價一路下滑，在四月十二日時，終於跌破了四千點的關卡。雖然大部分持倉都已經結算了，但在短短兩個星期內指數大跌了一千點，也就是百分之二十，秋生的獲利迅速縮水。現在回想起來，那個時候，他已經連續過了三個月日夜顛倒的生活，一天只睡幾個小時，完全投入股市中，他的思考能力已經出了問題。他決定在下一波反彈行情時大賭一把。

四月十四日星期五，股市一開盤就以比前一天下挫八十點，以三千五百九十七點開出，但漸漸回升到三千六百點。一看到這個兆頭，秋生認為股市反彈的可能性相當高，於是，他買進買權，賣出了賣權。

香港時間四月十五日星期六凌晨兩點，紐約時間星期五中午十二點，跌破三千六百點的指數再度上升時，電話突然斷了，網路也無法連結。接著，開始斷電，電視也看不到了。原來是地下餐廳的老鼠咬斷了配電盤和交換機，觸電死亡，導致整幢公寓斷電。

所有的情報一下子從眼前消失，秋生頓時慌了手腳。專業交易員遇到這種情況時，會立刻跑到可以打國際電話的公用電話，無論價格如何，都要立刻結算所有的持倉。然而，他因為連日的睡眠不足，再加上想一舉扳回之前的虧損，使他花了許多不必要的時間在試圖恢復電源和電話上，兩個小時後，才驚覺必須打電話給期貨仲介經紀商。

他抓起所有的零錢，用公用電話打電話到美國，經紀商確認了秋生的持倉後，用不帶感情的聲音說：

「我正想和你聯絡。可能需要追加保證金，看你是要強制平倉，還是再匯十萬美金過來。」

一開始，秋生以為對方在開玩笑，當聽到那斯達克指數行情時，秋生當場癱了下來。在這兩個小時內，那斯達克指數暴跌，期貨價格破了三千兩百點。最後，那一天的收盤指數比前一天跌了九點七個百分點，收在三千兩百零八點。這一天的大跌行情中，秋生的損失超過了二十萬美元。

他在電話亭中顫抖了兩個多小時，週末的股市終於收盤了。香港從前一天就下起了滂沱大雨，直到天空泛白時，他才發現自己已經渾身濕透了。他完全不記得自己之前做了什麼，只聞到雨打在柏油路上的味道。

無論是想要拋售手上的持倉，還是打算再搏一次，在股市開盤前，他都無能為力。從星期六清晨到星期一晚上的兩天半時間，秋生完全沒有闔眼，也滴食未進，整個眼窩都凹了下去，土灰色的臉上，只有雙眼發亮，在現實和妄想之間徬徨。

秋生自行設計的組合管理（portfolio management）軟體顯示了一個殘酷的現實——星期一的股市行情有可能讓他失去一切。如果星期一股市一開盤就出清手上的持倉，或許可以留下五十萬美金。股市在暴跌後，如果可以反彈到三千四百點，就可以彌補不少損失；相反的，萬一一舉跌破三千點大關，賣權就會達到履約價格（Exercise Price），損失將超過一百萬美元。一旦到了那個地步，就只能宣告破產。

是不是該追加保證金，賭星期一股市會反彈？還是先出脫一半的持倉？或是乾脆放棄，至少保住五十萬美元？秋生在將近六十個小時內持續思考著這些問題，在沒有做出任何結論的情況下，先匯了十萬美元的追加保證金到境外銀行，迫不及待地等待星期一的股市開盤。結果，他的希望還是落空了。

三千一百九十四點。股市以比星期五的收盤指數低十四點開盤，如果繼續猶豫下去，真的會喪失一切。淚水不知不覺從秋生眼中流了出來，他咬緊的嘴唇滲出了血，但他根本沒有發現。他無法繼續承受這份壓力，於是打電話給經紀商，請他拋出所有的持倉，認賠殺出。

結果，那天的股市一度大跌到三千一百點左右，下午開始急速反彈，最後回升到三千五百點。一天之內的升幅超過了百分之十，如果他沒有拋出持倉，幾乎可以把之前的損失彌補回來。

然而，在面臨即將破產的懸崖前，秋生知道自己的神經已經無力承受了。如果當時沒有認賠殺出，現在的他，一定是在瘋狂的黑暗世界徬徨。當秋生發現自己的神經如此不堪一擊時，更是一個沉重的打擊。

短短的一天內，他賠掉了將近兩千萬日幣，秋生的資產再度回到五十萬美元。這筆錢不多也不少，要活下去似乎不太夠，要死的話，似乎又太多了。雖然他曾經想過，如果當時失去一切，或許可以開拓嶄新的人生，但他畢竟沒那個膽量。而且，他也沒有勇氣再度投入股市挑戰。他既不想找工作，也不知道該做什麼。日程表上永遠都是空白。

當他每天藉酒消愁，過著醉生夢死的生活時，在飯店的酒吧遇到了誠人。

秋生回過神時，天色已經暗了下來，麗子投宿的半島酒店的霓虹燈浮現在漆黑的夜色中。

秋生喝乾了最後一口波本酒。

7

麗子穿著一件露肩的黑色花卉圖案襯衫，搭配黑色的魚尾裙。腳上穿了一雙很有女人味的金絲網襪，和粉紅色的高跟鞋。她穿著這身富於挑逗的裝扮，神情憂鬱的站在半島酒店大廳內，令人聯想起羅馬競技場的圓柱子前。她穿昨天的套裝也很好看，今天更像是高級時裝雜誌的度假特集裏的模特兒。秋生在上午的時候打電話給麗子，和昨天一樣，約她三點在這裏見面。

建於一九二八年，至今仍然維持著大英帝國榮耀的半島酒店本館內，行李員正俐落地整理著住宿客的大型行李。中二樓的高臺上，身穿禮服的弦樂四重奏樂團正在演奏莫札特的音樂。觀光客在裏面的櫃檯前大排長龍，等候辦理入住手續。每個人都行色匆匆，直直地走向目的地。只有麗子的身影像是從雜誌的彩頁中剪下來掛在那裏似的。

秋生向麗子打了聲招呼，帶她來到大廳旁的咖啡廳。由於是下午茶時間，雖然是非假日，有八成的座位已經坐滿了。客人有一半是歐美人士，另外一半是日本觀光客。

半島酒店在世界上也是赫赫有名的飯店，秋生卻不太喜歡。無論再怎麼歷史悠久，再怎麼富有格調，如今已經淪為觀光飯店。眼前這種門庭若市的感覺，和熱海、箱根一帶的溫泉旅館沒什麼兩樣。香港本島有許多設備更新的高級飯店，既然同樣付昂貴的價格，還不如舒舒服服地住那裏。

即使在這個世界各地富豪雲集的半島酒店大廳，麗子的美貌仍然是目光焦點。當她走動時，男人們的視線也跟著移動。麗子很自然地挽著秋生的左腕，立刻飄來甜甜的香水味。服務生跑過去準備窗邊的座位，恭敬地拉開椅子。麗子淡淡一笑，彷彿電影明星般舉止優雅的坐了下來。

等服務生用漂亮的動作把他們點的東西放在桌上後，秋生說：

「我思考了一天，還是請妳打消這個念頭。」

麗子愣了一下，似乎無法理解秋生在說什麼，瞪大眼睛看著他。

「如果接受妳的委託，無論用任何方法，都變成我協助妳把五億圓逃漏稅或是不法匯到國外。即使我是個爛好人，這種事的風險也未免太大了。」

說完，他等待著麗子的反應。

麗子的臉色像紙一樣慘白，聽秋生說完後，用沙啞的聲音回答說：

「我懂了。昨天和你見面後，我就做好了被你拒絕的心理準備。我會自己想辦法。」

她漂亮的嘴角微微顫抖著。

「妳有什麼打算嗎？」

麗子低著頭，一言不發。她白皙的肌膚配上設計簡潔的藍寶石項鍊格外好看，敞開的領口露出和她苗條身體不相襯的豐滿乳房的乳溝。雖然她的打扮無懈可擊，但秋生再度覺得似乎有哪裏不對勁。那種感覺，有點像是過度成熟，開始腐爛的水果。

「妳委託我幫妳在香港成立法人，剛才遭到了拒絕。所以，妳在無奈之下，只能自己想辦法，對不對？」

秋生自顧自地說下去。

「結果，妳看到華爾街日報的亞洲版，發現刊登了許多代理公司的廣告，可以代為辦理在ＢＶＩ等境外設立法人。」

秋生打開了手上報紙的廣告版，用筆圈出其中一個。ＢＶＩ是英屬維京群島的縮寫，位在加勒比海的這個島國以前也是英國殖民地，因此，是香港人最熟悉的租稅天堂。只要找適合的代理公司，付一萬港幣，就可以設立IBC（International Business Company，國際商業公司）。

「妳剛好看到一家顧問公司的廣告，說可以在境外設立法人。打電話過去，有一個名叫亨利的香港人接了電話，告訴妳『設立法人要先預付五萬港幣，開銀行帳戶要外加三萬港幣。如果認為價格可以接受，就把護照帶過來。』到目前為止，有沒有問題？」

麗子滿臉驚訝地盯著秋生，隨即像小孩子般用力點頭。

「當妳去到亨利位在中環商業大樓的辦公室，他影印了妳的護照，並要求妳在這份資料上，填寫必要的事項。」

秋生從自己帶來的信封中，拿出兩份資料放在桌上。這是他來這裏之前，去亨利那裏拿的法人登記申請書和銀行帳戶開設申請書。這並不是在ＢＶＩ，而是在其他加勒比海島國登記法人、開設銀行帳戶的申請書。

在香港設立ＢＶＩ法人，幾乎會自動地在香港滙豐銀行開設銀行帳戶。最近的洗錢防治對策比以前嚴格，不過，香港人擁有的ＢＶＩ法人大部分都利用香港滙豐銀行，因此，很容易申請法人帳戶。雖然並非完全不可能在其他金融機構開戶，但有些銀行只要聽到是境外法人，就會拒絕接受，而且，還需要向當事人確認，並要求提出業務計畫，總之，會很花時間。

然而，這次無法直接把錢匯到國稅局盯得很緊的香港，所以，只能使用香港滙豐銀行的ＢＶＩ法人並不適合。

其實大部分人都不知道，在境外設立法人本身非常簡單，有些地方甚至可以用電子郵件進行登記，但關鍵在於如何開設法人的銀行帳戶。

任何金融機構都不想接受來路不明的空殼公司的帳戶。尤其在全球金融重整後，許多境外銀行都納入了英國和歐洲大型銀行的旗下，對洗錢的防治變得非常嚴格。遇到類似這次的情況，如果在設立法人後，再跟銀行交涉，很可能沒有地方願意讓你開戶，即使可以開戶，也要花費相當長的時間。

然而，在金融的世界，任何政策都會有漏洞可鑽。既然開設銀行帳戶是一大難題，不妨直接委託境外銀行協助設立法人。

香港是東亞金融市場的中心，有一百五十多家外國銀行申請到執照，從事銀行業務。除此以外，還有近一千家金融機構在香港設立了事務所。許多事務所除了可以協助顧客申請帳戶和進行顧客管理以外，還代為辦理設立法人和信託的手續。雖然比BVI法人的費用貴一點，但好處在於可以在法人登記的同時，開設銀行帳戶。

這次利用的是加勒比海的境外銀行，亨利和這家銀行的香港事務所有簽約，是他們的代理商。當顧客直接造訪銀行的事務所，銀行方面基於責任，必須照會顧客的身份。如果經由代理商經手辦理，一旦發生狀況，他們就可以推卸責任，所以，銀行也樂得輕鬆。雖然需要另外付給代理商一筆手續費，但可以省去許多不必要的麻煩。簡單的說，就是有錢能使鬼推磨。

秋生從夾克裏拿出鋼筆，放在事先準備的資料上。

「設立公司時，需要股東和董事長。而且，在辦理設立手續時，需要本人的簽名。如果想要當場辦完，就必須由妳完全出資，自己當董事長。當然，這家公司所有的責任都必須由妳負責。我再問妳一次，這樣真的沒關係嗎？」

麗子小聲回答說：「對。」輕輕點了點頭。

「公司的名字已經決定了嗎？」

麗子從和高跟鞋相同顏色的粉紅色小皮包裏拿出一本小記事簿，攤在秋生面前，上面寫著「Japan Pacific Finance（JPF）」的公司名字。雖然一看這個名字，就覺得有問題，但反正這家公司只有幾個月的壽命，什麼樣的名字都無所謂。

「這個公司名字應該沒有問題，但如果已經有別人登記這個名字，或許需要把 **Japan** 改成 **Nippon**，沒問題嗎？」

「由你決定。」麗子回答說。

「請妳把姓名、生日等資料填寫一下。地址和電話的地方不用填，還有，妳身上有帶護照嗎？」

麗子毫不起疑地從皮包裏拿出護照。

秋生起身，走進中二樓的商務中心，影印了兩份護照影本。他看了生日那一欄，發現上面寫著一九七〇年，也就是說，麗子今年三十一歲。戶籍在東京都。護照最後的「持照人填寫欄」寫著東京世田谷區的高級公寓和電話號碼。秋生隨意翻了一下護照，發現她每年都去夏威夷、歐洲等地旅行兩、三次。今年過年的時候，似乎去了巴黎和米蘭。秋生也影印了寫著地址的那一頁，對折後，放進了夾克內側口袋。

他向商務中心的祕書打了一聲招呼，在裏面的辦公室打電話到亨利的事務所。亨利親自接了電話。

「原來是阿秋，賺錢的事搞定了嗎？」

秋生無視於這個分不清是開玩笑還是真心的問題，立刻說出重點，對方回答說，確認公司名字要一個小時。

「不能再快一點嗎？」

「不行。這已經是超急件，我還想跟你收額外的費用哩。我有消息就馬上通知你，這是免費服務。」

聽他的口氣，好像他付電話費也是天大的人情。

「那我把資料直接帶去你那裏，如果公司名字已經被人捷足先登了，可以當場改。」

「No problem。順便把董事長和股東的名字告訴我，我可以先打字。錢要先收，你應該知道吧？」

亨利說話開口閉口都是錢，不過，做事倒是很認真，而且，基本上都會遵守約定。但如果沒看到錢，他絕對不會動。

「香港有三種人。」

秋生第一次見到陳先生時，他這麼說：

「先收錢再辦事的人，還有拿錢也不辦事的人。最不能結交的，就是那些說不要錢，只想要工作的人。」

秋生把麗子的名字和拼法告訴亨利，約定會當場開支票付錢後，才掛上電話。

「呃，請問，code word是什麼意思？」

秋生回座時，麗子偏著頭問他。

「在境外銀行開設帳戶的海外顧客可以用電話或傳真登入帳戶，因為，用郵寄的方式速度太慢了。但打電話的可能不是本人，傳真也可能偽造簽名。所以，就必須用編碼字證明的確是開戶者本人，可以填十六個以內的英文字母和數字的組合。照理說，必須直接寄到銀行去審核，但這次時間緊迫，會透過代理店辦理。當然，代理店會知道妳的編碼字，等帳戶開好以後，請妳再改成其他的編碼字。一旦編碼字洩露，別人就可以自由支配妳的帳戶。相反的，只要沒有第三者知道妳的編碼字，誰都無法登入妳的帳戶。」

秋生說著，把護照還給了她。

「還有這裏，〈Mother's maiden name〉是什麼意思？」

「這是〈母親的舊姓〉的意思。這是使用銀行寄發的信用卡時，要確認的一種密碼，妳可以隨便填寫。反正，等妳辦完事，這個帳戶就會廢掉，應該不需要申請信用卡，但還是填一下好了。」

麗子想了一下，填入兩個密碼。母親的舊姓是「TATIKAWA」，編碼字是「KASUMI」。秋生很快記了下來。

「公司的營業項目就簡單寫『所有合法生意』，代理店會去處理。另外，董事長的地址不能寫日本，所以，要在香港申請一個信箱服務。」

秋生把陳先生印製的粗糙廣告單遞給麗子。

「妳和這家公司簽了約，把所有資料都寄到香港，電話也可以利用這裏的電話轉接服務。等一下妳再登記一下轉接的電話號碼。月租費是兩千港幣，先預付三個月。另外，還需要兩個月份的保證金，在退租時可以還給妳。」

秋生指著廣告單上的地址，叫麗子抄在申請書的地址欄上，麗子乖乖照做了。

「法人登記只要兩天就完成了，到時候會把登記證、股票和名為『貼紙』的公司章交給妳。銀行帳戶通知和金融卡會在十天左右寄到香港；由於是當地法律事務所擔任代名人（nominee），法人登記證上不會出現妳的名字。銀行帳戶也是以法人名字登記，雖然可以憑妳的簽名動用資金，但外人不知道帳戶所有人的名字。不過，當匯出大額資金到境外，國稅局一定會查，請妳做好心理準備。到時候，我會請對方把資料送到妳住的飯店。」

麗子沒有發問，既像是一切都交給秋生處理，又像是任憑命運的擺布，與自己無關。

「到目前為止，所有的手續都是合法的。如果想做更多的事，例如偽造一張身份證明，用虛構的名義成立法人開設銀行帳戶，那就不光是逃漏稅和非法匯款而已了。如果妳一定需要虛構名義的法人，只能請妳另請高明。聽說在上海那裏，只要三十萬日幣，就可以買到製作精巧的日本假護照，就連資深的入境官，如果不用放大鏡也無法辨別真偽。只要打電話給電話簿上刊登廣告的每一家感覺可疑的業者，應該不難找到。」

「謝謝你，這樣就夠了。」

麗子的聲音微微顫抖著。

「我什麼事都沒有做，一切都是妳自己做的，所以不需要向我道謝。無論在境外成立法人，或是開設銀行帳戶都是合法行為，當妳把不合法的資金匯到這個帳戶時，才觸犯了日本的法律。妳應該了解吧？」

秋生再度叮嚀道。

「反正是已經決定的事了。」

麗子的聲音很輕，語氣卻很堅定。

「呃，要怎麼支付謝禮？」麗子問。

「通常這種情況的報酬，是顧客所得利益的百分之一到百分之五。如果把匯款金額五億視為顧客的利益，最低報酬是五百萬。不過，這次我沒有幫什麼忙，所以，總共付一百萬日幣就好。」

聽到秋生的提示，麗子毫不猶豫地回答：「我知道了。」隨即露出為難的表情。

「但我沒帶這麼多錢過來，我現在立刻打電話回日本，明天就匯到你指定的戶頭可以嗎？」

秋生想了一下，回答說：「不要匯錢來香港。」其實，他是不想留下麗子付錢給他的證據。即使用金融卡提領現金，也會留下在哪個ATM提領的紀錄。只要仔細調查，就會發現是在香港提領的。雖然一百萬日幣應該不會有什麼問題，但為了安全起見，還是需要小心處理。

「妳有信用卡嗎？」秋生問。麗子從錢包裏拿出美國運通的金卡。那是她未婚夫幫她辦的信用卡，帳單也由她未婚夫支付。這樣應該沒有問題。

秋生起身離席，在大廳用手機打電話給陳先生。

「我有急事想拜託你。」

「什麼事？你最近玩得太兇了，是不是感染了什麼不好的病？」

陳先生說完，自己笑了起來。虧他想得出這麼無聊的笑話。秋生立刻導入正題。

「我想買七萬港幣的黃金，再當場以百分之九十五的價格賣給店家。店家必須可以使用信用卡，而且要開支票給我。我現在人在半島酒店，請你幫我在這附近找一家。」

「原來是這種事。不過，信用卡付帳不可能用百分之九十五買回。信用卡公司就要抽百分之三了，店家根本沒有賺。九二怎麼樣？」

「這樣太低了，我最多讓步到九四。這樣店家一進一出，就有百分之三的利潤，應該沒什麼好抱怨的。」

「我想應該很難，但我幫你談看看。要怎麼聯絡你？」

「找到之後，打手機給我。我會再回撥給你。」

說完，他掛上電話，並把手機設定成震動。在這麼富麗堂皇的酒店，如果手機突然響了，會引起周圍人的白眼。

麗子茫然地看著窗外。人行道上，一對戀人正在擁抱道別，絲毫不在意別人的眼光。拎著名牌大購物袋的日本年輕女人在飯店門口嘰嘰喳喳，拿著攝影機到處拍。從外表來看，每個人似乎都很幸福。

察覺到秋生回座，麗子回過神，露出淡淡的微笑。

十分鐘不到，手機就開始震動。秋生在大廳打電話到陳先生的公司，陳先生大聲咆哮說：「九三點五，即使上帝去交涉，也不會再讓步了。」想必他和對方談妥了九四，但他自己要抽零點五的回扣。秋生表示同意後，問清店家的地點。那是在尖沙咀鬧區貫穿南北的主要道路彌敦道入口的著名珠寶店。從這裏走過去不到五分鐘。

秋生找來服務生，結完帳後，離開了半島酒店。雖然已經超過下午四點，但天氣仍然熱得快把人逼瘋了。

麗子走在秋生旁，保持退後半步的距離。走在一起時，秋生發現麗子並不是很高。高雅的香水味道中，夾著淡淡的香皂味。麗子的美貌十分引人注目，就連路上推銷假勞力士錶的印度人看到她，也忍不住倒吸了一口氣。

他們走進自助旅行者聚集的重慶大樓對面那家櫥窗內有金光閃閃首飾的珠寶店，就被帶進裏面的會客室。陳先生似乎已經和店家談妥了。香港人並不相信其實只是國家借款單的紙幣，所以，大街小巷到處可以看到金飾店。香港人只要有錢，就會去買項鍊或是手鐲等黃金飾品。一旦發生內亂，政府被推翻，紙幣變成了廢紙，他們就可以帶著身上的黃金逃命，和把所有財產都存進郵局等國營金融機構的日本人，想法很不相同。

會客室內也鋪著鮮紅色長毛地毯，豪華的水晶玻璃茶几上放著純金的打火機和純金製的菸盒。當他們坐在幾乎半個人都要沉下去的大皮革沙發上，看起來像是經理的男人搓著手走了進來。他身材瘦削，穿著一套做工精細的西裝，努力擠出親切的笑容。他很想把天上掉下來的賺錢機會趕快變成現金。

「商品的價格是七萬港幣，我們用美國運通的信用卡支付，再由你轉開現金支票給我。我聽陳先生說，折扣率是九十三點五。」

秋生簡潔的說出條件，表示他無意討價還價。經理回答沒有問題，便用廣東話大聲對店員咆哮了幾句。不一會兒，店員就拿著原本放在櫥窗裏的金飾走了進來。

秋生用眼神制止準備滔滔不絕解釋的經理，向麗子解釋說：

「這些金飾的價格是七萬港幣，相當於一百萬日幣多一點，請妳用信用卡買這些金飾，我會請他們開發票，但妳最好當作私人消費，不要報公司的帳。妳可以回日本後，再考量要怎麼處理這個問題。」

不知道麗子到底有沒有聽懂，她用曖昧的表情點點頭，沒有發問，把信用卡交給了經理。與其說她是信任秋生，更應該說她根本無所謂。店員把信用卡放在黃金托盤上，拿去收銀台。經理一眼就察覺到麗子是有錢人，在等待期間，不停地推薦她手鍊、項鍊等各種珠寶飾品，看到麗子毫無反應，才終於放棄，開始閒聊家常。才一下子的工夫，剛才的店員拿著信用卡和簽帳單回來。麗子在簽帳單上簽名後，店員把發票交給了她。

「我接受了這些金飾品，再以百分之九十三點五的價格賣回店裏。七萬港幣的百分之九十三點五是六萬五千四百五十港幣，換算成日幣大約九十八萬。雖然還差兩萬，但這就算我給妳的優惠。這麼一來，就不會留下從日本匯款到香港的記錄，也沒有證據顯示妳曾經付錢給我。」

秋生說完，轉頭對經理說：

「請你幫我開三張支票，分別是四萬、兩萬和五千四百五十元，並請你在支票後面背書。」

經理記下數字後，交給店員，用廣東話吩咐了幾句。五分鐘後，店員拿著印了數字的支票走了進來。經理請秋生核對數字後，用一支很粗的純金鋼筆豪氣地簽了名。有背書的現金支票就等於現金，任何人拿去銀行，都可以直接換錢。

店家用六萬五千四百五十港幣買回七萬港幣賣出的貨，在短短不到十分鐘的時間內，就賺了將近四千五百港幣。即使信用卡公司抽取百分之三，店家仍然可以賺兩千四百港幣。嗜錢如命的香港人怎麼可能不笑逐顏開？

對一般的顧客來說，即使是赫赫有名的商店開出的支票，也可能有風險。支票可能跳票，而且，對方還可能裝糊塗，說支票是偽造的。但這次因為有陳先生居中介紹，所以秋生完全不擔心自己會受騙。如果讓介紹人沒面子，在香港社會中就很難混下去。這是支配香港商界的鐵則。反過來說，如果是和自己毫無關係的人，做任何事都不會有良心的呵責。換句話說，受騙上當的並非只有日本觀光客而已。

秋生走出珠寶店，在店門口攔了一輛計程車。秋生默不作聲地打開車門，麗子沒問一句話，就直接坐上了車。

其實，從這裏搭地鐵到香港本島比從尖沙咀東側經過海底隧道，繼續繞銅鑼灣一個大圈子更方便，但秋生無意帶麗子搭人潮擁擠的荃灣線。幸好時間還早，不到二十分鐘，就來到了目的地。

亨利的辦公室位在摩天大樓林立的金鐘附近的一幢商業大樓的四樓。四十出頭的他，能夠在金融街一角擁有自己的辦公室，代表這個男人很能幹。他油光滿面的臉上留著兩撮像卓別林般的小鬍子，三件式的西裝緊裹著他肥胖的身體。亨利最大的魅力，就在於只要有錢，什麼事都好辦。

秋生一踏進事務所，就把麗子介紹給亨利。亨利露出滿臉笑容請他們坐下。這個男人會喜上眉梢，不是因為不請自來的客人是美女，而是秋生帶來了支票。

「幸好，『Japan Pacific Finance』的名字並沒有人登記，我已經準備好需要的資料，請借我確認一下。」

亨利把已經準備好的幾份資料放在桌上，請麗子簽名。同時，把護照影本和麗子的臉比對，確認是同一個人後，簽了認證的簽名。然後，核對麗子在半島酒店填寫的資料內的項目，詢問不了解的部分後，俐落地加以處理。他的手在法人登記的地方停了下來。

「我沒聽你說，董事長要用代名人。最近，洗錢防治管得很嚴，當地的法律事務所不太願意幫人用代名人登記。」

秋生無意在這裏和亨利討論美國政府對境外事務的規定。

「你不要故弄玄虛了，如果需要加錢，你就直說吧。」

亨利聳了聳肩，重重地歎了一口氣。

「外加三萬五港幣，我想應該就有辦法搞定了。」

「你未免要得太多了，上次我不也是用代名人登記，只花了三萬港幣嗎？」

「阿秋，那已經是三個月前的事了。境外市場的情況瞬息萬變，一個星期就會有很大的變化。而且，我要面對的是那些住在加勒比海小島做事馬虎的傢伙，如果抱怨一句，對方就會說一堆莫名其妙的藉口，什麼電話不通，信件寄不到，或是颶風把房子吹走了，我必須討這些傢伙的歡心，你倒是想想我的立場。」

如果不及時制止，亨利會一直抱怨下去。秋生只好放棄交涉。還是對方棋高一著。

「加上開戶的一萬港幣，總共四萬港幣，我用這張支票支付，剩下的五千港幣等手續完成後再付。請你用最快的速度辦理。」

秋生把在珠寶店拿到的其中一張支票放在桌上，亨利看了好一會兒，好像下了什麼重大決心似地說：

「好，那我就收下了。」

然後，把資料和支票放在檔案夾裏。雖然他表面上似乎很不甘願，但秋生很清楚，他打算把追加的五千港幣據為己有。

亨利看了一眼月曆，神情嚴肅地說：

「明天一早就開始辦。順利的話，後天就可以完成登記。銀行帳戶還要多等一個星期。登記證和股票會寄到這裏，但銀行的通知會直接寄到陳先生那裏，到時候去那裏領。如果颱風沒有把房子吹走，十天應該可以辦完所有的手續。」

秋生不知道他到底是不是在開玩笑。

麗子在一旁「噗哧」地笑出來。亨利心滿意足地笑了起來。他似乎是在開玩笑。

8

離開亨利的事務所，已經超過五點了。天色還很亮。

「我現在馬上把追加的費用付給你。」

麗子說道，她似乎很想趕快結束這一切，不管花多少錢都無所謂。即使秋生要求她支付一千萬日幣的顧問費，她也許不皺一下眉頭就會照付。

用金融卡提領五千港幣應該沒有問題。秋生把麗子帶到附近花旗銀行的ATM，請她用美國運通卡領現金。用信用卡預借現金的利息很高，秋生提醒她要和人在日本的未婚夫聯絡，第二天趕快把相同金額存入銀行，但麗子心不在焉，根本不知道她到底有沒有聽到。

麗子把ATM吐出的紙鈔交給秋生後，輕輕歎了一口氣。

「我肚子餓了。」

在這種氣氛下，秋生不得不邀她一起去吃點東西。他原本打算先去付錢給陳先生，但又轉念一想，覺得晚一點也沒關係。況且，如果被阿媚看到他帶麗子一起上門，事後一定會大吵一架。

「我來香港後，還沒有好好吃過東西。一個女人，總不能自己去中國餐廳吃飯吧。我很想去街上的餐廳，又沒有勇氣。」

麗子說著，害羞地笑了笑。雖然她的五官很漂亮，她的笑容卻很幼稚。

「妳想吃什麼？廣東料理也不錯，但我們兩個人，點三盤菜就吃飽了。」

「由你決定吧，路邊攤也沒關係。」

「下次再帶妳去那裏。」

秋生說著，攔了一輛計程車，對聽不懂英語的司機指了指太平山。

太平山頂可以欣賞到的香港夜景，一百萬美金也買不到，這是香港本島屈指可數的觀光名勝。這裏有好幾家餐廳，秋生走進一家有著寬敞露天座位的山頂咖啡廳。這裏可以吃到中國、泰國、印度和義大利等各國料理，但每家餐廳都很高級，很難想像是在觀光地的餐廳。

當他們到達山頂時，太陽開始西沉，有幾幢大樓已經性急地打開了霓虹燈。

「哇，好漂亮。」

秋生在計程車上已經用手機打電話預約，所以，服務生把他們帶到露台角落，可以欣賞夜景的座位。

接過菜單時，麗子說，她不挑食，一切都交給秋生。秋生點了夏布利（Chablis）葡萄酒，又隨便點了幾道開胃菜和料理，兩個人乾了杯。

「天色一黑，這裏會連料理的樣子也看不清，所以，最好吃快一點。」

「你別看我這樣，我吃飯的速度很快。讀小學時，我每次吃便當，都比男生還吃得快，讓我覺得很丟臉。」

麗子調皮地笑了笑，放下杯子，手托著臉頰，眺望著風景，簡直就像是電影中的畫面。毫無疑問，麗子是秋生至今為止所見過最漂亮的女人。

「來到香港後，除了去中環和你見面以外，我都關在飯店的房間裏。每天叫一次客房服務，隨便吃一點東西而已。

「當我的未婚夫叫我來香港時，我根本不知道該做什麼，腦筋一片空白。雖然最後下定決心，告訴自己要振作，但其實我是根本派不上用場的廢物。」

「不過，託你的福，現在終於搞定了。我根本無法想像五億的現金有多少，但反正努力試試看，不行的話，也只能放棄了。即使留下前科，反正也不至於判死刑。」

秋生有點不安起來，不知道麗子是否意識到事情的嚴重性。只要有錢，誰都可以在境外設立法人，但之後會有很大的問題。

「我不是在嚇妳，妳接下來可能會很危險。如果妳不介意，可不可以告訴我詳細的情況？」

「說起來很丟臉，其實，我也不清楚到底是怎麼一回事。我未婚夫只是人頭董事長，大部分的股份都掌握在別人手裏。而且，我甚至不知道他在做什麼，也不知道五億日幣的利潤是不是通過正當途徑賺到的……。我只知道，要把公司的錢帶到國外，然後交給某個人，否則，他就會有生命危險。」

「或許我這麼說很無禮，但妳竟然要和這樣的人結婚？」

「當初，他是我父母介紹的對象。我從女子大學畢業後，在公司當粉領族，那時候，剛好對工作感到很厭倦，正不知道如何是好，結果就認識了他。他對我一見鍾情，然後，就瘋狂地送我禮物。我所有的東西，不管是穿的、首飾還是內衣褲，都是他送的，沒有任何一樣東西是我自己買的。我好像連怎麼買東西都忘了。」

「那他一定很有錢。」

「並不是。」麗子說。

「我剛認識他時，他是那種朝著夢想前進的年輕董事長，把所有賺到的錢都投入事業，自己身上根本沒有錢。我每次看到他，他都穿一樣的衣服。這也是他吸引我的地方。但自從認識我之後，他整個人都變了。他失去了對工作的熱情，唯一的興趣，就是把我當成換裝公仔。」

「妳的意思是，他為了籌錢，所以才……」

「我這種女人是不是很糟糕？我破壞了他的夢想，也破壞了他朋友對他的夢想所抱的希望。」

麗子自嘲地說完，拿起叉子，吃著送來的開胃菜。

「我也曾經試著改變，我告訴他，即使住在兩、三坪大的公寓也沒關係。而且，我也覺得，只要我消失，問題就解決了，所以，曾經試著和他分手。結果，他在我家門口割腕，我父母為此大發雷霆。後來，我反而覺得他很可憐，就千方百計想要如他的願。我想，也許結婚、生子後，情況會改善吧……」

秋生無法理解男人把所有財產如數奉獻給女人，和女人接受這一切，決心一起毀滅的心境。

他突然想起曾經聽說過，女人一旦被男人依賴上，就無法抵抗。秋生住在美國時，一位心理學家曾經在一份報告中指出，丈夫之所以會沉迷於酒精和毒品的根本原因，在於妻子原諒這樣的丈夫，希望丈夫這麼做。這份報告引發了廣泛的討論。那位心理學家認為，丈夫會虐待妻子，是妻子希望被丈夫打。丈夫痛打妻子後，妻子就會抱著自責、懺悔的丈夫，寬容地原諒他，妻子從中獲得心靈淨化。

「所以，妳才協助他逃漏稅嗎？不過，據我這樣聽下來，他的工作只是把非法資金洗到國外去。如果是買賣毒品或武器所賺到的錢，就不光是逃漏稅這麼簡單而已。即使這一次順利成功，如果反覆做相同的事，總有一天會出事。妳真的無所謂嗎？」

麗子用茫然的眼神看著秋生，事不關己地喃喃說道：

「那我該怎麼辦？如果是你的話，你會怎麼做？」

「如果是我，就會馬上打電話回日本，告訴他『我要和你分手，我不想再看到你。』然後，收拾行李，去尼斯、邁阿密或是南太平洋任何妳喜歡的地方好好玩一年。」

「這個主意太棒了，但是，我沒有錢。」

「如果妳想這麼做，我可以不收剛才的報酬，直接退還給妳。在他停掉妳的信用卡之前，可以用相同的方法，提領妳需要的資金。美國運通的金卡應該可以領一千萬日幣。」

「真好玩。」麗子露出好像小孩子發現可以惡作劇時的眼神。

「但是，如果我逃走，害他被殺怎麼辦？」

「即使是黑道，也不想因為殺一個人，被關進監獄二十年。所以，殺人沒這麼簡單。」

「如果他真的死了呢？」

「那只能去他的墳墓上一枝香。既然人也死了，還能怎麼辦？」

「對啊，你說的對。如果是我，一定帶我最喜歡的滿天星放在他的墳上。」

麗子天真地笑了起來。

「但是，我沒有電話。」

秋生從內側口袋裏拿出手機，交給麗子。

「這個手機可以打國際電話。」

麗子接過手機，看著面板良久，從日本的國碼「八一」開始按下按鍵。她把手機放在耳邊說：「鈴聲在響耶。」然後，就掛了電話。

「他好像不在。」

秋生從麗子手上接過電話，按了重撥鍵。在國際電話的漫長鈴聲後，聽到一個年輕男人的聲音：「你好，我是真田。」

秋生默不作聲地把手機交給麗子。麗子看了一下說：

「對不起，我還是做不到。」

之後，兩個人默然無語地吃著送上來的料理。天色在不知不覺中暗了下來，大樓的燈光像珍珠般浮現在黑夜中。

「真的好美。」麗子看著一片燈海，輕輕歎息道。「現在，該輪到你說了。」

「我只是一個失業者，以前曾經在美國的銀行工作了幾年，最後因為派不上用場，就被公司踢出來了，四處流浪，最後來到香港。在香港又找不到事做，只好做這種像是理財顧問的事。」

「但是我聽誠人說，『秋生先生有許多狂熱的信徒』。一開始，我以為你是一個很可怕的人，心裏還很緊張。」

這時，秋生才驚覺原來麗子曾經見過誠人。其實，在接到「奢華。超級大美女。敬請期待囉。」的郵件後，就應該意識到了，只是他以前從來沒想過，誠人會和客戶見面。

「那些所謂的信徒，都是看了誠人的網站，自己胡亂幻想的。然後，來到香港，看到我本人後，大家都敗興而歸。」

「沒這回事。誠人說：『秋生先生是魔法師。』這次，你也讓我有這樣的感覺。」

聽到她這麼說，秋生不禁苦笑起來。眾所周知，魔法師（wizard）是駭客世界的稱號，其實，在金融的世界，那些可以像變魔術一樣賺錢的少數天才交易員也會被冠上這個最高的稱號。秋生在股市的世界中，甚至算不上三流的魔法師。

「秋生先生，你都用什麼魔法？」麗子問。

「金融的魔法並不難。」

秋生把杯子裏的葡萄酒一飲而盡。雖然太平山頂的海拔超過五百公尺，但畢竟是盛夏季節，還是覺得悶熱不已。倒在杯子裏的葡萄酒很快就變溫了，影響了口感。秋生找來服務生，叫他在冰桶裏加一些冰塊。

麗子拿起酒瓶，為秋生的杯子裏倒酒。她的一對雪白乳房好像故意在炫耀似地從她的低胸黑色襯衫下露了出來。秋生假裝沒發現，繼續說道：

「假設醫生說妳感染了HIV病毒，會有百分之八十的機率罹患愛滋病，在五年內死亡。妳會怎麼辦？」

麗子被突如其來的問題嚇到了，露出錯愕的眼神。

「大部分人都會盡情地享受剩餘的人生，享受人生需要錢，但並不是所有的人都有足夠的錢。

「剛好妳之前買了五千萬的壽險。於是，像我這種做金融的人就來找妳，說：『我來買下你的壽險合約。』假設愛滋病的發病率是百分之八十，一旦發病，五年後的預估死亡率是百分之百，用單純的數學進行計算，五年後，你可以期望拿到四千萬。從這四千萬的期望值中扣除利息和手續費後，比方說，用三千萬圓的價格向妳買下這份壽險，然後，再以三千五百萬的價格轉賣給投資人。」

「這麼一來，我在活著的時候，就可以領到三千萬日幣嗎？」麗子問。

「對。妳可以用這筆錢為所欲為，可以搭遊輪環遊世界，也可以整天買醉。只要妳在五年以內死亡，用三千五百萬買下這份壽險合約的投資人，就可以領到五千萬的壽險。」

「所以，你把用三千萬買來的合約用三千五百萬賣出去，賺了五百萬的手續費。」麗子笑道。

「沒錯。這麼一來，三個人都皆大歡喜。簡單的說，金融就是這樣做生意。」

「但是，那個買了愛滋保險的人，一定希望病人早一點死吧？我覺得這有點殘酷。」

「如果是一對一的合約，或許會有這種情況，但如果買了許多愛滋病患和HIV感染者的壽險，只要用統計的方法計算出平均壽命，推算出投資報酬率，一、兩個人早死晚死根本不重要。如果加以證券化，就可以消除感情的成份。」

「我好像被你騙得團團轉，果然是魔法師。」麗子笑了起來，似乎覺得很滑稽。「你的魔法可以消除所有的感情嗎？」

秋生沒聽懂她問題的意思，看著麗子的臉。

「沒事。我只是在想，如果也可以消除我內心的感情就好了。」

麗子伸出纖細而白皙的手，放在秋生的手上。她的手好冰冷。

走出餐廳，他們來到凌霄閣的觀景台，並肩欣賞著夜晚的香港。眼下是金融街的摩天大樓，在維多利亞港對面，九龍的萬家燈火宛如夜空中的萬花筒。

「聖誕節和農曆新年時，這些大樓的彩燈會更漂亮。」秋生說明道。

「真希望那時候還可以再來。」麗子說，「對了，你都不回日本嗎？」

「偶爾會因為工作的關係回日本，但只有來香港之前，才回過老家一趟而已，差不多已經是三年前的事了。我哥哥是公務員，個性很古板，像我這樣失業的身份，很難踏進家門。我父母還很健康，即使我在這裏做這種事，他們也不會說什麼。」

「真幸福。」

「誰？」秋生問。

「除了我以外的每個人吧。」麗子想了一下回答說。

回程的時候，他們從山頂搭纜車下山。由於他們在發車前才匆匆跳上車，車上的座位早已經坐滿了，他們必須拉著吊環，承受最大坡度為四十五度的陡坡。一群美國的年輕遊客誇張地做出驚訝的表情，逗得周圍的乘客哈哈大笑。當纜車沿著更陡的坡度下行時，麗子鬆開了手上的吊環，把身體靠在秋生身上。雖然她很苗條，豐滿的雙峰卻很有彈性，秋生心頭一驚，心臟劇烈的跳動起來。他用一隻手摟著她纖瘦的肩膀，麗子把頭埋在秋生的胸前。

在纜車的車站坐進大排長龍的計程車時，麗子輕聲囁嚅道：「送我回去。」

即使在觀光客比較少的夏初季節，半島酒店的海景套房一晚也要兩千港幣。

「我說住商務飯店就好了，但他擅自幫我訂了這家飯店。我特地花了兩個小時化妝，穿上香奈兒的套裝，請服務生幫我在窗前拍了一張照片，到時候回去可以拿給他看。這是我這次來香港的另一項重大任務。」

麗子打電話給客房服務，點了一瓶香檳。

「這次讓我請客。不過，其實都是我未婚夫付的錢。」

秋生覺得麗子用錢的方式，簡直就像把地上的紙屑丟進垃圾桶。

為什麼？秋生的腦海中閃過這個疑問，但覺得反正不關自己的事。

把送來的香檳倒進冰過的酒杯中，麗子說：「為可憐的罪犯乾杯！」

兩個人的嘴唇很自然地相互吸引。

關上電燈，從拉開窗簾的窗戶，可以看到香港本島的夜景宛如一幅畫。在微弱的星光下，麗子的裸體勾勒出完美的輪廓。仔細一看，她外形漂亮的乳房左右大小略有不同，右側乳房下有一顆痣。隨著一陣激烈的嬌喘，麗子無力地癱軟下來。

秋生改變了姿勢，問她：「這樣好嗎？」

「來吧，」麗子喘息著，「好好蹂躪我。」

秋生感到慾火焚身，粗暴地揉著麗子雪白的乳房。麗子用力抓著他的背。疼痛令秋生更加興奮起來。麗子配合著秋生的動作喘息著，扭動著身體，最後發出野獸般的叫聲。

「好丟臉，竟然會這樣。」麗子說。

秋生一絲不掛地仰躺在床上，不知不覺中進入了夢鄉。有人溫柔地撫摸著他的頭髮。他夢見了小時候住的狹小老房子。

醒來的時候，發現穿著浴袍的麗子正在擦頭髮。

「我叫了客房服務，早餐馬上就送到了。我不知道你喜歡吃什麼，點了很多不同的食物。」

說完，她笑了起來。

這天的早餐，是秋生至今為止的人生中最豪華的。有超過十種麵包、沙拉、起司蛋包飯、培根蛋、玉米片、優格、柳橙汁、蕃茄汁和咖啡，甚至還有蛋糕。

「我怎麼吃得了那麼多東西。」

「我在昨天之前完全沒有食慾，每天早晨都只叫一杯咖啡。我很想一次把菜單上所有的食物都點齊。」

秋生正準備坐起來，麗子突然撲了過來。

「先不管豪華的早餐，再好好疼愛我一下。」

之後的十天期間，秋生都在半島酒店陪麗子。他們去旺角、油麻地的廟街散步，參觀了被稱為魔窟的九龍城遺跡，造訪了成為電影《生死戀》（*Love is a Many Splendored Thing*）舞台的淺水灣，去香港仔造訪生活在舢舨船上的水上居民，還搭乘九廣鐵路去了深圳。

在把資料交給亨利後的三天，就收到了法人登記證和股票。又過了三天，陳先生那裏的信箱收到了銀行帳戶的開設通知。第十天收到金融卡和PIN後，就完成了所有的手續。

秋生在第一次見面的麗嘉飯店的咖啡廳，把所有資料都交給麗子。

「妳可以把錢匯到這個帳戶，但是要記住，國稅局一定會查。」

最後，他又叮嚀了一次。

「要匯五億圓，需要有相當的理由。Japan Pacific Finance公司可以做所有的業務，如果是我，我會說是這家公司提出要投資香港的不動產，所以就出資五億圓。五億圓相當於三千三百萬港幣，相當於在這一帶買一幢小公寓，或是購物中心的一個樓層的價格。如果可以，最好請妳的未婚夫事先來一次香港，假裝和對方談生意。如果把對方叫去日本，很可能留下證據，日後就會比較麻煩。也可以從香港發傳真，或是用這個公司名字申請電子郵件信箱，假裝互通電子郵件。否則，只有一份合約會顯得很不自然。

「一旦五億圓匯入，立刻轉匯到第三者指定的帳戶，法人和銀行帳戶都要立刻作廢。因為你們受騙，遭到了詐欺，所以，必須向香港警方報案。在香港，大家都認為責任在受騙的人身上，警方也不會認真調查。即使去查，也無法查到公司的登記證，警方甚至不會去查。如果日本國稅局問起這件事，可以拿出報案單，回答說『一旦嫌犯被逮捕歸案，就會打損害賠償的民事訴訟。』雖然會很麻煩，但因為國稅局沒有掌握到你們逃稅的證據，所以，只要在稅務員面前哭得死去活來，應該可以躲過一劫。

「目前，銀行帳戶是妳個人的名義，回到日本後，一定要讓妳未婚夫成為共同持有人。匯款時，要由妳未婚夫簽名。即使發生最糟糕的情況，只要妳堅持『我只是受未婚夫之託，成立法人和開設帳戶而已』，至少可以保護自己免受牽連。」

麗子把資料放進皮包，說了聲：「謝謝。」

「如果遇到麻煩，可以打這個電話。」

秋生很快在便條紙上留下自己的手機號碼，交給麗子。

「我不會再給你添麻煩了。」

麗子嘴上這麼說著，還是把便條紙細心摺好後，放進了錢包。

「我想從海上回去。」

過了一會兒，麗子說道。

他們一起回到皇后像廣場，從人行天橋走到天星碼頭，搭上了前往尖沙咀的渡輪。夾雜著機油味道的溫熱海風拂過臉頰，麗子靠在船尾的欄杆上，靜靜地哭著。

在碼頭下船後，麗子擦了擦眼淚，直視著秋生。

「我已經很多年沒有這麼快樂了。如果可以一直在這裏和你一起生活，不知道該有多好。不過，任何人都無法讓自己的人生重來。」

「自己小心點。」秋生說。因為，除此以外，他不知道該說什麼。

「你也是。」麗子伸出手，輕輕摸了摸秋生的額頭。

秋生直接走回大門，搭上原來的渡輪。當渡輪駛動時，他靠在麗子剛才倚靠的欄杆上，眺望著漸漸遠去的九龍街道。

的確，任何人都無法讓自己的人生重來。

第二章　秋　東京

9

十一月中旬過後，秋生接到了那通電話。

破記錄的酷暑終於結束，早晚的風已經有了涼意，但在香港的這個季節，路上的大部分行人仍然穿著短袖上衣。

這四個月期間，秋生接待了十幾個從日本來的顧客。大部分都是希望在銀行開設帳戶，還有幾件是在香港和境外登記法人，也有人想要買最低金額五萬美金的避險基金。

最近，他拒絕了所有麻煩的委託。這是因為，出現了許多不知道來香港幹什麼的客人。上次的客人是一個其貌不揚、面無表情的中年男子，希望在香港滙豐銀行開戶。結果，他一句話也沒問，就按照秋生的指示，在資料上簽了名，留下錢就走人了。秋生仍然沒有買股票，每個月的月結單上，只有銀行存款的利息不斷增加，扣掉一些生活費。

自從那次之後，他就沒有和阿媚說過話。聽陳先生說，她剛好在半島酒店門口看到秋生和麗子在一起。雖然秋生後來在陳先生的公司見過阿媚一次，但阿媚根本沒有抬頭看他一眼。聽說，之後她大哭大鬧，吵著要辭職。於是，秋生去拿信件時，陳先生就派阿媚外出，避免了一觸即發的風暴。秋生也覺得很尷尬，覺得反正那些都不是什麼重要的信件，久而久之，就很少再去了。最近，幾乎一個月才露一次面。

這四個月期間，手機接到了四、五次無聲的電話。幾乎每次都立刻掛斷了，只有一次，聽到了女人啜泣般的呼吸聲。螢幕上沒有顯示號碼。可能是對方設定電話保密，也可能是國際電話。但最近就沒有再接到這種電話，甚至連手機也不再響了。

只有一封寄給麗子的月結單寄到了陳先生的信箱。可能是她之後申請了其他信箱服務，變更了地址吧。也可能聽從了她未婚夫的指示，把月結單寄到日本。如果沒有繳第四個月的租金，信箱的租約就會自動到期，秋生又幫她墊了三個月份的月租費，這並不代表他在期待什麼。

秋生的生活完全沒有變化，但這個世界卻發生了很大的變化。

兩個月前的這一天，秋生像往常一樣打開電腦，確認美國股市的開盤。這一天，到了晚上，天氣仍然很悶熱，打開窗戶，看到對面大樓一個肥胖男子身穿背心，拼命踩著腳踏車。這幾年，香港流行起一股健康風潮，每家健身房都生意興隆。

他喝著加了冰塊的波本酒，看著即時股價表，發現一件奇怪的事。已經超過紐約時間上午九點三十分，股市還沒有開盤。

一開始，他以為是國定假日，但他不記得九月的這個時期有什麼節日。他以為是圖表軟體出了問題，立刻進入華爾街日報的網站，突然看到畫面上出現了巨大的標題。他還以為有人在開玩笑，打開CNN一看，才發現電視上不斷重播著他以前上班的世貿中心被撞毀的影像。

在這場同時多處發生的恐怖攻擊後，世界各地都開始嚴格管制洗錢。首先，瑞士和列支敦士坦（Liechtenstein）、盧森堡等歐洲的租稅天堂都淪陷了，所有被認為與恐怖組織有關的帳戶都遭到凍結，配合ＦＢＩ，逮捕了相關人員。有幾家受美國影響很大的加勒比海的金融機構，甚至凍結了所有的法人帳戶。避險基金甚至主動把投資客的名冊提供給調查當局。匿名運用的鉅款資金無處可去，四處徘徊，已經引發了全球性的資金移動。

十月的時候，炭疽病毒在華盛頓蔓延。十一月時，美國航空的客機在紐約近郊墜落，世界最大的能源公司安隆公司的經營不良問題逐漸浮上檯面。安隆公司廣納金融技術人才，在公司私設的市場進行能源交易，公司規模得以迅速成長，在華爾街被視為第二個微軟。這家公司的負債高達五百億美元，也就是六兆日圓的天文數字，很可能會破產的臆測，為恐怖攻擊後動盪不安的金融市場更增加了不確定因素。

然而，即使美國轟炸阿富汗，喀布爾淪陷後，即使在巴勒斯坦展開無止境的廝殺，阿根廷凍結存款，香港依然不變。最近，大街小巷都在討論中國足球隊第一次參加世界盃足球賽的話題。

秋生將ＭＭＦ和銀行存款解約，購買了美國國債。當金融局勢動盪不安時，資金都會轉去買美國國債避風頭。由於機構投資人無法輕易將擁有的資產脫手，因此，只要搶先買到美國國債，幾乎可以穩穩地從中小賺一票。恐怖攻擊後，聯準會（ＦＲＢ）緊急調降了利率，秋生輕而易舉獲得了百分之十的利潤。實在是簡單而又無趣的操作。除此之外，他一如往常地去餐館吃飯，漫無目的地走在街上，喝廉價的酒，躺在床上看天花板的污漬。

然後，就接到了那通電話。

「工藤先生嗎？」

秋生按下手機的通話鍵，傳來一個陌生男人的聲音。這是下午四點過後，他很晚才吃午餐，正在一邊上網，一邊看CNN新聞。電視畫面上，小布希義正詞嚴地說：「美國的正義絕不會輸給恐怖份子。」

「我想當面和你談一些事，我現在人在灣仔的凱悅飯店，你可不可以來一趟？」

男人的語氣好像秋生理所當然會這麼做。他的聲音低沉，散發出一種危險的味道。

「請問你是哪一位？」

「見面的時候再告訴你。」

「找我有什麼事？」

「這也要見面再談。」

「你怎麼知道我的電話？」

「這種事不重要。」男人冷冷地說道。

男人指定在香港會議展覽中心旁的凱悅飯店地下樓層的日本酒吧。這是一九八九年開張的名列前五大豪華飯店的主酒吧，最大的噱頭，就是以黑色和金色的頹廢裝潢打造出的「往日巴黎」情調，也是全香港香檳收藏最豐富的酒吧。旁邊就是迪斯可**JJ's**，一到週末的深夜，精心打扮的情侶們紛紛聚集而來。

聽到要去凱悅飯店，秋生放棄了平時的T恤和球鞋的休閒打扮，換上一套名牌的休閒西裝和名牌皮鞋。因為他知道，如果穿著太隨便，可能會被拒絕入內。阿媚很喜歡那家酒吧，以前他們經常去那裏約會。秋生不禁苦笑起來，現在沒時間想這些了。

他在家門口攔了輛計程車，十分鐘左右，就來到飯店大門。挑高的豪華大廳內只隨意放著幾組沙發而已。回頭一看，弧形中二樓上的咖啡廳延伸到大廳上方。據秋生所知，那是最嶄新的設計。由於這裏距離地鐵車站有一段距離，所以，觀光客很少來這裏，和已經淪為溫泉觀光飯店的半島酒店氣氛大不相同。

五點才剛開始營業的酒吧內幾乎沒什麼客人，如果對方了解這一點而特地約在這裏見面，代表他對香港相當熟悉。酒吧中央有一個很大的圓形吧檯，裏面放了不少桌子，靠牆壁的位置放了一台大三角鋼琴。一走進酒吧，坐在桌旁喝香檳的四十多歲男人向他揮了揮手。

男人的身材並不高大，穿著一套黑色雙排釦西裝，繫著黑色條紋領帶，腳上穿著黑色漆皮皮鞋，感覺很陰沉。旁邊的桌子上坐著兩個年輕男人雖然同樣是一身黑，但不合身的西裝一看就知道是廉價的成衣。他們很不自在地坐在那裏，每個人面前都放著一杯香檳。其中一個人染著金髮，另一個人理光頭，都不停抽著菸。光頭的一隻眼睛瞎了，裝了義眼，外表就讓人感到不寒而慄。金髮男人太瘦，心浮氣躁地抖著腳。無論怎麼看，都可以一眼看出，他們是黑道大哥和他的保鑣。

當我走過去時，男人站了起來，很敷衍地說了聲：「不好意思，讓你特地跑一趟。」他從西裝的內側口袋裏拿出一張比普通尺寸大一號的名片，名片上寫著「KS物產株式會社　專務董事黑木誠一郎」。公司的地址在港區赤坂。秋生為自己沒有名片致歉，黑木沒有多說什麼，請他入座。服務生立刻拿著厚厚的酒單走了過來。

秋生隨便點的粉紅香檳送上來後，黑木默然不語地拿起自己的杯子，做出乾杯的動作。他向後方梳得一絲不苟的油頭反射著燈光，乍看之下，好像是一般的中年男子，但眼裏沒有任何表情。一旁凶神惡煞的獨眼保鑣斜眼瞪著秋生。

「工藤先生，你為什麼來這裏？」

聽到這個突如其來的問題，秋生不知說什麼好。好不容易才擠出一句：「因為你找我過來。」黑木哼笑了一聲：「只要有人找你，天涯海角你也去嗎？」他拿起放在桌上的CAMEL香菸，叼在嘴上，光頭男立刻伸出手，用一只老舊的Zippo打火機幫他點了菸。

接到黑木的電話時，秋生並不感到驚訝。因為他早有預感，或者說，他期待這一天的到來。秋生應麗子的要求，在所能想到的方法中，提議了最佳的方法。這件事絕對沒有半點虛假。然而，這也是絕對無法成功的提案。任何人一旦照這種方法去做，必定後患無窮，到時候就再度需要秋生出手相助。當然，他沒有想到來找他的竟然是黑道大哥。

「今年七月，不是有一個叫若林麗子的女人來找你嗎？」黑木的聲音中沒有任何感情。「結果，你到底做了什麼？」

秋生快速地思考著。他已經猜到黑木為什麼會知道「工藤」這個名字和手機號碼。和麗子最後分手時，秋生留下手機號碼，麗子放進了錢包。雖然不知道事情的來龍去脈，但黑木拿到了這個號碼。

問題是，麗子到底對黑木說了什麼？和盤托出嗎？

不，不可能。秋生心想。如果是這樣，黑道大哥不可能對協助麗子在境外設立法人和銀行帳戶的自己產生興趣。之所以會特地找上自己，一定是和麗子之間發生了什麼事。

該怎麼回答？秋生盤算著自己的風險和優勢。

自己的優勢，就是黑木並不知道秋生的本名和住家。在一流飯店的主酒吧，他們也不至於大動干戈。而且，麗子帶回去的資料上，根本找不到秋生的名字。

風險就是自己不知道對方是何方神聖。既然這樣，現在就不能輕易亮出自己的底牌，必須靜觀其變。

「我們在中環的飯店見面，她說要把五億滙到國外。因為她要我協助她逃漏稅，所以，我第二天拒絕了她。」

黑木不發一語地端詳著秋生。他的雙眼好像爬蟲類，看不出一絲表情。

「不是五億。」過了一會兒，黑木說，「是五十億。麗子捲款逃走了。」

聽到「五十億」的金額，秋生情不自禁瞪大了眼睛。頓時，他知道黑木察覺了自己的感情變化。

「麗子在加勒比海的租稅天堂設立了公司和銀行帳戶後回到日本，拿了五十億的錢，由她未婚夫滙到這個帳戶。第二天，麗子就把錢滙到其他帳戶，她也消聲匿跡了，帳戶也同時遭到了凍結。」黑木淡淡地說完後，好像事不關己地補充說：「這五十億中，也有我們公司的錢。」

秋生發現自己無法掩飾狼狽，事態比他想像的更加嚴重。

「好，那我再問你一次，你教麗子做了什麼？」

秋生好不容易才把到嘴邊的話吞了下去。如果麗子真的帶著五十億逃跑，就代表麗子根本沒有告訴他們任何事。既然這樣，更沒必要對他們實話實說了。

「香港有很多類似的業者，可能她委託其他人了吧。」

秋生低著頭。他不想被黑木識破表情，但對方似乎看透了他的意圖。

「麗子來香港時，除了你以外，不認識任何人。難道你要我相信她在短短的十多天內，能夠一個人在租稅天堂設立匿名公司，開設銀行帳戶？」

黑木發出短促的笑聲。與其說是笑，更像是空氣顫慄的震動。香檳杯裏冒出一個小氣泡，在表面破碎了。

「接下來是談生意。」黑木說：『我們要怎麼追回麗子帶走的錢?至於顧問費，我不會讓你失望的。」

秋生頓時驚覺「這是陷阱」。黑道不可能主動付錢。他思考了一下，問：

「多少錢?」

黑木露齒一笑說：「追回金額的一成，五億怎麼樣?」雖然這種口頭約定根本毫無意義，但他並沒有反駁。

「我不清楚是怎麼回事，根本無從回答。」

「你可以隨便問。」黑木再度開始觀察秋生的表情。他到底看透了自己多少心思？

「銀行帳戶是誰的名義？」

「麗子和她的未婚夫真田。」

「銀行帳戶已經凍結了嗎？」

「對。」黑木簡短的回答。「我們叫真田打了電話，對方說，根本沒有這個帳戶，所以也無從著手。」

麗子聽從秋生的建議，回到日本後，把未婚夫真田加入為帳戶的共同持有人。而且，採取了任何一方的簽名可以自由操作帳戶的方式。在歐美銀行，這是很普遍的做法。

「那就沒辦法了。」秋生歎著氣說道。

如果在麗子消失後，立刻憑著她未婚夫的簽名，申請確認匯款流向，就可以查到匯入的銀行。然而，在帳戶凍結後，銀行方面會產生警戒，不可能輕易作出回答。如果經常有莫名其妙的詢問，反而會打草驚蛇。秋生簡單扼要地向黑木說明這些情況後說：「如果可以證明犯罪事實，可以透過律師向銀行方面交涉。」

黑木再度用鼻子哼笑了一聲，把正在抽的香菸熄滅了。

「這麼說，不可能透過銀行去查囉？」

秋生默默點了點頭。

「麗子沒有和你提到銀行的事嗎？」

秋生想了一下，搖了搖頭。對他來說，這也是一個謎。據他所知，麗子對境外金融機構一無所知。當然，只要有經過認證的護照影本，有很多境外銀行可以用電子郵件開戶。至於護照的認證，只要找那種接不到案子的律師，付一萬日幣就可以搞定。然而，秋生不認為麗子知道這些。還是說，她之前的行為都是演戲？

「這五十億是什麼錢？」

「這和你沒有關係。」

「麗子用什麼方法把這筆錢偷走的？」

「這也和你無關。」

「你對她去哪裏完全沒有線索嗎？」

「如果有線索，我現在就不會在這裏了。」

黑木沒好氣地說道。這是秋生第一次看到他的感情流露。難道他也被逼入絕境了嗎？秋生稍微鎮定下來。然而，黑木接下來的那句話，摧毀了他好不容易建立起來的信心。

「你的名字是假名吧？」

黑木立刻恢復了好像能劇面具般的表情。

「你一定想不到為什麼會被發現吧？通常，被叫來這裏的人都會嚇得發抖。每個人都害怕暴力。即使沒有老婆孩子，如果突然有人闖入自己的老家，誰都會感到傷腦筋吧？」

黑木說著，瞥了一眼隔壁桌旁的兩個人。光頭男翻著白眼瞪著秋生。金髮男的腳抖得更厲害了。他的臉色很難看，而且，眼神空洞。

「為什麼你這麼鎮定？因為，你覺得我們傷害不了你，我說錯了嗎？」

秋生沒有說話，酒吧內放著懷舊的尤蒙頓（Yves Montand）的香頌歌曲。這個男人並不是普通的黑道大哥。

黑木微微歪了歪嘴角，可能想要露出笑容吧。

「我會再打電話給你。如果你有事找我，可以打名片上的電話。下次見面時，希望我們可以談一些實質性的內容。」

黑木向兩名保鑣使了個眼色，起身離席。

金髮男搖搖晃晃地走向出口。在經過秋生身旁時，秋生發現他不知道在小聲嘀咕什麼，只聽到「我要，我要，我要，我要……」，這時，秋生發現他夾克的口袋特別鼓。

光頭男緊跟在黑木身旁。

「五郎，去結帳。」

黑木把帳單交給光頭男。名叫五郎的男人顯得不知所措。

服務生慌忙跑過來。這裏不像日本，要去收銀台結帳，香港都是在座位上結帳。黑木從西裝內袋拿出厚實的錢包，抽出幾張千元港幣丟在帳單上。

「告訴他，不用找了。」

秋生縮頭縮腦的翻譯說：「Keep your change.」服務生好像中了樂透般，露出滿臉笑容。

「錢要趁活著的時候用。」

臨別時，黑木湊到秋生的耳邊說道。

10

走出凱悅飯店的大廳，沿著港灣道回到香港會議展覽中心，走過天橋，在靠近地鐵車站的告士打道方向下來後，來到一家露天咖啡店。秋生點了一杯咖啡，放在托盤上，坐到裏面的座位。傍晚的這個時間，有許多在附近金融機構上班的粉領族。每個人都穿著黑色褲裝，從九〇年代初期開始，華爾街的投資銀行的制服都有統一的款式——男的是藍色細條紋襯衫，女的是黑色套裝。十年後，這個風潮推廣到世界各地，如今，無論倫敦、東京還是香港，只要是在金融機構上班，每個人都穿著千篇一律的服裝。鄰桌坐了一對香港的年輕情侶，再後方是一位母親正在餵國小學童吃甜甜圈。店裏坐了不少人。

秋生胡思亂想起來。最後得出一個結論，無論如何，現在絕對不能回到自己家裏。如果黑木想要知道自己的真實姓名，最簡單的方法，就是跟他回家。咖啡店面向馬路的那一側都是玻璃，秋生完全不知道自己是否被人監視。

——果真如此的話，他應該不會故意說那些令我產生警戒的話。

秋生不禁自問。

——況且，黑木來香港到底有什麼用意？

據秋生所知，麗子在香港只見過代理商亨利。亨利只是為了賺錢，代為辦理了法人登記和開設帳戶而已，除此以外，什麼都不知道。如果日本黑道突然找上他，一定會鬧得雞飛狗跳，他絕對會報警叫幾十個警察上門。

——難道要找陳先生？

秋生終於想到這一點。法人代表的地址和寄月結單的地址都登記在陳先生的事務所，如果自己是黑木，當然會去查一下寄到麗子信箱的郵件。因為，只要看到月結單，就可以知道她把錢匯去哪裏。當然，因為麗子已經變更了地址，從陳先生那裏根本查不到任何線索。不過，黑木並不知道這一點。

秋生走出咖啡店，用手機打電話給陳先生的公司。由於市內電話是定額制，所以香港幾乎沒有公用電話，就連飯店的大廳都沒有。一般民眾只要隨便走進商店，向店家借一下電話就可以解決問題。然而，不會說廣東話的外國人，只能靠手機。

不巧的是，剛好是阿媚接的電話。秋生請她幫忙轉接陳先生，三十秒的凝重沉默後，傳來一個格外宏亮的聲音，「阿秋，最近還好嗎？」陳先生故意在阿媚面前表現得很開朗。

秋生告訴陳先生，自己可能惹上了麻煩，請陳先生用他的名字，在他熟識的飯店訂一個房間。

「小事一樁，不過，到底發生了什麼事？」

「電話裏說不清楚，今天晚上，可不可以找一個地方見面？」

陳先生想了一下說：

「九點以後應該沒問題，我會找一家適當的店。訂好飯店的房間後，我就馬上通知你。等你辦理好住宿手續，再打我手機。」

秋生打完電話，正打算回到大馬路，看到一張熟悉的臉。原來是黑木的保鑣，那個叫五郎的獨眼光頭男。對方也認出了秋生，停下腳步，一臉納悶的表情。他的身高有將近一百九十公分，肌肉飽滿的身體很結實，而且，頭髮和眉毛都剃光了，再加上瞎了一隻眼睛，誰看到他，都會覺得很可怕。但他一手拿著觀光導覽書的樣子，一看就知道他是外地客，臉上的表情也很傻氣。

「你在這裏幹嘛？」秋生問他。

五郎沒有說話，顯得手足無措。

「找女人嗎？」

聽到秋生的問話，他的臉一直紅到耳根，額頭上冒著豆大的汗珠。人不可貌相，沒想到，他還很純情。

「黑木先生叫我去玩一玩。」他小聲的嘀咕，然後又補充說：「聽他說，這一帶到處都可以花錢買女人。」

秋生忍不住笑了起來，五郎滿臉通紅地斜眼瞪著他。秋生慌忙向他解釋。

香港的風化區大致位於香港本島的灣仔，和九龍的尖沙咀附近。香港本島聚集了很多歐美金融機構駐香港的公司，那裏的風化區大部分都是無上裝酒吧，客人在店裏喝酒，搭訕自己喜歡的舞女，把她們帶出場。灣仔車站北側的 **Rock Hard** 附近有很多無上裝酒吧，大部分客人都是白人，日本人不會說英語，去那裏根本沒有人理睬。那裏的舞女大部分都是從菲律賓來撈金的，出場費差不多一千港幣。秋生也曾經跟著開義大利餐廳的卡爾洛一起去過，被胸部像西瓜的菲律賓舞女敲了不少竹槓，終於惹惱了卡爾洛，最後，他們被趕出店裏。

日本觀光客如果想找女人，只能去尖沙咀的夜總會或是三溫暖。夜總會就是香港電影中經常出現的豪華俱樂部，走進店裏，可以指名自己喜歡的女孩子，付鐘點費。之後，要在夜總會欣賞表演秀，或是帶出去上床，都是客人的自由。三溫暖裏有年輕的按摩女郎，除了腳底按摩和理髮等一般的服務以外，還可以提供包括上床在內的全套服務。但大部分店裏的小姐只說廣東話，只有少數幾家店可以用日語溝通。秋生知道幾家這種店，偶爾也會介紹客人去那裏。當介紹客人時，店家就會付他回扣。住在香港的日本人都會用這種方法賺點零用錢。

除了以上的地方以外，還有尖沙咀北側的旺角，也是一大風化區。那裏有許多掛著「日式指壓」看板的廉價妓女戶，即使是規矩的香港人，也不太敢去那種地方。雖然不知道這名字的由來，但在香港，「日式指壓」已經變成色情按摩的代名詞。只要日幣五千圓，就可以和年輕女人上床，但同時也危機四伏。

「你身上有多少錢？」

「黑木先生給我這些。」五郎拿出三張千元港幣大鈔。秋生簡單向他解釋了夜總會和三溫暖的不同，問他要去哪裏。反正他語言不通，唯一的差別，就是帶女人出場，在飯店上床，還是在三溫暖的按摩室內解決。五郎似乎猶豫不決，秋生覺得既然來到香港，應該讓他去夜總會開開眼界，就打電話給熟識的店，談好全套三千港幣的價錢。最近，由於經濟不景氣，再加上可以從香港當天來回的深圳和澳門的廉價色情店盛行，許多老字號的色情店陷入了經營困難。不管客人是黑道還是誰，只要有錢，店家都很樂於服務。

「你第一次來香港嗎？」

「對。」五郎很老實的回答後，過了一會兒，又補充說：「也是第一次出國。」

秋生寫下店名和電話號碼交給他。

「你出示給計程車司機看，司機就會帶你到店門口。夜總會的經理會說日語，一切交給他處理就好了。你先付錢後，可以隨便換幾個女孩子，慢慢挑選自己喜歡的。反正你們語言不通，就直接帶出場，去附近的飯店辦事。飯店的錢也包含在裏面了，不必擔心錢的事。」

五郎大聲說：「我知道了，謝謝。」站得直直的，向秋生行了一禮，周圍的人都嚇了一跳。

「你以前當過警察嗎？」

「不，我在自衛隊差不多有五年。」

「是哪個部隊？」

「空挺部隊。」

秋生重新審視著五郎壯碩的身體。也許他是在訓練中發生意外，才失去了一隻眼睛。因為經濟不景氣的關係，大部分人在離開自衛隊後找不到工作，所以，才會被黑道大哥收留，當他的保鑣。

「和你在一起那個金頭髮的呢？」

聽到秋生這麼問，五郎厭惡地皺起眉頭。

「我和他不一樣。」

他們似乎合不來。五郎臉上露出輕蔑的表情。

「黑木先生呢？」

「他在飯店，你找他有事嗎？」

「不，沒事。」秋生回答。黑木應該回飯店叫了女人吧。這麼說，對他們而言，這是一趟優雅的旅行。既然這樣，自己為了隱藏身份去住飯店根本是杞人憂天。

秋生攔了一輛計程車，打開車門，讓五郎坐上車。五郎從後車座回過頭，再度恭敬地鞠了一躬。

秋生對妓女沒有興趣，聽內行人說，在香港、澳門和深圳一帶的色情店，二十歲左右的美女如雲。中國政府開放國內旅遊後，貴州、四川、湖北和湖南等內陸的人也到香港旅行，許多女人都直奔色情店賣春。她們既不會說廣東話，也不會說英語，在香港，唯一的賺錢方法就是賣身。

自從香港和澳門回歸中國之後，香港的色情產業更進一步擴大，如今，世界各地的男人都來這裏找中國的年輕女人。

那家店的生意很冷清，五郎今天晚上應該可以找到差強人意的女人上床。

秋生搭地鐵來到上環，跳上往香港大學方向的專線小巴。陳先生預約了一家位在大學附近的中級商務飯店。和五郎分手後，立刻接到陳先生的電話，說只訂到一間雙人房。秋生原本想繞一個大圈子，甩掉跟蹤，聽到五郎剛才的那番話，立刻打消了念頭。只要搭上專線小巴，外行人根本不可能跟蹤。況且，飯店是用陳先生的名字登記的，即使去查住宿登記，也查不到秋生的名字。

飯店位在距離上環車站五分鐘車程的地方。雖然交通不太方便，但房間樸素、清潔，住宿費不到觀光飯店的一半。以前，秋生也曾經多次住過。外國人住正規的飯店時，需要出示護照。這次因為陳先生事先打過招呼，所以，在櫃檯報了陳先生的名字，就立刻拿到了鑰匙。

走進房間，秋生用手機打電話給陳先生。雖然不需要這麼謹慎，但他還是不想留下使用電話的紀錄。陳先生還在公司，他們約好九點在飯店附近的中餐館見面。秋生請陳先生檢查了麗子的信箱，確定最近完全沒有她的信件。

秋生說：「可能會有人跟蹤你。」陳先生笑著說：「哪個白癡會做這種事？這幢大樓有一個只有住戶知道的後門，我從那裏走，誰都不會發現。」然後又說，會請店裏的夥計確認是否有人跟蹤。陳先生似乎已經習慣這種事。秋生請他把麗子申請信箱的資料，和四個月前寄來的那封月結單一起帶來。

掛上電話，他用電熱水瓶煮了熱水，用飯店準備的茶包泡了一杯茉莉茶。他拿著杯子，坐在窗邊的椅子上，發現天色已經漸漸暗了下來，舊城區晚餐前的熱鬧空氣飄進了空蕩蕩的飯店房間。

秋生坐著發呆了好久，突然想到可以打電話給誠人了解情況。當初，麗子就是透過誠人的介紹找到他的，麗子來香港之前，曾經和誠人見過面。一看手錶，晚上七點多。日本時間是八點多，誠人應該還在公司吧。他拿出記事簿，找到誠人的手機號碼，撥了電話。

誠人立刻接起電話，驚叫道：「什麼？香港的秋生先生？」以前，他們幾乎都是用電子郵件聯絡，秋生從來沒有打電話給他。秋生說：「我有事要和你談。」誠人說他打算出去吃飯，請他二十分鐘後再打。

「我會找一個可以聊祕密的地方。」

或許發揮了無限的想像力，他的聲音因為興奮而變得很尖。

秋生在指定的時間打電話過去，誠人一接起電話，劈頭就問：「是不是發生了什麼事？」簡直就像是伺機搗蛋的小孩子。

「關於那個叫若林麗子的客人。」

「啊啊……」誠人愣了一下說：「是那個大美女。發生了什麼事？」

「我想知道她來香港之前的情況。」秋生無視誠人的問題問道。

「呃……」誠人想了一下，「我記得，當初是她寄電子郵件給我。她說看了我的網站後，想去香港，希望我介紹她認識你。因為她也住在東京，所以，我約她出來當面談。」

「你都這樣和客人見面嗎？」

「我總不能介紹一些莫名其妙的人給你。」說完這句話，誠人「嘿嘿」的笑了起來，又補充說：「因為感覺她應該是年輕女人。見了面之後，發現是一個超級美女，我嚇了一大跳。」

「她說什麼？」

「她說想在香港設立公司，申請銀行帳戶。我告訴她，即使不設立公司，也可以申請個人帳戶。她說，是她未婚夫的公司要用來節稅的。聽了之後，我還很失望。」

「還有沒有聊其他的？」

「沒有。其他就是閒聊。她問我做什麼工作，還有秋生先生是怎樣的人……」

「除此以外呢？」

「她幾乎沒有告訴我什麼私人的事，只聽說她以前在不動產公司當過祕書。」

「不動產公司。」

「對，菱友不動產是股票上市的中堅公司，她說她在那裏當高級主管的祕書，一年前辭職了。光是靠電子郵件來往，根本不知道對方是什麼人，所以，我請她留下了簡單的履歷資料，像是年齡、地址還有職業。她自己寫在上面的。」

「有沒有問詳細？」

「沒有，感覺好像在等待出嫁。我說我很羨慕她，她笑了。我們約在銀座的咖啡店，周圍的男人都用嫉妒的眼神看著我，那些準備去上班的酒家女也斜眼看她，真是超引人注目的。之後，我們走出店裏，她獨自坐上計程車後，大家都做出一副『我就知道』的表情。」

如果不及時阻止，他會一直喋喋不休，秋生找機會打斷他說：「我等一下要出門，改天再打電話給你。」他央求說：「什麼嘛，請你告訴我到底發生了什麼事。」秋生分析了黑木會不會去找誠人，但看誠人的樣子，如果告訴他，會讓他更加興奮，反而造成反效果。所以，秋生沒說理由，只叮嚀他暫時不要見新客人，就掛上了電話。如今，幻想一定在誠人腦海中爆炸了。

秋生第一次聽說麗子曾經在不動產公司當祕書這件事，現在回想起來，麗子的舉手投足的確有職業的味道。雖然她的舉止很優雅，但並不像是從小養成的習慣，而是訓練的結果。他原本想打電話去不動產公司，又轉念一想，這麼晚了，總機應該沒人接吧。

11

中國餐廳的入口旁，掛著整隻的雞和依然可以看到外形的豬肉。店員站在旁邊的櫃檯向行人拉生意說：「這裏有賣點心。」狹小的店內已經人滿為患，坐在裏面的陳先生眼尖看到秋生，向他招了招手。他還是穿著綠色夾克、打著領結，一身令人不敢恭維的打扮。

走向陳先生的餐桌時，秋生環顧周圍，發現大部分客人都在吃大閘蟹。他這才發現已經到了吃大閘蟹的季節。大閘蟹很小，為了避免牠在掙扎時損傷身體，需要五花大綁地綁住牠的鉗子，趁活的時候放下去蒸才最好吃。這是上海料理在秋天的時令菜，在香港也很受歡迎。每到這個季節，食材店門口就堆滿了綠色的大閘蟹。

陳先生的桌子上放了一個茉莉花茶的大茶壺，已經有幾道菜上桌了。由於他們只有兩個人，所以，應該都是點了小份的。香港人覺得如果桌子上沒有擺滿料理，就是不吉利，所以總是會叫很多菜。而且，香港人幾乎都不喝酒，年長者喝茉莉花茶，年輕人則喝西瓜汁或是柳橙汁，一邊吃，一邊聊天。聽阿媚說，香港人之所以不喝酒，是因為他們覺得「被人看到自己喝醉的樣子很丟臉」，在自己家裏時，通常會喝一點酒。如果在北京或是台灣，大家都會用烈酒比酒量，但在香港，一旦喝醉，就會被視為「人格破產」。

秋生剛坐下，陳先生就不由分說地聊起股票的事。他最近好像買了投機股。在全世界的股價都跌聲連連時，中國股市從二〇〇一年年初開始了泡沫景氣。

中國有上海、深圳和香港三個股票市場，長期以來，上海和深圳股市就分為只能由國內投資人購買，以人民幣計價的A股，和只能由外國投資人購買，用外幣計價的B股。上海股市的B股用美金計價，深圳股市B股則用港幣計價，而且，香港股市還有中國大陸企業直接上場的H股，和在香港的子公司上市的紅籌股，彼此之間的關係相當複雜。

由於中國股票市場不透明化，內線交易橫行，外國投資人對B股市場敬而遠之，因此，交易量很小，股價也持續低迷。開放給國內投資人的A股則因為改革開放經濟的博奕行情，在那斯達克指數暴跌引發的全球股價低迷期，仍然一枝獨秀，行情一路看漲。結果，雖然是同一家企業的股票，A股和B股的價格產生了大幅的落差。簡單的說，就是同樣是SONY的股票，在某個市場是一股五千日幣，在另外一個市場則可能是一股一萬日幣。二〇〇一年，中國政府突然宣布將在六月一日開始，開放國內投資人購買B股。

於是，勢必會發生大規模賣掉股價較高的A股，買進B股的套利（arbitrage）交易。由於預料到這種情況發生，香港和台灣的龐大華人資金湧入，從二月到六月的四個月期間，上海B股指數上升了二點五倍。當B股行情告一段落後，夏天以後，又出現了大量上海、深圳的B股和香港市場的H股、紅籌股的套利交易，使得在香港市場上市的中國大陸企業的股價一路走俏。香港的投資人都很投機，看到短短幾個月，股價就翻倍的個股層出不窮，市場上充滿狂熱，就連舊城區的路邊攤上，都可以聽到人們口沫橫飛地評論三大股票市場的相關公司和同業其他公司的股價分析，以及哪一支股價偏低，哪一支偏高的股市解盤。

中國股票市場無法進行融券放空交易，也就沒有真正的套利，只能在股價上漲後出售持股，換另一支股票。最後一個抽到鬼牌的投資人，一旦買進之後股價下滑，就會輸得一敗塗地。秋生曾經親身經歷過這種博奕行情的可怕，勸陳先生也早日落袋為安。七月後，中國政府開始進行宏觀調控，陳先生買的幾支股票也產生了虧損。有人揭發中國銀行分行違法融資購買股票的資金，協助股票上市企業做假帳的會計事務所和公認會計師相繼遭到處分，和顛峰時的六月相比，在短短兩個月期間，針對國內投資人的上海A股向下修正了三成，以美元計價的上海B股下跌了四成。

據陳先生說，中國股票市場的內線交易是理所當然的，投資人紛紛透過黨政高層關係，掌握主力的動向和企業內部的情況，呼朋引伴，大肆購買後，撈一票就賣掉。這是唯一的投資方法。然而，使用這種方法時，如果不背叛同伴，就無法賺到錢。一旦買到的股票開始下跌，就會賠得很慘。

根據中國國務院的報告顯示，中國股票上市企業的市價總值為二兆三千七百三十億元，但實際資產價值只有三千一百億元。百分之四十的上市企業資產價值為負值，百分之八十是瀕臨破產的有名無實的企業。所以，買股票根本就是把毫無價值的廢紙標價後進行買賣。

秋生隨意吃著料理，心不在焉地聽著陳先生的股市分析。即使跟他說教，他也不可能聽得進去。

「對了，你說的麻煩事是什麼？」

陳先生喋喋不休地炫耀自己的持股後市看俏，一吐為快後，才正式進入主題。秋生把麗子的事、在加勒比海設立法人、開設銀行帳戶的事，以及麗子偷了公司的錢捲款逃跑、有一個叫黑木的黑道大哥找上門來的事簡單說了一遍，但並沒有提及五十億的金額。

「情況我了解了，到底有什麼問題？」

陳先生露出納悶的表情。

「這種事，在香港根本是家常便飯，誰叫他把錢交給別人。阿秋，這和你沒有關係，不必理會他。」

秋生擔心黑木看過法人登記資料後，會找到陳先生的公司，他也一笑置之說：「日本黑道在香港能夠幹什麼？到時候我會說，那個叫麗子的女人在路上看到我製作精美的宣傳單，自己找上門來。我收了她三個月的訂金，開始代為收信。結果，沒有收到一封信，也沒有電話。因為她沒有匯第四個月的租金給我，租約就自動解除了。」

黑木如果想要和陳先生交涉，必須透過香港黑社會的人居中牽線。一旦他這麼做，風聲早就透過聯絡網傳到陳先生的耳朵裏。的確，日本黑道在香港根本沒有立足之地，不可能有什麼作為。

「這種事不重要，你倒是想想辦法處理阿媚的事。」

陳先生改變了話題，似乎無意繼續談。他應該從阿媚那裏聽說了秋生和麗子的事，但他並沒有提起。

「那麼開朗的女孩子現在竟然整天悶不吭氣，看她的樣子，好像連飯都沒有好好吃，我真是於心不忍。反正，你只是鬼迷心竅的外遇，不如送她一個貴重的禮物，逗她高興一下，她就沒事啦。」

秋生並不認為事情這麼簡單，但還是回答說：「我考慮看看。」因為，他自己還沒決定要怎麼處理和阿媚之間的關係。

「在眼前這件事解決之前，我沒心情處理。」

陳先生為難地皺了皺眉頭，「你知道要去哪裏找那個女人嗎？」

秋生把陳先生帶來的麗子申請信箱的資料攤在桌上。

「開設銀行帳戶需要地址和電話號碼，地址問題比較簡單，只要月結單不會因為查無此地址被退回，銀行方面就不會起疑心，所以，租信箱並沒有問題。但電話就沒這麼簡單了，如果匯款金額不超過十萬美金，問題還不大，如果一下子匯一百萬美金的大金額，銀行方面一定會打電話給顧客確認。如果電話接不通，就會引起銀行方面的警戒。」

「所以，她才會申請我們公司的電話轉接服務。」

「的確，在這份申請書上，這個電話轉接到麗子未婚夫的公司。但你想一想，既然她想騙取帳戶裏的錢，如果確認匯款的電話轉接到她未婚夫的公司，她的計畫不就功虧一簣了？你覺得她會冒這樣的險嗎？」

「你的意思是，這個電話是亂寫的嗎？」

「這樣的風險太大了。如果她指示匯款，銀行打電話確認時，發現根本沒有這個電話號碼，不就等於向銀行宣稱這是正在洗錢的非法資金嗎？」

陳先生想了一下說：「那現在就打電話確認一下。」

秋生拿出手機。雖然店裏很嘈雜，但他還是按下了號碼。不一會兒，就聽到日本電信公司

「您撥的號碼是空號，請查明後再撥」的語音。難道真如陳先生所言，是胡亂寫的號碼？秋生立刻轉念一想，發現很可能是麗子盜取那筆錢後，在凍結法人和銀行帳戶時，取消了這個電話。

陳先生仍然半信半疑。

「也許像你說的那樣，但果真如此的話，那幾個黑道大哥早就發現，四處尋找了。」

「我想，他們可能沒發現這個電話號碼。至少，麗子絕對沒有把這個電話告訴他們。月結單上應該有地址和電話號碼。」

秋生打開陳先生帶來的那封寄給麗子的月結單，上面只寫著帳戶號碼和開戶人名。由於是第一份月結單，帳戶的餘額為零。

「有沒有我可以幫忙的？」陳先生問。

「我想明天去日本。」

秋生把家裏的鑰匙放在桌上。他向來隨時把護照、信用卡和支票簿帶在身上，隨時都可以搭機。但他需要放在家裏的筆記型電腦和麗子申請法人和帳戶時的資料影本。秋生請亨利幫他把所有資料都影印了一份。為了避免日後發生問題，秋生向來把自己客戶的資料存檔管理。

「我想，我暫時不能回自己的家。不好意思，可以請你幫我把需要的東西拿出來嗎？」

陳先生雖然訝異是否有必要這麼緊張，但還是爽快答應了。他說會在回家時，順便去秋生的公寓走一趟，明天早晨會送到他手上。陳先生的家在銅鑼灣東側的太古，他和秋生一樣，一個人住兩房一廳的房子。

「為什麼你非找到那個女人不可？」陳先生問。

「因為有利可圖。」

「多少錢？」

「女人盜取了五億，一成就是五千萬。」他故意少報一位數，「大約三百萬港幣。」

「那好像在買樂透嘛。」陳先生笑道。

「如果我中了，一定會好好酬謝你。」秋生說。「我會伸長脖子期待的。」陳先生大笑起來，像往常一樣，用厚實的手掌拍著他的背。

結帳時，秋生正要伸手拿錢包，陳先生態度堅決地阻止了他。結果，這次又是陳先生請客。中國人不習慣各付各的，桌子上的菜剩下了一大半，但這也是中國人的習慣。如果菜都吃完了，會讓主人覺得自己招待不周。

陳先生最後吃了一口大閘蟹的蟹黃，又叮嚀了一句：「等你從日本回來後，要和阿媚重修舊好。」

回飯店後，秋生開始不安起來，覺得剛才應該更強烈地提醒陳先生提高警覺。黑木不是笨蛋，當然會試圖找到麗子申請的信箱。但陳先生滿腦子都是自己的股票，對秋生的話充耳不聞。

他從冰箱裏拿出冰塊，打開小瓶的威士忌。深夜十二點後，路上的行人減少了。秋生關掉房間的燈，坐在窗邊。他很想再打電話給陳先生，但最後還是打消了念頭。

即使黑木想威脅陳先生，也不見得有這個本事。秋生知道，陳先生和黑社會的關係很密切。

香港的黑社會稱為「三合會」。在香港，參加黑道組織本身就是違法行為，因此，不會像日本那樣招搖地高掛堂口的牌子，或是彼此交換名片。不可思議的是，香港人都知道誰是哪一個堂口的人。秋生想起以前曾經聽阿媚提過，「別看陳先生這樣，其實他很厲害。」

一般認為，中國的黑道組織都是起源於祕密結社，其實，中國人的社會本身就形成一個好像祕密結社的綿密的網。在中國社會這個巨大的祕密結社中，一部分從事非法活動的就稱為「三合會」。

在日本，黑道份子和一般民眾有著一線之隔，但在香港，黑道組織也是社會的一部分，兩者的界限極其曖昧。參加組織或是退出組織都比較簡單，有些黑道份子賺了一筆錢後，就會回歸正途，這也被視為理所當然。黑道的組織成員和非組織成員沒有明確的區分，所以，即使陳先生參加了某個黑道組織，也絲毫不足為奇。雖然成員可以自由地離開組織，但如果背叛自己所屬的組織，或是踐踏對方的面子時，就會遭到嚴厲的制裁。

如果陳先生是黑道份子，日本的黑道份子根本不敢動他。萬一黑木不小心想動用香港當地的黑道，那麼，在他還沒有威脅陳先生之前，自己就會被人收拾掉。香港人不會為了日本人的一點小錢背叛自己的朋友。

秋生回想起陳先生問他的問題。

「為什麼你非找到那個女人不可？」

難道真的只是為了錢？

秋生發現杯子裏的威士忌已經變得很稀，便又開了一瓶迷你酒。一個撿垃圾的男人拉著拖車從暗巷裏出來，翻找著附近餐廳的殘羹剩飯。

秋生知道麗子會捲入是非。因為，這是他一手安排的。按照他的計畫，麗子的未婚夫會身敗名裂，麗子會再度出現在他面前。

然而，麗子卻帶著五十億的錢消聲匿跡了。也就是說，她比秋生更加棋高一著。她是怎麼做到這麼大膽的事？

一定要找到麗子，無論如何，都要親口聽她說出事實真相。

秋生自己都不知道，這到底是執著，還是自尊心？抑或是為了錢？

第二天早晨，秋生等到日本時間上午九點，打電話到麗子曾經工作的菱友不動產。他說：「因為私人的事，想要聯絡一年前離職的女職員。」於是，電話轉接到人事部，在確認名字後，對方說：「她是派遣公司派來的，我們不知道她離職後的情況。」當秋生提到：「聽說她是擔任高級主管的祕書，我想請教一下，是哪一位主管」時，對方突然產生了警戒，氣勢洶洶地問了秋生的名字和理由後，就掛上了電話。

秋生在網路上查詢了菱友不動產的股價和財務情況，發現在泡沫經濟崩潰後，經營相當辛苦，已經連續三年虧損。看他們的資產負債表，發現股本只有一百億，雖然銀行已經放棄債權，但仍然背負著五千億需要支付利息的負債。以市價評估該公司的資產，顯然已經債台高築。公司的營業額有將近兩千億，業務的現金流量為兩百二十億，但是財務現金流量為負兩百五十億，需要支付的利息超過了公司的盈利。股價已經跌破了五十圓的上市價，根本是靠政府和主要銀行的支撐而苟延殘喘的企業。公司裁員後，人力大幅縮減，但總公司仍然有六百人，包括子公司和關係企業在內，總共有兩千五百名員工。

該公司有十五名董事，當然無從得知麗子曾經擔任誰的祕書。股東除了總公司和老闆以外，還有銀行、壽險公司和員工持股，並沒有發現可疑的名字。誰都不想出現在這種隨時會倒閉公司的大股東名冊上。

接著，秋生打電話到派遣公司。對方冷冷地回答說：「無法透露登記者的個人資料。」秋生耐著性子問，至少請幫我查一下麗子目前有沒有登記，對方才勉強去查了一下。麗子已經沒有登記派遣工作。

之後，他打電話到航空公司，訂了下午從香港到成田機場的商務艙。自從九一一的恐怖攻擊後，每家航空公司都生意清淡，即使當天也可以輕易訂到機位，價格也比以前便宜三成。以前，即使坐狹小的經濟艙也不覺得怎麼樣，如今，只要和其他乘客一起擠在會彼此碰到手肘的座位，就會覺得很痛苦。

九點過後，他接到了陳先生的電話，約好十點在搭機場列車的香港車站拿資料和電腦。陳先生還特別叮嚀：「裏面有要送誠人的禮物，代我問候他。」

如今，誠人是陳先生的老主顧。上次誠人來香港玩時，秋生約了陳先生和阿媚，一起去卡爾洛的餐廳吃飯。晚上來卡爾洛餐廳的英美系金融機構的股票交易員，幾乎都是酒精中毒的傢伙。無論當天的大盤是漲還是跌，他們都喝酒狂歡到天亮，在因為宿醉而渾渾噩噩的狀態下回去公司上班。因為，這根本不是神經正常的人能夠勝任的工作。他們認為，股市行情越亂，越有賺錢的機會。一旦無法做到這一點，他們身為交易員的人生也就畫下了句點。

誠人不知道是哪根筋不對，把那天的所見所聞寫在網站上，獲得了很大的迴響，許多人提出想要租用陳先生的信箱。在誠人杜撰的幻想中，卡爾洛的餐廳是「金融黑手黨的巢穴」，陳先生是打著領結，掌控著香港黑社會的神祕中國人。根據他的描述，「就連頂級交易員，也對這個中國人刮目相看。」

秋生趁閒暇之餘，把這篇散文翻譯成英文給陳先生看。阿媚看了捧腹大笑，陳先生卻說誠人是「很有才華的作家」，從此對他另眼相看。

在盜版猖獗的香港，大部分軟體都是中文版，很少能夠買到英文版的軟體。自從那次之後，陳先生經常為誠人找軟體寄給他。這次又要帶十張專業級程式工具的光碟。如果以定價購買，絕對不止一百萬日幣，但陳先生最多花五千日幣就搞定了。誠人可以為他在日本大肆宣傳，他當然穩賺不賠。

秋生辦理好退房手續，搭城巴來到中環。繞到位在金融街一角的當地銀行，從保管箱裏拿出日圓的金融卡和信用卡，還有預付卡式的手機。雖然帳戶裏沒有多少錢，但為了方便回日本時使用，他在日本國內銀行辦理了非居民用的日圓帳戶。他的信用卡直接從那個帳戶自動扣繳，就不必每次支付額外的匯兌手續費。

他在多年前，買了這支預付卡式的手機。以前有為期一年的電話卡，但由於有人用偽卡打國際電話，使電話公司蒙受了鉅額的損失，電話公司為了避免外國人偽造，最近已經縮短為最長三個月。如果到期後，又超過三個月的緩衝期間，電話卡就會作廢。這是為了預防用匿名手機來犯罪。在購買時，需要出示身份證明。雖然很不方便，但對秋生這種用假名工作的人來說，卻是很方便的工具，所以，每隔半年，就會拜託回日本的熟人幫他換卡。

從怡和大廈穿過新建的交易廣場的購物中心，由靠近維多利亞港的出口走出後，來到香港車站。他十點準時來到車站，看到阿媚等在中央大廳前。

「好久不見。」

秋生想不到其他的話。他已經有四個月沒有和阿媚說話了。阿媚比以前清瘦，臉頰也凹了下去。她穿著藍色薄質毛衣，深藍色的長褲。她的打扮也變得素雅了，感覺比以前成熟了。

「陳先生說，他實在抽不出空過來。」

阿媚說完，把東西塞到秋生胸前，轉身離開了。

這時，秋生看到阿媚的熱淚盈眶。然而，此刻的他，根本無能為力。

12

飛機準時從香港國際機場出發，傍晚六點以前，就到達了成田機場。入境櫃檯前大排長龍，等候了將近二十分鐘。雖然經濟低迷多年，但拖著大行李箱的年輕女人把大廳擠得水洩不通。

秋生在服務處拿了飯店住宿簡介，打電話到新宿的城市飯店。由於是非假日，很快就訂到了房間。今年比往年天氣暖和，但十一月的日本，氣溫還是比香港低了將近十度，需要一件毛衣或是冬天的夾克禦寒。他去機場的精品店轉了一圈，但價格實在太貴了，只好暫時打消了念頭。由於他是用「工藤秋生」的名字訂飯店，無法用信用卡支付住宿費。登記入住時，必須預交現金，所以，他在機場的ATM領了十萬日幣。想到可能會與黑木他們接觸，為了以防萬一，他決定這次全程都用假名。

他搭乘成田Express直接到達新宿，在車站大樓隨便吃了一點東西當作晚餐，已經八點多了。以前，他來新宿時，發現西口地下廣場到處都是遊民的紙板屋，不知道什麼時候已經整頓得一乾二淨，變成了企業的展示櫥窗。他走到計程車招呼站，發現有十個人在那裏排隊。想到如果叫計程車到這麼近的距離，可能惹來司機的不滿，他決定還是走到飯店。

他從西口圓環來到地面上，居酒屋和廉價電器行林立的車站前擠滿了醉醺醺的路人，走到摩天大樓街時，人影漸漸稀疏起來。半圓月灑下蒼白的月光，從外形古怪的東京都廳後方照射過來。一個遊民像嬰兒般蜷縮在住商大樓入口的鐵門前一小塊空地上。

他已經三年沒回國了，卻沒有太多的感觸。即使回到日本，也沒有人可以聯絡敘舊。由於他多次轉職，又在海外顛沛流離了多年，幾乎沒有可以稱為朋友的人。況且，他並不認為這樣有什麼問題。

在飯店辦完住宿手續，躺在狹小房間冰冷的床上時，阿媚在香港車站時的身影浮現在他眼前。原本形影不離的兩個人，曾幾何時，已經變得如此遙遠。也許，彼此再也不會有交集了。

他在不知不覺中睡著了。

翌日，他很早就醒了，把帶來的筆記型電腦連上電話線，搜尋東京都內的徵信社、偵探事務所和調查公司。外人搞不清這三者之間的差異，據說在調查時，願意提供自己身份的可以找徵信社；身份不願曝光，進行祕密調查時，要找偵探事務所。調查公司則不負責跟監，只買賣相關資訊。

日本是資本主義國家，只要花錢，就可以輕易查到個人資料。最近，甚至有業者大剌剌地在網路上刊登費用表。

根據費用表上的報價，從固定的電話號碼調查簽約者的名字和地址需要四萬日圓。如果該號碼已經解約，價格則要加倍，變成八萬圓。調查住民票（譯註：以個人為單位，記載了姓名、性別、生日和與戶主關係的戶籍資料）和戶籍調查，價格為八萬到十萬。查詢是否向信用卡公司及地下錢莊借款，只要一萬五千圓。雖然上面沒有寫，但也可以輕易查到被調查人是否有前科。有些地方只要事先付錢，甚至可以接受匿名者的委託。

看網路上的黃頁廣告，光是新宿就有將近兩百家徵信社和調查公司登記。秋生從一長排名單中，挑選了一家位在高田馬場附近的小規模事務所。這家事務所簡單卻詳盡的網頁設計吸引了他。新宿的業者讓人感覺不太可靠，大型業者很可能有警方的眼線。從「恩田調查情報」的名稱來看，應該是個人經營的事務所。這次的調查應該不會有麻煩的跟監之類的問題，這樣的規模剛剛好。

秋生從飯店打電話，一個五十歲左右男人語氣鎮定地接了電話。應該是所長本人。秋生說，希望從已經解約的電話查地址，對方很乾脆地回答：「如果是急件，今天下午就可以知道。」

「那我直接去事務所，當場支付報酬。」秋生告訴他。

「你兩點以後來，我會幫你查好。」對方說。

費用為八萬圓，但如果還要同時調查其他項目，還可以享受優惠價格。秋生告訴他麗子指定轉接的電話號碼，並留下目前住的飯店名字和預付卡手機的號碼給對方，以便隨時聯絡後，就掛上了電話。現代社會中，連找人都變得很方便。

秋生在飯店餐廳吃完簡單的早餐後，去新宿車站的路上，在便利商店買了五千圓的手機充值卡。這麼一來，這個匿名電話可以繼續用半年。自從買預付卡號碼也需要身份證明後，可以匿名使用的電話已經變得奇貨可居，在網路拍賣都以高價買賣。如果要從手機號碼查簽約者名字的費用要五萬圓。

由於他沒有帶換洗衣服，就直接上了飛機，所以，他去西口買了冬天的毛衣，穿在薄質夾克下。這麼一來，應該可以熬過冬天。雖然還不到拍賣季節，但一流百貨公司的名牌毛衣只要一萬九千八百圓。消費品的價格低到這種程度，難怪日本的景氣會持續低迷。

他從新宿車站搭中央線來到東京車站，比約定的時間提早十分鐘來到丸之內的辦公街。天氣和昨天完全不一樣，十一月的這個季節，天空竟然灰濛濛的，好像隨時都會下雨。如果剛才沒有去買毛衣，身體一定會凍僵了。原本打算在車站的商店買一把傘，最後還是決定再觀察一下。銀行已經開始營業，上下班的尖峰時間已過，但西裝外穿著大衣的上班族仍然絡繹不絕。這一帶經過重新開發後，和以前很不一樣。PCCW的李澤楷購買的舊國鐵用地上，也出現了正在建設中的摩天大樓。秋生站在N信託銀行門前，看著來往的人潮。

十一點整，一輛黑色禮車從日比谷大道緩緩駛了過來，停在秋生面前。司機快速下了車，打開了後門。「對不起，讓你久等了。」一隻手拿著拐杖的倉田老人下了車，名叫青木的祕書拎著一個厚實的公文包跟在他身後。

倉田老人是秋生的顧客中，唯一的大富豪。也許連他也不知道自己到底有多少資產。他的年紀應該已經超過八十歲了，但身體仍然很硬朗。

秋生是在半年前，經由他以前曾經幫助過的客人的介紹下，認識了倉田老人。那位顧客從境外匯到日本的十萬美金下落不明，哭著找秋生幫忙。匯款銀行說：「已經按照你的指示辦理了匯款手續，你自己去問收款銀行。」收款銀行則主張：「沒有匯入的資金，根本無從查起。」這是很典型的匯款問題。

秋生看了傳真過來的匯款單，立刻發現了其中的原因。這位客人從境外銀行匯款到日本的花旗銀行，但只寫了分行名字和帳戶號碼，卻沒有寫國名。在這種情況下，中轉這筆資金的金融機構不知道該匯款到哪個國家的花旗銀行。

花旗銀行用美金結算的匯款，都要透過紐約總行。發揮這種中轉作用的銀行稱為通匯銀行（correspondent bank），簡稱為通匯行。在以美元結算時，一般會使用信孚銀行（Bankers Trust）、紐約銀行（Bank of New York）和JP摩根大通銀行。但是花旗銀行在世界各地都有分行，不需要透過其他通匯銀行，都集中在總行結算美金。

雖然一般人可能不知道，即使從日本國內銀行的外幣帳戶匯到日本花旗銀行的美金帳戶時，也是由紐約總行進行結算。世界各地的花旗銀行都在總行設有帳戶，根據匯款指示，將匯入的美元分配到各分行的帳戶。這些作業都是用電子資料進行處理的，並不是將美元現鈔寄到日本。這時，如果匯款指示上沒有填寫國名，不知道該匯到哪個國家的分行，就會被擱置一旁。中轉站的通匯銀行經常會發生這種資金懸而未決的問題。

日本的銀行服務很周到，遇到這種情況時，就會以「匯入帳戶不明」的理由退回匯款銀行，或是查詢各分行的帳戶，查出匯款帳。但歐美的金融機構就很冷漠，認為顧客的失誤應該自行解決，所以，根本不予理會，也不會加以協助。秋生請匯款銀行將懸而未決的匯款收回，再用正式的匯款單的格式重新發出匯款指示。花了三天的時間，就順利完成了退款和匯款作業。那位客戶感動萬分，四處宣傳，其中有幾個人和秋生聯絡。其實，秋生並沒有費太大的工夫，但那位客人有一種好像在路上掉了一大筆錢後，失而復得的感覺。倉田老人就是這些客戶中的其中一人。他突然透過祕書青木和秋生聯絡：「我已經到香港了，希望和你見一面。」

倉田老人擁有龐大的資產，在銀座和赤坂的精華地段擁有大樓，是股票上市公司的大股東，在瑞士祕密銀行也有超過一億美金的存款。這些資產都是他運用父親一輩的遺產所創造的。他出生於源自室町時代的名門家庭，在大正民主抬頭時期的上流家庭長大，崇尚自由瀟脫的風氣。他想要見秋生，完全是基於好奇心，並不是在投資方面遇到了問題。反正，他這輩子都花不了他財產的百分之一。不知道為什麼，倉田老人很欣賞秋生。每次秋生回日本，就會請他協助匯款到國外。這次秋生在香港機場打電話給他，說自己即將回日本時，倉田老人說，他剛好想匯錢，就約定了今天的時間。

倉田老人帶著秋生走進N信託銀行的大門。可能是事先接到了通知，分行的業務負責人和女行員在入口恭敬地迎接。不一會兒，分行長也火速趕了過來，然後，把倉田老人一行人帶到董事接待室。

搭乘專用電梯來到頂樓，宛如進入了另一個世界。重金打造的豪華接待室內掛著畢卡索畫作的真跡，從寬敞的窗戶可以欣賞皇宮的森林。這家信託銀行也引進了鉅額的政府資金，努力裁員，但這裏完全感受不到這種努力。倉田老人在沙發上坐了下來，女祕書立刻端茶進來。她身上的套裝格外強調胸部和腰部線條，或許是這裏高層主管喜歡的感覺吧。

一個看起來就像從事金融業的年輕男人，穿著一套做工考究的西裝走進來，恭敬地向倉田老人打招呼。看他的樣子，可能剛才就在隔壁房間等候多時了。這個名叫田宮的人是瑞士祕密銀行的日本駐員。這一側的沙發上坐著倉田老人、祕書青木和秋生，對面坐著N信託銀行的分行長、業務部長和田宮。

田宮看了秋生一眼，露出職業式的清新笑容說：「我經常瀏覽那個網站。」他是指誠人的網站。「我很佩服，上面經常寫一些很刺激的事。」

田宮的語氣中，可以隱約感受到他的嘲諷。秋生曾經多次聽過這些為金字塔頂端客戶服務的私人銀行理財專員的挖苦，所以，很快察覺到他的想法。那不僅是對只有區區數百萬的窮人也需要運用所謂的境外銀行所產生的不屑，同時，也是對免費公開他們逃漏稅訣竅的不滿。秋生已經習慣了。田宮應該尤其無法忍受倉田老人這種超級VIP竟然和秋生這種小角色來往。

秋生本身和誠人的網站並無瓜葛，卻對那些利用只要稍微調查一下任何人都知道的知識欺騙富豪，滿腦子只想賺取高額手續費的傲慢金融菁英極為反感。這些傢伙最惡劣的地方，就在於他們的所作所為明明和騙徒沒什麼兩樣，卻自以為自己眼光獨到。同時，還大言不慚地批判使用廉價的手續費，處理和他們相同業務的業者是逃漏稅的爪牙。

「那裏所寫的內容，基本上都是可以合法節稅的方法，並不是建議大家非法逃漏稅。」秋生對田宮說：「比方說，即使從國外銀行領到利息，如果是薪資所得不超過兩千萬圓，不需要確定申報所得稅的公司職員，每年可以免除最多二十萬的雜項所得。即使每年的年利率為百分之五，如果沒有薪資以外的收入，四百萬以下的存款就可以免稅。如果以沒有收入的家庭主婦的名義開戶，只要利息在每年三十八萬的基本扣除額範圍內，就不需要繳稅。同時使用這兩種方法，一年可以有五十八萬的利息和股利所得免稅。所以如果利率是百分之五，就可以有一千一百六十萬的存款是可以合法節稅的。那個網站所介紹的基本上都是這一類的資訊。」

N信託的分行長和業務部長聽不懂秋生的話，一臉茫然地看著他。田宮當然知道這些稅法的漏洞。

「理論上的確如此，但很不現實。」

田宮的意思是，這種姑息的節稅法，對投資金額龐大的富人根本派不上用場。然而，秋生卻覺得那些連這種程度的稅法基礎知識都沒有，就把重要資產交給私人銀行的人，等於是要求對方：「請你隨意拿走我的錢吧。」

「合法節稅的方法還有很多。」

秋生決定回應田宮的挑釁。

「比方說，可以在外國金融機構購買折扣債券，只要在到期日前脫手，就可以在日本的稅法中節稅。一般債券的配息需要申報，但賣出所獲得的利益卻可以免稅。

「另外，還可以利用契約型的投資信託。日本稅法視外國契約型投信的賣出利益和債券相同，可以免稅。在稅法上，沒有配息的外國契約型投信就成為合法的免稅商品。只要在世界各地找一下，就可以找到很多這一類的投資信託。

「利用這一點，只投資海外的折扣債券和沒有配息的契約型投信，即使投資數百億圓，也可以合法地不付一毛錢的稅金，但我不知道國稅局是怎麼判斷的。」

田宮露出厭惡的表情。結合折扣債券和契約型投信的節稅法，是他們招徠顧客的重要絕招。如果在網路上公開，顯然對他們很不利。

折扣債券在到期日前並不發放利息，假設你以九十圓購買的債券在五年後到期，屆時你可以領得債券的面額（例如一百圓）。美國的國債市場，有大量這種將債券和息票（coupon）分割的折扣債券在流通。

在日本的金融機構購買折扣債券，一開始就要徵收償還利潤的百分之十八的稅金。如果在國外的金融機構購買相同的折扣債券，只要在中途脫手，就完全不需要繳稅。雖然令人感到不可思議，但日本的稅法就是這麼規定的。

投資信託分為兩種，一種是投資人成為股東的「公司型」，另一種是由投資人購買受益證券的契約，稱為「契約型」。購買日本國內的契約型投信，賣出的獲利和配息利益都要支付百分之二十的稅金。但外國的契約型投信則被視為債券，賣出獲利不需要課稅。因此，只要是沒有配息的契約型基金，就和折扣債券一樣，成為合法的免課稅商品。

「不過，我想可能沒幾個人懂得運用這麼複雜的方法。」

N信託銀行的業務部長在一旁插嘴道。也許他認為在倉田老人面前，如果不表達一點意見，會顯得很沒面子。田宮的臉上掠過一絲輕蔑的表情。很明顯的，他看不起這些國內的金融從業人員。秋生也有同感。

日本金融機構的業務人員以為，逃漏稅的唯一方法，就是用非法的錢購買無記名的折扣金融債或是金條。前自民黨的副總裁金丸信就是用這種方法逃漏稅。被稱為「日本領袖」的政治家竟然只知道這麼拙劣的方法，可見這個國家的金融界水準有多麼低下。

「並不困難，只要稍微用一點心，誰都可以做到。」

聽到秋生這麼回答，業務部長露骨地表現出不悅。

「如果外行人學會太多招數，就會後患無窮。」

還是田宮比較現實。他擔心如果一般大眾紛紛運用外國金融機構達到節稅目的，金融局和國稅局就會訂定出規範，就再也無法運用這些方法。秋生卻認為這樣才有趣。

在稅法上，只要住在日本，無論在任何國家獲得的收入，都要在日本申報，繳納所得稅。然而，這只是規定而已，沒有人會自動申報和外國金融機構交易所獲得的利益。如果問鄉下的稅務局，要怎麼處理海外投資的利益，他們根本不知如何回答，甚至有的地方還會很不耐煩地告訴民眾錯誤的資訊，「等你帶回日本，換成日幣時，再來申報。」在這種事上，睜一隻眼，閉一隻眼對雙方都有好處。

即使很不湊巧地被國稅局查到，只要金額不大，通常說聲對不起，付完該付的稅金就沒事了。如果怕麻煩，搬到不同稅務局管轄的地方就好。稅務局的資料都是單線管理，只要所屬的轄區不同，所有紀錄就會重新設定，第二年就從零開始。最近，法人所得已經逐漸建立了共有的資料庫，但個人所得根本沒辦法建立資料庫。有點小聰明的人，幾乎都知道這些訣竅。

雖然秋生對誠人某些駭客行為不以為然，但他和大家分享這些知識的做法，令秋生感到很痛快。

「最近你接觸的大部分都是哪方面的委託？」

倉田老人興致勃勃地聽著他們的爭論，突然插嘴問道。

「前一段時間，有不少業者透過香港和澳洲的證券公司，讓客戶購買日本股票。這麼一來，就可以用海外證券公司的名義進行交易，根本不需要繳稅。當然，這種手法是違法的。

「在境外市場設立投資公司或匿名組織，讓海外的證券公司擁有未上市股票，等到IPO（股票上市）時出售，所有的盈利都免稅。這是前一陣子流行的手法，但最近的股價太低，沒什麼搞頭。

「還有就是為了規避遺產稅，想要購買高額保險的人仍然不少。但有些情況國稅局也未必承認，認為他們是在逃避遺產稅。」

聽到秋生的解釋，N信託的分行長納悶地問：

「為什麼國外保險公司的壽險可以規避遺產稅？」

田宮又皺了皺眉頭。這也是他們騙取客戶錢財的重要手法之一。

繼承壽險的保險金時，每個法定繼承人有五百萬的免課稅額度。如果父親死亡，留下妻子和兩個孩子時，就有一千五百萬的免稅額度。再加上遺產稅的五千萬基本扣除額，和法定繼承人每人一千萬的扣除額。所以除非是在市中心的精華地段擁有不動產，否則，保險金根本不需要付遺產稅。不過，對一小部分金字塔頂端的客戶來說，五百萬的免稅額根本沒有意義。

然而，根據繼承稅法的規定，「視同遺產」的特例只適用於國內壽險契約。也就是說，如果被繼承人向在國內沒有分公司的海外保險公司買壽險，當他死亡後，繼承人領取的保險金並不包含在遺產稅的課稅對象內。雖然不等於免稅，但可以作為臨時所得課徵所得稅。

作為臨時所得時，只有總收入金額中扣除為了得到這項收入所支出的金額後，收益部分的二分之一才會成為課稅對象。由於繼承人並沒有支出保險費，假設保險金是十億，臨時所得的十億收益中的一半，也就是五億，才是課稅的對象。如果保險金是一百億，課稅對象就是五十億。只要國稅局同意這個理論，遺產稅就可以實質減半。有些海外的保險公司接受這種大金額的保險壽險合約，收取相應的保險費。

另外，就像日本最近也出現的投資型保單一樣，有些保險合約中，還會結合複數的投資信託。這種產品稱為境外壽險，一旦購買這種壽險合約，即使賣掉基金，只要保險合約還在，就可以暫時不繳賣出基金所獲得利益的稅款。只要妥善加以利用，把所有資產都購買投資型境外壽險，就可以在實質上規避繳稅，到時候，解約金和保險金也可以作為臨時收入。這是一小部分人使用海外壽險進行的極致節稅法。

但這種「極致節稅法」也有一個問題。日本的保險業法規定，國內居民購買海外公司的保險時，必須獲得內閣總理大臣的許可。這種非現實的條文表面上是為了保護國民，避免買到無法受到日本規範的保險合約，實際上當然是為了維護日本國內壽險公司的既得利益。

然而，無視這項條文，擅自購買國外壽險的日本人絡繹不絕，金融局也不可能要求這些個人「要去向小泉總理申請許可」，所以，這項規定已經完全變成死條文。因為，這項條文雖然規定了罰則，但最高只有五十萬圓而已，並沒有要求必須解除保險合約。即使在未經許可的情況下，向海外保險公司購買壽險而遭到告發，只要從錢包裏拿出五十萬大鈔說：「我付錢，你沒話好說了吧。」就萬事大吉了，簡直就像是漫畫中的情節。

聽完秋生的說明，分行長瞪大了眼睛。只要提到利用保險節稅，他們這些人只懂得從銀行貸款購買投資型保單。這根本是愚蠢的行為，因為當投資報酬率降低和擔保價值下降時，利息負擔將會很重，進而無法維持下去。眾所周知，泡沫經濟時期，日本具代表性的大銀行和保險公司聯手向無知的顧客推銷這種詐欺商品。如今，這種反社會的企業竟然要仰賴巨額的稅金救濟。

看到田宮面露尷尬，倉田老人出面解圍說：「那我們開始吧。」

青木從公事包裏拿出一疊日本國債。共有一百張票面一百萬圓的國債，票面價格為一億，市價為一億兩千萬圓。

倉田老人要把這一億圓面額的國債贈送給一個名叫王永康的香港人。通常，贈與所得要用市價來計算，最高可以課徵百分之七十的贈與稅。但王永康是外國人，且沒有居住在日本國內，不適用日本的稅制。在香港，贈與所得可以免稅，所以，這一億圓票面的國債可以合法轉移成為他的財產。

然而，倉田老人卻完全不認識這個叫王永康的人。秋生也不曾見過他。但王永康在田宮所屬的私人銀行設有帳戶，秋生手上有他的空白委任狀。也就是說，雖然開戶人姓名不同，實質上根本是秋生的帳戶。的確有王永康這個人，卻是陳先生不知道從哪裏找來的人頭，付給他一筆錢，他在帳戶申請書上簽了名後，根本不知道那是幹什麼用的。

這些國債直接交給田宮，存入王永康在私人銀行的帳戶名下。這雖然是一種匯到國外的匯款，但實際上只是田宮所屬的私人銀行把國債存入其於N信託銀行的帳戶後，進行書面的入庫處理，並不是把那一疊國債郵寄到境外的銀行。

然後，秋生作為王的代理人，委託銀行將入庫的國債售出。事實上，只是將必要的書面文字列印在王簽了名的空白信箋上，交給銀行而已，沒有留下任何證據證明秋生參與了這場交易。田宮當場向N信託銀行傳達這項指示，只要十分鐘，就可以把國債變成現金。倉田老人帶來的一億圓國債就可以變成一億兩千萬的現金存入王的帳戶。全員到齊聚集在這裏，就是為了進行這個儀式。

以前，即使有日本國籍，只要不住在日本國內，就不需要支付遺產稅和贈與稅。富豪只要派自己的孩子駐在國外成為非居住者，在生前贈與，就可以在不繳一毛錢的情況下轉移財產。由於一部分稅務師和公認會計師靈活運用這項手法作為規避遺產稅的對策，也成為富豪經常運用的手法後，在二〇〇〇年四月的租稅特別措置法修正案中進行了修改，繼承人即使是非居住者，只要擁有日本國籍，仍然是課稅對象。

目前，想要用這種方法逃避遺產稅時，繼承人和被繼承人都要移居國外超過五年。由於贈與稅也參照這項規定，因此，即使秋生是非居住者，只要倉田老人繼續住在日本國內，一旦贈與，就要課徵贈與稅。因此，需要贈與給沒有日本國籍的人。

目前，只有一小部分人懂得運用這項祕密技巧，而且，完全不會留下倉田老人手上的國債贈送給王永康的痕跡。由於國債存入了N信託銀行的帳戶，根本沒有匯款到國外的紀錄。即使稅務當局懷疑國債的去向，也不可能發現到底是怎麼一回事。即使用某種方法得知了贈與的事實，因為國債存進了外國人的帳戶，稅務當局根本無法可管。

花了十五分鐘完成所有的手續後，倉田老人說了聲「辛苦了」，隨即站了起來。分行長和業務部長恭敬地說著：「萬分感謝。」起身送行。田宮一臉悵然。他似乎對自己淪為工具很不甘願。不過，這一億兩千萬圓的存款可以成為他的業績，他也沒什麼好吃虧的。

走出信託銀行，秋生受倉田老人之邀，坐上了禮車，來到附近的帝國飯店。在車上時，把事先準備的資料交給了祕書青木。

倉田老人在帝國飯店也受到了VIP級的接待。當他在飯店正門下了禮車，青木說了聲「我先去辦事」，走向櫃檯時，飯店的副總經理已經接到門僮的通報，一路跑了過來，畢恭畢敬地向倉田老人致意。倉田老人敷衍了一下，邀秋生在大廳的沙發上坐了下來。寬敞的大廳內擠滿了盛裝打扮的歐巴桑，空氣中充滿了刺鼻的香水味。剛好有一批台灣觀光團到達，簡直就像在尖峰時段的山手線上。

「工藤先生，今天有點事想麻煩你，想請你吃頓飯，不知道你時間方便嗎？」

倉田老人毫不在意周圍的嘈雜，從西裝內側口袋拿出懷錶，瞥了一眼時間。

「我在地下室的日本餐廳預約了座位，等青木回來後，我們去喝一杯。」

秋生在車上交給祕書青木的資料，是將王帳戶中的國債賣出後的日圓換成美金，再匯入倉田老人的帳戶。青木正在櫃檯把這些資料傳真到瑞士。

倉田老人在剛才存入國債的私人銀行中也有帳戶，而且是沒有開戶人姓名的數字帳戶。外人根本無從得知同一銀行的帳戶之間的匯款。之所以將資金從日圓存款換成美金存款，是不希望在匯款時，透過日本的銀行作為通匯銀行。

如此這般，就可以將倉田老人手上的一億日圓國債不留痕跡地變成在瑞士私人銀行的美金存款。如果國稅局掌握所有的過程，就會認為是以海外匯款之名，行洗錢之實，但N信託銀行和私人銀行的日本駐員田宮都只知道倉田老人的國債贈送給外國人王永康，並由王永康加以出售。即使國稅局去向他們調查，也查不到非法匯款的證據。這種結合債券和信託銀行的手法，是將日本國內一大筆資金轉移到國外時，最優雅的方法之一。

倉田老人在戰前似乎是個花花公子，除了婚生兒女以外，情婦也為他生了孩子。或許是因為他個性豪爽的關係，同父異母的兒女之間關係並不差，但為了避免自己死後，兄弟為爭奪遺產鬩牆，倉田老人找來情婦的孩子談好，會把他應得的部分以生前贈與的方式，存在國外的銀行，要求他放棄繼承權。他情婦的兒子曾經是大型商社的海外駐員，是個想法很務實的人，二話不說就答應了。秋生協助匯款的這些資金都是匯入以前和情婦生的兒子，以及大學剛畢業的孫子在境外銀行的聯名帳戶。光是秋生知道的，就已經超過了十億日圓，根本無法想像最終的金額是多少。

歐美國家的金融機構不像日本需要使用印鑑，只要簽名就可以動用戶頭內的資金，因此，富豪通常都會開設聯名帳戶，以防突然發生變故。在境外的金融機構開設這種聯名帳戶後，一旦父母死亡，兒女就可以消除父母的名字，把孫子加入聯名帳戶，順利繼承帳戶內的資產。而且，這只是帳戶名字的更改，完全沒有留下繼承遺產的證據。據說有龐大的資金以這種方式代代相傳，沉睡在瑞士和盧森堡等傳統的歐洲境外金融機構。日本從幕府末期到明治維新，有不少商人把黃金賣給外國人，累積了龐大的財富，奠定了財閥的基礎，據說他們的一部分財產就存在境外銀行，數目以兆為單位計算。當然，即使真的有這些資金存在，外人也無從得知。

秋生受倉田老人的委託，成為他孫子的投資顧問。秋生建議將所有資金都存入沒有風險的定期存款，同時，不要告訴孫子境外帳戶的事，由他的父親立下遺囑，信託給律師保管。秋生在美國時，曾經親眼見過二十多歲的年輕人得到一輩子都不需要工作的錢之後，是如何墮落的。

金錢買不到幸福，這是這個世界的真理。還有另一個真理，就是貧困會使人不幸。

倉田老人沒有抱怨，想必他很滿意秋生的提議。

青木回來後，倉田老人率先快步走向位於地下室的京懷石餐廳。匯款單應該是在青木的注視下，利用飯店的碎紙機處理掉了。這麼一來，就不會留下任何匯款紀錄。

這家午餐最低消費從一萬圓起跳的高級懷石料理店內，座位已經半滿了。大部分都是招待來日本出差的外國企業幹部。他們來日本吃吃壽司和懷石料理，找藝妓助興，住高級旅館，就會心滿意足地回去。最近，有不少禿鷹基金的人專門收購日本的不良債權。

一走進餐廳，倉田老人「嗨」的一聲招呼，老闆娘就從廚房飛奔出來，帶他們到裏面的包廂。模仿茶室的包廂大約有三坪大，掛著價值不斐的掛軸。他們剛坐下來，大廚就趕來致意，詢問：「今天要吃點什麼？」倉田老人說：「隨便，你看著辦吧。」然後問秋生：「要不要喝一杯？」聽到秋生回答：「那就陪你喝一杯」時，立刻開心地笑著點了冰酒。醫生不准他喝酒，所以，他只是想找藉口。他在這種地方，真的很像小孩子。

「工藤先生，我也看過你的網站。」倉田老人用小毛巾擦著臉說道：「是青木幫我列印出來後，我用放大鏡看的。」

祕書青木從公文包裏拿出列印的資料。

「年輕人對這種事有興趣是一件好事。在我三十多歲時，根本沒有人知道什麼是境外市場。

現在可以自由選擇世界各地的金融機構，根本不需要和評等很低的日本銀行打交道。至少要關掉三分之二的銀行、證券公司和保險公司，這個國家才有救。」

倉田老人曾經在美國的大學攻讀管理學和金融學，戰後立刻在海外運用父親一輩在戰爭期間留下的資產進行投資。當時，一美元相當於三百六十日圓。在日本的高度成長時期，他用存在海外金融機構的錢購買日本企業的股票，創造了龐大的財富。他完全靠自己摸索操作，可見絕非等閒之輩。倉田老人用國外資金購買的日本股票，都是美商道富銀行（State Street Bank）等外國信託銀行的名義，日本的經濟報刊稱之為「外國股東」。雖然他在國內的資產就已經富甲一方了，如果再加上國外的資產，他的財產絕對需要用千億為單位計算。

冰酒和開胃菜送了上來。開胃菜是酒蒸豆腐皮。倉田老人吃了一點料理，就喜不自勝地喝著冰酒。據說這是名家杜氏特別釀造的。最近的日本酒越來越淡，幾乎和水沒什麼兩樣。在紐約，大家都把日本酒視為一種白葡萄酒。

第一次見到倉田老人時，倉田老人問他：「用什麼方法投資可以成功？」秋生想了一下，回答說：「不要投資，不要繳稅。」倉田老人聽了，不禁哈哈大笑起來。從此以後，就經常給秋生工作的機會。

即使冒了風險在投資市場廝殺，真正能夠獲勝的只有極少數的天之驕子。既然這樣，大部分人一開始就不該投資。同時，只要不繳稅，就等於增加了投資報酬率。這是沒有風險，而且每個人都可以做到的方法，任何專家想要使投資報酬率穩定地高於稅務成本，都不是件容易的事。

所以，最聰明的投資方法，就是把資金放在境外銀行存定期存款，之後就不需要再多費心思。如果重視適法性，可以購買美國折扣債券和契約型債券基金。在恐怖攻擊後，聯準會多次向下修正利率，投資報酬率下降，但在二〇〇一年年初以前，美元計價的債券都有百分之五的利息。如果可以運用這種實質利率的複利效果，就不需要冒額外的風險。自從有過那一次慘痛的失敗後，秋生的觀念也有所改變。

倉田老人在日本進入六〇年代的高度成長期之前，耐心等待投資機會，最後大獲勝利。在這場賭博中獲得成功後，他就不再冒太高的風險，致力於保全這些資產。

秋生曾經向倉田老人提及自己的失敗。

「這個世界上，不可能有人幸運到可以每次賭博都贏。」倉田老人聽了之後說道。「工藤先生，你很有才華，一定要靜候佳機。還有，絕對不能碰不乾淨的錢。只要遵守這兩點，你一定可以心想事成。」

綜合生魚片有鯛魚、海膽、比目魚的外緣肉，燉菜是京都燉蔬菜，還有鰹魚西京燒、油炸明蝦，最後是松茸飯和土瓶蒸。吃完豐盛的午餐，喝著玉露茶，倉田老人的眼尾微微泛著紅暈，說出了他的用意。

「五井建設是一家大型工程承包公司，他們的專務董事叫間部，你可不可以和他見個面？」

「他遇到了什麼問題嗎？」秋生問。

「你直接問間部吧。如果你這方面沒有問題，最好明天上午和他見一面。因為情況有點緊急。」

秋生回答說，沒問題。倉田老人對生意的事向來不多囉嗦。

「對了，這次的酬金要怎麼算？」

秋生想了一下，回答說：

「我在日本要支付一些費用，如果你方便，可不可以付現金？」

秋生的報酬是匯款金額的百分之一。這次匯了一億二千萬，所以，秋生可以拿到一百二十萬圓。

倉田老人命令祕書青木去附近的銀行提領現金後，在車子上等。之後，又聊起他最近開始學陶藝的事。秋生沒有這方面的素養，甚至搞不懂陶藝和紙黏土之間的差異。

秋生在飯店前，從青木手上接過裝了現金的信封。瞥了一下，發現裏面放了兩綑綁著封條的現金。比原本約定的金額多了八十萬。這應該是他願意見那個叫間部的人的謝禮吧。雖然不知道是什麼事，但既然收了錢，就無法再拒絕了。

13

秋生搭中央線回到新宿，改搭山手線來到高田馬場時，已經是下午兩點多了。他打電話到

「恩田調查情報」，對方說，從車站走五分鐘就到了。秋生告訴對方，他馬上過去，對方很親切地說：「那我等你。」

事務所位在從東側出口BIG BOX後方小巷的一幢住商大樓的三樓。淡淡的陽光從雲間灑了下來。電梯掛著「定期維修」的牌子，秋生只能從逃生梯走上去。大樓的一樓是餐廳，樓梯口雜亂地堆滿了垃圾、毛巾。

按了門鈴，裏面傳來一聲「請進」，隨即打開了門。可能已經等了很久了吧。出來應門的是一個二十歲左右的年輕女孩，穿著牛仔褲、運動衫，看起來像是工讀生。「真紀，把客人帶到會客室。」裏面傳來一個聲音。「好——」工讀生拉著長音回答。這裏的氣氛很悠閒，不禁令人感到有點失望。事務所差不多十坪大，放了三張辦公桌，還有一個會客室，就已經擠滿了。

所長恩田五十多歲，身材肥胖，頭頂已經禿光了。他身穿白襯衫，一手拿著資料走了過來，遞上名片後，就直接進入了主題。他似乎不喜歡社交辭令。那個叫真紀的女孩子端茶過來的樣子，讓人忍不住為她捏一把汗。

「你要查的電話已經查到了，以前曾經登記在若林康子的名下。」

恩田從資料夾中拿出資料，看著資料說道。然後，用眼神問秋生：「接下來要怎麼辦？」

「可以查到登記的地址嗎？」

「當然。」

「這個電話是名叫若林麗子的女人轉接給自己的電話，因為私人因素，我在尋找她的下落。」

恩田瞥了秋生一眼，眼神很銳利地問：「我可不可以請教你是什麼私人因素？」

「這個嘛……。但我可以保證，和犯罪沒有關係。」

聽到秋生的回答，恩田假裝想了一下說：「那我就相信你的話。」幹他們這一行的，如果對委託人追根究底，根本無法做生意。對他來說，委託人願意直接來事務所，就已經算很不錯了。

「你認識那個叫若林康子的女人嗎？」

秋生搖搖頭。

「既然你要找的人用了這個女人的電話，代表他們應該有血緣關係。可能是她的母親，或是姊妹……。如果查出戶籍或住民票，也許可以了解得更詳細一點。除此以外，還可以調查到一些簡單的個人資料，你認為如何？」

「具體來說是哪些資料？」

「通常是信用資料和犯罪前科的調查，如果對方真的失蹤了，可以查銀行帳戶，確認ATM的使用紀錄。雖然無法查到所有的銀行，但只要是大型的都市銀行，應該都沒有問題。」

「可以查到出國紀錄嗎？」

「如果有護照號碼就可以，不過，登入出入境管理局的資料庫很麻煩，只有成田機場和關西機場可以馬上查到。」

秋生從夾克內側口袋拿出麗子的護照影本。他在半島酒店時，多影印了一份。

「你要找的就是這個女人嗎？」

恩田拿著護照影本說：「既然已經有她的身份證明文件，查起來就簡單多了。」然後又補充說：「真是一個大美女。」

「可以麻煩你調查一下所有可能掌握的資料嗎？」

恩田把委託內容填寫在資料上，對秋生說：「調查費至少需要五十萬左右。」

秋生點點頭。恩田說：「請先付三十萬訂金，剩下的等調查結束之後再結清。至於無法查到的內容，則不會向你收費。」於是，他們很快談成了這筆交易。

秋生從倉田老人給他的信封中拿出還沒有拆封的現金，數了三十萬遞給他說：「不用收據。」

恩田這才喜笑顏開。即使是硬裏子的調查員，收到不需要報稅的錢，還是會喜不自勝。

「還有，麗子曾經在人力派遣公司登記，被派去菱友不動產擔任董事祕書。」

「是哪一家人力派遣公司？」

秋生說出了幾天前打電話時遭到冷淡對待的業者名字，恩田「啊」了一聲，很乾脆地回答說：「那家公司應該沒問題。我會去查一下派遣的公司和工作內容。」

秋生問恩田，可以這麼輕易查到個人資料嗎？他心裏的確感到很納悶。

「天底下沒有祕密。」恩田笑著說。

「比方說，NTT（譯註：全名為日本電報電話公司，是日本最大的電信公司）或是手機公司，總有一些職員想把公司的資料拿出來賣錢。通常都是因為賭博而向地下錢莊借錢還不出錢，結果，業者就會找來專門蒐集資料的公司，威脅那些欠錢的人出賣公司的顧客資料，以償還利息。萬一被公司發現，也只是遭到開除而已，比起被人追債，公司的倫理規定根本就無足輕重了。由於只是敲一下鍵盤而已，他們甚至不會有罪惡感。有些人甚至會積極地推銷顧客資料。這就是資料的批發商。無論銀行行員，還是警察，或是公家單位的公務員都一樣，大家都想要錢。

「相反的，也有像你這樣想要用錢買資料的人。最常見的就是企業的信用調查。如果不小心遭到詐騙，拿到空頭支票，可能會導致公司倒閉。日本公司都很保護勞工權利，萬一雇用了性格異常的人，會導致企業蒙受莫大的損害。相較之下，單純的行為調查只要三十萬，企業的信用調查只要五十萬，簡直就像是不要錢一樣。當然，也有一些跟蹤狂，想要調查認識不久的女人的地址和電話，還有追星族想要調查偶像經常出入的餐廳。」

恩田說到這裏，看著秋生的表情。秋生覺得自己好像變成了跟蹤狂。

「資料公司就像是仲介商，連結資料的批發者和資料的消費者，他們在警察、電話公司和信用資料公司都有內線，一旦受人委託，只要一通電話，就可以查到想要的資料。他們做的這種生意屬於違法，或是很接近黑色的灰色地帶，不可能隨便把資訊賣給不特定多數的個人。尤其最近很注重所謂的隱私權，如果太明目張膽，就會有人去警局或是報社檢舉。

「所以，就需要我們這種徵信社和調查公司作為和消費者接觸的窗口。資料公司會向各地的徵信社和調查公司推銷自己的情報來源，當我們接受顧客委託時，就會從認識的資料公司中，尋找最便宜、最可靠的地方，把工作交由他們去做。對資料公司來說，這種方法可以保護他們的情報來源，他們也比較好辦事。」

聽了恩田的話，秋生發現資料的買賣和金融業一樣。資料公司是大盤商，徵信社和調查公司是零售商。既然批發商把商品批發給各個零售店，在哪裏買其實都一樣。不管是大店還是中小型的店，根本沒有太大的差異。

買賣資料的好處，就在於無論賣給一個人，還是賣給一百萬人，成本都是一樣的。所以，掌握了優質資料來源的資料公司到處向徵信社、調查公司推銷，簽下以量制價（volume discount）的合約。假設調查一個電話號碼要八萬圓，由批發商的資料來源、批發商的資料公司，和零售店的徵信社或調查公司分這筆錢，各自可以拿到將近三萬圓。由於根本不需要成本，所以，是穩賺不賠的生意。

無論個人資料還是金融資料，都只不過是資料而已。一旦知道這些資料具有價值，當然希望價值可以無限增加。有朝一日，個人資訊會像牛丼一樣賤價出售。

秋生請恩田一旦掌握消息，立刻打手機或是用電子郵件和他聯絡。

他在高田馬場搭山手線，在西日暮里轉營團地鐵的千代田線，差不多三十分鐘左右，就到了綾瀨車站。雖然還不到五點，晚秋季節的太陽已經快要下山了。恩田查到的若林康子的地址，位在綾瀨南側的偏僻地區。過了綾瀨川，可以看到東京拘留所長長的灰色圍牆。

秋生的大學時代一直住在中央線沿線，對東京的北區幾乎沒什麼概念，但還是知道在泡沫經濟後，隨著東京都中心的重新開發，這一帶越來越沒落，幾乎變成了貧民區。雖說是貧民區，但日本的情況畢竟不至於太糟糕，只是女人不敢一個人晚上出門而已。

西口站前廣場有一群金髮年輕人無所事事地聚在那裏。這些從學校中輟的學生還無法工作，只能當父母的米蟲。他們還活在只要有手機和車子，就可以免費和蹺家少女上床的時代。有幾雙眼睛看了秋生一眼，發現是和自己無關的人，便再度恢復了死魚般的眼睛。

這裏也經常可以看到來自中國、南亞和南美的打工仔。在時下的不景氣中，他們也找不到工作，無事可做。許多人當初借錢來到日本，所以，他們必須匯錢回到極度貧困的老家。一旦簽證到期，如果沒有賺到足夠的錢，他們就會非法居留，繼續留下來工作，很容易因此走上犯罪之路。

經過鬧區時，被拉客的人糾纏了好幾次。除了車站前的大型超市以外，這裏只有小酒館和便利超商，還有一家藥局、牛丼店和一百圓商店。國中女生穿著制服坐在便利超商前的馬路上，大模大樣地抽著菸。

若林康子的家位在靠近綾瀨川的老舊木房子和公寓密集地帶，感覺有點冷清。大部分房子都沒有門牌號碼，找起來很費工夫。最後發現是一幢屋齡超過三十年的木造公寓。一樓是房東家，二樓是出租公寓。從信箱來看，總共有四間，每間公寓應該只有兩、三坪大而已。

有兩個信箱上寫著住戶的名字，另外兩個房間的名牌被撕下了，雨窗（譯註：日式房子在窗戶和落地窗外裝的密閉鐵窗，用來擋雨和防盜）也關得密密實實。看起來不像有人住。即使看起來像是有人居住的房間也沒有開燈。通往二樓的樓梯旁放著鞋櫃和公用的洗衣機，沿著樓梯走上去一看，走廊盡頭是公用廁所，房間的門是夾板做的。住在這麼簡陋的房子，完全可以聽到隔壁的聲音。

秋生在公寓前想了一下，覺得唯一的方法，就是去問房東。於是，他按了房東家的門鈴。過了很久，玄關的燈打開了，一個看起來七十多歲的乾瘦老人探出頭來，用狐疑的眼神看著秋生。他可能以為秋生是推銷員。

「呃，以前有一個叫若林康子的女人住在這裏，」他的話還沒有說完，老人的臉突然漲得通紅，大聲咆哮說：「怎麼又是找那個女人！我什麼事都不知道，你走吧，快走！」然後，用力關上門，從裏面反鎖起來。秋生根本不知道發生了什麼事。

由於事出突然，秋生有點被嚇到了。當他走出大門時，對面房子有一個女人探出頭張望著。她可能聽到了老人的咆哮吧。從她一頭染成棕色的頭髮，看起來像是酒家女，但戴著花卉圖案圍裙的樣子，又像是家庭主婦，一看就知道她很想和秋生說點什麼。秋生抓了抓頭，向她打招呼，故意露出很沒出息的表情說：「唉，沒想到他突然發脾氣。」

「你要找若林嗎？」女人露骨的問道。

「對，我只是想打聽以前有沒有一位叫康子的住在這裏。」

「上次來了許多怪怪的人，那個老爺爺才會這麼生氣。」

「怪怪的人？」

「就是黑道兄弟啦。」女人露出卑鄙的笑容，「賓士車突然開進來，嚇死人了。」

「什麼時候？」

「我忘了，差不多兩個星期前。有一個很可怕的獨眼龍還跑到我家裏，問我有沒有看到一個叫麗子的女人。他們一直問，她女兒到底在哪裏，最後，房東找來警察，他們才終於離開。到底發生了什麼事？」

她簡直就像在看八卦節目。

秋生不禁混亂起來。去那個女人家裏的獨眼龍黑道份子絕對就是五郎。如果是兩個星期前，就是他們去香港之前的事。麗子盜取那筆錢後，黑木找到了這幢公寓，威脅房東，逼問他，她女兒去了哪裏。所以，若林康子是麗子的母親。

黑木是怎麼找到這幢公寓的？難道和自己一樣，是循著轉接電話的線索找到的嗎？如果是這樣，就代表這是死路一條。

「妳認識若林小姐嗎？」

秋生無視女人的問題，自顧自的問道。

「我搬來這裏沒多久。那些黑道兄弟來過之後，我聽說了不少關於他們的傳聞。結果，大家找來住在附近的一個老爺爺，問他到底是怎麼回事。他說，十年前，若林康子的確和讀高中的女兒兩個人住在這裏，結果，鬧出了點事，上了警局，之後就搬走了。那個老爺爺也有點老人癡呆了，所以，詳細情況我也不太清楚。」

這時，女人壓低嗓門說：「那是很可怕的事。」

「什麼事？」

這一次，女人無視秋生的問題。她的意思是，需要相互交換資訊。

秋生故弄玄虛的說：「她女兒因為錢的事惹上了麻煩。」

「我就知道。」女人用好奇心畢露的眼神看著秋生，「你是地下錢莊的人嗎？」

「嗯，差不多啦。」秋生隨便敷衍著。

「聽說，母女兩個人都是這一帶出了名的大美女。」

「妳有聽說最近她女兒回來這裏嗎？」

「那些黑道兄弟也一直問，大家左鄰右舍也一直在討論，但沒有人看過。誰會特地回來看十年前住的破房子。」

光是根據電話號碼，無法確定若林康子和麗子的血緣關係。這麼說，黑木已經查過麗子的戶籍，根據戶籍找到這裏。既然若林康子是麗子的母親，當然要來她老家找。然而，來到這裏才發現，根本是已經人去樓空的破房子，完全找不到任何線索。所以，他才會火冒三丈地威脅房東。

秋生認為，黑木並沒有察覺到轉接電話的事。所以，他還有機會。

這時，幾個買菜回來的家庭主婦走了過來，女人看到她們，慌忙說：

「呃，我正在煮晚餐。」

然後，匆忙躲進家裏。秋生一回頭，剛好遇見那幾個家庭主婦好奇的目光。

秋生在綾瀨車站前充滿菸味的咖啡店，喝著淡而無味的咖啡。他在那幾個家庭主婦的好奇目光目送下，離開了麗子母親住過的公寓，走到車站的這段路上，腦海中浮現出許多疑問，他需要整理一下。

麗子今年三十一歲。據住在對面的那個女人說，麗子讀高中時，曾經和母親一起住在只有公用廁所的那幢貧民公寓。那已經是十幾年前的事了。之後，曾經發生了某件引起警方出動的事件，母女倆離開了公寓。鄰居的女人說是「很可怕的事」。這裏到底發生了什麼？這是第一個疑問。

秋生回想起穿戴香奈兒、GUCCI和寶格麗等一身名牌的麗子。離開那幢破落公寓的十年期間，麗子得以隨心所欲的享盡奢華。那麼，她的母親呢？現在人在何處？

無論如何，麗子關於她未婚夫的事根本就是一派胡言。從這幢公寓的生活情況來看，麗子的母親根本不可能幫她安排相親，也不可能邀請未婚夫到家裏。那麼，她的未婚夫到底是什麼人？他們是怎麼認識的？秋生想起在香港太平山的咖啡廳打電話時，聽到一個年輕男人說：「你好，我是真田」的聲音。這是第二個疑問。

麗子和母親離開那幢公寓後，戶籍仍然留在這裏。鄰居的女人說，這裏根本沒有住人。然而，麗子設定把電話轉到這個房子裏的電話。黑木他們之所以會威脅房東，就是因為租賃契約仍然持續著。一旦解約，就不可能使用電話。所以，這十幾年期間，有人在付這裏的房租。是誰，基於什麼目的這麼做？這是第三個疑問。

總而言之，不久之前，那個房間裏的電話仍然可以接通。打到香港陳先生公司的電話，會直接轉接到麗子母親的公寓。那麼，麗子是怎麼接聽這裏的電話？難道一直在那個家裏等待電話響起嗎？

應該不可能。秋生心想。如今，任何電話都可以隔空操作，聽答錄機的內容。如果只是為了接聽海外金融機構打來的電話，只要將答錄機的語音設定成英語就搞定了。只要聽到和開戶人相同的名字，銀行方面會毫不起疑地在答錄機上留話。麗子只要在某個地方聽答錄機的內容，再打電話到銀行就可以了。一旦設定了答錄機，麗子甚至根本不需要留在日本國內。既然這樣，把電話設置在沒有人住的房間的確很方便。

這時，秋生注意到一件很重要的事。如果那支電話還留在房間，那麼境外銀行的留言可能還沒有消除。當然，麗子可能已經利用隔空操作，消除了留言，但這種可能性並不是很高。萬一匯款確認的留言還沒有消除，就可以知道五十億圓的下落。

想到這裏，秋生抓起帳單站了起來，結完帳後走出咖啡廳，沿著原路折返。一看時間，已經六點多了。太陽早就下山了，蒼白的路燈冷冰冰的照著街道。不時可以聞到別人家裏準備晚餐的味道，但有一半的房子仍然黑漆漆的，主人還沒有回家。

他並不知道要怎麼進入若林康子的家裏。難道再去找房東，給他錢，請他幫忙開門嗎？公寓的住戶還沒有回家，不如趁現在撬門？那種薄薄的夾板門，只要用撬棒，應該可以輕而易舉把鎖打開。

他走到公寓前，幸好，兩名住戶都沒有回家。一樓的房東也把雨窗關得密密實實，靜悄悄的，聽不到任何聲音。秋生把鞋子放進鞋箱，躡手躡腳地走上二樓。

公寓有兩間空房間，秋生猜麗子的母親應該住在靠近入口的二〇一室。另一戶人家似乎才剛搬走，信箱上的名牌才剛撕下不久。

為了以防萬一，秋生從口袋裏拿出手帕，包在二〇一室的門把上，以免留下指紋。出乎意料的是，門把竟然一下子就轉動了，不費吹灰之力就打開了門。門根本就沒鎖。

由於雨窗緊閉，室內伸手不見五指。好不容易才看到門旁有一個差不多半塊榻榻米大的小廚房，只有一個很髒的瓦斯爐。

他尋找電路開關，終於在走廊盡頭的公用廁所旁看到了。打開二〇一室的電路開關，又回到房間找燈的開關。三坪大房間的燈具已經拆掉了，幸好，廚房還有一盞白熾燈。打開開關，黃色的燈光照亮了狹小的房間。

秋生一眼就發現自己白跑了一趟。房間內不僅沒有電話，連傢俱也都搬光了。榻榻米吸收了很多潮氣，軟趴趴的陷了下去，紙門也破了不少洞，根本沒有更換過，牆壁已經剝落，可以看到裏面的內牆，似乎根本無意迎接新房客。房間又小又暗，感覺很陰沉。從房間的方位來看，應該一年四季都會曬到夕陽。秋生無法相信，麗子曾經生活在這種地方。

秋生在廚房旁找到了電話插頭，藉著昏暗的燈光，仔細檢查周圍的榻榻米，發現有一小塊四方形的地方沒有灰塵。絕對沒錯，電話曾經放在這裏，但最近被人拿走了。

這時，秋生突然發現壁櫥的拉門上有奇怪的圖案。走過去一看，發現好像被潑了油漆，下方的榻榻米也黑黑的。

秋生摳下一小塊紙門，拿到廚房的燈泡下。用手一搓，手上也留下了淡淡的黑粉。不需要化驗，就知道那是大量血跡。

雖然不知道原因，但以前曾經有人在這裏流過大量的血。之後，這個房間一直被棄置在這裏。

秋生走出房間，再度從外面觀察這幢公寓。

昏暗的街燈下，可以看到已經破舊的雨窗和生鏽的欄杆。這裏是麗子讀高中時，和母親兩個人生活的家。

遠處傳來狗的遠吠。隨即，陷入一片寂靜。

14

秋生在新宿歌舞伎町的爵士酒吧喝著波本酒。

秋生學生時代經常造訪的新宿爵士咖啡廳在泡沫經濟浪潮的席捲下，幾乎都變成了咖啡酒吧。隨著泡沫經濟的崩潰，又轉型成為色情酒店或是內衣酒店。只有這裏既沒有被併購，也沒有變成色情店，奇蹟似地仍然可以聽到六〇年代的爵士樂。沿著狹窄的樓梯下樓後，右側是長長的吧檯，夾著狹窄通道的另一側，有幾張好不容易才能擠下兩個人的小桌子。可能這裏的空間太小了，無法改造成色情酒店吧。

他在來這裏的路上打電話回飯店，倉田老人留言轉達了和間部約定的地點和時間。另一通是偵探事務所恩田打來的，說希望秋生打電話給他。他打電話去事務所，沒有人接電話。

秋生從口袋裏拿出發黑的紙，放在桌子上就著昏暗的燈光觀察。紙已經乾了，只要稍微用力，就會搓得粉碎。大拇指和食指的指腹上再度沾到了些許黑粉。他端詳了半天，揉成一團，丟在煙灰缸裏。

突然，他感覺有人靠近，抬頭一看，誠人滿臉通紅，上氣不接下氣地站在那裏。他應該是從新宿車站一路跑過來的。「對不起，我來晚了。」他的話音未落，就脫下了厚實的羽絨夾克，對著吧檯叫了一聲：「給我一瓶啤酒。」簡直就像到了居酒屋。老闆火大地皺了皺眉頭，但誠人絲毫不在意。

誠人一接到秋生在綾瀨車站打電話給他：「我回日本了，今天晚上有空。」就陷入了躁症狀態，他回答說：「我馬上丟下工作去見你。」秋生花費了好大的力氣才阻止了他的衝動，約定晚上十點在新宿見面。

「你找到麗子小姐了嗎？」

誠人把送來的啤酒倒進杯子一飲而盡，連招呼都沒打，就問道。

如果不讓他的躁症狀態平靜下來，根本無法交談。秋生把啤酒倒進已經被誠人喝空的杯子，自己又點了一份雙份的波本酒。

「好久不見了，先乾杯吧。」

這時，誠人才露出驚訝的表情，拿起杯子說：「對喔，對不起。」

「若林麗子之後有和你聯絡嗎？」

「完全沒有。」

「有沒有人來向你打聽她的消息？」

「只有你而已。在香港發生了什麼事？」

「你為什麼對她那麼關心？」

「你怎麼這麼問……」

誠人的臉漲得通紅。

「沒發生什麼事。」秋生笑著說道，「我按她的要求，設立了法人，開設了銀行帳戶，就這樣而已。」

「那你為什麼特地回來日本？」

這次，他用充滿懷疑的眼神看著秋生。

「和她沒有關係。是因為其他顧客遇到了麻煩，我不得不回來日本一趟，想順便把寄給她的信件帶給她。」

秋生盡可能不想把事情的來龍去脈告訴誠人。麗子沒有和誠人聯絡，而且，黑木也沒有找他。

「你不用擔心，我只是聯絡不到她，有點傷腦筋而已。」

「她失蹤了嗎？」

誠人顯得很難過。

「不是。」秋生搖搖頭，「我剛好回日本，所以，想順便把信件交給她。結果，發現她之前留的電話打不通。就這樣而已，如果知道她新的聯絡電話，我也可以了結一樁心事。」

誠人似乎並沒有完全相信，但心情終於平靜下來。「麗子小姐只告訴我電子郵件信箱而已。」說完，他重重地歎了一口氣，「那次之後，我曾經好幾次想寄郵件給她，卻一直沒有勇氣。」

「你和她在銀座見面時，有沒有聊什麼私人的事？」

誠人露出「比方說？」的表情看著秋生。

「比方說，她家人，還有老家，小時候的事，任何事都可以。」

誠人想了很久。

「我之前在電話中也說過，我問她：『妳是做什麼工作？』她回答說，不久之前，在一家不動產公司當高級主管的祕書，因為要結婚，所以就辭職了。她笑著說，正在準備嫁人。聽她說，她今年秋天要結婚，所以地址才會改變吧？」

誠人又問秋生：「你知道她未婚夫是怎樣的人嗎？」

秋生不發一語搖搖頭。他只知道，那個傢伙已經被推下了地獄。

「除此以外呢？」

「然後，她又告訴我去香港的目的，又問你是怎樣的人，說她未婚夫叫她去香港設立一家公司，很擔心你不願意幫她。對了，秋生先生，你們在香港的時候應該聊了很多吧？」

這次輪到秋生陷入了思考。

「設立法人很簡單。我們一起去代理公司，在登記資料上簽了名，就大功告成了，根本沒聊什麼。」

那並不完全是謊言。秋生雖然和麗子獨處了將近十天，但她除了亂編了一通關於她未婚夫的謊言以外，隻字未提她私人的事。

「那封信件非交到她手上不可嗎？」

「是銀行的月結單，即使沒有，這種東西也不至於有什麼大礙。既然不知道她新的聯絡方式，就姑且等等看吧。」

「是嗎？那我今天就發一封電子郵件給她，告訴她，你正在找她。」

誠人大叫起來，周圍顧客紛紛向他投以白眼。他終於找到和麗子聯絡的藉口，無法按捺內心的興奮。

然後，誠人喋喋不休地說著麗子是多麼棒的女人。因為是秋生把他找出來的，所以不得不聽他囉嗦。他們約在銀座的咖啡廳，自己遭到男人們嫉妒的視線攻擊這一段，他前後重複了五次。喝完兩瓶啤酒後，麗子的話才終於告一段落。

「對了，我有一件事想要請教你。」誠人終於改變了話題。「經常有人問，自從上次的恐怖攻擊後，境外市場的規範是否更加嚴格了？我在網站上要怎麼回答？」

「你就說沒有什麼改變。」秋生回答說，「境外市場的規範，是針對不知道誰是帳戶真正主人的法人帳戶和信託帳戶。只有阿拉伯人的帳戶會引起注意。日本人的信用度很高，日本顧客用經過認證的護照所開設的帳戶，怎麼可能受到規範？海外的金融機構對日本一千四百兆日圓的個人金融資產抱著幻想，即使發生了恐怖攻擊，也隨時歡迎日本客戶。即使日本人的目的是為了逃稅，也和他們沒有關係。」

「是嗎？那我就放心了。」誠人拿起啤酒杯。今天，他喝酒的速度很快。「境外市場本身會不會消失？」

「只要世界上的國家不放棄國家主權，就不可能發生這種事。」秋生很乾脆地回答，「日本也掀起了『把沖繩變成租稅天堂，活化經濟』的運動，那些境外市場，其實就是像沖繩這種規模的國家和地區，除了觀光以外，沒有其他資源，很難在經濟上獨立自主。它們和沖繩唯一的不同，就是擁有國家的主權。」

秋生想要表達以下的意思。

近代社會是建立在國家主權的幻想基礎上。無論是美國、俄羅斯、中國、印度等大國，還是人口不到一百萬人的小國，在理念上，都是平等的國家。就像在民主主義社會中，無論比爾•蓋茲這種大富翁，還是上野公園的遊民，都是平等的人。

每個人都有相同的人權。這是支持民主主義的巨大假象，一旦加以否定，近代社會就會崩潰。同樣的，無論多麼荒唐滑稽，一旦否定所有國家都擁有平等的國家主權這個假象，國際社會就無法成立。

主權是上天所賦予的，任何人都不得侵犯這種權利。即使只是鳥不生蛋的島國，只要是一個國家，就擁有主權。因此，其他國家不具有任何強制力去干涉獨立的國家行使主權。即使租稅天堂的國家為了提供國民就業，使國民獲得幸福而引進有害的稅制，其他國家也無法阻止。

由於這些國家不徵收法人稅和資產稅，成功吸引了國際企業和富豪，增加了國民的就業機會，也活化了觀光業、商店和餐飲店，這些國家的財政只要靠登記稅等各種手續費和居民的所得稅就可以維持。愛爾蘭將首都都柏林變成了租稅天堂，成功地吸引了國際化企業在那裏設立歐洲據點，最近才成功地從恐怖活動的巢穴變成了歐洲經濟的優等生。對缺乏資源的貧困國家和地區來說，成為租稅天堂的確是很經濟合理的選擇。

「如果有越來越多的國家不收稅，結果，每個國家不都收不到稅金了嗎？」誠人終於對這個話題產生了興趣。

「對啊。」秋生說：「事實上，由於租稅天堂國家的存在，對其他國家的稅收造成了極大的打擊。一旦金錢的全球化導致鉅額資金自由地流向租稅天堂國家，要對資產課稅就變成一項不可能的任務。於是，國家只能徵收個人所得稅。結果，擁有鉅額資產的人變得更有錢，貧富差距越來越大。這就是租稅天堂被認為是有害稅制的理由。」

雖然全球曾經以ＯＥＣＤ（經濟合作暨發展組織）為中心，研擬對付租稅天堂的對策，至今仍然沒有有效的解決方法。這已經變成了一種理所當然，況且，在國家主權這個虛構的前提下，理論上，根本不可能去規範它。

於是，全世界受到「租稅套利」（tax arbitrage）這個巨大力量的操弄。

資金流出海外稱為資金出走（capital flight）。為了避免這種情況的發生，各國不得不競相降低稅率。事實上，美國基本上已經決定要廢止遺產稅了，同時，目前已經在議會中討論撤銷法人稅。於是，世界各地的企業都會將企業總部設在美國。歐洲則不斷降低所得稅率，將稅收轉移到加值稅（消費稅）上。

租稅天堂國家的存在，的確逐漸侵犯了其他國家的課稅主權。正因為如此，這個問題才棘手。

「既然如此，以前的洗錢防治對策到底是怎麼回事？」

誠人簡直渾身都充滿了好奇心。

「租稅天堂國家既然在國際社會上生存，就需要有一定的顧慮。如果這些國家被利用來從事恐怖活動，以及毒品和武器的買賣，或是幼童賣春、買賣人口等犯罪，當然會有許多不良影響。

「歐洲正派經營的境外市場都希望和黑金撇清關係，在九一一的恐怖攻擊後，這種情況更加明確了。所以，他們才會那麼熱心地協助ＦＢＩ進行調查。」

「這麼說，以後仍然可以利用境外市場節稅嗎？」

「這又另當別論了。」秋生閉起一隻眼睛。

「租稅天堂國家在意的是牽涉到犯罪的錢。對他們來說，逃漏稅根本不是犯罪。你知道為什麼嗎？」

誠人想了一下，搖搖頭。

「租稅天堂的國家沒有所得稅、法人稅，也沒有資產稅和遺產稅。因此，他們根本沒有逃漏稅的觀念。其他國家把逃漏稅視為犯罪是其他國家的自由，反正，他們的國家並不存在這種犯罪，所以，在他們的眼中，存戶不向自己國家繳稅是合法的行為。這也是剛才的國家主權的應用問題。」

「這麼說，以後也會不斷有不想繳稅的資金流向租稅天堂……」

「誰都無法預測，一旦超過限度時，到底會發生什麼狀況。」

「是嗎？看來，這個問題很深奧嘛。」誠人嘀咕道。

「如果利用境外市場洗錢變得困難，那罪犯和恐怖份子怎麼辦？」

誠人一如往常展開了問題攻勢。秋生瞥了一眼時間，已經超過凌晨一點了。受倉田老人之託，明天上午要和五井建設的一個叫間部的高級主管見面。於是，秋生決定再陪誠人聊一下就結束。

「即使不運用境外市場，也可以簡單的洗錢。至少，奧薩瑪・賓拉登是這樣。」

誠人睜大眼睛聽著秋生的話。

「日本有時候也會討論地下銀行的問題。大部分都是從巴西來日本打工的人會利用地下銀行匯錢，只要他們把錢拿到在日本國內的地下銀行分店，他們的家人就可以在當地的分店領取相同金額的錢。說起來，有點像是互助會的組織，但日本的銀行法規定，除非有銀行執照，否則不得從事外匯業務，所以，這種匯錢的行為就變成了一種違法行為。日本的銀行匯款到國外的手續費太貴了，迫使他們不得不利用互助會。我認為那些規定應該可以稍微鬆綁一點。」

目前，在日本國內的都市銀行匯款到國外時，除了匯兌手續費以外，每筆匯款還要收取超過五千圓的額外匯款手續費。假設外勞辛辛苦苦工作一個月，好不容易存了五萬圓準備匯給家屬。如果在國內銀行匯款，差不多有一成的錢會被金融機構剝削掉。以時薪六百圓計算，五千圓幾乎等於他們工作一整天賺的錢。

所以，就出現了這種收費低廉的私人匯款服務業者。當在日本工作的外勞去業者那裏匯五萬圓時，業者就會通知他們國家的分店。之後，只要家屬去那家分店，就可以領到扣除相當低廉的手續費後，相當於五萬日圓的當地貨幣。業者只要在金額累積到某種程度時，再統一匯款就可以了。這麼一來，平均每筆匯款的手續費就會很便宜。雖然叫做「地下銀行」聽起來有點危險的味道，但其實是比一般金融機構更有效率的海外匯款系統。

「伊斯蘭教徒也經常運用這種互助會式的匯款系統。」秋生喝了一口已經變淡的波本酒，繼續解釋說。誠人聽得出了神。

「他們稱這種匯款制度為哈瓦拉（hawala），在世界各地都有據點，伊斯蘭教徒可以在世界各地，用很低的費用，把錢寄到家人手中。

「因為種族紛爭的關係，在一九九一年陷入無政府狀態的東非國家索馬利亞（Somalia）有許多難民逃往美國。他們在美國做一些薪水很低的工作，把賺到的美元寄回祖國。他們的故鄉因為內戰而荒廢，所以，他們出外賺來的外匯是他們家人生存的唯一食糧。

「索馬利亞也是伊斯蘭國家，他們在寄錢回國時，也會使用哈瓦拉。有一家名叫阿巴拉格的匯款公司，總部設在中東最大租稅天堂的阿拉伯聯合大公國，在美國各地都設有分店。在美國，不是銀行也可以從事外匯業務，那家匯款公司是如假包換的合法企業。

「在美國各地工作的索馬利亞人把拼命工作存下來的美金帶到阿巴拉格，他們的家人就在當地領款，購買第二天的食物。由於哈瓦拉幾乎不依賴現有的金融體制，成本相當低。然而，這種不使用銀行網路的匯款系統有一個致命的缺陷。你知道是什麼嗎？」

誠人再度沉思起來。

「只要在美國存錢，索馬利亞就可以領到錢，對不對？哈瓦拉是不使用銀行的私人匯款系統。咦？這麼一來，最重要的匯款業務是怎麼進行的？」

「這才是重點。」最後的最後，誠人終於恢復了往日的機靈。

「在美國打工的人把美金存到美國的哈瓦拉，這時，索馬利亞的哈瓦拉就必須有相同額度的美金。否則，根本無法領到錢。為了使哈瓦拉的匯錢系統成立，必須同時有做相反交易的人。」

「你的意思是，有人把美金帶到索馬利亞的哈瓦拉，也有人在美國的哈瓦拉把錢領出來……」

「那個人就是奧薩瑪•賓拉登。他把在阿富汗從事毒品事業賺到的錢帶到索馬利亞，然後，在美國把錢提領出來。他在美國領出來的美金，是索馬利亞的難民為了寄給家人拼命賺取的錢，這些資金變成了恐怖活動的資金。怎麼樣？即使不透過金融機構，也可以漂亮的洗錢。」

「這個系統太厲害了！」誠人發出感歎的聲音。

「這對你有幫助嗎？」

秋生找來服務生，把帳單遞給他。誠人制止秋生說：「你來日本時，就讓我請客吧。」從長褲的口袋裏拿出錢包。

走出酒吧，已經凌晨兩點了，歌舞伎町仍然車水馬龍。Coma劇場前，一身窮酸打扮的年輕男人唱著難聽的民謠，幾個金髮女高中生無所事事，神情呆然地看著他。周圍站著正在發KTV廣告單的工讀生，和一看到上班族就上前拉客的皮條客。年輕人坐在馬路旁，目露凶光。異國女人穿著緊裹著大腿的迷你裙，大衣的領口開得很低，瑟縮地站在馬路上。每次來到這裏，都會發現充滿了人性的慾望。

耳朵裏聽到的交談聲有一半是中國話。秋生好不容易才學會分辨廣東話和國語，但他聽到不同於兩者的發音和聲調。應該是福建話或是上海話吧。這一帶的中國餐廳和台灣餐廳也在不知不覺中增加了不少。

在新宿大道上攔計程車前，秋生把陳先生委託他的盜版軟體交給誠人。誠人心不在焉的「喔」了一聲，接過軟體，隨意地塞進背包裏。然後，好像突然想到似的問：「陳先生最近還好嗎？」平時，他總會興奮地談論他的宅男學識，可見他今天的心思已經完全被麗子佔據了。秋生有點後悔找誠人出來。

「陳先生還是老樣子。」說著，攔了一輛計程車後說：「我住在這附近，走路回飯店。」誠人似乎還想說什麼，秋生硬把他塞進車子，留下了自己的手機號碼，叫他如果有什麼情況，隨時打電話聯絡。

「如果你見到麗子小姐，一定要告訴我。」

誠人再三叮嚀，才終於回家。

秋生原本打算再找個地方喝酒，想起明天的約會，便直奔飯店。他打開房裏的小瓶威士忌，直接喝純酒，不知不覺就睡著了。

進入夢鄉前，眼前浮現出血跡四濺的貧民公寓，但很快就消失了。

15

秋生和五井建設的間部不是約在他公司，對方指定上午九點在赤坂見附的新大谷花園咖啡廳見面。他坐在可以眺望寬敞日本庭園的靠窗座位，把作為標記的信封放在桌子上。一個穿著考究的微老男人比約定時間晚了五分鐘匆匆趕來。他額頭的髮際已經相當退後，體形福態，一看就知道是股票上市公司的高級主管。

秋生像往常一樣清晨六點起床，洗完熱水澡，讓宿醉的腦袋清醒一下，然後調查了五井建設。那是一家舊財團旗下的建設公司，在泡沫經濟時期，因為過度投資而大傷元氣，即使接受了債權放棄，仍然有超過兩千五百億圓的有息負債。股本為三百八十五億圓，合併盈餘為負三百七十八億圓，債務即將大於資產。雖然向關係集團申請第三者分攤增資，但股價已經跌破面值的五十圓，根本無能為力。以前，一年的營業額超過五千億，如今也跌破了四千億。二〇〇一年九月結算時，發現中期要達到一千五百億都相當困難（**編按：日本企業常使用四月制，會計年度是每年四月一日開始，九月底為半年決算**）。這家公司已經隨時可能倒閉。

「不好意思，早晨的會議有點耽誤了。不景氣真是讓人傷透腦筋。」他發出爽朗的笑聲，眼睛卻沒有笑，觀察著秋生。也許是秋生的輕鬆打扮令他感到意外，但他似乎決定相信倉田老人的介紹，開始說明他的委託內容。

秋生原本猜想間部可能是因為股東代表訴訟的關係，想要隱匿資產。因為，一旦成為股票上市公司的高級主管，誰都不知道什麼時候會變成代表訴訟的被告。尤其是大型的工程承包公司，只要揭開泡沫經濟時期的舊瘡疤，可以找到太多問題。一旦敗訴，不僅領不到退休金，甚至如數繳出全部財產也不得有半句埋怨。所以，凡是曾經做過一些不正當行為的高級主管，都很流行把不動產這類無法隱瞞的資產脫手，變成金融資產後，再帶到國外。秋生以前也曾經協助幾個人處理過類似的案件。一旦資金匯出國外，根本無法追蹤。即使在股東代表訴訟中敗訴，也可以維持自己和家人的生活。反正這種訴訟只是一場由公司支付賠償金，律師大撈一票的鬧劇，所以，秋生認為這也是在幫助他人。

果然不出所料，五井建設有不少可能被股東代表訴訟控告的不當融資案件，間部是其中幾件的負責主管，蓋了核准的章。其中一件已經收到了要求對監查役提起訴訟的內容證明，是一樁處於刻不容緩狀態的案子。於是，他找倉田老人商量，希望可以保全自己的財產，倉田老人就把秋生介紹給他。

「二〇〇二年四月的商法修正案幾乎已經決定，即使遇到股東代表訴訟，董事支付的賠償金上限最多不得超過年收入的四倍。只要等六月的股東大會改變公司的章程就好。不能等到那個時候嗎？」

秋生問道。之前大和銀行紐約分行的債券交易員造成了十一億美金虧損的表外債務（off-balance-sheet liability）事件中，地方法院判決當時的負責人賠償總計九百億圓的損害賠償，使日本經濟界為之嘩然。因此，迫切需要訂定賠償額上限的商法修正案。那位交易員針對大和銀行的事件發表了手記，秋生看了那份手記後，認為當時大和銀行幹部的確無能之至，九百億圓的賠償額很恰如其分。

「政府做的事怎麼能夠相信。萬一商法修正案沒有通過怎麼辦？」間部不以為然的揮了揮手，「而且，明年六月股東大會時，沒有人能夠保證這家公司還存在。即使公司倒閉了，我仍然有賠償義務，到時候就措手不及了。」

原來如此。秋生心想道。間部的確言之有理。

「股東代表訴訟無法插手他人的財產，你的財產不能轉換名義嗎？比方說，你可以和你太太離婚，以贍養費的名義轉移財產，問題就簡單多了。」

間部問秋生有沒有什麼好方法，他如此回答說。如果以後還要繼續在日本生活，把資金匯到國外，也會造成很多不方便。

「在這個業界，即使是我這種人，以前多少也玩過一、兩個女人。雖然說出來很丟臉，但如果這麼做，我老婆會趁機把所有財產都帶走。」

間部笑著說。

一旦提起訴訟後，資金轉移就會格外引人注目。所以，他已經將股票和別墅等住家以外的資產變賣了，換成一億多的現金。他希望至少有一半可以轉移到國外，另一半則藏在國內。

「我的房子也有我老婆和孩子的名字，我的持分只有四成左右。如果打官司輸了，就不指望房子和退休金了。總共有八千萬左右，但總比如數被拿走好。當然，現在還不知道能不能領到退休金呢。」

間部一臉爽快的表情說道。

他以前沒有在海外的金融機構開過戶。既然他希望盡快把資金轉移到安全的地方，就必須讓他有一定的心理準備，或許會有一些損失。當然，他不可能使用像倉田老人那種優雅的方法。私人銀行也只提供給超級貴賓這種服務。

「可不可以請你把現金提領出來，購買折扣金融債券？如果可能的話，最好買日本興業銀行的『割興』等比較有名的債券。」

間部說，以前他曾經買過幾次，應該沒有問題。一個和他關係不錯的客戶曾經委託他買過。

「只要每次不超過三千萬，就可以用無記名的方法，所以，只要把五千萬分兩個地方買就沒問題了。事先用電話聯絡，對方就會準備好。到時候，請你去香港跑一趟，在當地的證券公司開一個帳戶存進去。然後，再賣掉，變成現金，匯到境外銀行。這是最簡單的方法。」

長期信用銀行為了調度資金所發行的金融債中，折扣金融債可以享受無限的特權，既可以在櫃檯用現金以無記名的方式購買，如果一直持有到債券到期日，同樣可以用無記名的方式贖回換成現金。這是專門為政治家及其周圍的權貴人士逃漏稅所設計的金融商品，右翼大老兒玉譽士夫，被稱為「東北政商」的小針曆二、前自民黨總裁金丸信都曾經用這種折扣金融債券隱匿財產。已經破產的前日債銀（日本債券信用銀行）把大量的折扣金融債賣給政治家、政黨調停人、右翼和黑道幹部，被稱為「政界的痰盂」。由於金融債是洗錢的最佳工具，隨著最近加強對洗錢的規範，金融局已經將無記名買賣的上限降低到兩百萬左右。

「即使使用折扣金融債，如果中途出售換成現金，不是會出現名字嗎？這樣不太好吧？」

間部偏著頭問。他不愧是大企業的高級主管，腦筋相當靈活。

「當然。但到時候是以香港金融機構的名義出售折扣金融債，不會出現個人的名字。日本國稅局對香港的金融機構沒有調查權，如果只有五千萬左右，即使在未到期的情況下出售，也不會有任何問題。相反的，如果等到滿期時，必須去櫃檯領現金，處理起來反而更麻煩。」

間部想了一下說：「這種方法還是不可行。首先，如果我去香港，等於在昭告大眾，我要隱匿財產。而且，誰能夠保證香港的金融機構絕對會保密？」

秋生苦笑起來。每個客戶都會質疑香港金融機構的保密程度。日本人都曾經聽說，一旦在香港的銀行開設帳戶，就會立刻被日本的國稅局知道。

事實上，日本國稅局只有對日資金融機構的帳戶內容才能夠確實掌握。香港的金融機構屬於中國金融當局的管轄，表面上，日本國稅局並沒有調查權。但大型金融機構通常會同時在日本推動業務，因此，如果國稅局以此為要脅，逼迫香港的金融機構提供相關資料時，香港方面會採取怎樣的對應，就顯得很微妙。不過，真正的問題並不在這裏。

中國的社會已經祕密結社化，往往將個人的關係網視為高於企業的倫理規範。香港也一樣，只要在金融機構有內線，想要了解帳戶內容並非難事。就連秋生這個外國人，也可以打一通電話，查到第三者在特定幾家銀行的交易和資產內容。在香港派了駐員的日本稅務當局不可能沒有相同的關係網。因此，就像間部所說的，無法期待香港的金融機構完全保密。不過，日本稅務當局不可能去掌握每一個帳戶的內容，最多只是針對已經鎖定的逃漏稅大戶而已。而且，如果使用只會說廣東話的香港當地金融機構，這種風險就可以大為降低。

「既然這樣，你只能相信我了。」在簡單說明情況後，秋生對間部說：「由我負責幫你把折扣金融債帶到香港，存入自己的帳戶，換成現金。由於我在日本屬於非居住者，即使帳戶被調查，國稅局也拿我無能為力。在這段時間內，你在歐洲或是加勒比海的境外市場開一個銀行帳戶。我會把換好的錢先匯到我在境外市場的帳戶，再轉入你的帳戶。這麼一來，即使日本國稅局調查香港的金融機構，也完全查不出任何證據。只不過，你必須冒被我捲款逃跑的風險。」

間部毫不猶豫地回答：「沒有問題。反正留在日本，也是會被法院判決沒收的錢，如果你是騙子，我也只能認栽了。這只是開玩笑啦。既然是倉田先生介紹的，我怎麼可能懷疑。」

「那要不要麻煩倉田先生寫保證書？」

「這成何體統。」間部誇張地揮著手，「如果我這麼做，會遭到天譴的。既然是倉田先生介紹的，萬一有什麼意外，他會負責。如果我連這一點也不相信他，他根本不可能幫我。」

雖然屬於緊急狀況，但很明顯，這個人很有魄力。間部對著幾乎和他兒子差不多年齡的秋生恭敬地鞠了一躬說：「那就麻煩你了。」

「對了，我有一件事想要跟你打聽一下。」

談完正事後，秋生問及他關心的事。

「你認不認識菱友不動產的高級主管？我有一位顧客，差不多一年多前，在那裏擔任董事祕書，最近惹上了一點麻煩。」

「我和菱友很熟，但對董事的祕書就不太了解了，」間部偏著頭說：「對了，那家公司有一個普通董事引發了曾經喧騰一時的大醜聞。」

「醜聞？」

「對。我也是聽朋友說的，他曾經四處向朋友推銷年利率有百分之十的日圓保本金融商品，募集了不少錢，結果根本是一場騙局。不過，因為是用個人的錢投資，和公司方面沒有關係，但聽說他也向公司的客戶募集資金。這種行業，各種人都有。結果，有人衝到公司大叫『還錢』，連右翼的街頭宣傳車也出動了。」

「這是什麼時候的事？」

「好像兩、三個星期前吧。」

那就對了。秋生心想。這和麗子把五十億捲款逃跑的時間剛好吻合。

「可不可能請你告訴我有關這件事的詳情？」

「我也只知道這一些。那個普通董事好像叫山本，在業界聚會時，曾經見過幾次面，感覺很不起眼。我會向告訴我這件事的朋友打聽一下。」

「拜託你了。」秋生說，並補充說，如果可以掌握基金的相關資料，也希望可以看一下。

走出咖啡廳，秋生向飯店商務中心借了電腦上網，從境外銀行的網站上列印了開設帳戶申請書後，向間部簡單說明了填寫方法。

「歐洲的金融機構和香港不同，日本的國稅局手伸不到那裏，萬一你遭到調查，也不必擔心。最容易發生問題的，就是被國稅局掌握了月結單，到時候，就百口莫辯了。其次就是從國內的金融機構匯款，就可以從匯款單上查出金融機構和帳戶號碼。只要注意這兩個問題就不必擔心了。

「如果你想要月結單，可以寄到香港的信箱服務。如今，只要從網路上就可以查到帳戶餘額，即使手上沒有月結單也沒有問題。當然，也可以等收到好幾封時，統一轉寄到日本。不過，最好還是不要留下證據。」

聽完秋生的說明後，間部說：「那就麻煩你幫我申請一個信箱。」他臉上終於露出鬆了一口氣的表情。秋生把陳先生公司的地址告訴間部，請他在一星期以內，用電匯或是現金支票支付三個月的租金。

「你真是幫了我的大忙。到了這把年紀身無分文，等於要我的命。」

他神情嚴肅地說完後問秋生：「對了，酬金該怎麼算？」

「通常這種案件，我會收匯款金額的百分之二，但這次因為我也有事麻煩你，所以，只收百分之一就好，但不包括實際花費的費用。」

間部一臉驚訝地問：「這麼便宜嗎？」他似乎以為要付貴得嚇人的手續費。的確，有些同行會利用顧客的弱點賺取暴利，但這次只是協助客戶把已經繳稅的正當資金匯到國外，秋生所冒的風險也不大。況且，目前間部還沒有成為股東代表訴訟的被告。秋生只是違反了外匯法這麼一點小罪，為他提供了一點方便而已。如果是面值一百萬的折扣金融債，五千萬圓只有五十張而已。秋生只是把這五十張金融債帶到香港，比一本文庫本的書還輕。

間部似乎經常接觸這些英文合約，拿出鋼筆，當場填寫起來。

「你有熟識的律師或是會計師嗎？」

「有，認識好幾個。」

「那你請他幫你的護照認證一下。」

秋生說完，從他帶來的資料中出示了範本。

「認證時，一定要用英文的信箋，否則，無法取信於對方。」

「我不知道他們有沒有。」間部不安地說。

「如果沒有，自己用文字處理機打一張就好，反正他們也不知道。」

聽秋生這麼說，間部露出納悶的表情問：「這麼隨便嗎？」對境外銀行來說，只要交給金融當局的資料齊全就好，根本不會細細追究。境外市場的金融當局也只要對美國表示他們有確實在執行洗錢防治對策就好。聽完秋生的解釋，間部才點頭說：「原來如此。」

「把帳戶申請書、經過認證的護照和英文地址證明寄過去後，通常一星期就可以開戶。英文地址證明要請交易銀行出具。如果你在花旗銀行有帳戶，只要一通電話，他們就會辦理。我還會在日本多住幾天，等你準備好折扣債時，再和我聯絡。只要我在回香港前拿到，回香港後，大約十天左右就可以匯款。」

秋生告訴他手機號碼和住宿的飯店，拜託他一旦得知菱友不動產山本的事，就立刻和他聯絡。間部說：「我一回公司，就先處理這件事。」然後，和來時一樣匆匆離開了。

16

和間部分手後，差不多已經十點多了。秋生想起昨天的留言，在飯店內打電話到恩田的事務所。那個叫真紀的懶散工讀生接了電話，一聽到秋生報上姓名，立刻輕鬆地打招呼說：「啊，你好——」

「昨天的情況怎麼樣？」

恩田一開口就問道。秋生簡單扼要地說明了目前掌握的情況。

若林康子是麗子的母親，母女兩人住在只有公共廁所，一間三坪大的貧民公寓。十幾年前，在麗子讀高中時，發生了某個「事件」，迫使母女兩人離開了公寓，但一直到最近，仍然持續付房租。公寓的門沒有鎖，走進去檢查之後，發現已經有人把電話拿走了。但他沒有提及壁櫥拉門上濺到的血跡。

「那個叫若林康子的女人已經死了。」恩田說。

「死了？」

「對。若林麗子登記的人力派遣公司要求登記者參加社會保險。最近，勞動基準監督局很囉嗦，所以，大公司都這麼做。我要求對方調查她的社會保險紀錄，發現麗子小姐曾經把若林康子作為撫養家屬，用社會保險支付醫療費。從那裏追蹤到她之前住的醫院，我打電話去一問，發現她一年前已經因病去世了。」

「死因呢？」

「不知道。醫院方面極其冷淡，似乎不想回答有關病人的問題。」

「知不知道醫院的名字？」

「紀錄上顯示有兩個地方。第一個是牧丘醫院，然後是赤田醫院。兩家都是精神病院。」

秋生記下了兩家醫院的聯絡電話。

「她是在赤田醫院去世的，我打電話過去問，對方的態度真是太可怕了。」

恩田說著，歎了一口氣。

「另外，也查到了你要找的若林麗子的出入境紀錄。今年夏天和最近，她都去了香港。」

「什麼時候？」

「差不多兩個星期前。目前還沒有查到回國紀錄。」

秋生第一次聽到麗子再度飛去香港這件事。不過，也因此了解黑木為什麼會出現在香港。其實，黑木的目的並不是來找自己。

「我會繼續調查。」恩田說完，掛上了電話。在一天之內已經調查了這麼多的情況，證明他的確很能幹。

秋生從記事本中拿出黑木的名片。如果黑木去香港是為了找麗子，現在，說不定已經找到麗子，一切都已經搞定了。果真如此的話，自己現在所做的一切都是白費工夫。

要不要打電話確認？如果黑木已經找到麗子，就根本不再需要秋生，之前談妥的五億日圓報酬的事也飛了，只能夾著尾巴回去香港。

秋生拿起電話，正打算按下號碼，又臨時改變了主意。

據恩田的調查，麗子兩個星期前飛到香港。黑木是在三天前才來找秋生。對照剛才和間部的談話，麗子把五十億圓匯入自己的帳戶後，立刻飛去香港。黑木他們發瘋似地尋找麗子的下落，應該立刻掌握了她出國的情報。即使他們無法進入出入境管理局的資料庫，任何人出國時，必須出示護照，一定要用真名購買機票，只要打電話到每家旅行社詢問，很快就可以查出來。

由此看來，黑木他們在找秋生之前，已經在香港停留了超過一個星期。麗子的老家已經人去樓空，他們雖然追到香港，卻無法掌握她的下落，無奈之下，只能聯絡秋生。

麗子持續支付已經沒有人住的貧民公寓房租超過十年。事件發生後，她又拿走了可以成為證據的電話。如果一開始就計畫得這麼周詳，顯然不可能輕易被人逮到。

即使打電話給黑木，也不可能問他：「你有沒有找到麗子小姐？」自己必須掌握王牌後，才能和他交涉。

秋生決定等進一步調查後，再和黑木聯絡。於是，他按下另一個號碼。

從赤坂見附搭營團地鐵來到北千住，再改搭東武伊勢線來到竹塚時，已經將近一點了。穿過北側的住宅區，走了五分鐘左右，右側立刻出現一道高高的灰色圍牆。那裏就是牧丘精神病院。

秋生先打電話到若林康子因病去世的赤田醫院，假裝是她女兒麗子的未婚夫，詢問相關情況。接電話的事務職員毫不掩飾不耐煩的語氣，當秋生想要了解康子的病名和死因時，對方一味堅持「主治醫師不在，所以不知道」。不知道主治醫師的名字。不知道他什麼時候會來。無法主動打電話和你聯絡。無法回應不是家屬的人的問題。醫院不接受一般訪客。很顯然的，對方擔心會惹上醫療訴訟。秋生已經無計可施，只能打電話到康子去赤田醫院前所住的牧丘醫院。這家醫院的態度十分親切，調閱當時的病歷後，說主治醫生已經調到其他醫院了，但有一位臨床心理醫生和康子很熟，並幫秋生轉接了電話。

心理醫生是一個名叫吉岡光代的中年女人。或許是抽太多菸了，她的聲音有點沙啞。秋生才剛說：「我想請教有關若林康子……」光代就輕輕的「啊」了一聲，喃喃的說：「聽說她過世了。真可憐。」秋生謊稱自己是麗子的未婚夫，麗子突然失蹤了。她「啊喲」的大叫一聲。她似乎認識麗子。秋生頓時想到，她可能真的看過麗子的未婚夫真田，但隨即覺得不可能。麗子不可能把自己的「提款機」真田帶到母親所住的精神病院。

秋生說，自己正在找麗子的下落，所以想了解她的過去。光代一開始有點猶豫，但她真的是個心地善良的人，最後答應可以在午休時間見面一個小時。

水泥圍牆的角落有一個狹小的入口。由於位在圍牆和建築物背面之間，所以訪客無法看到醫院內部的情況。櫃檯鴉雀無聲，雖然是非假日的下午，這裏卻空無一人。秋生第一次到精神病院，但除了這份奇妙的安靜以外，感覺和一般醫院沒什麼兩樣，反而嚇了一跳。

候診室整理得很乾淨，雜誌架上放著漫畫雜誌和女性週刊雜誌。櫃檯旁就是休息室，幾個穿著白衣的護士忙進忙出。其中一人看到了秋生，便對他說：「不好意思，下午的門診從兩點開始。」

秋生說，他是來找臨床心理醫生吉岡光代。護士愣了一下，說了聲：「請稍候。」隨即消失在休息室內。也許是除了病人和病人家屬以外，很少有人造訪這裏吧。護士回來後，指了指候診室包著塑膠膜的沙發說：「吉岡小姐馬上就過來了，你在那裏稍坐一下。」

秋生呆坐了五分鐘，一個中年女人快步小跑過來。她圓圓的臉上露出笑容，如果身上沒有穿白衣，會以為她是附近的家庭主婦。

「工藤先生嗎？我是吉岡，不好意思，讓你久等了。」

秋生馬上感謝她撥冗見面。吉岡即使看到秋生，也沒有任何反應。由此推測，她的確沒有見過真田。

光代把秋生帶到二樓的會客室，問了一聲：「我可以抽菸嗎？」隨即從白衣口袋裏拿出皺巴巴的 Mild Seven，點了一支菸。

秋生在電話中告訴她說，自己在美國住了十年。這麼一來，即使不太了解相關情況，也不會啟人疑竇。他編了一個故事說，和麗子在旅途中相識，靠電話和書信交往，三個月前訂了婚。當他回來日本做結婚的準備時，麗子突然失蹤了。雖然是一派胡言亂語，光代卻信以為真。想必她的心地很善良，但秋生認為並非僅此而已。光代應該認識麗子。而且，她認為麗子很可能做出這種荒唐事。

「以前，從來沒有聽她談起家人的事。也許我不應該說要趁這次結婚前，要拜訪她父母。」

秋生歎了一口氣，光代說：「真可憐。」似乎很同情秋生。

「可不可以請妳告訴我麗子小姐和她母親的事？」

秋生低頭拜託。光代沉默片刻，突然重重地歎了一口氣後，就像決堤般滔滔不絕起來。也許是精神病院是一個孤獨的職場，光代也想找人聊天。

光代說，兩年前，若林康子在療養的醫院自殺未遂，之後，發現有精神異常，便轉院到牧丘醫院。在這裏被診斷為精神分裂症，於是就住院治療。

「她原本很漂亮……」

光代把還剩下超過半根的香菸熄滅後，點上了見面後的第三根菸。門外不時傳來護士們快步走過的動靜，除此以外，完全聽不到任何聲音。秋天長長的太陽從窗戶灑了進來，放著鋼管桌和鋼管椅的簡單房間看起來更淒涼。

「康子小姐其實不算是自殺未遂，而是自己毀容，被送進了醫院。」

光代把香菸放在煙灰缸上，開始娓娓道來。

「這種疾病經常會有自戕行為，尤其是女病患，經常會有毀容行為。不過，我從來沒看過這麼嚴重的，該怎麼說，讓人不敢看第二眼……」

據說康子的傷痕慘不忍睹。據光代不經意的透露，康子挖掉自己的鼻子，剪開嘴唇，還用類似螺絲起子的東西刺進左眼。

「來我們醫院時，已經完成了外傷治療，如果不阻止他，她會把自己的臉弄得不成人形，所以，只能把她關在保護室，讓她服用大量的精神安定劑。一個月後，她女兒突然來醫院……」

醫院方面聽說康子沒有親人，所以為她申請了生活救濟（譯註：根據日本法律，國家必須對窮困國民進行救濟，維持最低生活水準）。

「她不是大美女嗎？頓時成為醫院上下的話題人物。」

當時，光代負責看護康子，所以，也由她出面接待麗子。

「我向她說明了病情，並告訴她，這種疾病很難治好，但最近研發出很有效的藥物。該怎麼說，她好像沒有太大的興趣，或者說是有點像靈魂出竅，總之，就是有一種奇怪的感覺。我對她說，既然康子有親人，就不能再接受生活救濟。她說她知道了，之後，也確實支付了醫藥費。最後，好像換成了社會保險。」

「麗子小姐沒有和她母親一起生活嗎？」

「康子小姐好像因為體弱多病，長期住院。她女兒說，好像這十年來，母女都沒有見面。但這裏的病人通常親屬關係都有問題，這種情況並不罕見。康子小姐的女兒願意來醫院看她，就已經很幸福了。大部分人即使接到我們的電話，也會說什麼『不認識這種人』，或是『我會付錢，一輩子都不要讓他出院』之類的。」

說到這裏，光代重重歎了一口氣。煙灰缸上的香菸已經快要燒到濾嘴了。光代看到後，心浮氣躁地熄滅了，又另外點了一根。

「她母親的情況怎麼樣？」

「精神分裂症並沒有什麼有效的治療方法，醫院只能讓病人服用精神安定劑和精神作用性物質，抑制病人的興奮。光是這樣，前後就大有差別。

「康子小姐的自戕衝動很強烈，必須使用相當大量的精神作用性物質，才能讓她平靜下來。但這麼一來，她的意識就陷入混沌，一整天都躺在床上，無論對她說什麼，都沒有反應。大部分時候都這樣。」

「麗子小姐有來探病嗎？」

「我從來沒有看過這麼熱心探病的家屬。雖然時間很不固定，但每天都來。我們醫院對來探病的家屬大開方便之門，所以，特別為她延長到八點。她一直坐在她母親身旁。」

「她住在什麼病房？」

「康子小姐的自戕行為可以用藥物控制，但她會在半夜大叫，不能和其他人住同一間病房。所以，只好安排她住地下室的單人房。正式名稱叫保護室，說得直接一點，就像是獨居房。之後，麗子小姐說，她願意支付差額的病床費，就正式轉到單人病房了。那個病房一天要一萬圓，一個月三十萬。她支付了將近半年，所以，醫院裏有人在背後說：『既然這麼有錢，為什麼不把母親帶回去照顧。』」

「總之，她那麼漂亮，無論醫生、職員還是病人，都被她迷倒了，所以，說這種話的人多少也是有一點嫉妒啦。不過，她毫不在意這些事。」

「麗子小姐來醫院時的感覺怎麼樣？」

「這個嘛……」光代猶豫了一下。「總之，她都坐在床邊，一言不發地看著她母親，即使我說：『妳對她說說話，她會比較高興』，她仍然沒有說話。有時候，她中午來，一直默默地坐到傍晚。幾個月後，醫院裏開始議論紛紛，說她是不是也有問題。

「其實，這裏經常會發生這種情況，有些來探病的家屬其實比病人的情況更加嚴重。遇到這種情況時，如果當事人沒有接受治療的意願，我們也無能為力。」

光代壓低嗓門說道。

「轉院的理由呢？是麗子小姐提出的嗎？」

光代沒有回答，說她去泡茶，便站了起來。當她拿著茶壺和茶杯回來時，喃喃的說：

「人心真的很不可思議。」

秋生沒有說什麼，默默等待光代繼續說下去。

「精神分裂症並沒有確切有效的治療方法，只是大腦神經處於異常興奮的狀態，需要用藥物加以抑制。如果正常人服用這麼大量藥物，一下子就會昏倒。即使如此，仍然無法抑制他們的興奮，抑制他們的行為。相反的，當藥效發揮作用時，意識處於朦朧狀態，完全不知道自己是誰，在哪裏，做什麼事。即使服用了連大象都會昏倒的強烈藥物，病人也會突然意識清醒。」

她把茶遞給秋生，正準備再度拿菸，又臨時改變了主意，把玩著打火機。陽光灑在她的臉上，眼尾很深的皺紋強調了她的年紀。

「康子小姐因為服藥的關係，整天都在昏睡，或是用空洞的眼神看著前方。有一天，我在整理東西時，覺得好像有人在看我，回頭一看，康子小姐用清澈的眼神注視著我。當然，她的左眼瞎了，只剩下右眼而已。在此之前，我從來沒有看過那麼清澈的眼睛。我忍不住跑過去和她打招呼，她用很清晰的聲音對我說『讓我死吧』……。

「我不知道該怎麼回答，就告訴她『妳女兒不是很棒嗎？』她那雙清澈的眼睛突然流下大滴的淚水。看到那一幕，我竟然覺得『啊，她信任我。』至今回想起來，都會覺得很不可思議。

「我這麼說，你或許會很驚訝，但從事這份工作，有時候會遇到這種瞬間。精神分裂症的病人該怎麼說，擁有一種特別的能力。他們很容易受傷，而且，可以看透人心，所以，更容易受到傷害……」

光代突然問：「我是不是說了什麼奇談怪論？」秋生搖搖頭，回答說，沒這回事。

「當自己的過去、現在和未來都被看透，聽到『妳可以繼續這樣活下去』這種話時的感覺，你能夠理解嗎？」

不知道。秋生回答說。光代用同情的目光看著秋生。

「但她的雙眼很快又像平時一樣，蒙上一層薄膜。不到一分鐘之後，意識再度陷入昏沉。」

「妳有沒有告訴麗子這件事？」

「沒有，因為我覺得太殘酷了……」

光代沉默片刻。

「不久之後，麗子小姐就不再來探視。康子小姐的病情也差不多從那個時候開始惡化，我們醫院已經無能為力，所以，就打電話聯絡她，說她母親需要轉院，她只說了一句『交給你們處理吧』……」

「你們無能為力？」

「精神病院大致分為三大類。

「一種是大醫院的神經科和街上掛著診所招牌的私人醫院。這是那些因為壓力而失眠，或是有輕度憂鬱症狀的人會去那種地方。這種類型的問題，如今已經可以用藥物減輕，大部分病人都可以回歸社會。

「另一種是以收容精神分裂症病人為主的醫院。症狀比較輕的輕度患者住在有開放病房的醫院，症狀已經固定的病人則要住進我們這種封閉病房的醫院。如果是初期的精神分裂症，出院機率會比較高。當然，也有人進進出出好幾次。

「最後一種，就是這兩種醫院都無法收容的病患所住的醫院。」

「無法收容？這是什麼意思？」

這時，光代似乎難以啟齒的含糊起來。

「精神科醫院通常很喜歡精神分裂症的病人。病人只有一開始會反抗，只要用藥物抑制他們的興奮，接下來就像小孩子或是嬰兒，即使護士的人數不夠充裕，也不需要花太多的精力。現在也已經開發了很有效的抗憂鬱症藥，除了有自殺危險的情況以外，根本不需要住院。

「大家不喜歡的是那些酒精中毒和安非他命中毒的病人，這些人通常身上有刺青。會對病人和護士動粗的，通常都是這種人。另外，還有性格異常的人。這不是疾病，無論怎麼治療，都無法治好他們。我們醫院通常也不會收容這種人。

「最傷腦筋的就是那些很費工夫的病人。當他們無法照顧自己的三餐和排泄，像我們原本就人手不夠的醫院根本束手無策。如果是老年人，國家有補助，所以，老人醫院會接收。」

聽光代說，有專門的醫院會收容這些病人。業界都用暗語稱之為「人體倉庫」。他們將已經沒有治癒可能性，一般醫院都無能為力的病人進行隔離、保管和處理。一般社會大眾不了解這種醫院的內情，大家都睜一隻眼，閉一隻眼。這就是所謂的必要之惡。赤田醫院就是一家「人體倉庫」，康子最後就是轉院到那裏。在這種醫院內，如果病人不吃飯，他們就置之不理。由於服用了藥性很強的精神作用性物質，病人既不感到肚子餓，也不會感到痛苦，只能慢慢衰弱死去。

秋生聽了這番話，終於了解赤田醫院的應對態度。他們一定會覺得，事到如今，還有什麼好說的。

「聽說轉進那種醫院，不出半年就會過世。康子小姐也剛好在半年左右去世。」

可能光代實在太難過了，忍不住又點了一支菸。從開始聊天到現在，這已經是第五根了。

「妳有接到通知嗎？」

「對，麗子小姐寫了一封信給我。

「其實，我覺得康子小姐的病情急轉直下，很可能是因為麗子小姐突然不再來探病了，所以，我打了一通很失禮的電話。」

「當時，她怎麼說？」

「她說，『反正已經結束了』。我覺得太冷淡了，就說了一些不好聽的話。沒想到，她很客氣地寫了一封感謝信給我，我實在很不好意思，就打了一通電話。她說，守夜和葬禮都結束了，所以，我說我想去掃墓，她就告訴我地點。」

光代吐出一口煙，也重重的歎了一口氣。

「最近，我才慢慢猜想，也許麗子也和我一樣，聽到了她母親的話，也許，麗子相信她母親的意識會清醒，一直在等待。不過，這只是我的想像而已。」

不同於昨天，今天是一個晴朗的好天氣。往窗外一看，一片蔚藍的天空中，只有幾條飛機雲。相較之下，狹小的房間內充滿了香菸的菸味，令人感到窒息。

光代把變短的香菸擰熄後說：「不好意思，讓你聽我囉嗦這麼久。」秋生連忙說，「沒這回事。」彬彬有禮的向她道謝後，詢問是否可以參觀一下康子之前住的病房。光代想了一下說：「基本上，外人不可以進入病房。」但她還是從白衣口袋裏拿出一串鑰匙站了起來。

「你第一次來精神病院嗎？」光代問。

「對。」秋生回答。

「那我們先去看集體病房。」光代率先走了出去，「我們醫院基本上都是精神分裂症的病人，大家都很安靜，很敏感，請你不要做出會嚇到他們的動作。」

光代把鑰匙插進寫著「男子封閉病房」的鐵門，門一打開，裏面是一個不可思議的空間。差不多有五十公尺寬的寬敞走廊筆直的延伸，右側是裝了鐵窗的窗戶，左側是鋪著榻榻米的病房。與其說是醫院，更像是修學旅行時住的旅館的大房間。

穿著各式各樣睡衣的病人慢慢走在走廊上。仔細一看，他們的走路方式都有規律，很小心地注意不碰觸到對方。鐵窗內，有病人不知厭倦地看著窗外。這時，五公尺前方，有一名病人開始轉圈圈。這裏的每個人都不會干涉到別人的世界。

有幾個人看到光代和秋生，笑咪咪地走了過來。光代問：「你好嗎？」一個身穿三件式西裝，看起來像是推銷員的男人向他們打招呼，秋生以為他是醫務人員，後來才知道他其實也是病人。這個醫院的服裝自由，在一大票睡衣的身影中，也有穿軍服和禮服的病人。左側病房內，被子很整齊地堆在牆邊，病人們有的正襟危坐，有的躺著，用各自喜歡的方式打發時間。彼此之間完全沒有交談，也沒有任何聲音。有幾個人戴著耳機，正在聽隨身聽。有的病人隨著音樂搖晃著身體，仔細一看，才發現耳機的插頭根本沒插好。每個病房內至少住了超過十名病人，但這個奇妙的空間簡直就像深海海底，籠罩在一片靜默中。

幾個在走廊上散步的病人緊跟在秋生身後。

「好難得。通常他們看到陌生人，都會自動避開。看來，他們很喜歡你。」光代笑著說。

秋生自己也感到納悶，即使那幾個病人緊貼著他，近到幾乎可以感受到對方的呼吸，他也不會覺得不高興。秋生不喜歡和別人接觸，長時間搭擁擠的電車時，甚至會想要嘔吐。

秋生在走廊中央停了下來，四處張望著。跟在他身後的五、六個病人也學秋生的樣子，把頭轉了過去。

打開走廊盡頭的門，裏面就是男子單人病房。這裏看起來和一般的醫院幾乎沒什麼兩樣。有一人房、兩人房和四人房三種不同的類型，幾乎所有病房的門都敞開著，放著床和一張小桌子，但並沒有看到病人的身影。

「單人病房的病人症狀都比較輕，在經濟上也比較寬裕，所以，大家精神都很好。白天的時候，他們會去食堂和遊戲室，和其他病人一起玩。」

光代解釋說。

「前面是女子單人病房，可不可以請你在這裏看一下就好?像你這種年輕帥哥一出現，大家就會激動，到時候就慘了。」

光代表情嚴肅地說完後，用鑰匙串打開了門。那裏也有和之前相同結構的病房，但有幾個女人站在走廊上，眼神空洞地看著外面。

「若林小姐就住在第一間病房。」

聽她這麼說，秋生張望了一下，發現簡單的房間內只有鐵床和桌子而已。麗子每天來這裏，一言不發地看著毀容的母親。秋生努力想像那幅畫面，但並沒有成功。毫無疑問，出現在那裏的是秋生完全陌生的女人。

一個靠在牆上的女人滿臉納悶地看著秋生。女人很漂亮，但臉上有好幾道可怕的傷痕。這張臉好熟悉，而且有一雙勾魂的美麗眼眸。

走在通往大廳的樓梯上，光代說：「剛才站在走廊上的漂亮女人，以前是一個名模。和帥氣的丈夫結婚後，過著人人稱羨的生活。但一生下孩子後，她開始虐待嬰兒。」

秋生這才想起，他以前曾經在雜誌的彩頁上看過那個女人。

「她小時候，曾經遭到父親的猥褻。當她生下孩子後，這份記憶突然甦醒過來。為了懲罰骯髒的自己，她把自己的臉弄成這個樣子……。或許你會嚇一跳，但這種情況已經司空見慣了。」

秋生無言以對。

走在通往地下室的樓梯上，聽到了「啊——、啊——」好像海豹叫的聲音。下面應該就是保護室。沿途幾乎沒有看到看護或是護士的身影。這麼少的醫務人員的確無法照顧棘手的病人。而且，根本無法和病人之間溝通，難怪光代會因為壓力導致嚴重的香菸中毒。只不過二十分鐘而已，她的手指已經微微發抖。

臨別時，光代說：「如果你找到麗子小姐，請好好照顧她。我不知道這句話該不該說，罹患了心理疾病的人，需要有人在一旁支持。」

秋生離開醫院，在竹塚車站等電車。光代肯定在一開始就識破了自己的謊言。光代帶他去參觀的精神病房，是一個純潔和沉默所支配的世界。在那樣的環境下，秋生的謊言太醜陋了。

他不禁想起了光代的話：「有些來探病的家屬其實比病人的情況更加嚴重。」

那是指麗子嗎？她也孤獨地站在瘋狂的邊緣嗎？

電車在秋天淡淡的陽光照射下，緩緩駛進車站。

「請你拯救麗子。」光代說。

秋生覺得，這根本是不可能的任務。

搭營團地鐵來到秋葉原後，改搭中央線到了武藏境，差不多一個半小時，就來到了西武多摩川線的多磨車站。牧丘醫院的吉岡光代告訴秋生，若林康子的墳墓就在多磨靈園中。

非假日的傍晚，多磨車站空空蕩蕩。有幾個附近美國學校和東京外語大學的學生站在月台上。車站前只有便利超商、居酒屋和洗衣店幾家店舖而已。平交道的鐘聲噹、噹的響起，警告電車即將進站。

經過兩旁都是提供掃墓者休息的休息站和石材店的小路，五分鐘左右，就來到靈園入口的辦公室。

十一月的墓園有點冷清。烏鴉在被夕陽染紅的天空中盤旋，可能是來偷供品的。只要稍微偏離車道，就完全沒有半個人影，荒涼的風呼呼地拂過秋生的臉頰。

若林康子的墓位在靈園東方的外側。走近一看，發現許多墓碑都別具匠心，「若林家之墓」用的卻是普通得不能再普通的大谷石。繞到背面一看，上面刻著「昭和五十六年九月　若林義郎平成十二年十一月　若林康子」。如果說，義郎是麗子的父親，就代表在麗子十一歲的時候，他就死了。

墓前有一束花瓣幾乎已經掉落，漸漸枯萎的滿天星。秋生摸了摸花束，猜想應該放了一個星期。

麗子回日本了。

除了她以外，還有誰會在這個墳墓放滿天星？

17

秋生搭中央線回到三鷹車站，打電話到恩田的事務所。

「可以查到麗子的信用卡刷卡紀錄嗎？」秋生問道。

「我今天下午已經確認過了，她的信用狀況沒什麼問題。」恩田回答說。

「銀行的ＡＴＭ呢？」

「我還沒確認。如果知道她在哪一個銀行開戶，處理起來就方便多了。」

「能不能查到個別的信用卡資料？」

「因為有護照影本，所以，我也已經查好了。如果你急著要，我可以傳真到飯店。」他的工作的確十分有效率。秋生說，他可以直接去高田馬場。從三鷹搭東西線，不需要三十分鐘就可以到他那裏。

兩個星期前，麗子將五十億圓匯入自己的帳戶，之後，回到老家拿走電話，從成田機場飛往香港。黑木等人得知後，一路追到香港。然而，當黑木拼命在香港尋找時，麗子已經回到了日本，帶著滿天星造訪了母親的墓地。她為什麼要這麼做？

既然手上有五十億，她可以隨心所欲地在國外逍遙，等事件慢慢平息。追她的人是日本黑道，一旦逃到國外，根本不可能找到她。為什麼麗子特地回到最危險的日本？

來到恩田的事務所時，桌子上已經放著麗子的信用卡資料。

為了預防多重債務人，日本金融界共同擁有一個個人信用資訊的資料庫。銀行業就有全銀協的「個人信用情報中心」，消費金融業則有「全國信用情報中心聯合會」，信用卡業則有CIC和CCB等信用資料管理公司。一旦在資料庫中出現延滯繳款或是代償紀錄，就會被所有金融機構拒之門外。只有被稱為街金（譯註：個人經營的小規模高利貸業者）的零星業者，以及地下錢莊這種非法業者無法使用這個資料庫。延滯繳款等事故資訊和破產宣告等正式紀錄稱為黑資料，所有的金融機構只要一查，就可以掌握。這類黑資料會在資料庫內登記七到十年，無論怎麼哭爹喊娘，都無法消除。

一般的合約資訊、借貸償還紀錄稱為白資料。基本上只有業界內部才可以分享這些資料。

當顧客想申請貸款或信用卡時，如果缺乏這些白資料，金融機構就無法了解貸款出去的風險。如今，只要付三十萬律師費，不管是因為賭博輸了錢，還是因為大買名牌精品敗家，誰都可以輕而易舉地申請自我破產。這些欠債不還的人已經使信用卡公司和消費金融公司蒙受了巨大的損失。為了避免這種惡質顧客，每家業者都嚴密管理顧客的信用額度。

信用資料攸關個人隱私，必須受到嚴格保護。但其實只要透過和徵信社、調查公司簽約的資料公司，就可以輕鬆掌握這些資料。目前大約有三百家會員企業擁有登入各資料庫的權利，所以，很顯然的，安全性的維持還是有限。

信用資料庫內的資料精確度有很大的落差。比方說，消費金融公司只能查到貸款紀錄。即使申請了上班族信用卡，如果一次也沒有使用，其他公司就不知道合約內容和信用額度。但在全銀協和信用卡公司的資料庫中，除了有合約資料和未償還的額度以外，還登記了刷卡紀錄。如此一來，就可以了解其信用卡的使用情形。

「若林麗子有三張信用卡。其中一張是美國運通的金卡，這張卡刷得很兇。下個月的繳款金額是一百八十萬。在上個月之前，都有按時繳款，但這個月還沒繳。不過，過了自動扣繳日才沒幾天，還沒有被列為延滯繳款。」

恩田看著麗子的信用資料說明道。他應該很熟悉這種類型的資料，所以，從寄來的資料中挑選必要的項目進行解釋。

「另一張完全沒有使用，可能是基於人情辦的卡。

「奇怪的是最後一張卡。雖然以前從來沒有使用過，但這個月還有六萬九千八百圓還沒繳。她不知道是基於什麼理由，最近開始使用這張以前完全沒有用過的信用卡。」

秋生問恩田，能不能查到那張信用卡的號碼。信用資料上只有名字和生日等個人資料，並沒有顯示信用卡號碼。

「這很簡單。」恩田說完，把工讀生真紀叫了過來，「妳去查一下這個號碼。」

真紀拉著長音，回答一聲：「好——」趿著拖鞋，來到恩田的面前，接過信用資料。一看到秋生，意興闌珊地說了聲：「你好。」

真紀回到自己的辦公桌前，找出信用卡公司的電話號碼，立刻撥電話給客服中心。

「喂，我叫若林，我不小心掉了錢包，裏面有信用卡。」

她的態度和之前判若兩人，簡直就像是個俐落能幹的女強人。秋生不禁佩服她「變身」的速度。

「我想去報案，但我忘了卡號。地點嗎？我搭東西線到高田馬場，準備轉山手線時，低頭看了一下皮包，發現皮包的拉鏈沒拉好。電車很擠，可能是那個時候被人偷走了。幸好，裏面沒什麼現金，但有幾張信用卡……」

對方似乎在問她，到底在哪裏遺失的。

「對。呃，我的姓名和生日嗎？」

她看著信用資料，說出了麗子的姓名、生日和地址。對方看的是同一份資料，當然不可能有問題。

「好，謝謝。可不可以請你順便告訴我那張卡的有效期限？」

她把對方告訴她的資料記下來。

「呃，先暫時不要停掉那張卡。警察也說，很多扒手把現金抽走後，會把錢包丟掉。所以，我想等到明天中午看看，如果還沒有找到，我會再打電話給你們。」

真紀掛上電話後，叫著：「大功告成了。」把便條紙遞給恩田。

「很簡單吧。我只要在明天上午打一通電話說，錢包真的找到了，信用卡都在裏面，就不會留下任何證據。」

秋生不禁向恩田稱讚真紀的辦事效率。

「她的實際能力比外表看起來優秀很多，我們偵探事務所的網站都是她一個人架設的。」

真紀有點鬧彆扭地問：「什麼叫比外表看起來優秀很多？」恩田立刻抓抓頭，說了聲：「對不起。」他們或許是很理想的搭檔。秋生突然想起人在香港的阿媚。回日本才兩天而已，在中環和阿媚分手的那一幕，好像是很久以前的事。

從恩田的事務所回高田馬場的路上，秋生看到「網路咖啡」的招牌。網路咖啡店在各張桌子上，都有一台連結網路的電腦，曾經紅極一時，但隨著網路在家庭和辦公室的普及，這種類型的店也漸漸沒落了。這裏或許是學校附近，所以才苟延殘喘的生存下來。一看門口的介紹，只要付三百圓，就可以成為會員，點一杯五百圓的咖啡，就可以上網一個小時。秋生覺得回飯店再查太晚了，便走進了位在髒兮兮的住商大樓三樓的這家咖啡店。一樓是柏青哥店，二樓是烤肉店。受到始終無法落幕的狂牛病影響，烤肉店似乎已經歇業了。

咖啡店比想像中大，近二十張桌子上各放了一台電腦。他在入口旁的收銀台付了三百圓入會費，領取會員證後，找了一個空位，點了一杯咖啡。已經有三分之一的桌子坐滿了，大部分都是大學生在寫報告。

電腦很老舊，OS也是Windows 95，但秋生不以為意。搜尋後，進入麗子所使用的信用卡公司的網站。果然不出所料，是信用卡持有人的會員網站。

信用卡公司為了趕上IT化的潮流，不斷加強針對會員的網路服務功能。但和銀行或證券公司相比，由於不可能經由網路登入信用卡公司的資料庫轉移資金，只能確認帳單，將根據刷卡金額贈送的點數換成禮物而已，因此，網站的防火牆很不嚴密。

秋生在網路上申請了一個電子郵件信箱，輸入麗子的信用卡號和剛申請的電子郵件信箱，點選了會員登錄鍵。只要麗子沒有登記，登入的密碼就會寄到秋生剛申請的郵件信箱。在網路上申請自己信用卡帳單的怪人並不多。

麗子的信用卡果然沒有登記，三十秒後，密碼就寄到了他的信箱。他憑著卡號和密碼登入後，立刻跳到了帳單的畫面。

他檢查了那張有問題的信用卡的刷卡紀錄，發現這幾天內，曾經有三筆在「Shirai（超）」的刷卡紀錄。金額分別為兩萬二千三百五十六圓、兩萬三千五百四十八圓，和兩萬二千三百四十七圓。秋生從店名和刷卡金額，推測應該是超市。

接著，他在網路的線上電話查詢中輸入「白井超市」、「Shirai超市」進行搜尋，發現在東京都的新宿、上石神井和福生總共有三家。他繼續查了地址，發現上石神井和福生的超市都是在偏僻的商店街上的私人商店，如果像麗子那樣的女人連日刷卡買東西超過一萬，絕對會引人注意。新宿的那家是位在歌舞伎町深處的二十四小時營業的店，麗子一定是在那裏刷的卡。那家超市除了食品以外，還賣衣物和電器。店員應該都是計時工，附近的酒店小姐都會去那裏買東西，即使麗子去那裏購物，也比較不會引人注目。但如果理由僅此而已，她應該去伊勢丹或是三越等位在新宿的百貨公司。她身懷五十億鉅款，為什麼要去這種店買東西？

秋生問了店員，列印和影印都是一張十圓。他付了幾枚十圓硬幣，把帳單列印完畢後，沒有喝半口像溫開水般的咖啡，就走了出去。

不久之前，秋生還以為麗子仍然躲在香港。造訪她母親位在多磨靈園的墓地後，才知道她不知道什麼時候已經回日本了。如今，又從信用卡的刷卡紀錄掌握到她幾乎每天去歌舞伎町的商店買東西。照這樣的進展，也許很快就可以找到她。

然而，麗子在歌舞伎町幹什麼？

18

白井超市位在歌舞伎町和區公所大道之間的風化街和賓館街的正中央。最近，這一帶出現了很多賭場。如果實際用現金賭博，違反賭博法，因此，無法大肆宣傳，三明治人（譯註：指胸前和背後都各掛一塊招牌，看起來像三明治）脖子上掛著招牌，站在寒風中的街頭。

秋生到那家超市時，已經八點多了，一樓的食品賣場擠進了不少人。秋生瞄了一下，有一半是外國人，其他都是在酒店上班的人。收銀台裏有一對金髮男女正手腳俐落地應付語言不通的客人。一個樓層大約有八十平方公尺，一樓是食品和雜貨，二樓是服裝和電器，都是大型超市特賣的商品。

秋生觀察了一下，看到收銀台忙得不可開交，便打消了直接向他們打聽的念頭，走向超市內的倉庫。他問一個推著推車過來的年輕店員，店長在不在，對方悶不吭氣地指了指倉庫右側的門。秋生輕輕敲了敲門，裏面傳來一個不耐煩的聲音：「誰啊？」

那個店長才三十出頭，好像是受聘負責管理這裏的計時工。他的頭髮剪得很短，冒著鬍渣，臉頰上有一道很深的傷痕。感覺以前像是飆車族的頭頭。店長抬眼看到秋生，毫不掩飾警戒的表情問道：「有什麼事嗎？」

秋生從皮夾裏拿出兩張一萬圓大鈔，一言不發地放在桌上。店長的視線頓時被一萬圓吸引過去。

「我在找人。」

秋生把剛才列印的麗子帳單出示在他面前。

「最近，這個人每天都在這家店裏刷卡，我可不可以和當時在收銀台的店員談一下？」

「你是警察嗎？」店長問。

「刑警怎麼可能一見面就拿錢給你。」秋生說。

「那倒是。」店長笑了起來。

「我正在為這件事傷腦筋，如果你安排我見到收銀台的人，我再給你三萬。」

店長說：「喔，原來你是地下錢莊的人。」他似乎擅自做出了合理的解釋。他笑了笑說：「我去看一下紀錄，你在這裏等我一下。」隨即拿著帳單走了出去。

十五分鐘後，店長回來了。

「我看金額不像是買食品，去找了其他的賣場，證實是在電器的收銀台刷了這張信用卡。全都是半夜一點到三點之間。我看了一下排班表，其中有兩次是同一個傢伙在收銀台。他上晚班，今天晚上十一點會來。我想，他一定是在哪裏打柏青哥或是玩拉霸機，我剛才打他的手機留言了。等他回電，我就叫他過來。你要等嗎？」

秋生告訴他自己的手機號碼，說自己去附近的咖啡店坐一下，請店長一聯絡上馬上通知他。他正想站起來，店長的手機響了。他看著來電號碼，向秋生使了一個眼色，意思是說「你的運氣真好」，然後接了電話。店員似乎不想提前來上班，最後，店長咆哮了一句：「你真是不乾脆，別再囉嗦了，給我趕快過來！」對方才勉強答應。

「他在池袋玩拉霸機，好像快中了。我已經叫他過來這裏，二十分鐘左右就可以到了。前面有一家咖啡店，你要不要去那裏等？我會帶他過去。」

秋生當場付了剩下的三萬圓報酬。五萬圓的額外獎金讓店長振奮不已。

秋生正在猶豫要不要把昏暗的咖啡店黏黏桌子上的咖啡拿起來喝，沒想到，超市的店長已經帶著一個年輕男人走了進來。男人的臉看起來很土氣，竟然戴著耳環，頭髮有一半染成了金色。他染成金髮也沒什麼不好，問題是另一半長出來的卻沒有續染。他身上的羽絨夾克破了好幾個洞，露出白色的羽毛。一看就知道是個邋遢的傢伙。

「這位先生有事想問你。」

店長說著，輕輕戳了戳男人。秋生向他打聽使用信用卡的客人，他立刻「啊」了一聲，好像事不關己地說：「我就覺得有問題。」

「有什麼問題？」店長問。

「因為，兩次刷卡是不一樣的女人。」

「什麼意思？」

「該怎麼說，在這種店裏，尤其是在深夜，很少有人拿著信用卡來買東西。所以，我就記住了。兩次都是中國的酒店小姐，但長相完全不同。第一次是買錄放音機，第二次好像是很便宜的MD隨身聽。我總覺得不太對勁，查了之前的簽帳單，發現信用卡號碼相同。」

「你怎麼知道是中國的酒店小姐？」店長問。

「因為他們在說中國話，我才會知道。」

「信用卡的持有人不是叫若林麗子嗎？難道這是遺失的信用卡？」

「應該是吧。但之前的店長說，即使是報失的信用卡，只要客人拿卡出來，就讓他盡量刷。」

「笨蛋。」店長戳了戳男人的頭，「最近信用卡公司很囉嗦，如果認為我們明知道是報失的卡，還繼續讓客人簽單，就不肯撥款給我們。所以我不是再三提醒你們，一定要確認簽名嗎？」

「是嗎？」因為和自己沒有關係，他用漫不經心的態度回答。但店長也是受人雇用，無關他的痛癢，所以，他也無意繼續說教。

「還有沒有其他異常的地方？」秋生問道。

「呃，兩次都是同一個中國男人陪她們來。女人好像很害怕，不時的看那個男人，所以，我才會特別注意他們。」

「那個男人長什麼樣子？」

「該怎麼說，感覺好像是拉皮條的。」

「我想，應該是這麼一回事。」店長一副了然於心的表情說，「具體的情況我不了解，反正，這個中國皮條客偷了你要找的那個女人的信用卡，但一看信用卡的簽名，發現是女人的名字。無論如何，都不可能由他自己刷卡。所以，就叫酒店的小姐幫忙刷卡買東西。」

「使用信用卡買東西，不是要簽名嗎？」秋生問。

「中國人本來就會寫漢字。」店長很乾脆地回答。「客人在我們這種店刷卡，我們根本不會核對簽名。即使遇到信用卡詐欺，如果金額只有兩、三萬，信用卡公司也不會囉嗦，所以，他們想利用這一點，貪一點小便宜。」

對店家來說，不管是不是偷來的卡，只要顧客消費，他們就可以向信用卡公司請款。之後的事，就和他們無關了。信用卡公司也有參加保險，也沒什麼好抱怨的。

「總之，那是膽小鬼做的事。因為第一次成功了，所以，就會來第二次、第三次。他們還會再來，直到信用卡無法使用為止。你有什麼打算？」

「如果有人去報失，會有什麼結果？」

「他們一定會用中國話亂叫一通，衝出店外。我們也不會為這種事找警察。」

「如果再見到那個男人，你認得出他嗎？」秋生問店員。

「沒問題，那個人常來店裏。」

「這樣吧，我叫他值一個星期的晚班，如果偷信用卡的人出現，我會通知你。五萬圓就好。」

「什麼？有錢可以拿嗎？」店員的眼睛頓時亮了起來。

「你拿三萬，我拿兩萬，你應該沒什麼好抱怨的。」店長一副大好人的樣子說道。當然，他隻字不提剛才已經拿了五萬這件事。

「ＯＫ，我剛好缺錢，本來還想去地下錢莊借錢，太好了。」

店員露出滿是蛀牙的牙齒笑了起來。

秋生在車站大樓旁餐廳街的蕎麥麵店吃了晚餐，回到飯店時，已經晚上十一點多了。他在櫃檯拿鑰匙時，也同時拿到了傳真。五井建設的間部把上次的基金資料傳真過來了。上面寫著：「要帶去香港的禮物已經準備好，請速與我聯絡。」他似乎也很緊張。無論如何，自己必須先回去香港一趟。

回到房間，洗完澡，秋生一邊喝著啤酒，一邊看著基金說明書。這份所謂的說明書並不是經過律師和監查法人檢查的正式說明書，內容相當簡單，只要曾經在金融界打過滾的人，一眼就可以看出這是詐欺的工具。

「保證本金，保證年利率百分之十。而且投資的收益完全免稅。」

說明書的第一行就這麼大肆宣傳。在銀行存款利率只有百分之零點一的時代，怎麼可能有這麼好的事。不可思議的是，這個世界上，就是有笨蛋會上當受騙。

他粗略地看了說明書，掌握了基金的結構。

首先，在境外市場設立ＳＰＣ，以年利率百分之十的利息，向投資人募集日圓。ＳＰＣ是

「為特別目的所設立公司」（special purpose company）的簡稱，但這次只是逃稅的工具。在境外設立的公司的主要業務，就是融資給香港的消費金融公司和工商貸款公司。

香港沒有像日本的利息限制法或出資法等利息的相關規定，借貸這種短期高利的貸款時，年利率超過百分之一百也不足為奇。理論上，如果借了一百萬，一年後就要還兩百萬，但實際上當然是不可能的。因此，這種高利貸就以一週和一天為單位來放款，進行風險管理。「下個星期就發薪水了，週末要約會，去借一點錢吧。」大家通常都是基於這種心態去借錢。在美國，也有很多超短期的高利貸，專門貸款給領週薪的勞工。在景氣好的時候可以大發利市，一旦景氣變差，就會因為延滯和自我破產的增加，導致經營不善，這是典型的高風險、高報酬的生意。

SPC這類投資公司，以年利率百分之三十融資給這些高利貸業者，高利貸業者再以百分之五十到一百的年利率借給香港的中小企業和上班族，藉此獲取利潤。

假設向投資人募集了十億日圓，SPC在一年後支付的利息為百分之十，也就是一億日圓。但事實上，這十億圓換成港幣，以年利率百分之三十貸放出去，如果不考慮匯率的變動，一年之後，可以獲得三億日圓的利息收入。即使支付給投資人一億的利息，還可以賺兩億圓。縱使把港幣匯率的風險考慮在內，也是一件穩賺不賠的生意。

而且，由於是境外法人，無論獲得多大的利潤，都不需要繳納法人稅。投資人只要不把錢從SPC提領出來，本金可以以年利率百分之十的複利增加。這對投資人來說，也是很誘人的因素。

然而，最大的問題是，這份說明書並沒有預測倒債率的問題。日本的消費金融和工商貸款公司的利率達到出資法上限的百分之二十九點二，倒債率為百分之五到八，如果是中小企業，通常會超過百分之十。在這十億圓的本金中，至少會有百分之五的五千萬圓無法回收。假設年利率為百分之五十，倒債率上升到百分之十，就會損失一億圓。

如果由SPC承擔倒債的風險，剩下的九億圓所獲得的利息收入為二億七千萬圓。彌補本金因為倒債而虧損的一億圓，再支付投資人一億圓利息後，只剩下七千萬圓。如果倒債率增加到百分之十五，獲利只剩下區區五百萬而已。只要匯率稍有變動，就會入不敷出。

假設由高利貸業者承擔倒債的風險，情況就會更糟糕。如果高利貸無法承受倒債的負擔而破產，借出的錢就會完全無法回收。事實上，這種情況很普遍。許多基金在投資標的造成的虧損浮上檯面後就立刻崩潰，基金憑證也變成了廢紙。當然，基金和投資標的一開始就狼狽為奸，計畫性破產的情況也很常見。

這種基金早晚會發生為了支付向投資人承諾的利息，不得不從本金中挪用資金的情況，並以這種配息業績吸引外行人投資，以老鼠會的方式波及更多受害人。只有貪婪的中產階級會被這種顯而易見的詐騙手法所吸引。

基金說明書上聲稱「保證本金」，其實，仔細看說明書的內容就不難發現，那只是投資公司的「保證」而已。雖然宣稱「獲得A級評等」，但進行評等的是聞所未聞的公司。只要有幼稚園學童的智慧，就知道那是詐騙。

即使退一百步，來看看投資內容好了。認真的投資人一定會詳細檢討投資公司是用什麼方法管理倒債風險，如何將損失控制在一定程度以內。如果只是把右手拿來的錢用左手貸放出去，就連路邊的小孩也會做。

基金說明書上完全沒有觸及相關問題，有關收益的預測，是以所有融資都能夠百分之百回收作為前提。如果世界上真有那種在沒有相應擔保的情況下，把錢借給別人又能夠完全回收的生意，投資公司就不需要向投資人募集資金，自己出錢做這種生意不就得了。在日本這個奇特的國家，目前，就連身份不明的中小企業，也可以向國營金融機構以年利率百分之一到一點五這種簡直如同免費的利息借款幾千萬。

看完基金說明書後，秋生已經大致掌握了整個事件的架構。

麗子的未婚夫真田設計出「保證本金，年利率百分之十」的斂財金融商品後，由麗子向以前曾經擔任祕書的菱友不動產的山本董事推銷，由他出面募集投資人。當投資人把錢匯入後，麗子就把錢轉匯到事先申請的其他帳戶逃之夭夭了。股票上市公司的董事竟然向自己的客戶兜售這種斂財的金融商品，當然會引起很大的騷動。更何況其中還包括黑道的資金，難怪右翼的街頭宣傳車會出動。

根據基金說明書，基金由設立在加勒比海的Japan Pacific Finance負責設立和營運工作。這家SPC正是秋生協助麗子申請的假公司。日本銷售公司的欄目部分呈現空白，但上面潦草地寫著「KK JPF」幾個字。應該是去聽說明會的人寫下來的。其實只是取Japan Pacific Finance的第一個字母，如果說，這就是在日本的銷售公司，根本是在騙小孩子。資料上之所以沒有印銷售公司的名字，當然是因為不想留下推銷和銷售未經核准的投資商品的證據。

麗子之前說：「受未婚夫之託，把五億圓未繳稅的資金帶到國外，交給某個人。」她未婚夫的公司應該就是銷售斂財基金的公司。原本計畫利用這個基金募集五億圓，因為某種因素的關係，竟然膨脹到五十億圓。

從之後的發展來看，接收這筆錢的「某個人」其實就是麗子本人。麗子和秋生見面時，就已經計畫捲款逃跑了。所以，她才會到香港找秋生，討教具體的方法。

既然如此，難道麗子和真田一開始就串通好了嗎？然而，黑木說，麗子偷了這筆錢逃走了。他曾經命令帳戶共同持有人真田和銀行方面聯絡。由此看來，真田也是受騙上當的可憐受害人之一。

秋生不知道麗子的未婚夫真田是怎樣的男人，但既然會設計出這種騙人的基金吸金，就證明他不是正人君子。然而，這個男人卻輕而易舉地被麗子所騙，墜入了十八層地獄。這個世界上真的有這種笨蛋，竟然被自己設計的騙局給騙了。

真田的工作，就是協助菱友不動產的山本董事推銷基金。麗子以前是山本的祕書，如今，他被右翼份子逼得走投無路。

麗子偷走了真田和山本募集的資金，絕對是這樣的。然而，四個月前，麗子和秋生見面時，對金融方面的事一無所知。像她這樣的大外行，能夠把鉅款匯入境外法人後，再轉匯到自己的帳戶，然後逃之夭夭嗎？

到底是誰在麗子背後下指導棋？還是說，一切都是她一個人精心策劃的？

必須逐一檢討這件事所牽涉到的每一個人。秋生心想。這件事並沒有這麼簡單，絕對有蹊蹺。

秋生拿出恩田給他的名片，確認上面有電子郵件信箱後，寫了一封電子郵件委託對方進行調查工作。

麗子曾經在秋生的面前打電話給真田，對方回答：「我是真田。」代表那裏應該是他的住家。秋生的檔案中也記錄了那個電話，恩田應該可以根據電話號碼輕而易舉地查出真田的全名和地址。

不過，關於吸金基金的銷售公司卻完全沒有任何資訊。目前，間部傳來的基金說明書上所寫的「**KK JPF**」成為唯一的線索。於是，他又在電子郵件上補充了一句，希望同時調查菱友不動產的山本。

他打開久違的電子信箱，發現誠人寄了一封長篇大論的電子郵件。歸納起來，就只有一句話——「我寫了電子郵件給麗子，卻杳無音訊。如果你掌握什麼新情況，一定要告訴我。」秋生覺得很不耐煩，沒有耐心看到最後，就把電腦關了。

凌晨一點過後，手機響了。秋生躺在床上，還沒有睡著。對方是白井超市的店長。

「那個中國人來店裏了，要怎麼辦？他又帶了女人來店裏，可能又要用信用卡。」

秋生看了一眼時間。時間這麼晚了，只要在飯店前叫一輛計程車，十分鐘以內就可以到那家店。他說了聲：「我現在馬上過去。」並請店長讓對方使用信用卡。

「希望信用卡的卡主還沒有報失。」店長說完，又建議說：「如果你來之前，對方就離開了怎麼辦？如果你另付報酬，我可以幫你跟蹤他。」秋生答應了。

可能因為是週末的關係，秋生花了一點時間才攔到計程車。計程車沿著明治大道從甲州街道駛向目白的方向，剛經過新宿車站時，手機響了。

「今天他沒有買東西就走了，好像是那個酒家女不想刷信用卡。請你馬上過來。還有，我不想浪費電話費，可不可以請你打給我？」

秋生確認來電號碼後，立刻回撥過去。店長問：「你現在人在哪裏？」秋生回答說：「在伊勢丹前。」

「他好像遇到熟人了，正站在路邊說話。你在區公所附近下車。如果你不掛電話，我可以隨時向你實況轉播。」

秋生在區公所前下了車，看到店長在一群酒家女和醉鬼中用力揮手。他穿了一件厚實的皮夾克，頭上綁著紅色頭巾，根本就是典型的飆車族裝扮。誰都不會相信，他竟然是腳踏實地的超市店長。

「那裏不是有三男一女嗎？店員說，就是那個穿著花俏長大衣的高個子男人刷的卡，一看就像是皮條客。今天帶的女人好像和之前不同，他們剛好在路上遇到另外兩個男人，正在聊天。這樣可以嗎？」

秋生道謝後，把約定的五萬，外加一萬跟蹤費交給他。

店長數完鈔票後問：「還有什麼需要我幫忙的嗎？」秋生回答說，目前沒有。店長露出遺憾的表情。

然後，他表情嚴肅地對秋生說：

「那傢伙身上帶著刀子，最好不要太靠近他。」

盜刷麗子信用卡的男人和朋友聊完天，摟著看起來像是酒家女的女人，搖搖晃晃走了。秋生和他們保持一段距離，跟在他們身後。凌晨兩點的區公所大道上到處都是喝醉的上班族和皮條客，即使不擅長跟蹤的秋生，也不擔心被人發現。

那個中國皮條客和酒家女走向賓館街的方向，在棒球練習場附近左轉進入一條小巷子，在一幢被花俏的賓館霓虹燈包圍的老舊公寓前停了下來。

秋生若無其事地走過他們面前，發現他們正在爭執。雖然聽不太清楚，但似乎不是廣東話。如果一個大男人在這附近徘徊，皮條客和流鶯就會蜂擁而至，到時候就麻煩了。無奈之下，他只好坐在附近電線桿下，裝成是正在嘔吐的醉漢。那對男女原本還很克制的爭吵聲漸漸激動起來，女人推開皮條客，跑進公寓。秋生和阿媚交往後，學會不少廣東話，但還是聽不懂他們在說什麼。秋生猜想他們應該是福建一帶的人。

應該有不少中國同鄉的酒家女住在這幢老舊公寓裏吧。這個皮條客去店裏等女人下班後，兩個人為了錢的事發生了爭執。也可能是女人不想盜刷麗子的信用卡，惹得皮條客不高興。

中國酒家女上班的酒店通常分為正規店和深夜店。所謂正規店，就是遵守日本風營法的酒店，在深夜十二點打烊。十二點之後，同一家店會掛出另一塊招牌，變成另一家「深夜酒店」。深夜酒店從凌晨一點開始營業到頭班車發車的時間。通常，正規店和深夜店是不同的經營者。向不動產業者租下店面經營正規店的業者覺得深夜讓店面閒置很不划算，所以，再轉租給其他的業者。即使深夜酒店因為違反風營法而遭到警方關切，也是深夜酒店的老闆的事，目前的法律並沒有針對把店面出租給他人的二房東規定任何罰則。

麻煩的是，許多中國酒家女同時在正規店和深夜店打工。當酒店小姐相同時，即使換了一塊招牌，就連老主顧也很難發現已經換了一家店。這些酒店小姐從傍晚五點一直工作到凌晨五點，一天整整工作十二個小時。

由於經濟不景氣，許多中國式酒店都提供出場服務。也就是可以帶小姐出場從事性交易。只要向店家支付兩萬或三萬，就可以把自己喜歡的小姐帶出場，去附近的賓館。但上海小姐的自尊心很強，許多女孩子絕對不跟客人出場，通常都是福建、東北和內陸的女孩子願意和客人從事性交易。這個皮條客的工作，就是在正規店深夜零點結束營業後，負責把不繼續在深夜店打工，也沒有被客人帶出場的小姐送回家。所以，才會每天帶不同的女人。

皮條客拿出手機，一邊打電話，一邊朝秋生的方向走了過來。秋生把手指插進喉嚨，勉強把胃裏的食物摳了出來。這一帶在路邊嘔吐的人和妓女人數不相上下。或許是不願意和醉鬼有什麼牽扯，皮條客看了秋生一眼，咂了一下嘴，隨即走向大久保的方向。

皮條客穿過賓館街，經過職安大道，來到住商大樓、木造公寓和商店混雜的區域。皮條客不停地講著電話，走進一幢老舊的公寓。這裏當然不可能有電子鎖這種先進的設備。

秋生站在門外，看到那個中國人走進電梯後，跟了進去，確認電梯停下的樓層。電梯停在四樓。他又走出門外，看著四樓的窗戶。三十秒後，看到最右側房間亮起了燈光。他又走進公寓，確認了房間的門牌，發現開燈的是四〇六室。秋生檢查了信箱，上面並沒有寫名字，只塞了一大堆廣告。

東京的房租很貴，中國人都會找幾個人一起同住。他們原本就不排斥和別人共同生活，但男男女女不可能一起擠在狹小的房子裏，所以，無論酒家女還是皮條客，都分別和同伴住在一起。樓上的房間應該也同時住了好幾個人。

秋生在公寓前站了十分鐘左右，房間的燈熄了。他的手微微發抖，知覺已經麻木了。天氣實在太冷了，他的牙齒不停地打寒顫。最後，全身都發抖，眼淚忍不住流了出來。如果在晚上跟監，至少要穿一件像超市店長那樣的皮夾克。就連遊民也不可能在十一月底的深夜兩點，只穿毛衣和夾克站在街頭。

秋生放棄了跟監，決定先回飯店。在此之前，他拿出手機，打了一通電話。

他在大久保大道上攔了一輛計程車回到飯店，沖了個熱水澡，喝完一小瓶純威士忌，癱在床上睡著了。

19

翌日上午，秋生一直躺在飯店床上等電話。

上午十一點過後，手機響了。是調查公司的恩田打來的。

「我接到你的電子郵件，稍微調查了一下，目前掌握了有關那個叫真田的情況。」

他似乎一大早就開始工作了。看來，他不是十分能幹，就是閒得發慌。

「他叫真田克明，今年三十五歲。電話登記的地址在港區南麻布，那幢高級公寓如果要買的話，價格應該超過一億，即使用租的，每個月的租金至少三十萬。我請真紀去了港區的地政事務所，調查了不動產的登記，發現屋主是不動產公司，他只是房客。」

「知道是哪一家不動產公司嗎？」

「菱友不動產，屬於中堅的股票上市公司。應該是在泡沫經濟時期炒地皮蓋的房子，之後因為地價暴跌，成為不良債權，一旦脫手，就必須在帳冊上呈現虧損，所以，只好轉為出租吧。那一帶有許多類似的房子。」

既然公寓屬於菱友不動產，居中斡旋的絕對是山本董事。麗子曾經是山本的祕書，山本把公司的高級公寓提供給麗子的未婚夫真田。三個人的關係逐漸浮上了檯面。

「同時，我順便調查了一下你想要了解的JPF株式會社在港區的商號登記，也已經查出來了。這家公司的登記地址就是真田的公寓。」

這時，恩田裝腔作勢停頓了一下，傳來翻資料的聲音。他的實力已經足以讓人原諒他的這些做作行為。

「JPF的資本為五千萬，頭號大股東是一家名叫KS物產的公司，公司設在港區赤坂，持股比例為百分之八十。真田雖然是董事長，但持股比例只有百分之十。另外，還有一個叫山本敬二的人擔任董事，也擁有百分之十的股份。山本敬二就是你之前詢問的菱友不動產的董事，也是業務部長，在紳士錄（**譯註：記錄了有地位和財富者的姓名、地址等資料的名冊**）上查到了他的資料。至於KS物產，目前還在做進一步調查。帝國資料銀行的資料庫中並沒有相關的資料，JPF是在今年年初設立的，在短期內進行了增資，目前已變成是KS物產的子公司。」

KS物產當然就是黑木的公司。除了真田和山本以外，有關這件事的所有人都已經浮出檯面了。銷售基金的JPF是整個事件的舞台。

秋生請恩田把公司登記謄本傳真到飯店。只要看公司的主要幹部名單，或許可以發現這些人彼此的關係。秋生聽到恩田在電話的那一端大聲叫著：「真紀，這個麻煩妳一下。」

「公司的章程是怎麼寫的？」

「寫了很多項目，但主要是金融和不動產顧問。除此以外，還有經營顧問和人事顧問，反正就是什麼生意都做。另外還有投資事業和投資顧問業……」

恩田故意停頓下來。

「是在哪裏登記的？」秋生問。

「我們去關東財務局查了一下，」恩田努力克制著笑聲回答道。他是故意在套秋生的話。除非是從事金融業的人，否則，幾乎很少人知道投資顧問業必須到財務局去登記這件事。

「但在投資顧問業中，並沒有用這個名字登記的法人，所以，應該只是冒牌投資顧問。」

恩田也在揣摩秋生的行情。確認他是從事金融的人後，應該已經在原本的金額後面增加了一個零。如果他知道秋生調查這一切是為了五億的報酬，這位能幹的調查員不知道會有什麼反應。當然，秋生的問題在於能不能活著拿到這筆錢。

「那家ＪＰＦ公司除了真田的住家以外，還在港區六本木登記了一家分店。我委託附近的同行去了解了一下，發現那裏是以前的防衛廳後方的住商大樓，最近似乎已經人去樓空。信箱裏塞滿了廣告和信函，從日期來看，應該已經有兩個星期沒有人出入了。」

麗子帶著五十億逃走後，如果真田仍然像往常一樣繼續工作，才令人驚訝吧。他應該也已經搬出那幢房子逃跑了，或者，人身自由遭到黑木控制的可能性也相當高。如果是後者，沒有人能夠保證他還活著。

「之後要怎麼辦？」恩田問道。秋生請他繼續調查真田克明的下落，同時，也委託他調查位在赤坂的ＫＳ物產的黑木誠一郎這個人。

聽到黑木的名字，恩田說：「對了，東京西區的地盤好像是一個叫黑木的人控制的。最近警方取締很嚴格，難道是他在赤坂開了這家幌子公司？」他的語氣充滿警戒，和剛才判若兩人。原本他以為秋生是一頭肥羊，但如果牽涉到黑道，事情就會很複雜。

秋生告訴他，如果看到黑道的人，可以當場中止調查，並和他約定，明天會把必需的費用匯給他。恩田猶豫了片刻說：「如果你不需要發票，可不可以像上次一樣，用現金付款？」看來，這位能幹的調查員也在為國稅局的事情傷腦筋。

和恩田的電話剛結束，就接到五井建設的間部打來的電話。

秋生為他寄來基金說明書一事道了謝，間部說：「那種東西可能無法派上用場吧。」拿到那份說明書的人覺得這種基金一看就知道有問題，所以，就沒有理會，對詳細情況並不了解。當初，正是菱友不動產的山本去推銷的。

「你知道之後菱友不動產是怎麼解決問題的嗎？」

「詳細情況我不太了解，至少右翼的宣傳車不再上街，應該是付了錢，在背地裏談妥條件。否則，根本不可能輕易收場。聽說，警視廳展開了祕密調查。最近，輿論對這種暗盤交易絕不手軟，真希望火不會燒到我們這裏。」

間部可能是在公司打電話，所以，壓低著嗓門說話。

「關於上次談到的折扣金融債，我想趕快脫手。不好意思，變成我在催你。因為，我也走投無路了。」

間部自嘲地笑了笑。的確，最近在經濟雜誌上經常可以看到有關五井建設和政治家、黑道之間的醜聞。只要其中有一樁遭到調查，並以此為根據提起股東代表訴訟，五井建設絕對會打輸官司。一旦從事違法行為，就無法適用商法修正案。如果在提出訴訟後有資金流動，就會被認為是惡意逃避賠償。難怪間部會這麼著急。

秋生說，今天之內會和他聯絡，告訴他交貨地點和時間。

櫃檯打電話說，有寄給秋生的傳真。恩田已經把剛才電話中說的謄本傳真過來了。他插好電熱器準備等一下泡咖啡後，才去櫃檯拿傳真。

謄本上記載著JPF是在二〇〇一年初，由真田克明和山本敬二設立的株式會社，資本額為一千萬。設立時，由真田擔任董事長。

半年後的八月中旬，KS物產出資四千萬，資本額增加到五千萬，黑木成為頭號大股東。董事長仍然由真田擔任，但在帳面增資後，他的持股比例下降至百分之十。正如恩田所說的，如今，已經變成了黑木的子公司。

從謄本上來看，當募集的資金被盜取後，首先必須由JPF的董事長，也就是麗子的未婚夫真田負責。憑著一份胡說八道的說明書就到處募集資金的山本是公司的董事，也無法逃避責任。然而，頭號大股東並沒有參與公司的營運，在法律上，只需要負起出資的四千萬圓的有限責任。

雖然這筆錢是一筆大數目，但對身為黑道幹部的黑木來說，還不至於令他狗急跳牆。

黑木為什麼在這種斂財投資中砸下四千萬？

想到這裏，秋生把贍本丟在床上。他掌握的資訊太少了，再怎麼絞盡腦汁，也理不出一個頭緒。

接到他期盼的那通電話時，已經是十二點以後了。

「工藤先生嗎？」對方的語氣依然冷酷。

「你馬上過來這裏。」黑木自顧自的說了地址。地點位在新宿區百人町的一角。距離拿著麗子信用卡的中國皮條客住的公寓不遠，搭計程車只要十五分鐘就可以到了。

那裏剛好位在山手線和明治大道之間的角落，就在職安大道旁的小巷子裏。附近有許多來自韓國的新移民，有不少韓國料理店，和賣泡菜等食材的商店。大阪的豬飼野是有名的韓國人聚集的地方，但豬飼野的韓國人和北韓人都是在戰前和戰爭期間的殖民地時代來到日本；大久保的韓國街則是在一九八〇年代泡沫經濟時期來到日本的新移民所形成的「小首爾」。雖然附近就是歌舞伎町和賓館街，但由於堅強的韓國人團結自治，這裏的治安並不差。然而，在附近的大久保公園內，一到深夜，就有許多來自泰國、哥倫比亞和中國等世界各地的妓女出沒，伊朗人也在附近兜售大麻和安非他命。

秋生很快就找到了黑木所在的地方。一輛黑色賓士停在狹小巷弄的正中央。五郎發現了秋生，興奮地不停鞠躬。黑木靠在引擎蓋上，抽著Camel菸。今天，沒看到另外那個令人心生畏懼的金髮男。

黑木一看到秋生，便露出了笑容。他仍然一身黑色西裝，外面穿了一件一看就知道很高級的羊毛大衣，脖子上垂著一條雪白的圍巾。

「聽說你在香港的時候曾經照顧五郎，託你的福，讓他有機會享受了極樂香港。」理著光頭的五郎整張臉紅到了脖子。他在運動服外面套了一件羽絨衣，打扮很休閒。可能是已經上床睡覺後，被臨時叫起來的。

「他連國中都沒有畢業，回日本後，就開始學中國話。聽說他有意把在香港喜歡的那個女人帶來日本。」

「別說了。」五郎小聲嘀咕道。黑木似乎並沒有反對的意思。

「這裏就是麗子租的房子。」黑木瞥了一眼前方的木造公寓，冷冷地問：「你要不要進去看一下？」

自從接到秋生的電話後，黑木的行動很迅速。他聽到秋生請住在事務所值班的人轉告的留言後，不顧已經是三更半夜，立刻召集手下衝進了中國皮條客的公寓，把皮條客揪了出來。

「那傢伙是福建人，我花了半天的工夫，才找到翻譯。」

最後，他們找遍全新宿，終於找到一個會說日語的福建人，向皮條客了解情況時，天色已經亮了，輕而易舉地破解了信用卡之謎。

「他只是個皮條客，一個星期前，向一個專門銷贓的朋友用三千圓買了麗子的信用卡。那個銷贓的朋友則是用很低的價格向小偷買下這張信用卡，還說『這張信用卡才剛偷來，還可以用』，賣給了那個皮條客。」

之所以會選擇白井超市下手，果然是因為中國人都知道，那家店從來不確認信用卡的簽名，以及如果金額不大，即使明知道是盜刷別人的信用卡，店員也懶得報警。由於第一次順利得手，皮條客總共用這張信用卡買了三次小家電。他很小氣，把盜刷買來的商品佔為己有，所以，才會和酒家女發生爭執。這就是秋生看到他們爭吵的原因。

「我們透過那個銷贓的傢伙找到了小偷，發現他就住在這幢公寓的一樓。他正在睡覺，我們把他叫了起來，稍微威脅他幾句，他就招供說，曾經在這裏看過麗子。」

「麗子曾經在這裏？」

黑木聳了聳肩。「至少，十天前是這麼回事。」

「現在呢？」

「當然不在。如果我逮到那個女人，現在哪有時間和你在這裏閒聊。」

住在一樓的是二十多歲的中國留學生。十天前，他發現隔壁搬來了新房客。由於以前一直沒有人住，他很好奇到底是怎樣的房客。當他聽到隔壁鄰居外出時，就好奇地從窗戶張望，發現竟然是一個大美女。

之後，他就對新房客充滿幻想，第三天晚上，終於按捺不住，衝進了新房客家裏想要強暴她。他向朋友討教了撬鎖的方法。其實，那種廉價鎖根本不需要撬開，只要用力一拉，就可以拉開了。

當他走進房間，發現已經人去樓空。那個留學生氣急敗壞，把屋裏所有的東西搜刮一空，賣給那個銷贓的。其實只剩幾件名牌的皮包和錢包而已，信用卡就在錢包裏。

「不過，他把內衣都收在自己房間裏。」黑木補充說。

昏暗的走廊上有五個門。麗子的房間位在一樓前面數過去第三道門。只要打開窗簾，在馬路上也可以看到屋內的情況，根本不像麗子這種女人獨自生活的地方。

打開門，發現是一個很煞風景的房間，裏面沒有任何傢俱。這是典型的一房一廳格局，雖然有廁所，卻只有淋浴，沒有泡澡的浴缸。可能是那個留學生已經翻遍了房間，衣物雜亂地堆在房間的角落。房裏沒有桌子，沒有電視，也沒有餐具，就連被子也沒有。

「他闖入房間時，似乎就已經是這樣了。之後，麗子似乎從來沒有回來過，也沒有報警。她似乎還不知道自己的信用卡被偷了。」黑木咂了一下舌頭。

「有沒有去問房屋仲介？」

「剛才去找過了，的確是麗子租的房子。那麼漂亮的女人來租這種破房子，房屋仲介當然不可能忘記。房子是在一個月前租的，用的是中村惠這個名字。」

「她用假名租房子？」

「如果是正規的房屋仲介，當然不允許這種情況發生，必須出示住民票和印鑑證明才能租房子。但這一帶的房子都是一些有隱情的人來租的，只要用現金預付六個月的房租，甚至不會問真實姓名。在這裏租房子的通常都是違法居留的外國人、離家從事色情行業的女人，還有就是罪犯，幾乎住不到半年就退租了，所以，房屋仲介可以大賺一票。如果按正常手續出租，即使租金只有五萬，也未必有人會來租，現在一個月要租十萬。聽到有這種好事，連我都想轉行了。」

「她為什麼要租這種公寓？」

「不知道。可能想隱姓埋名，長期住在這裏吧？」

「為什麼不住飯店？」

「一旦知道麗子回到東京，我們一定會找遍包括賓館在內的所有飯店。不管她是不是用假名，那麼漂亮的女人長期住在某一家飯店，早晚會被我們知道。不過，我們做夢也不會想到，她竟然租了這麼破舊的公寓。如果不是隔壁剛好住了一個好色的中國人，還有那個愚蠢的皮條客盜刷信用卡，我們根本不可能找到這裏。多虧你的幫忙，感謝啦。」

秋生環顧室內。

「我們已經請來專家，準備把榻榻米也掀起來徹底調查，不過，應該不值得期待。」

黑木自嘲的說。如果中國留學生的話屬實，麗子只在這個房子停留了短暫的時間。秋生向廁所內張望，發現馬桶裏積了一大片褐色的污垢，廚房流理台上的水管也生鏽了。打開水龍頭，流出了紅褐色的水。雖然解開了信用卡之謎，然而，眼前的狀況又是另外一個謎。

她帶著五十億的鉅款，為什麼要租這麼破舊的房子？如果是為了躲避黑木他們的追蹤，為什麼要回來日本？

在一塊被太陽曬得褪色的廉價薄質窗簾隔開室內外的窗戶旁，秋生發現一條黑色繩子。他伸手一抓，原來是連接電腦數據機的線。

「這裏有裝電話嗎？」

「怎麼可能？用假名申請不到電話。」黑木說。的確，牆上有電話插頭，但似乎沒有用過。

秋生拉開窗簾，看著戶外。街角有一個公用電話亭。

「可不可以請你問一下那個銷贓的，有沒有一部筆記型電腦？」

「為什麼？」

秋生把電線出示給黑木。

「麗子用自己的電腦連結網路。既然這裏沒有電話，她應該是利用那個公用電話的插頭。所以，不可能用桌上型電腦，一定是用筆記型電腦。既然這裏留下了電線，代表電腦原本應該在這裏。」

「原來如此。」黑木佩服地看著秋生，拿起手機下達了指示。

走出房間後，秋生再度回頭看了一眼麗子十天前現身的公寓。這幢簡陋的公寓如果說是在第二次世界大戰剛結束時建造的，他也絕對會相信。整幢房子已經搖搖欲墜，漆著油漆的牆壁有好幾處剝落，可以看到裏面的水泥。樓梯缺了好幾格，水泥通道上堆放著報廢的洗衣機和冰箱。即使如此，這裏還是有人居住，二樓的曬衣架上曬了幾件女人的內衣。

這種落魄，和麗子母親居住的三坪大的貧民公寓有著似曾相識的感覺。

從地鐵赤坂車站旁一木大道走進TBS電視台後方的巷子，有一幢漂亮的大廈，就是黑木的事務所。打開電子鎖，大廈的一樓是大廳，可以在皮革沙發上接待客人。

事務所將頂樓的房間完全打通，至少有一百五十平方公尺。雖說現在地價暴跌，但即使花一億，也買不到這幢房子。玄關門的背面用鐵板加強，除此以外，室內以黑色為基調的裝潢很有格調，完全不像是黑道堂口的辦公室。牆上並沒有掛太陽旗和神壇，而是掛了一幅印象派巨匠莫內的畫。不過，室內不時有眼睛佈滿血絲，穿著運動服的男人走來走去，破壞了所有的格調。看起來像是酒家女的女人坐在櫃檯前，正專心一致地剪著分叉頭髮。黑木把秋生帶到裏面的會客室。

「這次我欠你一份情，我正為找不到那個女人的下落而不知所措。今天開始，我會派人一天二十四小時守在那幢公寓前，只要麗子回去，所有問題都迎刃而解。」

黑木對著隔壁的房間大聲咆哮：「怎麼沒有人送茶上來？」又轉頭說：「不好意思，這裏都是一些沒腦袋，又不夠機靈的笨蛋。」

然後，又說：

「工藤先生，我要好好答謝你。不管是錢、女人，還是毒品，你儘管開口。」

他臉上帶著笑容，但雙眼仍然沒有表情。

「那我想知道到底是怎麼一回事？」

「你的意思是要互亮底牌嗎？好吧。」黑木笑了起來，「那你先說吧，你是怎麼知道麗子回來的？」

秋生告訴他，自己從信用卡的信用資料庫中得知麗子目前使用的信用卡，藉由網路申請到月結單的事。但並沒有提及造訪牧丘醫院和看到她母親墳上供奉的滿天星這件事。這和黑木沒有關係。

「你簡直就像是駭客嘛。」黑木驚訝地說：「我想要挖角，你想不想來我手下工作？」

五郎走進屋裏，顫抖著把兩杯咖啡放在桌上。黑木喝了一口，便大罵：「他媽的！」將剩下的咖啡全都倒在五郎的臉上。

「這麼難喝的東西竟然敢拿出來給貴賓喝！」

五郎額頭上冒著冷汗，站著一動也不動。

「不好意思，掃了你的興，要不要喝點酒？我這裏剛好有很棒的白蘭地。」

黑木站了起來，命令五郎：「趕快收拾！」從裏面的櫃子裏拿出一瓶人頭馬的酒和Baccarat的杯子。他把杯子放在秋生面前，立刻倒滿白蘭地。五郎正趴在地上認真擦地，黑木用好像看螻蟻般不屑的眼神瞥了他一眼，拿起杯子說：「現在輪到你發問了。」他依然用像爬蟲類般的眼神盯著秋生。

秋生被眼前的氣氛震懾了，但還是努力調整好自己的心態。因為，很明顯的，黑木想要表現出自己處於優勢的地位。一旦錯過這個機會，也許就永遠沒有機會從黑木口中問出事情的真相。

秋生做了乾杯的動作，故意沒有把白蘭地喝進嘴裏。黑木並不以為意，緩緩地喝了一口。

「你對若林麗子了解多少？」

黑木偏著頭，思考了片刻。

「這半年來，麗子在南麻布的公寓和一個男人同居。那傢伙叫真田克明，算是麗子的未婚夫。我不知道他們是不是真的訂婚了，但真田到處跟人家這麼說。

「在此之前，麗子曾經在菱友不動產當高級主管的祕書。那個叫山本的是一個普通董事，直接的說，就是他被麗子騙了，包養她成為自己的情婦。麗子從菱友不動產辭職後，他們仍然維持這種關係。」

黑木只是羅列出他認為秋生應該知道的事實。雖然秋生第一次聽說麗子是山本的情婦這件事，但根據恩田的報告，應該不難推測出這一點。

黑木拿起桌上的Camel菸，制止了慌忙尋找打火機的五郎，從雪白的襯衫胸前口袋拿出一個純金的打火機，自己點了菸。隨著「咔咻」的一聲，冒出了藍色的火焰。黑木的目光始終停留在秋生身上。

秋生終於理解了遊戲規則。黑木根本不打算告訴他任何重要的訊息。然而，他對秋生知道多少情況很有興趣。既然如此，不妨利用這一點，套出自己想知道的內容。

「麗子和山本是怎麼認識的？」

「是在銀座的酒店。麗子曾經是銀座Miyuki大道一家名叫『響』的酒店的頭號紅牌，在泡沫經濟時期，曾經賺了不少錢。菱友不動產的山本去那家店喝酒，最後把她變成了自己的情婦。想要包養她的酒客不計其數，為什麼她偏偏看上已經快要倒閉的不動產公司的普通董事，讓許多客人都看不明白。」

「去酒店當公關之前，麗子做過什麼工作？」

「不知道。」黑木冷笑道。

「麗子和她母親康子兩個人在高中之前，都住在綾瀨的貧民公寓裏。」

「我只對麗子帶走的錢有興趣，她小時候發生了什麼事和我沒有關係。」

黑木一定知道某些事，卻無意告訴自己。秋生心想。

麗子成為山本的情婦後，也進入菱友不動產擔任高級主管祕書。應該只是形式上去人力派遣公司登記一下。然而，為什麼要做這麼麻煩的事？

「麗子為什麼要去菱友不動產上班？」秋生換了一種方式發問。

黑木笑了起來。「若林麗子這個人嗜錢如命。」這一次，他似乎願意回答問題，「當泡沫經濟崩潰，陷入長期不景氣後，銀座的酒店也變得門可羅雀，她賺的錢也大不如前，所以，就改當山本的情婦。」

「雖說是股票上市公司，但那家不動產公司隨時可能倒閉，從山本這種普通董事身上能夠撈到的錢也十分有限吧。」

「所以，她才特地進入那家公司。」

「難道她利用山本騙取了公司的錢？」

「你的腦筋果然靈活。」黑木笑了起來，「麗子當上山本的祕書後，立刻勾搭上菱友不動產的會計課長。當山本在杜撰的請款單上蓋章後，麗子就拿去會計課，再由會計課長寫出納單，錢就這樣進了麗子的口袋。聽說，她用這種方法撈了將近一億。」

「那個叫真田的男人呢？」

「他是一個沒出息的小毛頭。他曾經去美國大學留學，拿到MBA後，在那裏的金融機構找了一份工作，但和顧客發生了摩擦，被公司開除後，就逃回日本。他隱瞞了這件事，當起所謂的金融顧問。當他去菱友不動產推銷業務時，看到麗子後一見鍾情，便對她言聽計從。之後，兩人開始在南麻布的公寓同居。他把一切都給了麗子，自己變得身無分文。」

「那幢公寓是菱友不動產的，而且還是透過山本的斡旋。他的情婦被人搶了，為什麼還要做這種事？」

黑木挑了挑眉毛。他似乎沒想到秋生已經查過不動產資料。

「菱友不動產由於業績太差，已經被銀行列管。銀行也派了會計人員進駐，無法繼續撈錢了。所以，麗子琵琶別抱，拋棄了山本，和真田在一起。麗子掌握了山本盜領公款的證據，山本完全被她控制了，成了聽命行事的奴隸。」

之前的斂財基金果然是真田設計的，然後由麗子脅迫山本四處推銷。為什麼這種荒唐的基金可以募集到五十億？

「真田現在人在哪裏？」

「誰知道。」黑木露出無情的冷笑。

「菱友不動產的山本呢？」

「應該被公司開除了吧。公司不想讓這件事曝光，所以，應該不會遭到刑事告發，但他領不到退職金了，即使賣了房子，也湊不出五千萬。」

「你們應該要求菱友不動產賠錢吧？」

黑木笑了笑，好像在說，你調查得真清楚。

「公司方面似乎也有心理準備，會想辦法解決山本募集的五億圓。不過，這也是最高額度。因為，那家公司已經面臨倒閉的命運，如果鬧得太大，反而會驚動警方。那些愚蠢的投資人，只要還給他們一成的錢就解決了，算是很划算的生意。但如果不把麗子帶走的五十億追回來，一切都是空談。我們也聽了真田的慫恿，投資了十億。」

秋生很快的在腦海中計算。山本募集了五億資金，黑木的堂口投資了十億。也就是說，還有一個大笨蛋投資了三十五億。如果向菱友不動產收回五億，償還給債權人投資金額的一成，也就是五千萬後，還剩下四億五千萬。之前出動宣傳車上街頭也需要費用，實際拿到的金額應該不超過四億。山本賣了房子後有五千萬。真田被麗子榨得一文不值。如果無法找到麗子，黑木的堂口將慘賠五億圓以上，還不包括JPF出資的四千萬。難怪黑木會殺紅了眼。

然而，黑木為什麼會拿出十億圓投資這麼荒唐的基金？

秋生從夾克內袋拿出間部給他的基金說明書，攤在桌子上。黑木的臉上露出一絲驚訝的表情。

「你的公司投資了這個基金銷售公司四千萬。」他把JPF的公司登記謄本放在說明書上。

黑木不發一語。他對秋生從香港回日本的兩天期間，就單槍匹馬的查到這麼詳細的資料感到不可思議。秋生不禁感謝能幹的調查員恩田。

「你也參與了這件事。」秋生說。

「我對這種下三濫的事沒有興趣。」黑木撇了撇嘴，他似乎在笑。

至少，黑木無意說謊。秋生心想。既然如此，黑木投資一定另有目的。

「你們原本打算利用這個基金做什麼？」

黑木默然不語地看著秋生。

「還有其他的問題嗎？」

他的意思是，不想繼續談論這個話題。

「麗子為什麼回到日本？」無奈之下，秋生只好改變問題。

「我怎麼知道？」黑木聳了聳肩。「你對她不是很了解嗎？」

雖然他的語氣很輕鬆，但眼睛並沒有笑。黑木在懷疑他。秋生第一次意識到自己身處的微妙立場。

這次的事，絕對不可能是麗子一個人所為。一定有人在背後操控。黑木的意思是說：「你也是可能的人選之一。」

「推理遊戲的時間結束了。」黑木突然看了一眼手錶說道。

或許是因為喝了白蘭地的關係，他的眼眶微微泛紅。他靠在沙發上，悠然地抽著菸。然而，他的視線沒有片刻離開秋生。門外不時傳來小弟們對電話咆哮的聲音，這裏卻是一片寂靜。

「工藤先生，有一件事要拜託你。」黑木突然說道，「可不可以請你明天回香港？」

「為什麼？」秋生問。

「因為你很礙事。」黑木一臉嚴肅地說。

「如果我拒絕呢？」

「我不會幹掉你。」這一次，他還是沒有笑，「但會派一個人監視你。到時候，大家會鬧得很不愉快。」

「為什麼要這麼做？」秋生再度問道。

「因為你很優秀，也很有膽識。如果你先找到麗子，你們兩個人會一起遠走高飛，那就傷腦筋了。對我們來說，這不是遊戲。」

黑木知道自己和麗子共度了十天嗎？秋生無法判斷。

「這也是交易嗎？」

「不，」黑木搖搖頭，「強烈要求，或者說是警告。如果你繼續留在日本會很麻煩。」

然後，他對著門外大聲叫著五郎的名字說：「工藤先生要走了，你送他到車站。」便起身離開了。他的意思是說，該說的都說了，要死要活，隨你的便。

搭電梯下樓，走出大廈時，秋生對五郎說，他知道到車站的路，不必送了。五郎卻在秋生面前顯得手足無措。

「你找我有事嗎？」

五郎一言不發地從運動衣下拿出一個A４大小的信封，交給秋生。打開一看，裏面好像是什麼企畫書或是簡報的資料，封面上寫著「Japan Pacific Finance」，但和間部給他的基金說明書並不相同。

「為什麼要給我這個？」秋生問。

五郎可能在收拾黑木潑向他的咖啡時，聽到了他們的談話，偷偷把相關資料從辦公室帶了出來。

「因為你在香港幫過我。」五郎小聲地說。

「我什麼事都沒做。」

的確，秋生介紹五郎去一家夜總會，但店家支付給秋生百分之五的回扣。這麼一來，雙方就扯平了，根本沒有理由讓五郎做危險的事。

「萬一被黑木先生發現了，你不是會很慘嗎？」

秋生回想起黑木把五郎當成螻蟻的樣子。

「沒關係，我已經習慣了。」

說著，他立刻轉身打算走回大廈。秋生立刻把五郎叫住了。如果送他到車站，時間應該沒這麼快。

「聽說你在夜總會遇到了喜歡的女孩子？」

聽到秋生這麼問，五郎的臉頓時漲得通紅。他的臉難看地扭曲著，但似乎是在笑。

「她下個月會來日本。」他好不容易擠出這句話，「她說，只要再存五十萬圓，就可以存夠錢來日本留學，所以，我寄給她了。」

有些接待日本客人的夜總會裏，有會說幾句日語的酒家女。一定是那些女人胡亂編了謊言，秋生卻無意破壞他的心情，只能附和說：

「下次來香港時，記得介紹給我認識。」

五郎大聲說：「那當然。」看來，他這個人心地很不錯。

黑木叫秋生「明天回香港」。秋生如果反抗，雖不至於遭到殺害，卻會引起很多麻煩。秋生也無意向黑道大哥挑釁。

一看手錶，已經是下午三點。能夠在今天之內找到麗子嗎？

和五郎分手後，秋生拿出手機，打電話給令黑木也另眼相看的能幹偵探。

20

秋生喜歡的咖啡店，就在這幢被週末人潮擠得水洩不通的站前商店街工商大樓的地下室。學生時代曾經短暫交往的女朋友就住在這附近，他們經常約在這裏見面。

走出車站，幾個把頭髮染成奇妙顏色的年輕人唱著走調的民謠，情色酒吧和酒店皮條客不停地拉客，有人在街頭散發上面印著設計拙劣的地下錢莊和KTV廣告的面紙。咖啡店內佈置著高雅的骨董，悠揚地播放著六〇年代的爵士樂，和戶外的喧囂完全是另一個世界。

秋生從赤坂搭計程車來到四谷，轉搭中央線來到吉祥寺時，太陽已經快要下山了。這裏還有好幾家歷史悠久的爵士咖啡店。

喝著濃濃的咖啡，秋生看著五郎交給他的資料。他在電車上已經大致看過了，這份資料和菱友不動產的山本四處發給顧客的內容完全不同。秋生重新看了兩次，畫了幾張簡單的圖，終於了解了黑木的意圖。如果這項計畫成功，黑木將可以海削一大筆錢。

黑木計畫利用真田和山本所設計的斂財基金，支援金融機構處理不良債權的問題。當然，這並不是什麼正當的生意。

進入二十一世紀後，日本各地的金融機構仍然為泡沫經濟時期的過度融資所導致的龐大不良債權深感煩惱。憑著一塊不值錢的土地作為抵押擔保，貸出十億的貸款後，結果地價跌到只剩五億。這還算是好的，地價跌了八、九成的地方多如牛毛。在高爾夫球場和休閒地的開發計畫中投資了一百億，結果，計畫本身泡湯了，而原本用來作為擔保的土地變回了原本的山林和原野。

黑木向這些金融機構提議，可以用帳面價格收購這些不良債權。也就是說，他要用帳面價格十億收購現值只有五億的不動產。當然，這是有內幕的。這十億圓必須由金融機構拿出來。

黑木的陰謀如下：

首先，由該金融機構出十億圓投資在境外設立的**Japan Pacific Finance**（JPF）的基金。JPF用這十億圓，以帳面價格購買抵押在金融機構，現值只有五億圓的不動產。如此一來，就可以全額償還十億的融資，不良債權就從金融機構的資產負債表上消失了，只剩下對JPF的十億圓投資。由於JPF是沒有會計監查的境外基金，不需要以時價評估虧損。也就是說，虧損就消失了。

JPF可以將購買的土地以五億圓賣出後，轉換成現金，投資年利率百分之十的產品。理論上，不需要十年的時間，就可以讓五億圓的本金增加到十億圓，到時候再還給金融機構，就萬事大吉，皆大歡喜了。

即使投資失敗，也要等到十年後基金結算，損失才真正確定。到時候，目前的經營團隊早就順利退休了，無論公司怎麼樣，都和他們沒有關係。相反的，如果公司立刻倒閉，他們不僅無法領到退休金，更可能因為股東代表訴訟被告上法庭，或是因背信罪被關進大牢。考慮到這個因素，任何人都想要讓虧損從資產負債表上消失，把責任推給後任，後任也會把所有的損失推給自己所任命的繼承人。九〇年代的日本企業，就是一直在玩這種好像在抽鬼牌的遊戲。因此，根本不可能要求目前的經營團隊有所謂的職業倫理。

自從金融局的檢查和會議監查日益嚴格後，如今，正當的企業不會對這種事產生興趣。然而，許多金融機構、包商和不動產公司為了處理不良債權焦頭爛額。所謂人不為己，天誅地滅。對大部分經營團隊的成員來說，即使公司將來倒閉，所有員工都失業，也不願意自己面臨不幸。

基金說明書的日期寫著二〇〇一年十月。麗子捲款逃跑是在十一月，也就是說，在短短一個月期間內，黑木憑著這種方法募集了三十五億。如果持續下去，很難想像到底會搜刮多少錢。無論如何，據說日本是目前有一百兆圓不良債權的國家。

銀行在這幾年的合併熱潮中，喜歡扯其他銀行的後腿，殺得你死我活。當相同的地區有兩家分行時，就會千方百計扯對方的後腿，努力使自己生存下來。泡沫經濟時代累積的不良債權等於是摧毀相關者前途的定時炸彈。如果有人能夠解決不良債權，銀行方面絕對會上鉤。反正，最後虧損的並不是自己個人的錢。

如果對方仍然猶豫不決，只要把金融機構的融資一部分以回扣的方式付給承辦人員，問題就解決了。假設是十億的融資，只要給承辦人一千萬，立刻有人會自告奮勇。反正，黑木的最終計畫是讓基金破產，把所有的錢都私吞，這種程度的經費對他來說根本不痛不癢。

為了能夠掌握主導權，他出資四千萬，成為ＪＰＦ的頭號大股東，實質支配這家公司。他投資的十億圓只是秀給獵物的金融機構看的，只要真田和山本擔任董事，萬一發生意外狀況時，就可以由他們扛起責任。

想到這裏，秋生終於了解了整個事件的角色分配。最悲慘的就是那個名叫山本的菱友不動產董事。他曾經包養麗子，卻被真田橫刀奪愛，還被抓住弱點，不僅提供了公司名下的公寓供他們住，還被迫推銷斂財基金。如今，他已經被公司開除，被黑木榨乾了，早晚會因為詐欺和盜領公款的罪名被關進大牢。

真田讓麗子去香港，申請海外法人的銀行帳戶。之後，自己變成共同持有人，可以登入該帳戶，他應該知道，麗子可以憑簽名動用法人帳戶的資金。然而，真田向黑木隱瞞了這一點。黑木是一個細心周到的人，如果知道這件事，在匯款之前，就會控制麗子的人身自由。

真田一開始就打算把斂財基金募集到的錢放進自己的口袋。在他的計畫中，一定把所有的責任都推給山本，自己帶著麗子遠走高飛。如果他親自出馬，會太引人注目，所以，才要求麗子去做這些準備工作。

果真如此的話，麗子在香港說的話並不是信口開河。問題是，真田有一個小小的誤解——麗子一開始就打算背叛真田。

然而，黑木中途加入了。麗子七月的時候去了香港，黑木是在下一個月出資四千萬投資JPF，成為自己的子公司。麗子應該沒有想到，原本五億的資金會增加到五十億。

總而言之，麗子利用了真田，巧妙地隱瞞了自己身為共同持有人，也可以登入銀行帳戶這件事。麗子將計就計，當黑木匯了第一筆大額資金後，立刻轉匯到自己的帳戶，隨即消聲匿跡了。

秋生再度打開五郎給他的資料。「值得信賴的投資專家有效運用企業的資金」的標題不禁令人發笑，下面是真田和山本的照片和簡歷。可能是想要表現境外公司的感覺，兩個男人穿著短袖衣服，站在看起來像是塞班島的沙灘上。

曾經是麗子未婚夫的真田克明帥氣地穿著名牌polo衫，曬黑的精悍臉上帶著燦爛的笑容。站在真田身旁的山本，卻是一個頭髮花白的小老頭子，兩人根本是明顯的對比，他的臉上露出愁眉不展的表情。的確，他看起來就沒有能力包養像麗子這種愛花錢的女人。

在他們兩個人策劃的斂財基金中，並沒有出現麗子的名字。即使把向貪婪的中產階級募集來的資金匯到他們在境外銀行開設的帳戶，只要讓法人倒閉，就完全無法證明麗子曾經參與其中。如果真田和山本因為詐欺的罪名入獄，麗子就可以用這筆錢悠哉悠哉的過日子。

然而，盜取黑道的錢，則又另當別論了。如今，麗子一輩子都要逃。一旦被找到，生命就會受到威脅。麗子當然很清楚這一點。

秋生看了一眼時間，約定的時間差不多快到了。

他把咖啡一飲而盡，聽完邁爾斯•戴維斯（Miles Davis）的懷舊樂曲後，站了起來。

天空不知道什麼時候下起了毛毛雨。在這個時間，就連平時擠滿了年輕人的井之頭公園內也人煙稀少。橫跨水池中央的橋，是通往公園南側住宅區的捷徑，有不少國中、國小學生快步踏上歸途。還有帶著狗散步的附近居民、像是學生的情侶檔，和幾個正在慢跑的人。可能已經過了營業時間的關係，所有的小船都停靠在一起。

看了入口處的園區圖，發現這個公園比他想像中更大。井之頭池周圍是公園的中心，南側有操場、網球場和游泳池等運動設施，吉祥寺大道的西側是名叫「自然文化園」的動物園。井之頭池內的島上，還有一個只有鳥類和魚類的小動物園。入口在船碼頭的對面，這麼晚的時間，已經關閉了，售票處沒有人。

秋生和中村惠相約傍晚五點，在售票處前的長椅上見面。

和五郎分手後，秋生打電話給恩田，請他以麗子用假名租借的新大久保公寓的地址，去申請「中村惠」的住民票。黑木以為麗子在租房子時，只是隨便亂編一個名字，秋生卻認為「中村惠」很可能確有其人。

秋生從夾克內側口袋中拿出恩田申請到的住民票，再度確認了日期。中村惠和麗子同樣是一九七〇年出生，今年三十一歲。十天前，向新宿區公所辦理了遷入手續。剛好是麗子從香港回到日本，出現在新大久保公寓的時間。

大部分人可能不知道，在不久之前，第三者也可以簡單地申請到住民票和戶籍謄本。如今，原則上必須向承辦人員出示身份證明，但如果年齡相仿的人自稱是本人，一再堅持「我忘了帶身份證明，馬上需要這份資料」，通常可以因為承辦人的通融，順利申請到。

地方政府在確認是否本人的工作上做得比較徹底，但也有許多方法可以申請到別人的住民票。

比方說，法律上允許因為金錢借貸契約而申請公文資料，地下錢莊的業者可以拿著契約去窗口申請調查連夜潛逃顧客的遷出地址，地方政府不能拒絕這種要求。如果對方沒有登記遷出或遷入，業者也莫可奈何。但許多人為了讓孩子就讀新地方的公立學校，就必須向地方政府登記，許多有孩子的連夜潛逃家庭都是因為這樣被業者找到。有不少人偽造金錢借貸契約，濫用這個制度，申請他人的住民票。

更簡單的方法，就是去找因為接不到工作而窮困潦倒的律師協助。只要有律師協助，就可以隨便杜撰一個理由，以律師的名義申請。

秋生沒有問恩田是用哪一種方法，然而，從接到秋生的聯絡後不到一個小時，就準備好所有的資料來看，地方政府的安全管理還是十分鬆散。住民票和戶籍謄本是在戰前設計的一項提供給第三者閱覽為前提的制度，當時還沒有現在這種保護隱私權的概念，想要防止第三者濫用，唯一的方法，就是改變這條法律。

最近，有關戶籍和住民票的問題頻頻發生，最嚴重的就是在當事人不知情的情況下，第三者擅自將住民票遷至其他地方，或是篡改戶籍。

比方說，婚姻登記時，只需要當事人和保證人的印鑑。各地方政府不會向保證人確認婚姻的事實，因此，即使隨意編造一個姓名、地址，隨便刻一個便宜的印章蓋下去也沒有問題。當自稱是本人去婚姻登記時，櫃檯也不會確認當事人的身份。因為，根本沒有「如果不出示駕照，就無法受理結婚登記」的規定。辦理收養登記時的情況也一樣。

惡劣的地下錢莊業者往往會利用這種安全上的漏洞，擅自和多重債務人辦理結婚登記或是收養對方成為養子，目的就在於變更債務人的姓氏。

名列在黑名單上的多重債務人無法向金融機構貸款，也無法申請信用卡。然而，核對信用狀況時，是根據姓名和生日來照會信用資料庫中的資料。一旦更改姓氏後，就會認為是兩個不同的人，信用資料會重新設定，又可以重新貸款。運用這種手法，就可以欺騙信用卡公司和大型消費金融公司，再侵吞債務人向這些地方貸款的錢。目前的體制對這種惡劣手法防不勝防。

一旦多重債務人這麼做，就等於吞下了毒藥。一旦有信用卡詐欺行為，即使申請破產，法院也不會判決免責。不僅必須接受法律制裁，更將一輩子背負這些債務。

同樣的，也可以擅自更改別人的住民票，假冒他人的身份。

只要刻一個廉價的印章，在和自己年齡相仿的人的住民票上動手腳，就可以申請到其在遷入地的國民健康保險證。健康保險證上並沒有貼照片，但不知為什麼，在日本竟可以代替身份證明。只要把偽造的保險證拿去地下錢莊，就可以借到錢。

當然，麗子並不需要向地下錢莊借錢。為什麼要在中村惠的住民票上動手腳？

唯一的理由，就是麗子想要冒充中村惠，用這個名字申請護照。

麗子從香港回來後，前往中村惠戶籍登記的戶政事務所，自稱是本人，辦理了遷出手續。只要拿著遷出證明到區公所，就可以辦理遷入手續。如果是虛構的地址、信箱服務公司，或是已經沒有住戶登記的地址，就無法遷入。於是，就需要用「中村惠」的名字申請公寓。

如果中村惠加入了國民健康保險，在申請遷出時，需要歸還國民健康保險證。因為，國民健保是各地方政府營運的。然而，如果中村惠加入了某家企業的團體健康保險，或是政府針對中小企業掌管的健康保險，就和地方政府沒有任何關係，遷出時，不需要帶健康保險證。

相反的，可以在遷入時說：「我沒有加入團體健康保險和政管健保，請給我國民健保的保險證。」為什麼可以這麼做？因為，健康保險是由各地方政府和健保單位分別進行管理，並沒有共同的資料庫。因此，在遷入時，地方政府根本無法確認當事人是否在之前的居住地加入了國民健保。進一步說，即使積欠了一大筆國民健康的保險費，只要搬到其他縣市，或是找一份工作，加入團體健保或政管健保，所有資料都會重新設定，可以申請到一份全新的保險證。

只要申請到住民票、戶籍謄本和健康保險證，幾乎就無所不能了。

領取護照時，必須出示身份證明。在日本，駕照是最有效的身份證明。如果中村惠有駕照，也可以輕而易舉地申請到。只要拿著健康保險證，去考駕照的考場說：「我的駕照遺失了，申請重新核發。」在東京都，只要支付三千三百五十圓，就可以領到貼有自己照片的新駕照。雖然地址和以前的駕照不同，但只要說：「我搬家了，忘了變更地址，請順便幫我把地址改過來。」

最簡單的方法，就是在遷入地的戶政單位登記印鑑。除了原子印章以外，任何廉價的印章都可以辦理印鑑登記。

在東京都，只要備妥健康保險證、印鑑證明、住民票和戶籍謄本，就可以申請護照。所有這些文件上都沒有照片。除此以外，還需要一個可以寄發領護照通知的地址。

一旦使用這種方法，麗子就可以申請到「中村惠」的護照，順利冒充他人。搭乘國際線時，需要出示護照，所以，不可能用假名購買機票。如果黑木知道麗子的護照號碼，很可能會去照會資料庫的資料。然而，如果有一本貼著自己的照片，卻是他人名義的護照，就可以自由自在地出入日本和國外，追蹤的人根本無從得知她的行蹤。

然而，這種方法有幾個限制。

首先，由於需要辦理遷出和遷入，麗子冒充的對象必須和她年齡相仿。如果對方已經加入國民健康保險，在遷出時，很可能因為保險證的問題引起麻煩。如果對方沒有駕照，就無法用駕照作為身份證明。最頭痛的問題，就是對方已經申請了護照。

護照和其他身份證明一樣，藉由姓名和生日進行管理。如果對方已經申請護照，就變成有兩本同名同姓、相同生日的護照。當然，這種情況並不是完全不可能發生，像「中村惠」這種很普通的名字或許不會有太大的問題。但麗子盜取了黑道的鉅款，不可能冒任何風險。

最安全的方法，就是明確知道對方並沒有護照。在這種情況下，即使麗子去申請假護照，也沒有任何危險。

然而，麗子如何才能找到這麼合適的人選？

秋生認為唯一的方法，就是自己親自去確認。

「如果可以的話，我想借用一下『恩田調查情報』這家公司的名字。」

拿到中村惠的住民票後，秋生向恩田提出這個要求。恩田想了一下說，「那也只好這麼辦了。」偵探也是服務業，當然無法一口回絕付錢爽快的顧客提出的要求。

「不過，到時候請你把談話內容一五一十告訴我。」

秋生回答說：「那當然。」

很難得的，中村惠家裏的電話竟然登記在電話簿上。如果秋生的猜想正確，中村惠應該有工作，但今天是星期六，秋生試著撥了電話。鈴聲響了幾次後，中村惠本人接了電話。

「我是位在高田馬場的恩田調查情報的工作人員，我叫工藤。」當秋生自報姓名時，很明顯地感受到對方在電話彼端產生了警戒。

「不好意思，請問一下，妳認識若林麗子小姐嗎？」秋生自顧自地問道。

「麗子？」惠發出驚訝的聲音。

秋生確認自己猜的沒錯。麗子尋找的是和自己條件相符的人。並不是任何三十歲左右的女人都可以冒充。中村惠和麗子年齡相同，她們應該是同學吧。

「呃，我知道打這通電話很冒昧，如果不會造成妳的困擾，我想向妳了解一下有關麗子小姐的情況。」

「有什麼事嗎？」對方的聲音再度緊張起來。突然接到這種奇怪的電話，誰都會有這樣的反應。

「這件事，希望妳不要向麗子小姐提起，其實是有關相親的事。」

「喔。」聽了秋生的這句話，惠立刻放鬆了警惕。她應該很善良，也可能是沒有受到塵世污染的大家閨秀。「真的嗎？」她高興地問道，「但我只有在小學的時候和她同班三年而已。」

「其實，業主委託我們向麗子小姐國小到大學期間的至少一位朋友了解情況……」秋生信口開河地說道，「因為麗子小姐曾經多次搬家，要找到她以前的朋友並不容易。」

聽秋生這麼一說，惠似乎徹底相信了。原以為她會問：「你是怎麼找到我的？」但她似乎並沒有產生懷疑。

「因為麗子的身世很坎坷。」惠不禁透露出她的同情，「如果有我可以幫忙的，我會盡量配合。」

「很謝謝妳。」秋生誇張的道謝。「如果妳不介意，可不可以當面向妳請教？只要十五分鐘就好，我會盡可能在短時間內結束。」

惠有點為難的問：「在電話裏談不行嗎？」秋生再三拜託，她終於答應說：「那好吧。」她似乎不想讓外人去她家，所以，約定在附近的井之頭公園。

約定時間的五分鐘後，一名坐著輪椅的女子從公園南側過來。看到站在動物園門口的秋生，立刻主動打招呼說：「請問是工藤先生嗎？我是中村，讓你久等了。」她身穿羊毛大衣，戴著手工編織的圍巾，坐在電動輪椅上，腿上蓋了一塊厚實的小毛毯。她的外形豐腴，氣色很好。因為沒有打傘，綿綿細雨淋濕了她編織得很漂亮的頭髮。秋生把惠迎接到有頂棚的長椅旁，鄭重地道謝：「不好意思，還讓妳特地跑一趟。」她應該和家人一起生活，所以，當然不願意在家裏接待調查公司的人。

秋生遞上寫著「恩田調查情報　調查員　工藤秋生」的名片。這是離開事務所前，請工讀生真紀用電腦製作的。由於噴墨印表機的精準度急速提升，現在，幾乎不用花什麼錢，就可以輕鬆印出絲毫不比印刷效果差的名片。

「對不起，我如果出門太久，家人會擔心，真的只能和你聊十五分鐘。」惠語帶歉意地說。

「我只要做一份形式化的報告就可以了，完全沒有問題。」秋生煞有介事地打開筆記本。那是剛才在車站大樓的文具店買的。「請妳說兩、三點對麗子小姐小學時代的印象就好。」

「我只有在國小三年級到五年級的三年期間和她同班而已，」惠提到附近一所私立學校的名字。那所學校的最大賣點，就是從小學到大學都是一貫教育，是許多富家子弟就讀的學校。「麗子在五年級中途轉學了，之後完全沒有她的消息。」

秋生假裝很熱心地記錄著，示意她繼續說下去。

「在我眼中，麗子是個漂亮、活潑、功課好，很有正義感，充滿魅力的女孩子。」

然後，惠害羞地笑了起來。她自己也覺得這樣的描述太平淡了。

「我的身體天生就是這樣，所以，經常因此受到欺侮。不過，那個年代的欺侮不像現在這麼可怕，最多就是沒有人和我一起吃便當這種小兒科的等級。

「麗子每次看到我一個人很孤單，就會主動和我打招呼。而且，完全感受不到她是出於同情。」

惠瞇起了眼睛，似乎在回首往事。

「午餐的時候，大家都三五成群一起吃便當，但和我同一個小組的人，都去找其他同學一起吃。我拼命忍著眼淚，連便當都沒有打開。結果，麗子就拿著便當走過來，理所當然地坐在我旁邊，很自然地和我聊起最近看的書，還有昨天電視上的趣事，她的舉動，不知道幫了我多大的忙。

「不僅學校的學生，就連老師也對麗子另眼相看，所以，當大家知道她和我很要好後，就沒有人敢欺侮我了。雖然我身體不便，卻仍然可以度過幸福的國小生活，全都是麗子的功勞。所以，聽到麗子相親的事，就覺得如果有我幫得上忙的地方，我一定會鼎力相助。」

「聽妳聊了這麼多，就已經足夠了。我相信，我的客戶也會感到很高興。」秋生努力用公事化的態度說道，「麗子小姐轉學後，你們還有聯絡嗎？」

惠的表情稍微黯淡下來，「發生那件事後，麗子也受了很多苦……。但在高中之前，她差不多每隔半年，都會來找我。之後，就只有每年過年時寄賀卡而已。」

「麗子小姐有沒有提到什麼？」

「她向來不會對別人吐苦水，所以，詳細情況我也不太了解，我相信，她應該有很多苦衷……」惠輕輕按著眼角。她以為既然是調查公司的人，理所當然知道發生了什麼事。

「她父親過世了。」秋生想起在多磨靈園看到的墓碑。若林義郎是在昭和五十六年過世，也就是麗子就讀國小五年級的時候。同時，麗子轉學，和母親康子兩人住在綾瀨三坪大的貧民公寓。中村惠應該知道這些過程。

「真的很悲慘。」秋生故意歎了一口氣，闔上筆記筆，把筆放進胸前的口袋。他的意思是，接下來的內容都是閒聊。

惠完全相信了秋生的蹩腳演技。說了聲：「是啊。」隨即滔滔不絕地說了起來。

「我家也和麗子家一樣，開了一家小公司。我爸聽到那件事後也很生氣，覺得太不可原諒了，去找警察和律師商量，還是幫不上忙……」

麗子的父親似乎開了一家公司，卻因為某種令人氣憤的理由倒閉了。應該是詐欺吧。

「她父親深受其苦，最後自殺了……」惠一臉緊張地看著秋生，「這種事，會不會對相親有影響？但是，麗子的父親人很好，只是上了黑道的當……」

「別擔心，我的客戶知道這件事。」聽到秋生這麼說，惠終於鬆了一口氣。

「也知道她母親的事，所以，妳不用擔心。」秋生試圖套她的話。

惠頓時露出怯懦的表情。「真可怕，那麼溫柔漂亮的人，竟然……」說到這裏，她低著頭沉默起來。

秋生覺得差不多該結束了。他不願意繼續欺騙這個純真的女人。

秋生道謝後，惠反而問他：「請問，麗子最近好嗎？」

「從事我這種工作的人，不會直接和調查對象見面，但她應該很好。」

聽到他的回答，惠露出發自內心的喜悅表情。

「麗子以前的生活太坎坷了，她也有爭取幸福的權利。萬一你有機會看到麗子，請幫我轉達這句話。」

秋生向她保證：「一定。」

「我想，她應該不會邀我參加婚禮，但至少想發一封賀電給她……」

「她的婚禮會很盛大，到時候，一定會邀妳參加的。」秋生說。

他從夾克內側口袋裏拿出一個裝了三千圓圖書券的信封交給她：「感謝妳協助我的調查工作。」這也是他剛才在車站大樓的書店買的。惠推辭說：「是我自己願意說的。」但秋生還是再三堅持：「這是規定。」要求她務必收下。

「對了，惠小姐，妳有在上班嗎？」分手時，秋生隨口問道。

「沒有。」說完，她害羞地笑了笑，「不過，名義上，我是我父親公司的會計，每個月都有領薪水。」

這麼一來，保險證的問題就解決了。惠一臉納悶的表情，似乎在問：「你為什麼這麼問？」

「其實，我的好朋友開旅行社，在上次的恐怖攻擊後，許多客人都取消了原來的行程，他已經快哭出來了。如今，只要以前的七成價格，就可以去世界各地走走。如果妳有時間，我可以幫妳介紹。」

聽完他的話，惠笑著說：「像我這種身體，怎麼可能去國外旅行？」

「沒這回事。如今，即使坐輪椅去旅行，也不會有任何不方便。」秋生解釋說。

「但是，我連護照都沒有。」惠回答說。「不過，好奇怪，兩個星期前，我也接到一通類似的電話，說是旅行公司的問卷調查，只要回答他們的問題，就有機會抽中國外旅行……」

絕對錯不了，是麗子打電話確認她有沒有護照。

「現在，每家旅行社都經營困難，大家的想法都差不多。」秋生回答說。

和中村惠道別後，秋生在吉祥寺車站打電話給恩田，簡單說明了和惠的談話內容後，拜託他：「請你明天用區公所的名義打電話給惠，告訴她有可疑的遷入登記。」

21

來到新宿車站時，有點起風了，天色已經暗了下來。天空仍然下著毛毛細雨。

穿過歌舞伎町，朝著大久保的方向走去。雖然天色才剛暗，都立大久保醫院旁的小巷裏已經站著幾個流鶯。有一半是外國人，另一半是男人。旁邊大久保公園內，目露凶光的阿拉伯男人們打量著秋生，發現他既不像便衣警察，也不是來買安非他命的客人，便輕輕咂了咂嘴走開了。

麗子租的公寓在寒冷的天空下，顯得更加落魄。已經傍晚六點多了，沒有任何房間亮起燈光。白天時，看到晾在外面的幾件衣服，已經被雨淋濕了，無力地掛在那裏。仔細一看，發現衣服很髒，似乎已經晾在外面好幾天了。

秋生檢查了公寓入口的信箱。麗子租的一〇三室信箱裏塞滿了色情錄影帶、電話俱樂部和色情賓館的小廣告，沒有任何信件。

麗子從香港回日本後，私自申請了中村惠的住民票，辦理了遷入手續。遷入日期剛好是十天之前，也就是住在隔壁的中國留學生看到麗子的那一天。即使她申請了國民健康保險證和印鑑證明，去東京都廳申請辦理護照，在時間上，也不可能已經拿到了中村惠的護照。

即使已經提出申請，也必須拿著寄到這個地址的領取通知，才能去領護照。也就是說，麗子必須回到這裏。

只要監視這個信箱，麗子就會出現嗎？秋生不禁思考著。

最確實的方法，就是拜託恩田事務所的真紀，謊稱是中村惠，打電話去確認護照是否已經核發了。如此一來，就可以知道領取通知的寄發日期。接下來，只要租一輛車監視就好。

然而，秋生立刻知道自己的這項計畫不可行。因為，有人拍他的肩膀。回頭一看，一個臉頰上有傷疤，目露凶光，一看就知道是黑道的男人對他說：「可不可以請你過來一下？」不由分說地抓起秋生的左臂。男人右手小拇指的第二個關節以下都不見了（譯註：日本黑道做錯事，都要剁一截小拇指以示謝罪）。

一輛黑頭房車不知什麼時候停在公寓前，雖然看不清貼了隔熱紙的車窗內的情況，但車內也有好幾個人。情況似乎很不妙。

「我認識黑木先生。」

聽到秋生這麼說，對方愣了一下，但隨即打開後車門說：「上頭命令，只要有人靠近公寓，就要好好調查。」另外兩個更加凶相的男人瞪著秋生。

這時，秋生的手機響了。

「工藤先生嗎？」黑木問。

秋生說：「我現在正在忙。」隨即把電話拿給眼前的黑道兄弟，「麻煩你直接向黑木先生解釋。」

黑道兄弟搶過手機，立刻大聲咆哮：「喂！」黑木不知道說了什麼，那傢伙大叫一聲：「是！」隨即說：「我們不知道他是大哥的客人，失禮了。」然後，用雙手把手機遞給秋生。車上的人也衝了出來，大聲叫道：「您辛苦了！」即使秋生勸阻：「好了，我知道了。」這些人仍然畢恭畢敬地站好。

「不好意思，都是一些不懂規矩的傢伙。」黑木似乎強忍著笑說道。

一個老人從大眾浴池走出來，似乎已經習慣了眼前的情景，說了聲：「借過一下。」輕輕撥開站滿整條巷弄裏的黑道兄弟，走了過去。

「我打這通電話，是因為有事要謝謝你。」黑木用絲毫感受不到謝意的語氣說道，「在追查那個銷贓的傢伙後，果然不出你所料，他藏著麗子的筆記型電腦。如果你明天中午來我的辦公室，我就網開一面，讓你看一下。」

秋生沒有猜錯，麗子用數據機連結公用電話上網。為什麼？絕對不是為了逛網站。只有兩個可能性。第一，是接收電子郵件。另一個可能，就是她利用網路登入銀行帳戶。除此以外，沒有理由特地做這麼麻煩的事。無論如何，只要電腦上還留著當時的資料，就可以成為追蹤五十億的線索。

「不過，有一個條件。」黑木說，「你必須先買好機票，才能碰麗子的電腦。」

秋生想了一下，立刻了解了黑木的用意。

「如果我沒有機票呢？」

「那就代表你在向我挑釁。」

說完，黑木就掛了電話。

從成田機場出發前往香港的班機有一半是上午，還有一半是傍晚起飛。黑木的意思是，明天中午可以去他事務所看麗子的電腦，但必須預約好下午飛往香港的班機，直接從他那裏去機場。

「媽的。」秋生忍不住咒罵了一句。

那幾個黑道兄弟以為秋生是在斥責他們，鞠著躬，異口同聲地說：「對不起！」

秋生不想直接回飯店，漫無目的地走在西口摩天大樓之間。

雨不知道什麼時候停了，月亮從厚實的雲間探出頭。他走到甲州街道上，在KDDI大樓旁轉彎，就看到東京都廳奇特的外觀。這幢在泡沫經濟全盛時期建造的不吉利建築物，象徵著日本的沒落。

走過東京都廳前方，來到中央公園的南端。被趕出新宿車站地下街的遊民把紙板屋移到這裏，展開了集體生活。一些不良少年經常做一些他們稱之為「獵遊民」的無聊事，專門攻擊遊民，已經有幾個人因此喪生。

走出中央公園，隔著南大道的對面左側，就是花園凱悅飯店。那家飯店剛開張時，秋生之前回日本時曾經住過幾次。頂樓的New York Grill是很熱門的約會地點，年輕男女手拿著香檳，俯視著在寒風中瑟瑟發抖的遊民生活。

秋生仰望天空。寒冷而陰鬱的夜晚。風好像比剛才更大了。

明天傍晚，秋生必須決定到底要回香港，還是和黑木作對。眼前幾乎已經沒有線索可以尋找麗子的下落。麗子曾經用過的筆記型電腦是唯一的可能性，但電腦在黑木手上，如果秋生身上沒有回香港的機票，就無法看到電腦。

由於中國留學生闖空門，把麗子的信用卡賣給銷贓的人，導致麗子想冒充「中村惠」申請護照的計畫失敗。如果她去大久保的公寓信箱拿領取通知，就會被監視公寓的黑木手下逮住。即使她巧妙逃脫，仍然必須用若林麗子的身份逃亡。

黑木參與麗子的未婚夫真田所設計的斂財基金詐財計畫後，使麗子得到了出乎意料的一大筆錢。如今，麗子已經走投無路了。

麗子必須有一個新的名字和身份證明，才能逃離黑木的追捕。為此，她不惜冒險回到日本。

秋生對一件事深信不疑。

麗子拋棄了山本，選擇和真田在一起。然後，她又把真田當作誘餌丟給黑木。也就是說，她現在並沒有什麼人可以依靠。

他繞著中央公園走了二圈，沿著公園大道經過淀橋供水站，走向角筈橋的方向。

麗子的父親曾經經營公司，母親是個絕世美女，她在孩提時代，過著幸福快樂的生活。秋生認為，即使有某種程度的誇張，中村惠說的應該屬實。在麗子國小五年級時，她的父親被黑道欺騙，公司倒閉，最後因為自責而自殺。於是，麗子和母親康子不得不過著赤貧的生活，在讀高中時，住在綾瀨的貧民公寓。之後，因為母親康子發生了某件事，母女兩人消聲匿跡了。

十幾年後，康子在某地的醫院過著療養生活，卻因為激烈的自戕行為被送去牧丘精神病院。然後，麗子去醫院探視母親。

據黑木說，麗子二十出頭時，在銀座的酒店當公關小姐，過著光鮮亮麗的生活。但牧丘醫院的吉岡光代說，她的母親康子接受了救濟。

然而，麗子並沒有捨棄她的母親。至少，麗子持續支付和她母親共同生活的綾瀨公寓的房租長達十年。當康子住進牧丘醫院後，麗子安排她住進一天一萬圓的個人病房。

有什麼地方不對勁？秋生心想。問題的關鍵，一定在於若林康子引發的「事件」。附近的家庭主婦說：「警察都來了。」中村惠則說是：「可怕的事。」去調查轄區警局的紀錄，可以找到線索嗎？還是去查報社的資料庫？無論如何，都不可能在明天傍晚之前查出一個頭緒。

——繼續調查麗子的過去，到底有什麼意義？

和中村惠交談後，秋生一直在思考這個問題。任何人都有不想被他人侵犯的隱私。

麗子盜取的五十億是黑木的錢，和秋生沒有任何關係。麗子的人生也是她自己的，秋生也無能為力。

繼續等待，如果沒有新情況，明天還是回香港吧。他既不是想要錢，也不打算傷害任何人。他已經失去了對時間的感覺，計程車的車前燈接二連三的從他身旁經過。黃色的路燈照射在潮濕的路面上。

不知道什麼時候又下起了雨。雲快速流動著，月亮稍微探出頭，很快就消失了。

手機響了，畫面顯示「無號碼」。

秋生按下通話鍵。

「好久不見。」麗子說。

「妳在哪裏？」

「就在你附近。」說著，她輕輕笑了笑，「你好像一點都不驚訝。」

「我在猜想，妳可能會來找我。」

「你都知道了嗎？」麗子問，「你果然是魔法師。」

「我該怎麼做？」

「你直直走，走上眼前的樓梯，我就在上面等你。」

她停頓了一下。

「我現在正看著你。」

秋生藉著微弱的燈光環顧四周，發現高架道路上有一個嬌小的人影。

麗子倚靠在欄杆上，望著街燈。她穿了一件有帽子的黑色毛皮大衣，胭脂色的馬靴。鬈曲的頭髮似乎長長了一些。夜色中，可以看到她白皙的臉龐。

「你一直在找我嗎？」

麗子一看到秋生，便立刻問道。當她垂下雙眼時，長長的睫毛隨著汽車車前燈的燈光搖晃著。她今天的化妝也是無懈可擊。

「妳為什麼找我來？」秋生沒有回答麗子的問題反問道。

「我在思考，要怎麼才能找到你。」麗子也無視秋生的問題。「我一直跟蹤你。然後，站在這裏，看你走向公園的方向。」

麗子果然去了大久保的公寓，看到秋生被黑木的手下包圍。如果秋生晚一點到，麗子就會落入黑木的手中。

「我一直猶豫，不知道該不該打電話給你。最後決定等在這座橋上，如果再次看到你，就要打電話給你。」麗子不安地笑了起來，「結果，你就走回來了。」

回到日本的三天期間，秋生在東京四處尋找麗子的下落。如今，當麗子出現在他面前時，秋生卻覺得「真不該見到她」。

「我一直在想你的事。」麗子說道，她吐出的熱氣被風吹走了。「之前，在香港的日子很愉快。」她笑得很燦爛，但隨即收起了笑容。

「我到底該怎麼做？」秋生又問了一次。

「相信我，」麗子說：「和你在一起的時候，是我有生以來，最幸福的時光。」然後，又用怯懦的眼神說：「我是不是一個很糟糕的女人？」

秋生沒有回答。

「你討厭我了嗎？我是個下流的女人、卑鄙的女人、骯髒的女人……」

「沒這回事。」

「但大家都這麼說我。」麗子笑了笑，「是不是很有趣？」

秋生不發一語地看著麗子。

「你會原諒我嗎？」麗子用好像從深穴底部悄悄窺視對方的口吻問道。

「妳沒有做錯什麼。」

「真的嗎？」

「對。」

「你騙人。」麗子自暴自棄地說道，「沒有人會原諒我。你看，大家都在嘲笑我，你應該也聽得到吧？」她小心翼翼地四處張望，然後，膽怯地看著秋生，「所以，我要復仇。」

麗子和之前在香港時已經判若兩人。或者說，她幾乎快要崩潰了。「我把我手上的錢都給你。」麗子突然說道，她的語氣，好像把紙屑丟進垃圾桶一樣。

「我不需要。」秋生回答說，「那些錢不是我的，而且，也不是妳的。」

「對喔。」麗子很乾脆地承認了，又喃喃問道：「我到底該怎麼辦？」

「妳要我回答嗎？」

「你告訴我。」麗子說。

「把錢還給黑木。」

「我不要。」麗子立刻回答，「那些錢是我的。」

「那妳立刻離開日本，永遠都不要回來。」

「我也不要。」

「如果妳帶著那筆錢留在日本，早晚會被黑木找到，殺人滅口。」

「我不怕死。」

「那妳到底想怎麼樣？」

「你可以實現我的願望嗎？就像魔法師那樣？」

「我會盡力而為。」

「你的態度真冷淡。」麗子輕輕笑了起來，「我問你，你有真心痛恨過別人嗎？」

秋生想了一下，搖搖頭。

「那有沒有真心愛過別人？」

秋生又搖了搖頭。

「我想，你應該無法實現我的願望。」

然後，麗子把手放在秋生的左腕上。她的動作極其自然。

「快要十二月了。」她若無其事地說：「香港聖誕節的彩燈已經掛起來了嗎？」

「也許吧。十二月後，香港到處都是聖誕節氣氛。」

「你還記得嗎？你在太平山上說，要帶我看聖誕節的夜景。」

「對，」秋生回答，「我不會忘記。」

「那時候真快樂，」麗子鬆開秋生的手腕，繞到正面，站在秋生面前，「即使現在，我每天都會想起那段日子。」

「我也是。」麗子用手輕輕撫摸著秋生的臉頰，纖細而白皙的手指撫摸了好幾次，似乎想要記住他的輪廓。

「我有一事相求。」麗子說：「我想要成為另一個人。」

「我知道。」

「你能夠做到嗎？」

「可以。」

「到時候，你會和我一起生活嗎？」

秋生默然無語地看著麗子。

「對不起，我知道這不可能。」

然後，她用力捶著秋生的胸口。

「告訴我，我到底該怎麼辦！」

秋生輕輕摟著她的肩，直到她漸漸平靜下來。麗子在秋生的臂腕中哭成了淚人兒。

他們不知道擁抱了多久，秋生內心的感情激烈起伏，分不清那是悲傷還是絕望。

他並不是同情麗子，而是對自己無力拯救這個崩潰的靈魂，為自己的無能為力深受打擊。

麗子哭完之後，道歉說：「對不起，但哭了之後，心情暢快多了。」她笑了笑，臉上泛起紅暈，似乎又恢復了活力。

「我明天回香港。」秋生說：「等妳準備好了，打電話到我在香港的手機，隨時都可以。妳直接去成田機場，當場買立刻出發的班機，即使黑木他們清查機票預約記錄，也查不到妳的下落。這一陣子，即使經濟艙滿了，頭等艙和商務艙絕對還有空位。」

「我只要去香港就沒問題了吧。」麗子輕輕點點頭。

「打電話時，妳要決定妳的新名字。我會用這個名字，為妳準備一本其他國家的護照。」

「謝謝。」麗子說，「你為什麼對我這麼好？」

「妳不必向我道謝。」秋生輕輕摸著麗子的臉頰。她的臉被雨淋濕了，變得好冰冷。

「妳有獲得幸福的權利。」

麗子詫異地看著秋生。

「我去見了中村惠，她希望我轉告妳這句話。」

淚。

「我對她做了很過份的事。」

淚水順著她的臉頰滑了下來，沾濕了秋生的指尖。麗子的眼淚格外熾熱。

「我該走了。」麗子擦了擦眼淚，「我一直都在哭。」她努力擠出笑容，反而擠出更多眼淚。

「小心點。」秋生說。

「你上次也這麼說。」

她又笑了。一輛車子拼命按著喇叭，飛速駛過。一個溫暖的身體突然撲向秋生懷裏。

「你帶我走吧！」

然後，她放聲大哭起來。秋生從來沒有聽過這麼悲痛的聲音。

「我可以帶妳到妳任何想要去的地方。」等到麗子停止哭泣，秋生說。

車前燈照亮了麗子削瘦的肩膀，隨即駛了過去。即使隔著昂貴的毛皮大衣，仍然可以清楚感受到麗子在發抖。

「對不起，但這是不可能的。」

秋生知道麗子會這麼說。

他把手輕輕放在她顫抖的肩膀上，直直地盯著麗子的臉。

「我不知道怎樣可以為妳帶來幸福，即使知道，也無法給妳帶來幸福。所以，我只能做自己力所能及的事。」

秋生攔下一輛計程車，讓麗子坐上車。

雨越來越大。

計程車很快就消失了。

秋生一直佇立在紛飛的雨中。

遠處傳來這個季節難得聽到的雷鳴。

秋生在飯店的櫃檯收到了間部的留言。「我希望明天把帶去香港的伴手禮交給你。」由於沒有接到秋生的電話，他也開始著急了吧。秋生在櫃檯借了一條浴巾，擦著淋濕的頭髮。

他用大廳的公用電話打去間部家裏，雖然第二天是星期天，但間部上午要去總公司開會。市場紛紛臆測，遭到債權放棄的中堅承包商經營已經陷入了困境，很可能在金融局的特別檢查出現問題前，就會遭到分類重整，導致市場大量拋售股票。五井建設的經營狀況始終受到質疑，很可能淪為市場的犧牲品。一旦公司消失，間部等於赤裸裸地站上法庭。

秋生決定去黑木事務所前，先去間部那裏繞一下，於是，約定上午十一點在公司前見面。他要求間部把折扣金融債和不重要的資料一起裝進公司的信封袋，不要封口，直接交給他。然後，他打電話給航空公司，預約了明天傍晚六點從成田到香港的班機。

搭電梯來到十五樓，沿著昏暗的走廊左轉，秋生的房間就在製冰室對面。

他突然想起，為什麼麗子知道自己的手機號碼？

自己好像遺漏了什麼重要的事？

他把插卡式鑰匙插入，打開門。這時，他察覺到身後的製冰室有動靜。他正想轉身，後腦勺遭到重擊，他頓時昏了過去。

醒過來時，發現自己躺在床上。他的頭痛欲裂，幾乎無力思考。即使稍微張開眼睛，也需要花很大的力氣。這是在飯店的房間裏。他費盡力氣看了時鐘，凌晨三點多。他是在晚上十點回到飯店，也就是說，已經昏迷了五個多小時。

他小心翼翼地摸了摸後腦勺。雖然沒有出血，卻腫了一大塊。他知道必須冰敷患部，但根本沒法起來。不一會兒，他又昏了過去。

清晨六點多，他再度醒來。從沒有拉上窗簾的窗戶看到東方的天空漸漸泛白，他用盡全身的力氣站了起來，爬到盥洗室，用冷水沾濕毛巾，放在後腦勺上。仍然頭痛欲裂，但已經不再是無法忍受了。幸好，骨頭應該沒有異常，看樣子，應該還可以活動。

他檢查了室內，這裏沒有放任何失竊會造成困擾的東西。桌上放著錢包，裏面的現金分文不少。筆記型電腦似乎被人打開過，但因為秋生事先設定需要密碼才能啟動，對方似乎放棄了。他打開衣櫃裏的保險箱，護照、金融卡和信用卡都完整無損。他又檢查了一次房間，才發現放在夾克內側口袋裏的手機被人拿走了。

很顯然，對方並非單純在飯店搶劫的強盜。

他用飯店的電話撥打自己的手機，沒有回應。電話關機了。

秋生感覺稍微好了一點，他去製冰室拿了冰塊，用毛巾包起後，敷在患部。患部比他第一次摸的時候似乎消腫不少。他只要稍微一動，就感到天搖地動，很想嘔吐。他去廁所，把胃裏的東西稍微吐了出來。

到底是誰幹的？

起初，他以為是黑木在警告他。但眼前的形勢已經逼得秋生不得不回香港，黑木的目的也已經達成，根本不需要到飯店來偷襲也。如果他真的認為秋生礙手礙腳，不可能就這樣而已。

那到底是誰？知道秋生住在這裏的人並不多。倉田老人、五井建設的間部，還有調查公司的恩田……。據他記憶所及，只有這三個人而已。秋生實在想不透，到底誰想攻擊自己。

過了好久，他才終於意識到，歹徒想要從手機號碼了解秋生的真實身份，同時，檢查手機來電和撥號紀錄。雖然不知道為什麼，但顯然有人想知道秋生的本名。然而，那個手機是秋生用匿名買的預付卡號碼，即使查到號碼，也無法查出所有人的身份。這次回到日本，他沒有用手機和任何知道自己真名的人通過話。

當他思考這些事時，意識又漸漸模糊起來。

在朦朧的意識中，他聽到麗子的哭泣。

「你帶我走吧。」

他似乎捕捉到某些東西，然而，在將這種訊息化為語言之前，記憶再度陷入空白。

22

上午十一點，計程車停在新橋車站前的五井建設總公司前。今天從早晨開始，又下起了綿綿細雨。聽收音機的天氣預報說，這場雨從昨天半夜一直下到現在，今天傍晚有可能變成雨加雪。他仍然頭痛不已，間歇性地想要嘔吐。

當他九點多醒來時，發現感覺好多了，心想應該沒有問題。他起身整理好東西，退完房，搭上計程車。沒想到，剛才又突然頭痛起來。

比約定時間晚了十分鐘，間部上氣不接下氣地跑來。由於是假日，他穿著毛衣和皮夾克，一身休閒打扮。他請司機打開後車門，等間部一上車，就對司機說：「你在附近繞一圈。」

間部把裝了五千萬折扣金融債的信封交給秋生，小聲說：「那就萬事拜託了。」面額一百萬的折扣金融債只有五十張，並不會太厚。

「我按照你的吩咐，和資料一起放在公司的信封裏，你打算怎麼帶過去？」

「就這樣放在夾克口袋裏，接受手提行李的檢查。」秋生說。

搭機前的手提行李檢查時，如果攜帶危險物品上機，就會遇到麻煩。九一一恐怖攻擊後，這種趨勢更加明顯，就連簡易刮鬍刀也會遭到沒收的過度警戒，遭到了很多抨擊。然而，現金和債券不可能危害飛機。除非是帶滿滿一皮箱的現金通關，否則，海關檢查根本不會對裝在信封裏的資料產生興趣。

秋生問間部，要不要寫張收據給他。

「那種東西根本沒有意義，反而礙事。」

間部拒絕道。的確，最好不要留下不必要的證據。

「你有沒有把帳戶申請書寄過去？」

「有，我當天就找人認證了護照，用國際快遞送過去了。」

「我今天回香港，明天上午，就會把這些折扣金融債存進證券公司。只要向證券公司發出變現的指示，下個星期三左右，就可以折成現金。境外銀行的帳戶開設通知會寄到香港的信箱公司，如果你不介意，由我開封後代你匯款。我會打電話告訴你帳戶號碼。」

間部低頭道謝說，一切就麻煩你了。秋生寫下自己在香港的手機號碼，交給間部。

「有什麼情況，你可以打電話到這裏。如果沒有緊急情況，也可以用電子郵件聯絡。」

間部點點頭，說他知道了，瞥了一眼手錶。可能馬上要開下一個會議了。秋生也沒有時間久耗。

計程車再度停在公司玄關前，下車前，間部把臉湊到秋生的耳邊說：

「對了，昨天晚上，菱友的山本先生在家裏用獵槍對著腦袋開了一槍。菱友的宣傳部門拼命封鎖消息，目前還沒有公布。兩三天後，應該會成為社會版的大新聞吧。」

間部似乎這時才發現秋生的異狀，「你的臉色好像不太好。」

秋生回答說：「沒事。」間部說了聲：「多保重。」便匆匆走回公司。他滿腦子都是自己公司的事，才沒有發現秋生受了傷。

秋生在新橋車站下車後，走到車站地下樓層的郵局，買了現金掛號的信封，裝入四十萬現金，寄給恩田調查情報。逃生梯旁有個公用電話，他打給恩田。

秋生說：「我有急事要回香港。」恩田說，住民票和戶籍等資料已經拿到了，希望告知香港的地址。秋生留下了陳先生那裏的地址後，要他簡單說明一下內容。

「若林麗子在一九七〇年出生在東京都武藏野市，她的父親叫義郎，母親叫康子。沒有兄弟姊妹。

「麗子在國小五年級前，都住在老家，之後，又搬往拜島、大井町和赤羽等東京周邊，十五年前，搬到綾瀨。住民票顯示他們一直住在那裏，一九九九年，搬到港區南麻布。那裏是她的未婚夫真田克明的公寓。」

他的報告一如往常簡潔明瞭。

「真田克明呢？」秋生問。

「事務所都沒有人出入。我問了管理公司，這個月的房租還沒有付，也沒有接到當事人的聯絡電話。我去了他家裏，那裏已經被黑道兄弟佔領了，根本無法打聽，也不知道是哪個堂口的人，還一直被他們威脅。」

恩田苦笑著。想必他真的受苦了。恩田沉默了片刻說：

「真田和山本似乎都捲入了麻煩事，如果掌握到明顯的犯罪證據時，我必須報警，所以，先向你打一聲招呼。」

秋生回答說，沒有問題。原本想請恩田調查一下麗子母親到底發生了什麼事，但還是打消了念頭。昨天晚上在飯店遇襲的事，也最好不要提起。

「調查工作可以暫時告一段落，我已經用現金掛號，寄了四十萬給你。如果調查費不夠，打電話到香港給我，我會支付追加的費用。」

恩田似乎稍稍鬆了一口氣，說了聲：「我知道了。」他原本以為挖到了金礦，在實際調查後，發現是一個危險而棘手的案件。當然，秋生也感同身受。

秋生在新橋車站攔了計程車，到達黑木的事務所時，已經十二點多了。或許是動作太激烈的關係，他再度感到頭痛不已。一下計程車，就覺得天搖地動，好不容易走到事務所門口，按了門鈴。門開了，一看到五郎的臉，眼前就一片漆黑。

當他醒過來時，發現自己正躺在沙發上。後腦勺敷著冰袋，用繃帶固定。可能是因為睡了一下的關係，感覺好多了。他抬頭看著周圍，目光漸漸聚焦。

「你昏睡了將近兩個小時。」不知道從哪裏傳來聲音。這個聲音很熟悉。過了好一會兒，他才想起那是黑木的聲音。

「我找了醫生過來幫你看過了，雖然撞擊力道很大，但骨頭沒有異常，多休息就沒問題了。不過，他說最好去專科醫院做一下CT檢查。」

一張可怕的臉突然映入眼簾。五郎一臉擔心地看著他。和昨天一樣，穿著深色西裝、漆皮皮鞋，悠然翹著二郎腿的黑木出現在他的身後。

「你之前幫了我不少忙，這麼一來，我們算是扯平了。」

秋生緩緩坐了起來，正視著黑木的臉。如果沒有五郎的協助，他甚至無法坐起來。

「誰幹的？」

「我不知道。如果你懷疑是我們，就大錯特錯了。你還沒有違反和我之間的約定。」黑木聳了聳肩，「還有沒有其他可疑的對象？」

秋生搖搖頭。光是這個動作，就讓他覺得地面劇烈搖晃起來。

「有沒有什麼東西被偷？」

「手機。」這次，他沒有搖頭，直接回答說。只要頭不動，就沒有太大的問題。

「歹徒把你打昏，就只帶走一支手機？那傢伙真變態。」

他拿起Camel香菸，制止了打算拿打火機為他點菸的五郎，自己點了火。純金的打火機冒出藍色火焰。

「看來，又出現了一個怪胎，這不是很有趣嗎？」

黑木似乎並不知道秋生昨天遇到麗子的事。當然，秋生也無意告訴他。

黑木問：「要不要喝點水？」

「不用。」從剛才開始，他再度感到劇烈的頭痛。

「那把麗子的電腦拿來這裏吧。」

「可不可以先讓我去一下廁所？我想嘔吐。」

黑木向五郎使了一個眼色。五郎毫不費力地把秋生扶了起來。

即使蹲在馬桶前，也只能吐出一點胃液。不過，嘔吐之後，感覺輕鬆多了。

秋生再度在五郎的攙扶下回到會客室，桌上放了一台IBM的筆記型電腦。那是兩、三年前的機型，可以使用插卡式數據機連結網路。會客室的電話被拔了下來，電話線接到了數據機上。

打開電腦，幸好，電腦沒有用密碼鎖住。秋生查了網路連結方式，發現設定在撥接式上網方式。沒錯，麗子就是在深夜的時候，拿著這台筆記型電腦和數據機去附近的公用電話，從那裏連結網路。

打開網路信箱功能，收件匣裏空空的，甚至沒有設定電子郵件帳號。麗子不是沒有使用電子郵件功能，就是和秋生一樣，使用的是網路信箱。

秋生檢查瀏覽紀錄上的上網紀錄，確認自己猜的沒錯。他看到了日本只有一部分內行人才知道的網路專業境外銀行的URL。

也許，可以從這個電腦登入銀行帳戶。最新的瀏覽器有搜尋建議（auto complete）功能，不需要每次都打登入帳號和密碼，只要按下帳號的第一個字，就可以連同密碼自動顯示。由於麗子是在戶外的公用電話上網，很可能使用這項功能。

秋生用撥接連結網路，黑木繞到他背後，緊盯著電腦畫面。秋生拿著滑鼠的手停了下來。然而，如果不趁現在確認，恐怕永遠都沒有機會了。

他根據瀏覽紀錄上的URL，進入了境外銀行的網站。秋生有幾個顧客也使用這家銀行，所以，知道這家銀行的登入ID是六位數。

他從「1」開始，依次打入數字。剛才的頭痛已經消失無蹤了，他的心跳加速。

當他打到「6」的時候，終於猜中了。

秋生情不自禁重重地歎了一口氣。畫面上出現了登入ID和用＊顯示的密碼。

「你真是有兩下子。」黑木在背後嘀咕道。

點進去後，自動跳到了帳戶畫面。

秋生的興奮頓時消失了。畫面上顯示的月結單上，只剩下三萬美金的餘額。

從交易紀錄來看，兩個星期前，曾經從別家銀行電匯了五萬美金進來。之後，陸陸續續用金融卡提領了兩萬美金左右。

「這是怎麼回事？」

秋生無視黑木的問題，努力想找出詳細的交易紀錄，但還是無功而返。他整個人跌坐在沙發上，又開始感覺不舒服了。

「麗子在兩個星期前，從某家銀行匯錢到這個帳戶。就是在事件發生後不久，她很可能把盜取的五十億日圓的一部分換成了美金後匯款。之後，她從ATM提領，並刷卡購物。」

秋生指著月結單的畫面向黑木說明。

「沒有辦法查到是從哪個銀行匯過來的嗎？」

秋生無力地搖搖頭。他剛才很努力地確認，仍然徒勞無功。

一般銀行的月結單會顯示匯入或匯出銀行的名字，甚至有些地方會顯示帳戶號碼和匯入人名。然而，這家銀行只顯示電匯和支票存款的差別，如果要了解更詳細的情況，必須用電話洽詢。當然，如果不是本人，銀行方面當然不予理會。

金融卡的使用也一樣。秋生所使用的境外銀行月結單上會顯示在哪個地區的第幾號ATM提款。這裏卻只記載了用金融卡提領的紀錄。

不過，信用卡的使用紀錄卻很詳細。

麗子用這個銀行的信用卡在新宿的百貨公司購物。但她只用了三次，之後，每隔兩三天，就去ATM提領現金。

ATM每天的提款上限為二十萬，她每次提領的金額都到達上限。秋生計算後發現，她在這個帳戶提款八次，總計提領了一百六十萬。第一次提款日為十天前，最後一次是前天。

即使在逃亡期間，麗子仍然過著奢華的生活。大致計算一下，就發現她一天花費超過十萬。

秋生回想起麗子身上那件昂貴的毛皮大衣。當然，和她手上的五十億金融資產相比，根本是九牛一毛。

「他媽的。」聽了秋生的解釋，黑木難得咒罵起來。「有沒有其他的方法？」

然而，秋生已經無力思考。一旦失去集中力，他也許會再度昏厥。

他用盡最後的力氣，拿出隨身攜帶的軟式磁碟片，從麗子的筆記型電腦上找出上網資料，複製在磁碟片上。只要連同密碼一起記錄下來，即使在其他電腦上，也可以登入麗子的帳戶。黑木不發一語地看著他做這些事。

黑木瞥了一眼時間問道。

「你是幾點的飛機？」

「六點。」

「你會按原計畫回香港嗎？」

「對。」秋生回答說。

「你很守信用。」黑木露出滿足的笑容，「那我叫五郎送你去成田機場。」

黑木靠在沙發上，翹著二郎腿。

「還有一點時間，我不妨告訴你一個祕密。」

說著，他對一旁的五郎小聲嘀咕了幾句，五郎的臉皺成一團，聽到黑木大聲咆哮：「別囉嗦了，趕快去吧。」才不甘願地走了出去。

「你知道對黑道兄弟來說，什麼是最重要的嗎？」黑木問。

「暴力嗎？」

「可惜啊。」他歪嘴笑了起來。「黑道兄弟為什麼使用暴力?因為,暴力可以令人感到恐懼。恐懼可以讓人變成奴隸。我們做的事,就是利用這種恐懼控制對方,搾取錢財。為此,不惜使用任何工具。這個世界之所以充斥著暴力,就是因為笨蛋也會運用這種工具。」

「你能了解嗎?」黑木說,「暴力會帶來恐懼的原理很簡單。切掉一截小拇指會痛,子彈打穿心臟會死。在當今的日本,只有警察、軍隊和黑道可以有組織性地使用暴力。」

這時,五郎帶著金髮男走了進來。金髮男身上穿了一套髒髒的運動衣,胸口還留著嘔吐物。比起之前在香港見到他時,整個人瘦了一大圈,面如土色。他和上次一樣,不停抖著腳,即使看到秋生,也沒有任何反應。

「非法的暴力必須付出巨大的代價。」黑木不理會金髮男,繼續自顧自的滔滔不絕。「以前,警方對黑道之間的火拚睜一隻眼,閉一隻眼,最近卻不再鬆懈。即使砸毀別人堂口的事務所,也要被關個兩、三年,根本沒辦法做事。雖然我們被稱為暴力份子,但現在已經沒有人使用暴力了,這麼一來,到底要怎麼做生意?」

然後,他緩緩地看著金髮男。

「所以,我們最近開始進口暴力。需要殺手的時候,就從南美、菲律賓和中國找殺手過來,由他們動手。不過,有時候時間緊迫,來不及找人過來,所以,也需要這種傢伙。」

金髮男心浮氣躁地抖著腿,嘴裏唸唸有詞,但聽不清楚他在說什麼。

「正如你看到的,這傢伙是毒蟲。如果不每隔兩個小時給他注射,他就會出問題。他滿腦子都是毒品的事。我想，他應該活不過半年。」

「你知道我為什麼要養這種傢伙？」黑木問。金髮男完全沒有發現自己成為討論的話題。

「我們年輕的時候，老一輩教我們，即使匕首頂在喉嚨，也必須紋風不動。當然，在現實生活中，能夠做到這一點的人少之又少，即使真的有，這種人也會先成為槍下亡魂，根本不會活到現在。」黑木開心地笑起來，「所以，我們想出了更簡單的方法。真應該感謝文明的進步，如今，可以靠毒品的力量控制他人。只要找一些吸毒腦筋出問題的人加以調教，就解決問題了。」

黑木叼著一根Camel菸。五郎敏捷地遞上Zippo打火機，為他點了火。黑木吸了一口，就把菸蒂在煙灰缸裏熄滅了。

「人和貓狗沒什麼兩樣，只要輪流用暴力和毒品控制，之後，一打開開關，就可以變成殺人機器。這傢伙根本不怕死，況且，他根本沒有死的感覺。」

「很有趣吧？」黑木說著，看著秋生，然後，一言不發地對五郎指了指出口。五郎好像拿什麼骯髒東西似地皺著眉頭，拉著金髮男運動衣的袖子。金髮男乖乖地聽從五郎的指示。

室內的空氣流動著，有一種令人作嘔的惡臭飄了過來，秋生差一點又吐了出來。當金髮男走過身邊時，終於清楚地聽到他嘴裏在唸什麼。他不停重複著：「我要、我要、我要、我要、我要……」。

秋生閉上眼睛，努力忍著嘔吐。

「你這是什麼意思？」

秋生好不容易感到舒服一點後問黑木。這是不好笑的笑話?還是威脅?

「這個世界比你這種公子哥兒能夠想像的更加齷齪。我們活在這個世界。」

這時，黑木露出冷笑。

「我們是指我、真田、山本和麗子。」

秋生看著黑木的臉。他的臉上沒有任何表情。

「你回香港之後，最好趕快忘了這件事。」

黑木站了起來，大聲叫著五郎。

秋生坐著五郎開的賓士，從黑木的事務所前往成田機場。他幾乎不記得車子啟動後的事，當他回過神時，賓士車已經停在機場的出境大廳前，五郎擔心地搖著秋生的肩膀。

「已經到了，你還好嗎?」

「現在幾點?」

「四點半。」

距離出發還有一個半小時。他買了商務艙的機票，不需要排隊辦理登機手續。他向五郎道謝後，下了車。這一次，他並沒有感到地面搖晃。

「好像好很多了。」

聽到他這麼說，五郎開心地笑了起來。

秋生唯一的行李，就是間部交給他的信封，和裝了電腦的皮包。

「呃，這個給你。」五郎遞給他一個塑膠袋。「這是跌打損傷用的敷藥，請你在飛機上用。」

「謝謝。」秋生說著，接了過來。

「不謝，是黑木先生叫我拿給你的。」

五郎說，要把車子停在停車場，送他到登機門，秋生婉拒說，自己沒有問題。秋生叫五郎下次去香港時，務必要和自己聯絡後，依依不捨地和他道別。

他早早地辦完登機手續，在出境大廳等候登機。間部交給他的五千萬折扣金融債輕而易舉地通過了手提行李的檢查。他把信封對折，隨意地放在夾克口袋裏，誰都不可能對此產生興趣。

據說，年底取消國外旅行的旅客創下了史無前例的紀錄，然而，今天的成田機場仍然擠滿了拖著行李箱的年輕女性。報紙上說，日本有三百五十萬失業人口，一百萬人接受生活救濟，還有官方沒有公開的數萬名遊民。雖然日本已經陷入戰後最嚴重的不景氣，失業率已經超過百分之五，但這裏的每一個人都顯得歡天喜地。

和五郎分手後，秋生也曾經想過取消機票回東京。也許應該繼續留下，和麗子好好談一談。不過，黑木沒有這麼天真，他一定會確認秋生到底有沒有搭乘指定的班機。一旦知道他違背了約定，就絕對不會有剛才的好臉色。甚至，不可能特地為秋生買敷藥。

秋生回想起昨天麗子的樣子。

麗子努力撿起破碎的心的碎片。她的努力卻徒勞無功，那個容易受傷的靈魂還是發出咯啦咯啦的聲響崩潰了。秋生無法得知，麗子到底能夠維持正常的狀態多久。

沒有人能夠保證麗子會再度出現在秋生面前。即使她想見秋生，他們聯絡的手機也被人搶走了。即使可以再度見到麗子，現在的秋生也無法幫助她。

催促登機的廣播一遍又一遍響起。白人旅客在咖啡廳正中央的櫃檯酒吧喝著威士忌，穿著名牌衣服的小孩子們在大廳裏跑來跑去。秋生坐在貴賓室角落的椅子上，閉上眼睛，忍受著陣陣襲來的頭痛和嘔吐的感覺。

他用力咬著嘴唇。

只要做好和麗子生死與共的心理準備，他完全可以奮力把她奪過來。

他好想再度擁抱麗子，那是一種令他瘋狂的慾望。

他只是害怕自己會這麼做。

秋生在至今為止的人生中，曾經體會過一次又一次的慘痛失敗。在曝露自己的無能後，被趕出避險基金的那一天；轉眼之間虧損了兩千萬，在不停下著的雨中，在電話亭裏瑟瑟發抖的夜晚。然而，所有這一切，都不曾令他感受過此刻的巨大挫折。

突然，他想起應該通知陳先生自己回國的事。秋生突然懷念起他的爽朗笑聲。

如果不做些什麼，他會當場大叫起來。

他在附近的公用電話打電話到香港。

電話鈴聲響了好幾次，都沒有人來接電話。正當他驚覺是星期天，打算掛上電話時，阿媚接起了電話。

秋生不知道該說什麼，便問：「陳先生在嗎？」一陣漫長的沉默後，聽到阿媚說：「今天只露了一下臉就走了。秋生請她轉告：「我現在回香港，明天上午會去他的辦公室。」

「你還好嗎？」阿媚問。

「我累壞了。」秋生回答。

「我在辦公室等你。你回香港後，務必要打電話給我。」阿媚說。

受到恐怖攻擊的影響，企業紛紛取消了去國外出差的行程，飛香港的商務艙連三分之一都沒有坐滿。秋生靠在座椅上，沒有力氣做任何事。空服員問他：「您是不是不舒服？」她的語氣根本不是擔心，而是感到困擾。秋生隨意揮了揮手說：「我不需要用餐。」閉上了眼睛。

曾經是麗子未婚夫的真田下落不明，菱友不動產的山本用獵槍打穿了自己的腦袋。

麗子讓她周圍的人毀滅，化為屍體。

她到底打算何去何從？

記憶的碎片突然浮現在他朦朧的意識中。

那天，麗子靠在維多利亞灣的渡輪欄杆上，靜靜地流著淚。

她到底是為誰哭泣？

第三章　聖誕快樂

23

到達香港國際機場時，已經晚上十點多了。他在入境大廳打電話到陳先生的辦公室，電話鈴聲才響了一次，阿媚就接起了電話。

「我回來了。」

「要我做什麼？」阿媚問。

「可不可以用妳的名義在中環附近訂一家飯店後，再辦理入住手續？我不想回自己家裏。」或許是因為氣壓的關係，在飛行途中，他就感到頭痛欲裂。現在稍微緩和了一點，但想到明天的待辦事宜，還是盡可能住在市中心。況且，他也想防範在新宿飯店襲擊他的傢伙。

「等我訂好飯店後，會打你的手機。」

「號碼妳還記得嗎？」

「我真希望我可以忘記。」阿媚掛上了電話。

金鐘太古廣場附近，港島香格里拉酒店、港麗酒店、JW萬豪酒店三家酒店各霸一方。阿媚打電話說，她會等在香格里拉酒店大廳。

阿媚站在宛如一幅大山水畫的中央天井壁畫下方。她穿著深胭脂色的毛衣，搭配深藍色長裙。一頭長髮綁在腦後，大顆的珍珠項鍊很適合她成熟的氣質。走過大廳的男人們紛紛向她投以注目禮，她卻完全沒有察覺。

秋生搭電扶梯來到大廳，阿媚眼尖地看到他，立刻跑了過去。

「你怎麼了？臉色看起來好差。」阿媚一看到他，便叫了起來。

「沒事，只是有點不舒服。」

秋生回答時，阿媚已經拉著他的手臂，朝電梯的方向走去。

「已經辦好入住手續了，房間在四十六樓。」

秋生本來想說，只要把鑰匙給我就好了，但似乎覺得阿媚另有打算。

走進房間，秋生在脫夾克時，阿媚發現了他後腦勺的傷，再度驚叫起來。秋生連忙解釋說：「已經看過醫生了，醫生說，沒什麼大礙。」阿媚完全聽不進去，把秋生帶到床上，脫下衣服，仔細檢查了全身。發現只有後腦勺受傷後，才稍微冷靜下來。

阿媚之後的活躍程度，實在令人瞠目。她打電話到櫃檯，要求送來冰袋和頭痛藥。之後，又四處打電話。她嘰哩呱啦地說著廣東話，秋生完全聽不懂她在說什麼。

三十分鐘後，她說了聲「等我一下」，出去之後，就拿著中藥袋回來了。她叫藥劑師配了跌打損傷的藥，送到飯店大廳。當她從飯店廚房借了小瓦斯和水壺煎藥時，聽到有人敲門。一位五十多歲的紳士走了進來，阿媚介紹說，他是中環一家私立醫院的外科主任。他竟然在星期天深夜十一點多，特地從醫院來這裏出診。阿媚說：「他是我爸的朋友，這是應該的。」

這位外科主任也診斷說：「骨骼沒有異常，但為了以防萬一，最好還是做一下CT掃瞄。」阿媚當場向他預約了第二天一早做檢查的時間。秋生不知道她還會找誰過來，便很婉轉地拒絕說：「這樣就夠了。」

「你肚子餓不餓？」阿媚問道。

秋生這才想起，他今天還沒有吃任何東西。

「如果是粥的話，應該可以吃得下。」聽到秋生的嘀咕，阿媚又打了幾通電話，用廣東話交涉著。

「妳叫了客房服務嗎？」秋生問。「他們說，時間太晚了。所以，我找其他地方。」

「這家飯店有吃粥的店嗎？」

「附近有一家很好吃的粥店，營業到深夜。所以，我打電話過去，說要外帶。」

「他們會送到飯店嗎？」

「沒有啦，怎麼可能？我請飯店的服務生去拿。」

她很乾脆地回答。剛才的電話應該是她在和服務生交涉小費的事。

不一會兒，粥真的送來了。有皮蛋粥和魚片粥。裝在飯店的餐具中，就成為豪華的晚餐。

「我想，你應該想吃點清淡的，看你喜歡吃哪一碗。這一帶，那家粥店最好吃。」

兩個人在飯店房間內狹小的桌子前，面對面吃著粥。正如阿媚所說的，兩種粥都很好吃。剛才的劇烈頭痛竟然神奇地消失了，不知道是什麼奏了效。

吃完晚餐，阿媚讓秋生躺在床上，自己去沖了澡。

秋生趴在床上睡不著，走到窗邊，拉開窗簾。

眼下是一片燈海。

一切都變得好遙遠。

窗戶玻璃上，映照出一個面容憔悴的落魄男人。

自己想要做的事到底對不對？秋生不得而知。

為麗子辦一本假護照很簡單。

然而，光是如此，根本沒有意義。秋生想要找到麗子那筆錢的下落。

包著浴巾的阿媚突然出現在身旁。

她白皙的肌膚泛著紅暈，頭髮上的水滴閃閃發亮。

上午九點，秋生跟著阿媚去醫院接受了檢查。檢查結果沒有異常。

早晨起床後，頭痛和嘔吐幾乎都消失了。昨天晚上，阿媚一整晚都沒有睡覺，忙著幫秋生換冰袋。後腦勺已經消腫，幾乎看不到了。

阿媚說，要從醫院直接去陳先生的事務所。和阿媚分手後，秋生前往中環大馬路後方的一家當地的證券公司。

香港的銀行也可以買賣股票和進行投資信託的交易。除了怡富證券以外，並沒有像日本那種大型證券公司，幾乎都是當地的證券公司。香港的股票完全就像是在賭博，街角的證券公司的股價牌前面總是人滿為患，股價的波動隨時牽動著他們的心。

秋生對香港和中國的股票市場興趣缺缺，只在可以代為投資日本股市的證券公司開了戶頭。那家證券公司裏有幾個會說日文的工作人員，可以透過合作的證券公司，買賣日本市場的股票。表面上是「針對住在香港的日本人提供的服務」，但其實大部分訂單都來自日本國內。秋生把間部寄放在他那裏的折扣金融債交給熟悉的營業員，要求他賣掉換成現金。

這些折扣金融債將用航空郵件送回日本，由合作的日本證券公司出售。雖然無法用無記名的方式中途出售，但這些折扣金融債的名義人是香港的證券公司，因此，並沒有大礙。這些錢換成港幣後，會匯入秋生的帳戶。然而，最近香港的金融機構都知道日本的折扣金融債是常用於洗錢的工具，即使陌生客人拿去銀行，也不會輕易接受。

走出證券公司，已經是上午十點多了。昨天的劇烈頭痛竟然神奇地消失了。阿媚叫秋生直接回家，但他還是決定去陳先生的事務所一趟。

事務所內除了陳先生和阿媚以外，還有四、五名工作人員忙著接電話。看來，這裏的生意還不錯。

陳先生依然繫著不合時宜的領結，滿面笑容地用力抱著秋生。

「阿秋，你終於回來了。」

秋生笑著說，才五天不見而已。陳先生在他耳邊小聲地說：「阿媚每天心情都很差，我是度日如年。」他用廣東話對阿媚說著什麼，事務所內響起一陣笑聲。阿媚漲紅了臉，用廣東話頂了一句。

「結果，今天早上突然變得心情特別好，好像去天堂走了一遭。你昨天帶阿媚去了哪裏？」

陳先生用力拍了秋生的背，放聲大笑起來。這麼大的力氣，令他眼前一片漆黑，但心情也輕鬆多了。阿媚應該把大致的情況都告訴了他，他卻沒有多囉嗦什麼。

秋生向事務所借了一張辦公桌，拿出筆記型電腦，連結了區域網路。他從夾克裏拿出軟式磁碟片，把之前存檔的密碼資料複製在硬碟上。他登入網路境外銀行，輸入ＩＤ號碼，密碼立刻顯示出來，他順利登入。

麗子又從ＡＴＭ提款了。金額仍然是每次的提領上限二十萬圓，提領日期就是昨天。

網路上，只能看到這份月結單，但這也是目前所剩下的唯一線索。麗子到底在哪裏的ＡＴＭ提款？只要知道這一點，或許就可以找到她把錢藏在哪裏。

陳先生看著螢幕。秋生簡單說明了情況。

「雖然找到了麗子的帳戶之一，但裏面只有五萬美金，不知道其他的錢在哪裏。月結單上並沒有顯示匯款銀行的名字，我已經束手無策了。」

「她沒有刷卡嗎？」

「幾乎都是從ＡＴＭ提領現金，這方面完全沒有線索。」

陳先生手指著月結單的一部分問：「這是什麼？」

「只有這三次是在新宿的百貨公司刷ＶＩＳＡ卡購物，應該是她從網路上看到月結單，發現刷卡會讓人發現她的行蹤。之後，就沒有再用信用卡買過東西。」

「如果是ＡＴＭ，只有打電話到信用卡公司，才能問到使用地點。」陳先生喃喃自語著，「的確無從著手。」

「呃？你剛才說什麼？」秋生反問道。

「你問我說什麼嗎？」陳先生露出納悶的表情。

「對喔，只要打電話去信用卡公司問一下就好。」秋生情不自禁叫了起來。

陳先生瞪大眼睛說：「如果可以這麼做，誰都不必傷腦筋了。」

和ＶＩＳＡ、萬事達等國際網路連結的ＡＴＭ並不多，即使有ＶＩＳＡ的標記，如果沒有「International」的字樣，就無法使用國外的信用卡。可以從信用卡的網站上找到哪裏設置了這種ＡＴＭ提款機。所有的ＡＴＭ都有號碼，只要問信用卡公司，就可以確定麗子使用的是哪裏的機器。境外銀行的信用卡、轉帳卡和提款卡功能都集中在一張卡上，因此，通常由銀行的信用卡部門負責發行。

然而，不是當事人，要如何問信用卡公司？

秋生想起恩田要求工讀生真紀詢問的方法。秋生已經掌握了生日、護照ＩＤ等基本資料，只要有人假扮麗子打電話就可以了。由於並不是要求資金轉移，在安全管理上並不會太嚴格，應該不至於要求編碼字。

然而，首先必須知道信用卡號碼。

難道要像恩田那樣，假裝信用卡失竊，詢問信用卡公司嗎？不過，這種方法並不理想。如果之後同一個人詢問ATM的問題，任何人都會起疑。如果銀行方面照會麗子，就會知道第三者登入了帳戶，麗子一定會更改密碼。到時候，一切努力都化為烏有。

秋生再度檢查了月結單。刷卡紀錄是在新宿東口的著名百貨公司。如果可以看到那裏的簽帳單，就可以查到信用卡號碼。不過，應該無法像白井超市那麼簡單吧。

要不要委託恩田？然而，再能幹的調查員，一旦知道可能和黑道扯上關係，絕對不會欣然接受這種案子。而且，如果讓恩田了解太多，他可能會向警方報案。恩田那麼能幹，絕對會留一、兩手。目前，必須避免這種情況發生。

這麼一來，只能依靠黑木。

秋生想了一下，拿起電話。黑木也知道這份月結單，即使隱瞞他也沒有用。

「你還好嗎？」黑木問。他漠不關心的口吻，好像在和路邊的狗打招呼。

「馬馬虎虎。」秋生回答，結束了彼此的寒暄。

「有什麼事嗎？」

聽到秋生拜託的事，黑木很乾脆地說：「這件事，我昨天已經調查過了。」秋生和黑木是在昨天下午一點之前分開的，可見他的調查能力也不容低估。

「我們和那家百貨公司有不少交情。」說著，他報上了信用卡卡號。

「還有呢？」

秋生回答說：「暫時沒有，一有情況，我會和你聯絡。」然後掛上了電話。雖然對黑木這麼合作的態度感到奇怪，但無論如何，總算前進了一大步。

一看時間，還不到十二點。由於時差的關係，歐洲的銀行要到香港時間傍晚五點過後才開始營業。

秋生問陳先生，「我傍晚的時候可不可以請阿媚幫我做點事？」

「這種事，你直接問阿媚吧。」陳先生故意大聲回答，然後，把剛才的對話翻譯成廣東話。辦公室內再度響起笑聲。阿媚的臉漲得通紅，逼近陳先生面前。陳先生好像一大早就發現阿媚和昨天穿一樣的衣服。

卡爾洛餐廳的午餐依然很受歡迎，他們下計程車時，門口已經大排長龍。陳先生毫不在意地走進餐廳，找來服務生小李。大鋼琴旁的固定座位上，已經放著「預約」的牌子。小李一看到阿媚，就說：「好久不見。」陳先生說今天午餐他請客，以安撫阿媚的怒氣。這家餐廳午餐不接受預約，但陳先生打電話給小李，他就特地為他們保留了座位。

陳先生的心情似乎特別好，說要開香檳。小李拿酒單來時問：「是不是有什麼好事？」老闆卡爾洛也走了出來。他們兩個人是一起玩股票的股友，以為陳先生哪支股票賺了大錢。

「今天是我人生中最棒的一天。」陳先生說：「事隔四個月，我又看到了阿媚的笑容。」

阿媚一臉快哭出來的表情，用廣東話說著什麼。她似乎在求饒，叫陳先生不要再四處張揚了。

卡爾洛看著秋生和阿媚說：「香檳我請客。」

24

「我來香港度假，檢查了一下月結單，發現好像有我不知道的ATM提款記錄。」

回到陳先生的事務所，秋生向阿媚解釋了步驟。歐美國家的人根本分不清中國人和日本人的區別，他們會以為只是倫敦和利物浦之間的差異。即使聽到阿媚自稱是若林麗子，帶著廣東腔的英語，也不會產生任何懷疑。

「然後，妳就說『請立刻幫我查一下到底是用哪裏的ATM提款的？』妳說，妳是在香港朋友的公司打的電話，請對方打電話或傳真到這裏。」

秋生問有沒有問題，阿媚回答說：「小事一樁。」

等到傍晚五點，阿媚撥打了電話。

果然不出所料，當她說出麗子的姓名、信用卡卡號和生日，負責信用卡的承辦人就上當了。他深表同情，答應調查後，立刻用傳真通知。阿媚成功地扮演了一個捲入麻煩的小富婆，她的演技也可圈可點，絲毫不輸給真紀。而且，還特別強調自己正在旅行，很不容易取得聯絡。這麼一來，承辦人應該不會特地打電話去家裏確認。

三十分鐘後，就收到了銀行的傳真。

ATM總共使用了八次，其中六次是在新宿東口花旗銀行的ATM。秋生認為，麗子把行李放在大久保的公寓後，住宿在新宿附近的各家飯店。在國內的飯店入住時，不需要出示身份證明。她完全可以在沒有預約的情況下直接入住，住宿費用都用現金支付。有許多人住飯店想要隱藏身份，飯店方面已經見怪不怪了。她住在新宿的飯店，然後不時去大久保的公寓檢查信箱。

在其他的兩次提款紀錄中，昨天是在世田谷區經堂的車站大樓內，VISA的ATM。第一次是在十天前使用信用卡，地點在香港的國際機場。

秋生終於了解麗子盜取鉅款後，為什麼非來香港不可的理由了。

麗子是來香港領取信用卡的。

秋生一直以為麗子取消陳先生的信箱，是因為她在藏身之處，也就是新宿附近申請信箱，請銀行把月結單寄到日本。

然而，要開設新的帳戶並不簡單。

任何一家境外銀行為了預防洗錢，都禁止使用信箱作為通訊地址。如果申請的是「P.O. Box」的正規信箱，就無法順利申請開戶。然而，只要利用像陳先生這樣的業者，就可以偽裝成自己的住家。正因為如此，即使月租費不便宜，仍然有人使用。

日本也有提供相同服務的業者，但由於這種業務屬於灰色地帶，很可能和黑道有關。當然，黑木應該會發現這個問題。一旦用「若林麗子」的名義申請信箱，等於自投羅網。

想要申請帳戶，需要一個可以收到「若林麗子」信件的地方。她當然不可能使用和真田共同生活的南麻布的住家，她母親在綾瀨的公寓也無法列入考慮。如果是沒有鎖的信箱，信件不知道會被誰拿走。而且，麗子的住民票上清楚寫著她的地址。

——難道，她在香港另外申請了一個信箱？

秋生咂了一下嘴。為什麼之前竟然沒有注意到這麼簡單的問題。

麗子用某種方法在香港申請了新的信箱，向法人帳戶的境外銀行要求變更地址。一旦拿到印有新地址的月結單，就可以作為地址證明，同時附上經過認證的護照影本和匯款，在任何一家銀行開設帳戶。

她只需要第一封帳戶號碼的通知，所以，可以另外付費，轉寄到日本的郵政信箱。一旦得知帳戶號碼後，可以讓日本的信箱立刻作廢。這麼一來，就不會被黑木發現。

如此這般，麗子祕密地申請了兩個帳戶。其中一個是為了匯入五十億的帳戶。另一個是可以在網路上登入的銀行帳戶，以便在日本活動時使用。因為，要在黑木他們的眼線底下打國際電話或是利用傳真和銀行聯絡實在太麻煩。

然而，新申請的銀行需要一個星期，甚至可能一個月才會核發信用卡。如果是日本的信箱，這麼長的時間無疑是很大的風險。所以，在匯款五十億之後，她不惜冒著可能被黑木知道她出國的危險，來香港領取信用卡。

「你的意思是，若林麗子名義的另一個信箱是在香港嗎？」聽了秋生的解釋，陳先生嘀咕道。「但香港像我這樣的業者多如牛毛，也有些是老闆兼撞鐘的公司，根本不可能一一調查。」

「沒那麼複雜。」秋生說，「如果她是從日本申請的，一定是可以在網路上查到的業者。而且，必須能用英語交涉。只要縮小到這個範圍，相信應該不會超過五十家。」

秋生瞥了一眼月曆。

「麗子是在二十天前來香港的，現在應該已經收到十一月底結算的新月結單了。」

秋生躺在陳先生事務所接待室的沙發上。一坪多大的房間內，勉強塞進了這套沙發。房間的角落堆了很多紙箱，還有好幾個積了厚厚灰塵的花瓶。

快到傍晚的時候，他感到有點疲倦。雖然已經不想嘔吐，但還不時感到頭痛。阿媚看到秋生臉色很差，一再勸他回家休息，不過，秋生打算今天之內，把信箱服務業者的名單查出來。結果，只好請阿媚在下班後留下來幫忙，他暫時在這個房間休息。

「阿秋，你還好嗎？」陳先生走進來問，又一臉正色地說：「我想，你最好還是去醫院好好檢查一下，乾脆趁這個機會做一次全身檢查。我會拜託我認識的醫院院長，用折扣價格為你準備最高級的單人病房。」

秋生擔心陳先生真的會把他送去醫院，慌忙坐起來說：「已經沒事了。」

「那就讓阿媚看看你精神好的樣子，不然，她每隔五分鐘就問我，哪家醫院比較好，到底要吃什麼藥，根本沒辦法工作。」說著，他一如往常大笑起來。「你不妨全試試看，就知道哪一種藥最有效。這麼一來，我老了以後也不用擔心了。」他的笑話還是很不好笑。

「對了，這是什麼？」秋生指著陳先生手上的包裹。

「這個？剛才收到的，我都忘了。」

是恩田寄來的資料。恩田應該在昨天接到秋生的電話後，立刻寄出來的。裏面是麗子的戶籍和住民票。秋生粗略地看了一下，和他在電話中了解的情況相同。

秋生發現包裹裏還有一個長方形的白色信封。是恩田寫給他的信。

在「請查收信中的其他資料」這句公式化的內容後，用手寫著：「我猶豫了半天，不知道該不該告訴你，我無法判斷，所以，還是一起寄給你。」

信封裏裝了一張B5大小的紙。上面簡短地寫著：

「若林康子　昭和十七年七月三日出生

前科：有（一次）

罪名：殺人

判決宣判日：昭和六十三年十一月二十六日

判決：有期徒刑十五年

平成十一年十月十四日：假釋
平成十二年十一月六日：死亡」

下面貼了一張舊報紙的影本。簡短的報導內容只有四行而已，旁邊用紅色原子筆寫著「一九八八年五月八日」的日期。

「八日下午三點左右，足立區綾瀨一丁目的公寓內，發現一名男子全身被菜刀刺殺身亡。調查發現，死者是居住在附近的柿山浩二先生（五十六歲），無業。警方以殺人罪嫌逮捕了住在該公寓的若林康子（四十五歲，無業）進行進一步的偵查。」

麗子是一九七〇年出生的，事件發生時，她才十八歲，就讀高中三年級。

麗子的母親康子在那個公寓殺了人而入獄服刑。平成十一（一九九九）年十月假釋出獄。牧丘醫院的吉岡光代說：「若林康子之前在長期療養，但因為自殺未遂，才被送來這家醫院。」很顯然的，她知道這件事。康子用螺絲起子之類的東西毀容，挖掉了自己的一隻眼睛。一旦被發現是在監獄的工廠內發生這種事件，管理人員的飯碗絕對不保。這種情況也很難送到監獄醫院，所以，才會送進精神病院。即使為她申請生活救濟，也絲毫不足為奇。

麗子得知母親出獄後，立刻去探視她。如此一來，就可以解釋之前和母親疏遠的理由。

秋生重新看了一次報紙的影印內容。事件發生在一九八八年。在此之後，麗子為母親殺人的公寓持續付了十三年的房租。榻榻米和拉門都沒有更換，完全保留了當時的現場。到底為什麼？

應該不是為了等母親刑滿出獄後，母女兩人繼續在那裏生活吧？

對麗子而言，那個血跡斑斑的公寓是一個特別的場所，她之所以持續支付房租，難道對她來說，是一種儀式？

秋生忍不住歎了一口氣。

果真如此的話，即使自己知道了其中的理由，又能怎麼樣？

秋生走回辦公室，打開筆記型電腦。阿媚跑過來問：「你起來沒問題嗎？」秋生回答說：「我已經完全好了。」阿媚似乎不太相信他的話，用手放在他額頭上，確認沒有發燒，又檢查了他的舌頭和瞳孔，才心滿意足地點點頭說：「你的氣色好多了。」秋生道謝後，向她保證：「改天我會去醫院好好檢查一下。」「那我要去找一家好醫院。」阿媚說著，立刻開始撥打電話。秋生不知道這次又會有什麼花樣，但想到之前的事，他也沒資格說什麼。

秋生和阿媚分頭在網路上搜尋，把有英語網站，同時接受國外顧客的香港信箱服務業者全都列成一張清單。陳先生似乎閒得發慌，在事務所內晃來晃去。阿媚說：「陳先生，如果你沒事，就先回去吧。」他氣鼓鼓地說：「我在想事情。」

「那個叫麗子的女人偷了錢之後，試圖申請假護照，冒充他人。」陳先生說：「如果不是壞透頂的人，不會想到這種主意。」

秋生曾經把簡單的情況告訴陳先生，所以，他扮演起偵探了。

「麗子在香港申請了信箱，開了兩個銀行帳戶。為什麼要這麼麻煩？銀行帳戶只要有一個就夠用了。」陳先生繼續推理著。也許，他覺得不在阿媚面前秀一下很沒面子。

「誰都不願意在信用卡可以提領的帳戶裏存一大筆錢。」秋生反駁道。

「你說的有道理。」陳先生很乾脆地收回了自己的推理。其實，他根本就沒有在推理。

然而，秋生卻被自己的話點醒了。每一家銀行為了滿足客戶的這種需要，設有定期存款和通知存款（譯註：通知存款為一星期到一個月之間的短期定期存款，解約時，必須提前兩天通知銀行）。只要把錢轉到這些定存帳戶中，就無法用信用卡動用資金。既然如此，她為什麼需要兩個帳戶？只要一開始把錢匯入網路銀行，一個帳戶操作起來不是更方便？

這時，秋生想到一個最基本的問題。

——麗子如何將五十億日圓這麼一大筆資金換算成四千萬美金匯款？

如果是為頂級富豪服務的私人銀行，每位專員了解顧客的屬性和資金的性質，即使轉移幾千萬美元也不是問題。然而，麗子使用的是可以透過電子郵件開戶的境外銀行。如果在申請帳戶後不久，就匯入四千萬美金，絕對會引起騷動。在發生恐怖攻擊後的節骨眼上，銀行不願意捲入麻煩，一定會徹底調查這筆資金是否牽涉到犯罪。如果是正派經營的銀行，甚至會拒絕接受。

為什麼銀行方面接受了麗子的匯款？

「我知道了。」秋生輕輕叫了一聲。

陳先生滿臉詫異地看著秋生。

「你知道什麼了？」

「我知道錢在哪裏了。」

他自己也難以相信，竟然被這種騙小孩子的手法矇蔽了。

陳先生情不自禁地探出身體：「在哪裏？」

「麗子在申請法人帳戶的同一家銀行，也申請了個人帳戶。錢只是從法人帳戶匯到了個人帳戶而已。」

如果是法人帳戶裏的資金匯到持有者名字相同的個人帳戶，無論金額再大，銀行方面也不會產生懷疑。即使解除了法人名義的帳戶，銀行方面也認為是改用個人名義進行投資。如此一來，麗子就可以順利將五十億轉入自己的帳戶，不會引起銀行方面的疑心。

實在太簡單了。除此以外，沒有任何方法可以在轉移五十億資金的情況下，不引起銀行方面的懷疑。

「言之有理。」陳先生頷首稱是，「現在知道錢的下落，接下來只要把錢拿到手。」

「怎麼拿到手？」

陳先生一時詞窮。「去搶嗎？」

秋生和阿媚不由的互看一眼。

之後，陳先生設計了許多把麗子帳戶裏的錢佔為己有的愚蠢方法。當發現沒人理會他時，他在一旁負責接聽電話，最後說：「我去買點東西回來吃。」不知不覺中，已經晚上八點多了，其他事務員已經回家了，辦公室裏空蕩蕩的。秋生和阿媚繼續在網路上搜尋信箱服務的業者。

一個小時後，陳先生抱了一個大紙袋回來了。他把料理放在桌上，有餃子、燒賣等點心類，以及炒麵、炒飯、雞和海鮮的炒菜，還有杏仁豆腐。阿媚調侃說：「陳先生，你在開餐廳嗎？」

他們總共找到了四十家業者。不過，時間已經這麼晚了，即使打電話過去，恐怕也不會有人接。就算有人接聽電話，也會覺得奇怪。只能從第二天早晨開始工作。

阿媚吃著料理，笑著說：「我爸一定氣瘋了。」

「我會幫妳打電話，妳不用擔心。」陳先生說。

「他會更擔心。」

阿媚的父親是政府官員，但似乎和陳先生很熟。秋生身為外人，無法理解香港人的人際關係。

「阿秋，你呢？」陳先生轉頭問他。

「我還是回銅鑼灣的家吧。」

「我想，這兩三天，你還是先不要回家。」陳先生想了一下說道，「萬一你在家裏突然不舒服暴斃就糟了。」

「陳先生，你別胡說八道。」阿媚生氣地說。陳先生當然不以為意。

「我幫你訂附近的飯店。我回家的時候，會順道去你家看看。」然後，又看著阿媚說：「妳既然這麼擔心，今天也陪他住吧。」

阿媚的臉紅了。陳先生又哈哈大笑起來。阿媚真的生氣了，用力踹了陳先生的小腿一腳。

秋生決定接受陳先生的好意。雖然他沒有說出口，其實心裏還是很擔心會再度遭到攻擊。

陳先生打了幾通電話，預約了兩晚位在中環的富麗華酒店的單人房。那是位在麗嘉酒店旁，漢莎航空集團下的飯店，因此，有很多來自德國的住宿客，服務品質很實在。秋生把家裏的鑰匙交給陳先生。

「阿秋住在飯店，我可以隨時叫服務生去看一下。」阿媚也表示同意。這代表每隔三十分鐘，就會接到她的電話。如果不接電話，飯店工作人員就會衝進房間。

「這些菜就放在桌上吧。我明天上午會早點來整理。」

阿媚說著，轉頭量著秋生的脈搏。「看來，你的心臟還在跳。」

陳先生捧腹大笑起來。阿媚又紅了臉，用廣東話罵著陳先生。兩個人鬥嘴了半天後，阿媚再三交代，「你回飯店後，一定要打電話給我」，才搭計程車回家了。

「這個女孩真不錯。」陳先生說：「你配不上她。」

這是今天陳先生第一次說正經話。

陳先生不知道從哪裏拿出老酒的酒瓶，直接倒進杯子，遞給秋生。他們兩個人第一次這麼靜靜的喝酒。

「阿秋，你對阿媚有什麼打算？」

閒聊了一陣子後，陳先生問道。

「阿媚就像我的親生女兒。如果你可以讓她幸福，我負責去說服她的頑固老爸。」

秋生不知道該如何回答。他很清楚，對陳先生不能說謊、敷衍。

「等這件事落幕後，我會考慮。到時候，也許需要你幫忙。」

聽到他這麼說，陳先生露出發自內心的笑容。

「阿媚就像我女兒。」他又重複了一次，「她和我死去的女兒同年。」

「陳先生，你以前結過婚嗎？」秋生驚訝地問，他以前從來沒聽說過。

「雖說結過婚，其實持續不到兩年。已經是很久以前的事了，我都忘了。」

然後，他開始娓娓道來。

陳先生從中國大陸偷渡到香港後，一直找不到工作。他找到同樣來自廣州的人，基於同鄉之誼，終於找到的工作，卻是在屠宰場將豬解體。

「文化大革命時，我插隊落戶到窮鄉僻壤，在那裏養了三年的豬。最後，我把所有的豬都殺了，逃到香港。沒想到，最後找到的工作竟然是用鋸子把豬隻大卸八塊。」

陳先生自嘲地笑了起來。

「起初，我不習慣血腥味，幾乎每天都會嘔吐。」

假日和深夜，他在中國餐廳洗碗，在工地現場打雜賺錢。然後，在到香港的第三年，用好不容易存的錢買了一個攤位，開始在路邊做生意，用便宜的價格出售從屠宰場流向黑市的豬肉。差不多在相同的時候，遇見了同樣從廣州偷渡到香港，擺路邊攤的一家人。因為陳先生把豬肉批發給他們，認識了他們的女兒。一年之後，他們租了一間小公寓，結婚、生子，生下一個可愛的小女孩。

當時，鄧小平推動了改革、經濟開放政策，華南一帶迅速走向資本主義。廣東省和香港之間有了貿易，但走私的情況更加嚴重。

在東南亞，香港的物價和東京一樣居高不下。擁有七千萬人口的廣東省的物價水準卻不到香港的十分之一。只要把中國大陸的肉類和蔬菜拿到香港販售，等於是不勞而獲。所以，開始出現了大規模的走私。

陳先生也收起了路邊攤，成為走私商人。他趁著黑夜，用小船將深圳一帶集積的物資運到香港。而那些專門偷渡人口的人被稱為「蛇頭」。

香港政府對偷渡管得很嚴，如果只是走私魚肉、蔬菜，官員收取賄賂後，也就睜一眼，閉一眼。然而，同業之間的糾紛不斷。一旦知道走私生意可以賺錢，競爭對手頓時倍增，時常為了爭權奪利而展開火拼。

陳先生沒有具體說下去，想必涉及了黑道內幕。

有一天，陳先生回家後，妻女不見蹤影。三天後，在垃圾場發現了面目全非的母女屍體。

「如果我女兒那時候沒有死，現在應該跟阿媚一樣。」陳先生淡淡說道。

秋生找不到任何安慰的話。

「我會好好珍惜她。」秋生說，「我向你保證。」

陳先生眼眶濕熱地笑了笑。

秋生和陳先生一直喝到凌晨零點過後，才搭計程車回家。當他在富麗華飯店下車，發現櫃檯有一大堆他的留言。他慌忙打電話向阿媚報備，阿媚質問他：「你在哪裏混到這麼晚？我打了不下十次電話。」

秋生不敢說自己和陳先生喝到這麼晚，只能隨便找藉口說，在整理出國期間未完成的工作。

三十分鐘後，陳先生打電話來說，秋生的公寓並沒有異常。

「你在飯店住兩天再回去吧，明天晚上，我會再去看看。」陳先生說。

25

翌日上午八點半剛過，秋生就來到事務所，桌子上已經清理乾淨了。

「你這麼早就來啦。」阿媚用抹布擦著桌子說。今天，她穿了一套令人眼睛一亮的粉紅色套裝，感覺很成熟。「剛才，陳先生打電話來說，他九點會到。」

「我來泡咖啡，你先坐一下。」阿媚說。秋生拿出昨天列表的信箱服務業者名單。這些業者大部分都集中在香港島的中環、金鐘和灣仔附近，九龍半島應該可以排除尖沙咀以外的地方。麗子沒有理由把信箱特地設在交通不便的地方。秋生決定了打電話的優先順序。

阿媚拿著咖啡走過來，坐在秋生的旁邊，看著那份名單。

這一次，也要請阿媚假裝麗子打電話。阿媚曾經在加拿大生活兩年，在香港人中，她的英語發音很接近純正的英國腔，即使假裝是日本人，對方也很難察覺。

「聽好了，妳要假裝是從日本打電話，確認是否有信件。如果順利找到信箱，就問銀行方面應該有寄信件去那裏，也可以順便說，上個月的月初，妳曾經去那裏拿過信件。然後告訴對方，『我朋友剛好要去香港玩，我請他順便過去拿。』再留下我的姓名。之後，我會打電話告訴對方，『我受朋友委託，等一下會去拿信件。』」

「事情會這麼順利嗎？」阿媚偏著頭問。「如果對方說：『我等一下打電話到日本向妳確認』，我該怎麼辦？」

「果真如此的話，也只能說『我現在不在家裏，等我回家後，再和你聯絡』，然後掛上電話。只要知道她的信箱設在哪裏，之後就好辦事了。」

秋生認為，信箱服務公司不可能這麼戒備森嚴。況且，打國際電話並不便宜。

「好辦事？」阿媚問道。

然後，調皮地笑了起來，「你不能找陳先生商量，因為他可能會去攻擊人家。」

他們忍不住笑出來。

「你們到底在笑什麼？」

陳先生走進來時，訝異地看著他們。

阿媚根據名單依次打電話，打到第八家時，終於找到了。對方聽到阿媚說出銀行的信件後，立刻信以為真，還說：「你一次一次從日本過來拿，也很辛苦。」但還是確認了麗子的生日，可見對方是一家正派經營的公司。

三十分鐘後，秋生打電話過去。

「我受若林小姐之託，打電話過來。」秋生一開口，接電話的男人立刻說：「我已經接到通知，恭候你的光臨。」聽聲音，對方應該頗年輕。雖然秋生已經查好地點，但還是假裝是來香港旅行的，問了對方該怎麼走。那家公司位在金鐘車站附近，距離這裏差不多二十分鐘的路程。

那家公司位在太古廣場後方的高科技大樓內，辦公室裏共有五個人，卻有超過十個電腦螢幕，辦公室裏到處都是網路線，感覺像是走進了一家軟體城或是網路公司。秋生回想起這家公司的網站也很有特色。工作人員都一言不發地盯著電腦工作，和陳先生的公司感覺完全不同。

出來接待的是一個名叫比利・楊的二十多歲年輕人。他說，這裏並不是單純的信箱服務公司，當初的創業理念，是成立一家支援新興企業的公司。電話客服中心（call center）另外設在他處，自動轉寄的信件也由那裏負責。這裏只有委託者本人直接來領取的信件。

「廣東話的電話客服中心位在深圳附近，因為，那裏的人事費用比較便宜。目前正在找地方，希望在澳洲也設立英語的電話客服中心。這裏雖然地方小，很難做事，但唯一的好處，就是交通方便。」

比利可能已經睡在辦公室好幾天了，雙眼因為睡眠不足而佈滿血絲。

秋生問他，有沒有來自日本的委託人。

「好像有哪個網站介紹了我們公司，結果，有很多人來申請。不知道為什麼，大部分人都是用假名申請。我們遇到外國客人時，會要求對方提供護照影本，所以，基本上都拒絕了。由於我們也提供把信件轉送到國外的服務，所以，也有人在日本用假名申請了信箱，請我們再把信轉到日本。以前，我們曾經接受這種委託，在網路上很受好評，導致人數暴增，現在，我們已經不接受這種客人了。」

比利雖然沒有明說，但顯然麗子也是用這種方式申請的。麗子來香港的理由其實更簡單。由於香港這家公司無法提供將信件轉寄到非本人名義信箱的服務，她只好親自到香港領取信用卡。

香港在一九九九年，掀起了一股新興企業的熱潮，二〇〇〇年，出現了名為ＧＥＭ（Global Emerging Markets）專為新興企業設置的新市場，和東證Mothers、日本那斯達克抗衡。雖然目前大幅滑落，但比利應該也是希望藉由自己公司股票上市而一攫千金的年輕創業家之一。所以，當然不可能冒無謂的法律風險。

比利拿來兩封月結單說：

「這裏的信件最多只能保存六個月，超過六個月後，如果還沒有來領取，我們就會負責銷毀。從日本每隔半年就要來香港一次很辛苦，請你建議若林小姐，可以利用我們的國外轉寄服務。」

秋生領取兩封信件後簽了名。一封是麗子使用VISA信用卡的網路境外銀行寄來的，另一封是秋生協助她申請境外法人的那家加勒比海的銀行。這正是他要找的資料。秋生的手有點發抖，但比利似乎沒有發現。

「不過，她真漂亮。下次她來香港時，我想邀她一起吃飯……」

秋生回答說，她應該很樂意。比利興奮地紅了臉。在這方面，他顯然還是一個小毛頭。

回到事務所，已經是中午過後。

秋生把陳先生和阿媚叫到會客室，關上了門。

他把兩封信放在桌上。

首先，他打開網路境外銀行的月結單。存款餘額是五萬美金。結算日是在她匯款後不久。

準備打開下一封信的時候，他的手不由得顫抖起來。

「怎麼了？」陳先生問。

「好可怕。」阿媚臉色蒼白地看著秋生。

「你在說什麼？借我一下。」

陳先生從秋生手上搶過信封，用力撕開了。他拿出月結單，看到上面的數字，好像石頭般僵住了。

「是不是搞錯了？」

秋生從陳先生手上接過月結單。帳戶餘額是四千萬美金，換算成日圓是五十億。沒有錯。終於找到了錢的下落。

「四千萬美金……」

陳先生的聲音也發著抖。秋生這才想起，他還沒有把正確的金額告訴陳先生。

——終於找到了。

這句話，秋生重複了好幾次。

秋生正在上環車站附近的西港城內一家骨董咖啡店喝咖啡。

西港城大約是在十年前，將建於二十世紀初的愛德華式建築物改成購物中心，有許多賣中國工藝品、飾品和小擺設的商店。這裏的中餐廳是很有名的飲茶去處，一到午餐時間，上班族和粉領族在門口大排長龍。一樓的咖啡店重現了一九四〇年代租界時代的感覺，店內放了許多精緻的骨董。

看到四千萬美金的月結單後，陳先生立刻陷入躁症狀態，不停地四處打電話。下午時，他說：「今天有一個無法推掉的約會。」便離開了。秋生坐在陳先生的辦公室也無所事事，所以，向阿媚打了聲招呼後，就來到街上。

上環附近保留著濃厚的老街特色。文武廟是香港最古老的道教廟，任何時候都擠滿當地人，許多巨大的渦捲狀線香從天花板上垂下來，據說只要把心願寫在紅紙上，綁在線香上，就可以心想事成。

從文武廟向東西方向延伸的是荷李活道，也是香港最有名的骨董街。不過，這裏有很多贗品。北側的是貓街，是專門賣各種中古商品和玩具等破爛的跳蚤市場。

時序進入十二月後，香港街上仍然可以看到許多人穿著短袖。入夜時，的確已經可以感受到涼意，但香港的濕度較低，算是一年中最舒服的季節。他在街上晃了一個小時，打電話給阿媚，阿媚說，她三十分鐘後就可以下班。於是，他們約在這個咖啡店見面。

陳先生離開事務所時，壓低嗓門說：「你好好想想怎麼把那筆錢弄到手。」陳先生興奮得有點異常，像熊一樣在事務所內走來走去，不停地把自己的突發奇想告訴秋生。他強力推薦找一個女孩子整形成和麗子一模一樣，由她去銀行領錢這種根本不現實的計畫。「只要長相一樣，即使簽名有點不一樣，銀行方面應該會相信。」他說這番話時，不時瞥著阿媚。

秋生手上有存了五十億的銀行帳戶和麗子的護照影本，也因此掌握了護照號碼、生日和簽名。登記的地址是比利那裏的信箱。由於沒有申請電話轉接服務，應該還是登記在麗子母親的公寓。電話機已經拆掉，號碼也已經解約了。即使第三者委託匯款，銀行方面也無法向麗子確認。雖然看似有機可乘，但匯款金額較大時，銀行方面如果無法向本人確認，就不可能執行匯款指示。

最大的問題，就是不知道她設定的編碼字。

由於本人不是直接造訪境外銀行的窗口，只能靠編碼字對顧客進行認證。如果不知道編碼字，甚至無法用電話和傳真照會帳戶餘額。

麗子寫在帳戶申請紙上的編碼字是「KASUMI」（譯註：滿天星）。那是她供奉在她母親墓前的花的名字。陳先生說，如果沒有其他辦法，不妨用這個編碼字賭一把。

如果麗子使用相同的編碼字登記，秋生他們就可以掌握那五十億資金。然而，秋生認為絕對不可能有這種事。麗子計畫得這麼周詳縝密，不可能使用秋生和亨利已經知道的編碼字。

萬一編碼字錯誤，銀行方面就會產生警戒，喪失第二次機會。

麗子即將來香港辦理假護照，必須在此之前找到轉移這筆錢的方法。

「你怎麼了？表情這麼嚴肅在想什麼？」

抬頭一看，發現阿媚已經坐在對面的座位上。

夕陽染紅的維多利亞港上，天星渡輪緩緩駛向灣仔碼頭的方向。夏慤公園周圍的摩天大樓霓虹燈一一亮了起來。港島香格里拉酒店五十六樓的酒吧所看到的香港夕陽美景，令人嘆為觀止。

或許是因為風大的關係，上空的雲以驚人的速度飄向西方。天空漸漸暗了下來，不一會兒，眼前出現一片像珠寶般的璀璨燈海。阿媚陶醉地欣賞著眼前的壯麗景象。

秋生喝著第二杯乾馬丁尼，阿媚喝著霜凍戴吉利。以前，他們經常在這裏欣賞完夕陽後，就去夜總會和迪斯可玩。那時候，阿媚還是一個追逐流行的女孩子。如今，她已經在不知不覺中成熟了。

「很多事，真的謝謝妳。」秋生說。他一直想找機會道謝。這兩天以來，他欠阿媚的人情多到無法償還。

「不要放在心上。」阿媚說，然後，直視秋生。

「我不知道你到底在想什麼。但是，我相信你會做對的事。」

秋生不知道該如何回答。

「所以，我不打算說什麼。」

然後，她垂下雙眼片刻。

「但我拜託你一件事。」阿媚說道。她那雙褐色眼眸炯炯有神。「你不要再和那筆錢有什麼牽扯了，我覺得，這樣下去，大家都會很不幸。」

的確，五十億足以令人瘋狂。一旦陷入瘋狂，就再也無法回到原點。至今為止，秋生曾經看過好幾個例子。

他無法將自己的想法向阿媚解釋清楚。

「我知道。」秋生說。

「太好了。」阿媚鬆了一口氣地笑了起來。

「陳先生怎麼辦？他嗜錢如命。」

陳先生異常的興奮樣子的確令人擔心。

「我會去和陳先生談。」

「如果能夠談妥就好了。」阿媚露出不安的眼神看著秋生，「今天，陳先生不是四處打電話嗎？還拿著電話到會客室偷偷講。」

「不會有問題啦。」秋生嘴上這麼說，但還是有點不安。陳先生想要背地裏做什麼？

他有一種不祥的預感。

黑木絕對不肯放棄那筆錢。他不可能原諒背叛他的人。

秋生不可能拿了那筆錢全身而退。

十二月後，夜晚的彩燈已經充滿聖誕氣氛。秋生想起和麗子的約定。然而，應該沒有機會和她一起欣賞這片夜景了。

突然發現，阿媚的身體微微顫抖著。

「我好害怕。」

「對不起。」他坦誠地說出這句話，連他自己都感到驚訝。

把阿媚送到金鐘的車站，秋生直接走回飯店。入夜之後，街上人潮仍然不減，汽車喇叭聲夾雜著叫賣的聲音。他去便利商店買了礦泉水。摩天大樓的霓虹燈後，彎月寂寞地掛在半空。

回到房間，拿出筆記型電腦，簡單地記錄了至今為止的大致過程。他把資料複製在軟式磁碟上，拿到商務中心列印出來，和月結單、麗子護照影本，以及其他資料裝進一個大信封後密封。完成這些作業時，已經超過凌晨一點了。

他在整理資料時，總覺得好像遺漏了什麼重要的事。他從酒櫃裏拿出一小瓶波本酒，把冰塊放進啤酒杯後，變成冰純酒。他拿著酒杯坐在窗前思考著，仍然想不起來。

他想起阿媚說的話。

他已經不知道什麼是對是錯了。

凌晨兩點，他正準備上床睡覺，手機響了。看到螢幕上顯示代表國際電話的「號碼保密」，不需要按下通話鍵，就知道是誰了。這通電話比他預計的更早。

自己只能做力所能及的事。至於對錯，就交由不知在何處的上帝去判斷吧。

他猶豫了一下。

「我是工藤。」秋生回答後，傳來一陣短暫的沉默。

「明天，我會去你那裏。」麗子說。

「幾點的飛機？」

「中午之前會到。我該怎麼做？」

如果搭上午的班機，十一點之前會到達香港國際機場。為了避免匆促，秋生約定下午一點，在中環的香港滙豐銀行的五樓貴賓室見面。「如果妳先到，只要在門口報上我的名字。」

「需要什麼東西？」

「只要名字。現在可以告訴我嗎？」

「我想了很久，還是無法決定。」麗子輕聲笑了起來，「由你決定吧。」

她對秋生的反應樂在其中。

「那怎麼行。」

「不，真的隨便你幫我取什麼名字。」然後又說：「之後，我要用你幫我取的名字活下去。」

秋生無法了解麗子的真意。她在開玩笑？他想了一下，不想反駁。無論麗子取什麼名字，都和自己無關。

「好，我明天之前會想好。」

「謝謝。」麗子說，「我要付多少錢？」

「這個也明天再說吧。」

「你可以獅子大開口。」聽到秋生的回答，麗子笑著說。「我有一件事要拜託你。」

「什麼事？」

「聖誕節彩燈已經開始了嗎？」

「對。」

「天黑以後，請你再陪我去太平山一次。之後，我就永遠不會出現在你面前。」

不等秋生的回答，麗子就掛了電話。

秋生喝著波本酒，思考著麗子的事。然後，用筆記型電腦連上網路，瀏覽新聞網站。他將第一個看到的女人名字寫在紙上。「瀧川沙希」。這個十五歲的國中生獲得地方報社舉行的小提琴比賽的冠軍。

喝完剩下的波本酒，關掉房間的燈。也許是因為太累了，他很快陷入沉睡。

26

翌日早晨九點剛過，就接到了阿媚的電話。他正在整理行李準備退房。

「阿秋嗎？陳先生沒有來事務所，不知道怎麼了？我打電話去他家，也沒有人接。」

她帶著哭腔說道。陳先生之前從來沒有過不事先聯絡就沒進辦公室的情況。

「妳不用擔心，他可能在哪裏吃飯。」

秋生雖然這麼回答，但還是感到不安。昨天晚上，陳先生說好要去秋生的公寓查看情況，卻沒有打電話給他。

「我馬上就去他家，妳留在公司吧。」

「拜託你。」阿媚的聲音發抖。

退房時，他要求櫃檯：「幫我保管一下這些行李，我會在今天傍晚之前來拿。」他把筆記型電腦、裝了昨天晚上整理資料的信封和小費一起交給櫃檯。

陳先生的家位在從銅鑼灣搭地鐵五個車站的太古。秋生曾經送爛醉如泥的陳先生回家。那次不知道陳先生發生了什麼事，半夜去秋生家裏時，舌頭已經打結了。當時，誠人剛好來香港玩，他們好不容易從意識不清的陳先生嘴裏問出家裏的地址，把他塞進計程車，一起送他回家。

陳先生的公寓和秋生一樣，都是住商大樓。秋生在飯店前攔了計程車，不出三十分鐘就到了。他又打了一次電話，還是沒人接。

玄關的大門鎖住了。他等了五分鐘，一個家庭主婦帶著一個五歲左右的小女孩走了出來，可能要去買菜吧。秋生趁這個機會走進公寓。

陳先生的家位在五樓邊間。走出老舊的電梯，陰暗的走廊上，燈光非常暗。螢光燈閃個不停。不知道哪裏傳來電視的聲音。

秋生按了門鈴，完全沒有反應，不知道門鈴是否壞了。他敲了敲門，還是沒有應答。等了一會兒，他又敲了敲門。

秋生轉動門把，發現門並沒有鎖。他叫著陳先生的名字打開門，發現窗簾緊閉，房間裏很暗。玄關的鞋子排得很整齊，鞋櫃上擺著代表吉祥的翡翠。

有一股腥味。

走進玄關後就是飯廳，桌子上不知道放著什麼東西。黑色的物體發出惡臭。

秋生走了兩三步，忍不住轉過頭。

陳先生仰躺在桌子上，全身被刀刺得遍體鱗傷。鮮血沿著桌緣滴了下來，地上一片紅褐色。陳先生的雙眼望著虛空，下腹部被挖了一個大洞，腸子從傷口跑了出來。染成一片鮮紅的襯衫上，還整齊地繫著領結。

胃裏的食物一直往上衝。秋生拼命克制著，退後兩三步來到走廊。幸好，上午這個時間沒有看到其他住戶。他正準備拔腿就跑，僅存的一點理智制止了他。

他從口袋裏拿出手帕，小心地擦著門把，避免留下指紋。房間內或許留下了他的腳印，但他沒有勇氣再走進屋內。

關上門，他沒有搭電梯，從逃生梯下樓後，在巷道的角落用力嘔吐起來。酸酸的胃液充滿整個口腔。路上像往常一樣紛至沓來。賣水果的推車慢慢經過，做開店準備的男人們響亮的吆喝著，還不時夾雜著嬰兒的哭聲。

秋生拿出手機，打電話到陳先生的事務所。一個工讀生接了電話，說阿媚接到一通電話後，慌忙離開了。秋生打了她的手機，手機關機，無法接通。他越發感到不安。到底發生了什麼事？

他走到大馬路上，準備攔計程車去陳先生的事務所，手機響了。他按了通話鍵。

「工藤先生嗎？」黑木問。「我已經來香港了，想和你見個面。」

秋生陷入混亂。為什麼黑木在這裏？

「你還好嗎？是不是看到了噁心的東西？」

「你從哪裏打的電話？」秋生好不容易擠出這句話。

「你的公寓。趕快回家吧。」黑木冷笑道。

黑木獨自坐在飯桌前，用空罐代替煙灰缸抽著菸。臉上的表情很陰沉。

秋生在公寓前走下計程車時，又打了一通電話到事務所。阿媚仍然沒有回去，聽說也沒有打電話回去。

秋生用幾乎快要發瘋的腦袋思考著。

誰殺了陳先生？

阿媚去了哪裏？

為什麼黑木知道自己的家？為什麼能夠進自己的家門？

他只想到一個理由。

黑木一看到秋生就說：「你動作真快。」他的臉瘦了一圈，眼睛下方的黑眼圈也很深。

看來，他也走投無路了。秋生稍微鎮定下來。

「你什麼時候知道的？」秋生問。

「當然是一開始。」黑木不耐煩地回答，「在和你見面的兩三天前，不是有一個客人在香港滙豐銀行開戶嗎？那是陷阱。當時，我們就確認了你的長相，一直跟蹤你。和來歷不明的人見面，我會不安。」

秋生想起那個面無表情的男人。他沒有問任何問題，付了錢就走人了。秋生完全沒有想到自己被跟蹤了。

「你和陳先生是什麼時候開始合作的？」秋生問。

黑木應該不知道麗子今天來香港。秋生對此深信不疑。如果他知道，現在一定在香港國際機場找人，根本沒時間在這裏悠哉地等秋生。

所以，黑木這次來香港，是因為秋生找到了錢的下落。知道這件事的只有阿娟和陳先生。

「你去日本的那一天，我們就和香港人談妥了，避免你擅自行動。」

那天，阿娟等在香港車站。陳先生說，他突然有重要的事，叫阿娟把東西拿給秋生。難道那時候就是去見黑木？

「這裏的鑰匙也是陳先生給你的嗎？」

「你不該輕易相信別人，」黑木笑了起來，「他在和我交涉之前，已經打了一把備用鑰匙準備出賣你。他應該嗅到了錢的味道。」

秋生想起去日本之前，在上環的中餐廳，曾經把家裏的鑰匙交給陳先生。陳先生那時候就去打了備用鑰匙？這麼說，他為秋生訂飯店，也是為了在他家裏找他想要的東西。

但是，他為什麼要這麼做？

「你或許不知道，他做股票虧了一大筆錢，已經周轉不靈，走投無路了。剛好聽到你的事，覺得應該可以從中撈一筆。正當他萬事俱備時，接到了我的電話，他就順水推舟了。當然，也節省了我不少口舌。」

黑木似乎猜到了秋生內心的疑問說道，語氣仍然很不耐煩。

「前天晚上，我接到電話，聽說你已經找到錢的下落。所以，我搭昨天一早的班機來香港。」

前天晚上，秋生和阿媚上網搜尋信箱服務公司。那天，陳先生一直和他們在一起。

——不，不對。陳先生曾經留下他們兩人，獨自去買食物回來。一定是在那個時候。

之後，他們在無人的事務所內對飲，聽陳先生聊起了他死去的妻子和女兒。當時，陳先生已經向黑木出賣了秋生。

苦澀從喉嚨深處湧起。

昨天下午，看到麗子的月結單後，陳先生說「有一個無法推掉的約會」後出去了。之後，就不曾接到他的電話。

「你昨天見過陳先生嗎？」

「對，也聽說了你的活躍情況。你真是有兩下子。在我所認識的人中，你是出類拔萃的獵犬。」

「為什麼殺了陳先生？」

「這都要怪你。」

黑木又點了一根菸。

「你告訴陳，麗子盜取了五億。但銀行裏的錢多了一個零，是五十億。於是，他來和我交涉，說和之前談的不一樣，吵著說，他的報酬也要增加十倍。他用莫名其妙的中文大叫著，結果，就被亂刀刺死了。毒品剛好用完了，那傢伙終於忍不住了。」

秋生回想起陳先生的淒慘死狀。原來黑木指使那個金髮男幹的。

「你們不是朋友嗎？你做了壞事。」黑木不感興趣地說，「差不多該進入正題了吧，我不想再回答你的問題了。」

——黑木為什麼在這裏？秋生思考著。

秋生只知道麗子帳戶所在的銀行和寄月結單的地址而已。這些資料陳先生也知道。陳先生應該有時間偷偷記下帳戶號碼。然而，黑木之所以會在這裏，代表陳先生什麼都沒說。黑木還來不及問，金髮男就殺死了他。

如果黑木一無所知，秋生還有交涉的餘地。

「你把阿媚怎麼了？」秋生問。

「不好意思，先暫時借來保管一下。」黑木聳了聳肩。

「把她還給我。」

「這要看你怎麼回答。」

秋生等待黑木開口。

「聽說你和麗子見過面。」他的眼神冷淡得令人感到可怕。

他怎麼會知道這件事？秋生知道自己的臉色慘白。

「這個世界上，總有些人喜歡管閒事。有人特地打電話給我，說看到你和麗子在新宿抱在一起。」

他緩緩叼起Camel菸，對著秋生吐出一口紫煙。

「輪到你了，請說吧。」

到底誰知道那天晚上新宿的事？一定是在飯店攻擊自己的傢伙打電話給黑木。秋生心想。

「五十億的錢和我毫無關係，」秋生說：「我也不知道麗子到底有什麼打算。」

「然後呢？」黑木始終觀察著秋生。

「我會替你把錢找回來。」

黑木嗤之以鼻，「你把我當傻瓜嗎？」

然後，他看著秋生，露出驚訝的表情：「你是說真的？你打算怎麼做？」

秋生解釋了五十億從JPF的法人帳戶匯到麗子個人帳戶的過程。

「我已經拿到了月結單，所以知道帳戶號碼。我手上也有麗子的護照號碼和簽名，就用這些資料。」

「但是，光靠這些東西無法動用這筆錢，你以為我會相信這種天方夜譚嗎？」

「你殺了真田嗎？」秋生沒有回答黑木的問題問道。

「我才不做不值錢的事。」黑木笑了，「即使殺了他，錢也不會回來。」

「那就太好了。」秋生看了一眼時鐘，「現在還來得及。叫真田搭傍晚的飛機來香港。」

「沒有問題，你打算怎麼做？」

「重複一次麗子做過的事。」

的確，正如黑木說的，光知道帳戶號碼，根本無法動用這筆錢。然而，秋生找到了些微的可能性。

麗子把秋生協助她申請的 Japan Pacific Finance 這家境外公司裏的五十億匯到了自己私人的帳戶，關閉了法人名義的帳戶。秋生的計畫是重新申請這個法人帳戶，把錢從麗子個人帳戶重新匯到法人帳戶。

「銀行對顧客的資金匯入第三者帳戶很慎重，但如果是同一家銀行的帳戶之間的匯款，在安全管理上就不會太嚴格。麗子正是利用了這一點。既然如此，我們可以像之前那樣，申請一個法人帳戶，向銀行方面聯絡說『因為日本稅制上的問題，還是用法人名義運用資金』。我想，應該不至於遭到懷疑。」

「申請帳戶時的簽名怎麼辦？」

「麗子的簽名可以請專家偽造。只要真田的簽名是真的，應該沒有問題。」

在歐美人眼中，漢字完全是另一種語言，就好像日本人根本無法比較阿拉伯文字的筆跡一樣。同樣的，習慣看英文簽名的銀行員也很難判斷漢字的簽名。因此，有些境外銀行不接受漢字的簽名。

麗子用和護照相同的漢字簽名申請帳戶。真田因為有在美國金融機構工作的經驗，當然使用了歐美式的簽名。因為是和之前相同的共同名義的帳戶，只要真田的簽名是真的，銀行方面應該不會注意到麗子簽名的些微差異。

「還有一件事需要你去辦理，」秋生說，「麗子之前在和她母親同住的綾瀨的公寓裏放了一隻電話，接聽來自銀行的聯絡。那個電話在兩個星期前剛解約，號碼應該還沒有租出去。可以在相同局號的區域內租一間房子，用這個電話號碼申請電話。當發出資金轉移的指示後，銀行會打電話確認。只要安排一個會說英語的女人假裝是麗子，銀行方面就會相信。反正，對他們來說，日本人說的英語根本大同小異。」

黑木思考著秋生的提議，「成功的機率有幾成？」

「百分之七十。」秋生回答說，「那家銀行在香港設有事務所，可以經由代理公司先向他們說明情況。對銀行來說，是存了四千萬美金的貴賓客戶，當然不敢拒絕。」

「錢什麼時候可以到手？」

「因為不知道麗子設定的編碼字，所以，無法用電話和傳真指示匯款。必須用正式文件郵寄過去，最快也要一個星期。一旦錢匯入法人名義的帳戶，只要憑真田的簽名，就可以自由轉移資金。」

黑木仍然不發一語。

「除此以外，沒有其他方法了。」

黑木拼了老命，也要追回這筆錢。他絕對不可能拒絕這個提案。

「你的條件是什麼？」

「如同我們之前的約定，付我五億的報酬。」

「還有呢？」

「希望你讓麗子自由。」

一聽到這句話，黑木捧腹大笑起來。笑了一陣子後問：「你是在開玩笑嗎？」然後，難以置信地搖搖頭，「你瘋了嗎？」

「我回答了你的問題。」

黑木再度陷入沉思。不知道他在想什麼，從他的表情，無法窺視到他的內心。

「我會給你五億，那是我們一開始的約定。」他停頓了一下，「但是，麗子不行，我不是在做慈善事業。」

「我用錢買麗子的自由。」秋生說。

「你付多少？」

「三億？」

「你哪來的錢？」黑木用鼻子哼笑道。

麗子把五十億日圓換成美金時的匯率是一美金相當於一百二十五圓，現在已經跌至一百三十三圓左右。如果將四千萬美金換成日圓，等於五十三億。秋生如此向黑木解釋道。

「那三億是你的。」

黑木很感興趣地看著秋生。

「麗子的生命不止三億。」

「而且，我不會告訴任何人，你已經追回了那筆錢。」

「什麼意思？」黑木露出警覺的眼神。

「我沒有其他的意思。」秋生回答說，「如果你接受我的條件，我也會遵守約定。要如何處理這筆錢，是你的自由。」

秋生可以猜到黑木的想法。

黑木無法自由運用麗子盜取的五十億。十億是他的堂口用來作為誘餌的錢，剩下的四十億是其他人投資的，當初曾經簽下合約。即使慢慢把這些錢佔為己有，只要有盈利，就必須向他的老大繳交回扣。

所以，如果追回這筆錢，卻告訴其他人：「錢沒有追回來，我會賠償堂口出的十億。」到時候，再加上菱友不動產那裏拿到的五億，黑木可以穩賺四十五億。只要把所有的責任都推給真田就好。正因為他還可以派上這個用場，才會讓他活到今天。

「我怎麼知道你能不能遵守約定？」

「你只能相信我。」秋生說。這是黑木必須冒的風險。怎麼可能在沒有任何風險的情況下，就進帳將近五十億？天底下沒有這麼好的事。

「好吧，那就試試吧。」說著，黑木笑了起來，「如果你背叛我，你的父母和兄弟就會有麻煩。你老爸是銀行的分行經理，你哥哥是金融局的公務員，簡直就是夢幻菁英家庭嘛。」

秋生驚愕得說不出話。他什麼時候調查的？

「沒什麼好驚訝的，我只是學會了你的手法。

「我從你協助申請的帳戶申請單介紹人欄上找到了你的真名，然後，推測你的年紀在三十到三十五歲之間。所以，對照了都市銀行、證券公司、生命保險和大型投資公司的員工名冊。泡沫經濟時期，銀行的錢多得發臭，新進員工的名冊幾乎都是彩色印刷，還附有照片。你的樣子根本沒什麼變嘛。」

然後，他把菸蒂丟進空罐說：「你撿了一條命。如果你窩藏麗子，早就已經小命不保了，就像你那個笨朋友那樣。」

27

秋生和黑木兩個搭計程車前往灣仔的凱悅飯店。

阿媚在為陳先生的事打電話給秋生後不久，就接到了「秋生受傷」的電話。阿媚慌忙衝了出去，被早就等著的當地小混混用刀子頂著，把她押進停在一旁的廂型車。「這裏的物價便宜，真是太好了。區區五萬圓，就可以擄一個人，價格只有日本的十分之一。」黑木說道。

「今天的天氣真不錯。」黑木瞇起眼睛，看著窗外。

秋生之前都沒有注意到，今天的天氣的確格外藍。香港的天空，即使沒有一朵雲，看起來也是灰濛濛的。一開始，秋生以為是空氣污染，後來才知道好像是亞熱帶氣候的關係。

「你打算怎麼處理麗子？」黑木問。他的臉上依然沒有任何表情。「麗子的母親是殺人凶手，她父親上吊自殺了。」

「我知道。」秋生回答，「麗子的父親被和你一樣的黑道兄弟欺騙，才會公司破產。」

「你這種公子哥兒知道什麼。」黑木笑著說，「你有看過人是怎麼墮落嗎？很有趣喔。」

他神情愉悅地看著秋生。

「麗子的母親把附近的男人帶到那個貧民公寓，靠出賣身體賺錢。有人不肯付錢，她火冒三丈，拿刀子把他殺了。然後，自己打電話報警。她殺人的手法太殘酷了，被判了十五年。」

「你怎麼連這些都知道？」

「有朋友把當時的筆錄拿給我看。」黑木回答得很乾脆，「當警官趕到時，她女兒麗子也在殺人現場。」

然後，他故意歎了一口氣。

「當她放學回家時，看到賣春賺錢的母親把恩客殺了。不是很催人淚下的故事嗎？所有這一切，都是因為她老爸太笨，想動黑道的錢，難怪麗子見錢眼開。」

黑木果然知道內情。

「麗子為什麼這麼做？」

「人都一樣，都想輕鬆賺錢，輕鬆過日子。」

「既然這樣，為什麼……」

黑木打斷了秋生的話說：

「你的缺點，就是無論在任何事上，都想要像算術一樣找出答案。在你的世界，一加一或許等於二，但活生生的人，所做所為往往無法這麼輕易解釋。就拿狗來說，即使被飼主打，被飼主踢，仍然會拼命舔飼主的腳。」

黑木的目光移向窗外，似乎不想繼續聊這個話題。

黑木他們住在頂樓有三個房間的蜜月套房。

阿媚一看到秋生，便哭著撲進他的懷裏。她似乎被打了幾個耳光，但並沒有受到其他傷害。五郎滿臉歉意地走了出來，黑木的表情似乎在說：「她活得好好的，你應該沒什麼好抱怨的。」

「妳還好嗎？」

阿媚很堅強地立刻停止哭泣，點點頭說：「嗯，你不要擔心。」

兩個目露凶光的男人坐在房間的角落。一個二十多歲，另一個四十出頭。兩個人都理著平頭，年輕人穿著廉價運動服，較年長的穿著像是西裝的衣服。一定就是他們綁架了阿媚。

黑木走向較年長的男人，從錢包裏抽出幾張一千元港幣遞給他。男人連謝謝都不說，接過錢，向年輕男人使了一個眼色，走了出去。年輕人走過秋生身旁時，狠狠瞪了他一眼。他臉上有一道傷疤。秋生覺得好像在哪裏見過他。

秋生看了一眼手錶。上午十一點不到。兩個小時後，麗子將會出現在香港滙豐銀行總行。自己必須順利離開這裏，去見麗子。

「你有什麼打算？」黑木用眼神問他。

「即使現在開始安排，真田到香港也已經半夜了。在此之前，我會做好一切準備。」秋生說，「金鐘有一家名叫亨利的代理公司的事務所，那裏有Japan Pacific Finance的登記影本，可以申請法人帳戶。然後，再去銀行的事務所跑一趟，說明情況。」

「原來如此。」黑木站了起來，秋生慌了。看來黑木打算同行。

「不行，如果你一起去，亨利會產生警惕。」

「我無法相信你。」

「難道你想壞事？一旦遭到懷疑，就無可挽回了。」現在必須採取強硬的態度。

「你幾點回來？」

和麗子只要聊三十分鐘就夠了。「兩點我會準備好所有資料回來這裏。你們可以去哪裏吃午餐等我。」秋生回答說。

「那就這麼辦。」黑木終於讓了步，「不過，只要你遲到一分鐘，這個女人的小命就不保了。」他看著阿媚。

「這違反我們的約定。」這次，秋生無法表示同意，「你說好要放阿媚自由的。」

黑木用「你是白癡嗎？」的眼神盯著秋生。

這時，通往臥室的門內傳來像野獸般的呻吟。黑木輕輕咂一下嘴說：「連一小時都撐不到。」應該是金髮男在裏面，聽起來不像是人的聲音。

「這個女人很漂亮，要好好珍惜啊。」黑木露出殘酷的笑容。

在這種狀況下，秋生只能聽從黑木的要求。

他向阿媚說明了情況。正確地說，他只告訴阿媚「希望妳在這裏等我三小時」而已。

阿媚很堅強地說：「我沒事，我相信妳。」

即使阿媚想要問詳細，他也無法解釋。

他找來五郎，對他說：「拜託你照顧這個女孩。」在這裏的三個人中，五郎是最值得信賴的人。五郎大聲說：「包在我身上。」

秋生把五郎介紹給阿媚。

「他打算把住在香港的女朋友帶去日本一起生活。」

阿媚露出驚訝的表情後說：「太棒了！」不知道為什麼，阿媚沒有被五郎可怕的容貌嚇到，並沒有害怕他。她說：「希望有機會認識你女朋友。」秋生翻譯給五郎聽。

五郎額頭上冒著冷汗，回答說：「她不漂亮，不好意思介紹。」然後，又小聲地補充說：「今天晚上，我會去見她。」

黑木打電話到日本，命令搭最早的班機把真田帶來香港，又對著事務所的人大聲咆哮說，無論發生任何事，都要把指定的電話號碼弄到手。秋生開始同情將負責處理這件事的NTT的職員。

當秋生回過神時，發現五郎正在用剛學到的廣東話和阿媚聊天。他們的交談夾雜英語、廣東話和日語，總算能夠勉強溝通。

秋生說了聲「我走了」，阿媚不安地向他揮了揮手。

秋生攔了計程車，先回到富麗華酒店，拿了寄放在櫃檯的資料。裏面裝著麗子護照的影本。然後，坐上等在門口的計程車前往深水埗。

他在計程車上用手機打電話到亨利的辦公室。幸好，是亨利本人接的電話。

「我有急事。」秋生說：「我十二點去你那裏，希望你可以等我。」

「什麼事？」

「賺錢的事。」

「太好了。」亨利回答。

從尖沙咀搭地鐵到深水埗有五個車站，和沿線的旺角、油麻地一樣，都是香港典型的舊城區，如今和東京的秋葉原一樣，成為東南亞駭客和電腦迷聚集的聖地。其中，高登電腦中心聚集了上百家電腦店，即使非假日，也擠滿了來此購買電腦零件和盜版軟體的駭客、宅男和觀光客，簡直找不到立足之地。

各種專門利用電腦做一些投機取巧生意的業者都在附近的工商大樓內開店。陳先生和這些業者很熟，曾經介紹秋生認識其中的幾家店。

那家店位在屋齡超過三十年的老舊大樓的八樓，門上沒有招牌，連門鈴都沒有。這種店幾乎都差不多，如果沒有值得信賴的人介紹，並且事先聯絡，通常根本不予理睬。

二十平方公尺大的狹小房間內放了好幾台電腦，兩個穿著髒毛衣的年輕人在電腦前吃著零食。出來接待的是一個年近五十歲的斜眼男人，看起來一副窮酸相，會說幾句英語。秋生委託他們做的事很簡單，根本不需要交談。

秋生從信封裏拿出麗子的護照影本，並遞給他一張紙，上面寫著「TAKIGAWA SAKI」的英文字和隨意編造的生日。坐在裏面的年輕人用掃瞄機讀取了護照影本，換上新的文字。只要有一點技術，任何人都可以做到，但這裏有和日本護照完全相同的字體，和可以列印的特殊印表機，做出來的成品和真的護照影本沒什麼兩樣。

秋生坐在房間角落的鋼管椅上等了二十分鐘，一個戴著厚眼鏡，感覺很懦弱的年輕人把簽名欄空白的「瀧川沙希」護照列印資料拿了過來，問他有沒有問題。秋生很仔細地檢查，發現確實可以以假亂真。只要簽名後，再拿去影印，就變成了有麗子照片的假護照影本。含急件費用在內，只要三千港幣，相當於五萬日圓多一點。

秋生回答說OK，斜眼男人從秋生手上接過錢，不發一語地指著門口。看來，秋生似乎並不受歡迎。臨走時，男人終於開了口。

「代我向老陳問好。」

秋生曖昧地點點頭，離開態度冷淡的偽造店。他想起陳先生淒慘的死狀，又開始感到不舒服。

十一點四十分，他在深水埗的大街上攔到了計程車。一如預期，他可以在十二點到亨利那裏。

坐在計程車上時，秋生思考著陳先生的事。

他為什麼把黑木找來？秋生實在無法理解其中的理由。

陳先生看到四千萬美金的月結單後，立刻鬼迷心竅，好像馬上會變成他的錢。既然如此，根本不必特地告訴黑木，把他找來香港。四千萬美金近在眼前，他又何必在意區區謝禮？既然這樣，他又為什麼會做出賠上自己性命的事？

阿娟說，陳先生似乎在策劃什麼。當然，他已經死了，根本無從得知真相。

亨利聽到秋生的話，毫不掩飾臉上的嫌惡表情。重新申請之前關閉的法人帳戶，顯然不是什麼好事。秋生花費了很長的時間說服他。所謂說服，其實就是交涉價錢，最後談妥為正常手續費兩千港幣一倍的價錢。

當提出請他為麗子的假護照認證時，亨利的臉更加不悅。秋生之前就猜到這件事的交涉更麻煩，所以，安排了三十分鐘的時間。秋生計畫在剩下十分鐘時把亨利帶離這裏，也就是在十二點五十分離開這裏，前往中環的香港滙豐銀行。

「你要把假護照影本用在哪裏？」亨利問。

「一份用來申請銀行帳戶，另一份用來申請護照。」秋生據實以告。他一開始就不打算說謊。

一旦假護照用於犯罪，很可能會波及進行認證的亨利。他當然會產生警戒。因此，首先必須讓他知道，這只是用於逃漏稅的工具。

在亨利的認知範圍內，逃漏稅並不屬於犯罪的範疇。即使日本人放棄向日本繳納稅金的義務，香港警察和司法當局也毫無興趣。對亨利來說，為以逃稅為目的的假護照認證，並沒有太大的風險。

「這是客戶的強烈希望，所以，願意花錢。」秋生乘勝追擊。一旦談到價錢，就代表已經穩操勝券。

亨利仍然遲疑不決，但終於動心了，「不知道他願意花多少錢。」他無法抗拒即將到手的金錢魅力。

「你開價吧。」秋生說。

「至少要十萬港幣……」果然不出所料，他開出了離譜的價格。只要簽兩次名，就要價相當於一百五十萬日圓。

「你說了算。」秋生當場答應。亨利驚訝地瞪大眼睛。因為，他的開價是行情的三倍，當然會有這種反應。然後，他露出滿面笑容。這麼幸福的笑容很難得一見。

秋生拿出支票，在金額欄填上十萬港幣後簽了名。他知道亨利目不轉睛地看著他。

「不過，你要陪我一起去中環，我沒有時間了。」

亨利再度露出狐疑的眼神，但他無法放棄桌上的十萬港幣的支票。

亨利站了起來，去更衣室拿大衣。

麗子坐在香港滙豐銀行總行貴賓室的窗前，茫然地眺望著窗外的景色。

由於是午餐時間，正下方的皇后像廣場擠滿了攤販、行人和吃便當的人。一年中難得的晴朗午後，令人忍不住想要走到戶外享受午餐。身穿制服的小學生在老師的率領下經過廣場，可能是學校的課外教學吧。

貴賓室內十張左右的桌子幾乎都空著。一個白人女人正拿著手機對不知道哪裏的金融機構人員大聲咆哮著。香港人對這種情況見怪不怪，每個人都是若無其事的表情。

麗子的桌上放著白色紅茶杯，裏面還剩下一半的紅茶。椅子旁放著一個小型旅行袋。她從國際機場直奔這裏，沒有去飯店。果真如此的話，代表她已經等了將近一個小時。

今天的麗子穿著一件藍色高領毛衣，搭配深藍色皮褲，胸前戴著一個很大的浮雕項鍊。毛衣的明亮藍色和窗外蔚藍的天空相得益彰。她依然美麗，但似乎有點疲憊。

「不好意思，讓妳久等了。」

秋生決定用公事化的態度處理今天的事。因為，他必須在四十分鐘之內辦理完所有的手續，兩點之前回到凱悅飯店。

「好久不見。」亨利向她打招呼。他也很想趕快處理完麻煩事。和秋生不同的是，他毫不掩飾這種態度。

秋生請亨利坐在另外一張桌子上，從信封中拿出護照影本。

「妳要用這份資料，用新的名字申請銀行帳戶。」秋生解釋說：「首先，可不可以請妳在簽名欄上簽名？可以用日文簽名。」

「瀧川沙希，好棒的名字。」麗子興奮地說，「我會好好珍惜這個名字。」

秋生沒有回答，把空白的信箋和鋼筆放在桌上。「妳在上面練習寫幾次，要保持簽名相同。以後，這就是妳的簽名。」

麗子微微偏著頭，簽了三種不同方式的名字。每一種字體都很有氣質。她思考了一下，決定：「就用這個。」然後，簽在秋生剛才去深水埗製作的假護照簽名欄上。

秋生請亨利去影印四份。他必須在此期間向麗子傳達必要事項。

「有經過認證的護照影本，就可以用瀧川沙希的名字在境外銀行開設帳戶。這次也會在亨利代理的加勒比海的銀行申請帳戶。」

他把從亨利的事務所帶來的帳戶申請表放在桌子上。

「我想，你應該已經知道申請方法了。地址和電話請你自己安排。」

麗子輕輕點點頭。

「帳戶申請完成後，可以匯入一整筆金額。匯一百萬美金，也就是一億三千萬日圓就夠了。確認匯入後，就可以憑著這份存款證明申請護照。」

美國、歐洲等薪資水準和日本一樣高的先進國家，隨時承受著其他國家人口流入的壓力。由於日本四面環海，問題還不算太嚴重，但是和貧窮國家毗鄰的美國和歐洲各國存在著薪資差價交易，理論上，必然會引進勞工一直到和鄰國的薪資水準相同為止。但由於侵害了國民的既得利益，因此，接受移民的政策引起了政治上的強烈反彈。

然而，這只是世界上一小部分先進國家對移民的態度，和世界上大部分貧窮國家毫無關係。因為，如果居住在那個國家沒有任何好處，移民根本不會湧入。這些國家也會嚴格限制純粹勞工的移民，卻張開臂膀歡迎外國富豪。只要投資一筆資金，就可以發行簽證或護照。各個國家的審核條件也不相同，只要願意花十五萬美金，南太平洋國家就會欣然核發投資簽證。非洲的無名小國只要一萬美金，就可以發給護照。

通常，申請國籍比獲得居住權困難，但稍微動一下腦筋，就可以申請到護照。比方說，在某些國家，一旦和該國國民結婚，外國人就可以輕鬆申請到國籍。只要委請結婚仲介業者進行結婚登記，一旦獲得國籍後，再辦理離婚。許多國家都允許自由更改名字，所以，一旦申請到護照，就可以改成完全不同的名字。

秋生選擇了加勒比海的租稅天堂讓麗子用「瀧川沙希」的名義申請護照，那個國家幾乎以販賣國籍為業。只要向政府繳錢，並賄賂承辦人，就可以順利申請到護照。條件就是必須在該國的金融機構存入相當於一百萬美金的資金，同時，必須證明沒有涉及犯罪行為。當然，這種證明也可以花錢買到。只要使用亨利的管道，就可以用經過認證的護照影本申請國籍。

每個國家的海關都知道這些情況，所以，除非有相當的心理準備，否則，很少會實際使用。至少，麗子無法用這本護照進入日本。然而，只要有獨立國正式發行的護照，就可以移民到比較理想的國家居住。

加入OECD的先進國家中，加拿大、澳洲、紐西蘭都面臨建國以來的慢性人口不足問題，因此，移民政策相當寬鬆。除此以外，菲律賓、泰國、馬來西亞等國家也歡迎經濟富裕的外國移民。當然，這些國家並不是為了確保工作人口，而是藉由接受移民，吸引海外資金。

只要妥善利用這些情況，雖然需要多花一點時間，但最終可以申請到信用度較高的護照。換句話說，這些都屬於有錢就能搞定的制度。

日本禁止雙重國籍，一旦知道國民擁有多本護照，就會要求選擇其一。然而，實際上，政府根本無法調查誰擁有哪一個國家的國籍，因此，有不少日本人擁有多重國籍。祕魯的藤森前總統就是其中之一。麗子也不需要捨棄日本的護照，可以隨時做回「若林麗子」。

秋生向麗子解釋完畢後，亨利剛好拿著四份影本走了回來。他在其中兩份上簽上認證的簽名，把其中一份交給麗子留存。剩下的一份交給秋生，以防萬一。

秋生接過經過認證的護照，交出十萬港幣的支票。亨利不打一聲招呼就離開了。他要趕快去銀行窗口把支票變現。

秋生把開設帳戶申請書、護照申請書和經過認證的護照影本放進信封，交給麗子。

「我只能做到這裏。如果妳遇到問題，可以找亨利，只要付錢，他任何事都會幫妳。」

麗子接過信封，看著秋生。

「我們就這樣分手了嗎？」

「不好意思，一起去太平山的約定必須取消了。」

「真遺憾。」麗子慵懶地回答，但從她的語氣中，絲毫聽不出遺憾。她似乎在想其他的事。

一看時間，差不多快一點三十分了。

麗子托著臉頰，看著窗外的皇后像廣場。午餐時間即將結束，附近公司的上班族和粉領族談笑風生地走過廣場。

秋生不禁有點猶豫。也許，這是最後一次見到麗子。

他決定再和麗子談一談。否則，他一定會後悔。

「妳想不想把那筆錢還給黑木？」

麗子露出「為什麼？」的眼神看著他。

「黑木絕對不會放棄那筆錢。即使妳拿到新的護照，也沒有人能夠保證妳可以逃過一輩子。如果妳願意還錢，我可以去和黑木談。」

秋生認為，麗子不可能從今而後，一直在國外生活。因為，幾乎沒有人可以真的在異國終老。最近，許多日本人都嚮往移民國外，但大部分人不超過三年，就回到日本。然而，只要麗子回到日本，就會被黑木發現。

麗子很有興趣地看著秋生。

秋生打算將麗子盜取的五十億匯回法人帳戶，還給黑木。同時，把黑木給他的五億匯入在加勒比海的銀行申請的「瀧川沙希」帳戶中。只要向亨利確認，就可以知道帳戶號碼。

五億圓足夠麗子一個人自由自在生活一輩子。黑木可以拿到四十五億外加匯兌差異的三億，總共四十八億。再加上從菱友不動產那裏拿到的五億，根本已經只賺不賠了。而且，其中的一大部分都會進入他私人的口袋，即使幾年後發現麗子的下落，應該也會息事寧人吧。

將麗子的錢從個人帳戶匯到法人帳戶時，可以留下匯款單據，等於掌握了黑木拿回這筆錢的證據。如果黑木拿回錢後，仍然不放過麗子，秋生會毫不猶豫地使用這張王牌。

然而，如果麗子願意主動還錢給黑木，事情就更簡單了。一個人生存不需要五十億。而且，萬一匯款失敗，秋生就無能為力了。

秋生向麗子簡單解釋了黑木目前所處的狀況。同時，也告訴她只要還錢後，留下證據，就可以確保麗子的生命安全。麗子也按照當初的計畫，拿到五億圓和自由。

「謝謝你為我做那麼多。」麗子笑道，「但即使我想還錢，他也不會收。」

秋生不知道麗子想說什麼。

「你不是見過中村惠嗎？」

麗子聊起完全不同的話題，「她有沒有告訴你我父親的事？」

秋生點點頭。

「那時候，我只是一個小學生，根本不知道發生了什麼事。我父親和母親愁眉不展地討論到深夜。不久之後，就有一群陌生人衝進家裏，對我父親惡言相向。」

麗子好像事不關己地繼續說道。

「那時候，每到星期六、星期天，我就去附近的公園。下雨天的時候，我渾身淋得濕透，卻仍然在公園裏哭。即使如此，我也不願意回去看到父親被可怕的人欺侮。

「有一天，天氣也像今天這麼晴朗。那天是星期天，我像往常一樣，準備去公園，想待到傍晚才回來。結果，那些人衝了進來。

「我很害怕，躲在二樓的房間。結果，聽到母親的哭喊，之後，我父親大叫起來。我衝去房間，想去救我母親。」

她的口吻，好像在讀暑假日記。

「結果，看到父親被人從背後架住，另一個男人把母親按倒在桌上。男人脫下褲子，母親的衣服被扯破了，男人用手抓著母親雪白的乳房。」

秋生看著麗子，發現她面帶笑容。

「我驚恐萬分，頓時說不出話。大聲喊叫的父親看到了我。他的表情更加可怕，他瞪大眼睛，張大嘴，口水流了下來……」

麗子的目光始終看著正下方的廣場。秋生感到納悶，不禁看著窗外。

這時，剛好有一輛計程車停在廣場旁。車門打開，五郎和金髮男走了下來。

秋生一時之間不知道到底發生了什麼事。又一輛計程車停下，黑木和阿媚下了車。阿媚立刻跑向五郎。金髮男在原地拼命打轉。

「我認識他。」

黑木把手放在額頭上四處張望。他似乎在找人。

「他站在房間的角落，看著我父親和母親。」麗子說，「當他發現我時，拉著我的手，把我帶回二樓的房間，叫我『妳是乖孩子，所以留在這裏』。」

秋生不禁混亂起來。麗子認識黑木？

「然後，他告訴我，『以後，妳每天都會做噩夢。』」

麗子露出微笑。

「他沒有騙我。」

「妳叫黑木來這裏？」秋生問。他知道自己的聲音沙啞。

麗子沒有回答。

阿媚和五郎仍然比手劃腳地交談著。一群觀光客在噴泉前攝影留念。菲傭推著嬰兒車，悠然穿過廣場。晴朗的午後時光。

麗子目不轉睛地看著黑木。

完了！

秋生推開椅子，猛然衝了出去。

他衝下電扶梯，奔到大街上時，一輛BMW的黑頭車緩緩停在廣場旁。貼著黑色隔熱紙的窗戶無聲地搖了下來。

阿媚看到秋生，向他揮著手。

「快逃！」秋生叫了起來。阿媚露出困惑的表情。她聽不懂秋生情急之下說的日語。

黑木露出「發生什麼事？」的表情看著秋生。

槍口從車窗伸了出來。

黑木驚愕地瞪大眼睛。接著，槍聲響起。

附近的觀光客發出慘叫。阿媚因為恐懼愣在原地。五郎推倒阿媚，衝向黑木。

一顆子彈命中黑木的肩膀，黑木的身體向後仰。子彈再度飛向他，他的右腿中了彈，側腹也中彈了。每次子彈命中黑木的身體，就噴出鮮血，他的身體微微痙攣著。

五郎衝向黑木，試圖把他拉到噴泉後方。子彈無情地射向五郎。他寬闊的背上不斷濺出鮮血，在第六發子彈時，五郎倒在黑木身上。

「他媽的，他媽的，他媽的……」只有金髮男抖著腿，自言自語著。周圍的上班族和觀光客抱頭鼠竄，爬在地上，大聲慘叫著。黑色BMW確認黑木和五郎一動也不動後揚長而去。

秋生衝向倒在地上的阿媚。她剛才被五郎用力推了一把，絲襪破了，衣服也磨破了，膝蓋和手肘流著血。然而，她因此躲過了子彈。

「妳還好嗎？」秋生問。阿媚戰戰兢兢地睜開眼睛，一看到秋生，便慘叫著抱住了他。

「沒事了。」

遠處傳來警笛的聲音。

廣場上的人不是哭喊著，就是呆然地仰望天空。穿著做工考究西裝的男人坐在地上，納悶地看著自己被鮮血染紅的襯衫。

秋生叫阿媚等在原地，跑到噴泉旁。五郎微微睜開眼睛，伸出舌頭，吐了一口血。黑木仍然有微弱的呼吸。

一看到秋生，黑木喃喃說了一句：「真是糗大了。」閉上了眼睛。他的嘴唇微微歪著，看起來似乎在笑。

金髮男緩緩走了過來，嘴裏仍然唸唸有詞。他似乎不知道發生了什麼事。他的衣服破了，側腹被打穿一個洞，鮮血從那裏流了出來。金髮男一看到秋生，對著他嘻皮笑臉。「我要，我要。」他伸出像枯樹般的雙手，手臂上有無數結痂。他笑著向前倒了下來，好像發條斷了的鐵皮玩具般，一動也不動了。

——麗子，這就是妳希望的嗎？

警車接二連三趕到，警官衝了下來。

「救護車馬上就到了。」

秋生對黑木說，但不知他是否聽到。

他離開現場，穿越人滿為患的大馬路。從附近大廈湧出許多看熱鬧的人，警官們拼命把他們推回去。

秋生咬著嘴唇。

麗子不知道用什麼方法和陳先生取得了聯絡，要求：「我出錢，你幫我收拾黑木。」所以，陳先生才會把黑木找來香港。昨天，陳先生四處打電話，就是在安排這件事。

秋生想起在黑木住宿的飯店遇到那個臉上有疤痕的男人。半年前，他和陳先生去卡爾洛的店喝完酒，兩個人走在街上時，曾經巧遇那個男人，陳先生向他介紹過。陳先生說，那是他的老朋友。一定是那兩個人受陳先生的委託襲擊黑木。

他搭電扶梯上樓後，那裏已空無一人。

麗子曾經托著臉頰眺望窗外的桌子上，還留著白色紅茶杯。粉紅色的口紅印子還留在上面。

28

秋生付給計程車司機一倍的車錢，把阿媚帶回公寓。起初，司機不願意載滿身是血的乘客，但得知他們剛才就在慘劇現場後，立刻用蹩腳的英語追根究底地打聽起來。

秋生從衣櫃深處拿出從來不曾用過的急救箱，為阿媚清洗傷口後，用繃帶綁了起來。她撞到水泥地面，渾身都是瘀青，幸好傷勢並不嚴重。

家裏還有阿媚以前在這裏留宿時的換洗衣服，雖然幾乎都是夏天的衣服，但有牛仔褲和T

恤，外面套一件秋生的男用毛衣就可以了。阿媚個子很高，只要袖子稍微捲一下就很合身。稍微鎮定下來後，打開電視。每一台都在插播香港市中心發生的槍擊事件。桌子上有一個空罐，裏面還有兩根黑木留下的Camel菸蒂。

「陳先生呢？」阿媚問。

「他死了。」秋生據實以告。事到如今，隱瞞也沒有用。

「是喔。」她似乎已經有了心理準備，並沒有流淚。

「他死在他家的桌子上，渾身是血。」

阿媚發出一聲嗚咽。

很奇怪的，秋生並沒有憎恨陳先生出賣了自己。

如果自己沒有向陳先生提起這件事，他應該不會死得這麼淒慘。最後，自己把一切都搞砸了。

「我們該怎麼辦？」阿媚問。

秋生問阿媚手上有沒有加拿大的護照。

阿媚回答說，放在家裏。她擁有加拿大和中國雙重國籍，無論在哪一個國家生活，都不需要簽證。

「我想明天離開香港，妳要不要跟我走？」

阿媚瞪大眼睛，然後點頭說：「好啊，任何地方我都跟你去。」

如果說，是那兩個人襲擊黑木，那麼，他們看到了秋生和阿媚的臉，也許會殺人滅口。秋生不能讓她繼續冒風險。

他打電話給航空公司，問了翌日前往北美的班機。幸好，剛好有人取消前往西雅圖的直飛班機，可以從西雅圖再轉往溫哥華。只要有護照、信用卡和支票，就可以天涯任我行。

秋生叫阿媚回家拿護照，順便整理一下行李。

準備好之後，再回到尖沙咀，彼此用手機聯絡。今天晚上可以住在舊城區的飯店，秋生認為，盡可能不要留下行蹤。

走出房間時，阿媚回頭看著秋生。

「阿秋，我愛你。」

雖然一切都毀了，但至少還能夠保護阿媚。

如今，這已經足夠了。

打開電腦的電源，刪除所有資料，將硬碟清空後，拔掉電源。他把工作上使用的資料裝在空箱子內，打算用國際宅配寄回日本老家。只要塞一點小費給樓下便利商店熟識的店員，他一定很樂意幫忙。至於家裏的人，反正也不知道是什麼東西，一定會放進倉庫裏。

整理結束後，秋生環視室內，確認沒有留下任何證物可以證明他和本案有關。筆記型電腦還寄放在飯店的櫃檯，可以在今天去拿回來，帶去加拿大。阿媚沾到血的衣服可以丟去附近的垃圾場，明天就會燒毀，變成灰燼。加拿大應該很冷，他從衣櫥裏拿出皮夾克。

秋生看了一眼時鐘，下午三點多。阿媚應該還有兩個小時才會打電話來。

風有點涼，但太陽還高掛在天上。或許是因為穿著厚皮夾克的關係，他的額頭有點冒汗。

便利商店的店員一口答應秋生拜託的事，答應今天之內就幫他寄出去。「你要去寒冷的地方嗎？」店員問他，「我今年也想去滑雪。」在香港的年輕人眼中，滑雪是最奢侈的娛樂活動，聽到日本從十一月到四月都可以滑雪，每個人都露出羨慕的表情。秋生把衣服丟去垃圾焚化場後，攔了一輛計程車。中環周圍大塞車，計程車繞了一個大圈子，但不到三十分鐘就到了。

太平山的展望台比平時更加清閒，因為纜車起點的中環，此刻陷入一片混亂。店裏的工作人員也都盯著電視畫面。

麗子站在展望台的角落，托著下巴，茫然地看著街道。

無論死了多少人，今天仍然會像昨天般流逝，明天也會像今天般到來，任何事都無法使地球停止轉動。

秋生站在麗子身旁。

「你果然來了，」麗子頭也不回地說，「真高興。」

「大家都死了。」

「是嗎？」她的聲音不帶任何感情。

「妳的願望實現了嗎？」

麗子終於看著秋生。她穿了一件天鵝絨的上衣，絲巾隨意地繞在脖子上。

「什麼意思？」

「妳不是想對黑木復仇嗎？」

麗子納悶地看著秋生。

「他對我很好。」麗子仰望天空，太陽仍然在西邊的天空閃著光芒，「他教我不做噩夢的魔法。」然後又問：「你的表情為什麼這麼哀傷？」

秋生無法理解麗子想說什麼，但顯然她並不痛恨黑木，只覺得他礙事。

「有人因妳而死。」秋生說。

「所以呢？」

「大家都很努力地爭取幸福。」

「幸福是什麼？」麗子輕輕笑了起來，「你說的話真有趣。」

麗子再度托著臉頰眺望著街道。風吹動著她的栗色頭髮，吹到她的臉頰。她用優雅的動作撥開頭髮。

「你告訴我，我該怎麼辦？」她輕歎一聲說道，「最近，我又開始做噩夢了。」

麗子蹙緊眉頭，就連這個動作也十分優雅。

「在那個夢裏，我回到家，發現母親又被陌生男人按倒了。當我回過神時，發現男人身上流血了，我的手上也沾滿了血。母親在旁邊哭泣。我還以為母親會感到高興。」

然後，她露出滿溢的笑容。

「可不可以告訴我，怎樣才可以不做那個夢？」

然後，麗子把身體依偎在秋生身上。「有點變涼了。」她全身微微顫抖著。「所有魔法都失效了。」

「我已經無法為妳做任何事了。」

「希望我能夠為你做些什麼。」麗子說。

秋生搖搖頭。

麗子的雙眼綻放出光芒，好像小孩子發現了調皮搗蛋的目標。她美麗的雙眼令人忍不住深受吸引。

「你錯了。」然後，緩緩閉上雙眼。「你讓我死在這裏吧。」

寬敞的展望台只有他們兩人。兩人細長的身影交疊在一起，投射在已經有了裂縫的水泥露台上。

秋生扶起麗子的身體說：

「必須由妳自己做出決定。」

秋生留下麗子，走向纜車車站。車內沒有觀光客的身影，只有幾個提早把店打烊後，趕著回家的店員。

幾幢性急的大樓已經打開了聖誕節的彩燈。

秋生繞開中環，搭計程車來到灣仔，搭上了渡輪。他剛到碼頭，就接到了阿媚的電話。這天晚上，他們住在旺角的廉價飯店。那是商務飯店兼賓館，只要支付現金，櫃檯根本不問住宿客的身份。

房間裏總算有一部電話。阿媚連衣服都沒換，躺在床上，像嬰兒般蜷縮著。秋生心不在焉地看著電視，完全聽不懂廣東話的意思。畫面上出現了皇后像廣場，記者和主播大聲地交談著。

他突然想起了什麼，打電話到曾經介紹給五郎的夜總會，請對方查一下日本人的預約登記。「我朋友指名一個女孩子，但因為臨時有事，今天不能去了。」經理似乎記得五郎，發出惋惜的聲音。

「可不可以請那個女孩子聽電話？」秋生問。

「她聽到指名取消了，情緒很低落。」經理說：「不然，今天晚上你來找她玩吧。」

「我聽朋友說，他打算帶這個女孩子一起去日本。」

「哼哼。」經理用鼻子哼笑了一聲說，「正因為有這種笨蛋，我們才能開店做生意。」

29

溫哥華的中國城位在下城區的東南方，是舊金山、紐約之後，北美第三大規模的中國城。近年來，由於有許多來自香港的移民，因而被稱為「香哥華」，和阿媚在這裏生活，完全沒有任何問題。這裏是英屬哥倫比亞省最大的城市，也是一個名符其實的英國式美麗城市。

最初的三天，按照阿媚的希望，住在位於史丹利公園附近可以看到大海的飯店，然後，開始找分租公寓，終於在中國城附近找到一間每個月房租一千五百美金，一房一廳的公寓。

到達溫哥華的當天，阿媚就打電話回老家。她父母得知女兒的下落，鬆了一口氣，立刻聯絡了住在溫哥華的親戚。這些親戚接二連三地造訪秋生他們狹小的公寓。

陳先生的葬禮順利舉行。當地的八卦雜誌將陳先生淒慘的死狀和白天的槍戰連繫起來，添油加醋地加以報導，相關人士整天被狗仔糾纏不清。也因為這樣的關係，阿媚出國這件事令她父母鬆了一口氣。

秋生打電話給倉田老人，簡單地說明了情況，和他商量無法及時為間部匯五千萬的事，倉田老人說：「這種事，不必放在心上。」

「我決定暫時離開香港一陣子。」秋生報告說，倉田老人並沒有問他理由。

「所有的錢都是有顏色的，一旦動了不乾淨的錢，只能自取滅亡。你能夠從中了解到這一點，不妨視為是一次良好的經驗。」

倉田老人對一切了然於心。

這時，阿媚剛好買菜回來。

「阿秋，幫我拿一下東西。」

可能聽到了阿媚的聲音，倉田老人滿意地笑了起來。

那天晚上，秋生打電話到間部家裏，間部說，倉田老人已經和他聯絡過了。

秋生因為陳先生的事務所關閉，無法得知間部在境外銀行申請的銀行帳戶號碼表達歉意。雖然帳戶通知應該已經寄到陳先生的事務所，但秋生無法去拿。間部的五千萬已經換成美金，匯入了秋生在境外銀行的帳戶。一旦知道間部的帳號，隨時可以匯款。

間部回答說：「股東代表訴訟已經開始了，也許可以提前和解，在事情了結之前，先暫時不動沒關係。」

然後，間部又說：

「倉田先生沒有透過祕書，親自打電話給我，說他會負起所有的責任。工藤先生，你真的很幸福。」

溫哥華的冬天很美。由於暖流流經喬治亞海峽，因此，即使冬天，也很少下雪。秋生和阿媚一有時間，就去史丹利公園散步，漫步在保留了老街風情的下城區。

溫哥華和舊金山、西雅圖一樣，海鮮非常豐富，有好幾家很棒的餐廳。只要去中國城，幾乎和在香港沒什麼差別。

阿媚說經常吃外面太浪費了，最近經常買食材回來自己下廚。秋生以前不知道，原來阿媚的廚藝這麼好。

到達溫哥華一星期後，阿媚家裏給她寄了大量衣物過來。秋生自己只買了幾件換洗的內衣褲，幾乎每天都穿相同的外衣。今天，他又和阿媚挽著手，去附近的超市買東西。

聖誕節前夜，他們買了一個小蛋糕回來分享。受到恐怖攻擊的影響，加拿大的景氣也急速衰退，聖誕節特賣也比往年冷清。他們不禁聊起去年的聖誕節由陳先生主持，在卡爾洛的餐廳熱鬧慶祝了一番的聖誕晚會。陳先生難得穿上了燕尾服，但他穿起來完全沒有那種架勢。

進入二〇〇二年，歐元開始在歐洲流通，市場卻沒有太大的變化。日圓急速貶值，市場紛紛耳語，三月將發生金融危機。然而，在溫哥華，這些都彷彿是另一個世界發生的事。

在歐美國家，新年只是假日而已，一月二日就開始工作了。在中國，要到農曆新年，也就是春節才大肆慶祝。因此，中國城也要等到晚一點才會正式開始春節的準備。

對於未來，秋生完全沒有計畫。如果要和阿媚共同生活下去，就必須找一份工作。倉田老人說，等秋生安定下來後，再打電話給他。他希望秋生為他進行海外資產管理，但秋生回答說，希望再考慮一下。

秋生內心有一個疑問越來越大。

半夜的時候，他醒了過來，獨自上網查詢。阿媚不知道什麼時候出現在他身後。

「妳怎麼了？」

阿媚不發一語地凝視著秋生。

「我會在這裏等三個月，如果你沒有回來，我就放棄。你不必擔心我。」

說完這句話，她走回臥室。

30

中午過後到達成田機場，秋生直接搭成田Express來到東京車站，把行李放在投幣式置物櫃後，直奔竹塚。

從溫哥華出發前，他寫了一封信給牧丘精神病院的吉岡光代，要求再度了解麗子母親住院的詳細情況。秋生在成田機場打電話時，她說今天上早班，三點多下班。如果是下班後見面，應該沒有問題，並約在車站前的咖啡店見面。

「讓你久等了。」

秋生坐在只有吧檯和四張桌子的簡陋咖啡店裏，喝著溫溫的咖啡，等了將近三十分鐘，光代出現了。她穿著便服時，更像是附近的家庭主婦。光代才剛坐下，就從皮包裏拿出香菸，點了火。

「你還沒有找到麗子小姐嗎？」

秋生沒有告訴她，自己已經和麗子見過面。光代發自內心地同情若林母女。

秋生無論如何，都想了解一件事。

「上次我來拜訪時，妳曾經提到，康子小姐曾經一度意識清醒。」秋生說，「當時，康子小姐對妳說，『讓我死吧。』」

光代點點頭。

「妳說，也許麗子小姐每天來看她母親時，也曾經看過康子小姐意識清醒的那一剎那。」

光代神情緊張地抽著菸。

「果真如此的話，妳認為康子小姐會對她說什麼？」

「我也曾經想過這件事。」

「妳認為也是說『讓我死』嗎？」

如果是這樣，麗子突然不去探視她的母親，她母親被轉往條件更惡劣的醫院，以及任憑她衰竭死亡，都有了合理的解釋。麗子每天來醫院，只是為了確認她母親的心意。然後，她母親把自己的意思傳達給了女兒。

「我因為轉院的事打電話給麗子小姐時，麗子小姐說，『這也是我母親的意思。』當時，我不了解這句話的意思，後來，才發現可能是這麼一回事……」光代再度重重地歎了一口氣。「之後，康子小姐也拒絕一切治療和飲食。」

「麗子小姐還有沒有談到她母親什麼事？」

「這個嘛，」光代偏著頭，「我不太記得了。」

「妳覺得，康子小姐是否也把其他的願望也告訴了麗子小姐。」

光代思考片刻，最後鞠了一躬說：「對不起，我實在不太清楚。」

回到東京車站，從投幣式置物櫃裏拿出行李後，秋生去附近的飯店辦理了入住手續。然後，打了幾通電話，在飯店咖啡店隨便吃了點東西，便到新宿轉搭小田急線來到世田谷區的經堂。

秋生要找的人在兩個星期前搬家了。管理員很熱情，把新家的地址也告訴了秋生。那是位在江東區南砂的高級公寓。八〇年代以後，那一帶的東京近郊地區重新開發後，人口急速增加。

他回到新宿，轉車到高田馬場，又改搭東西線前往南砂町。在高田馬場站下車時，他想去恩田的事務所看看，但臨時改變了主意。對恩田來說，並不希望遭到秋生這樣的瘟神糾纏。於是，他在車站前打電話。

真紀接了電話，一聽到他的名字，就興奮地叫了起來，「哇，好久不見了。所長經常提起你，說工藤先生最近不知道怎麼樣。」

真紀一口氣說完後，把電話轉給恩田。

「最近好嗎？」恩田的聲音也透露出喜悅，「我沒幫上你的忙，一直覺得很不好意思。」

秋生道歉說：「我才不好意思，把你捲入這種麻煩事。」

「之後，我自己調查了一下，」恩田說，「菱友不動產的山本董事死了，據說是意外死亡。公司方面封鎖了消息，葬禮也只有親屬參加，所以，有很多傳聞。關於真田克明，他的家人已經請警方協尋失蹤人口。真田的公寓和事務所已經被黑道兄弟霸佔了。」

電話中傳來翻資料的聲音。

「還有，新宿和赤坂的黑道兄弟發生火拼，有人用槍射擊堂口的辦公室，造成一人死亡。聽說是為了爭奪菱友不動產付給黑道的錢，火拼一方的堂口大哥在香港遭到槍擊，保鑣死了，他身負重傷，僥倖活了下來，目前正住在東京都的某家醫院。坊間有很多關於這個事件的傳聞。」

這時，恩田遲疑了一下問：「你應該知道，遭到槍擊的就是KS物產的黑木誠一郎吧？」

「我知道。」秋生回答說。

「我想，你暫時還是不要回日本比較好……」

秋生很感謝恩田的心意，提出想要支付追加的調查費用。

「已經足夠了，你已經給得太多了。」恩田笑道。

秋生一眼就找到了這幢單身套房公寓。公寓離南砂町車站很近，一樓是錄影帶出租店。商店街上有便利商店、洗衣店和定食餐廳，也有幾家整晚不打烊的卡拉OK店，所有生活設施都集中在半徑一百公尺以內的區域。

秋生站在裝有電子鎖的門前想了一下。他看了一眼信箱，信箱上沒有寫名字。如今，信箱上寫名字的才讓人奇怪。最後，他還是決定打對方的手機，而不是按門鈴。

「我現在就在你家樓下，可不可以進去坐一下？」

對方一下子說不出話，隨即開了門。

房間的南側是一整排窗戶，設計很新潮。或許才剛搬進來不久，還沒有整理行李，家裏到處堆著紙板箱。餐廳的飯桌上放著一台桌上型電腦，連著許多機器的電線。

「你怎麼找到這裏的?」誠人問。他穿著一件白色運動衫和粗布棉質長褲，一身輕鬆的打扮，但聲音好像有點發抖。

「我去你以前住的公寓，管理員告訴我的。」

秋生環顧還沒有整理的室內，房間角落放著一張床墊，應該就是他的床吧。和在新宿見面時相比，誠人瘦了不少，臉色也不太好。

誠人請秋生坐在房間角落的椅子上。「我這裏沒什麼東西可以招待你。」他從冰箱裏拿出一瓶烏龍茶，和紙杯一起拿了過來。

「你應該知道我為什麼來找你吧?」

「什麼事?」誠人反問道。

秋生不想和誠人玩猜謎遊戲。

「我想知道你最後一次和若林麗子見面的情況。」

誠人的臉頓時變得蒼白。

秋生有一個無法解開的謎。

麗子知道，只要在同一家銀行申請個人名義的帳戶，即使突然把法人名義帳戶上的大筆資金匯入，也不會引起懷疑。同時，她找到了可以在網路上登入，又可以發行信用卡的境外銀行。在日本申請了香港的信箱服務，又在日本國內申請了匿名的信箱，把帳戶開設通知轉寄到那裏。即使是金融專家，恐怕也很少人這麼精通。麗子根本不了解境外市場，絕對不可能是她自己完成的。

一定有高人向麗子傳授這些方法。起初，秋生懷疑是真田。如果他之前是在私人銀行工作，或許有這種可能，然而他是在投資銀行向投資人推銷債券，不可能了解這種小額交易的事。在這個事件中，真田的功能就是被麗子騙走錢，並且為斂財基金寫一份像樣的說明書，向山本推銷，讓他走向毀滅。

如果不是真田，麗子的背後到底是誰？

移居溫哥華後，秋生想起誠人的網站曾經寫過透過網路向境外銀行申請帳戶的方法，便搜尋了以前的內容。誠人的網站上蒐集了有關金融和投資的各種資訊，還介紹了透過網路在香港申請信箱服務的方法，以及轉寄到日本信箱的絕招。在他的網站上，對於韓國工商貸款的日語網頁，宣稱保證本金、年利率百分之十的金融商品展開了熱烈的討論。看佈告欄過去的紀錄發現，有人投稿介紹從境外銀行的法人帳戶匯錢至個人名義帳戶時，曾經被懷疑是洗錢，經歷了慘痛的經驗。結果，有人回答說，只要是匯入同一家銀行的個人名義帳戶，就可以順利解決這個問題。

在誠人剛設立網站的初期階段，秋生經常應誠人的要求提供一些建議，也經常瀏覽他的網站。但這半年來，已經徹底失去了興趣，只有偶爾上傳一些資料而已。當他事隔多日再看誠人的網站，發現那裏已經變成了金融駭客的巢穴。麗子運用的所有技巧，都可以在上面找到。

秋生原本以為麗子自己去誠人的網站上查詢這些知識，但還是覺得不太對勁。黑木為什麼沒有找誠人？

在秋生所認識的人中，黑木算是最聰明的男人。和秋生見面之前，他曾經找了一個假客人，藉此查出了秋生的地址和姓名。一旦發現秋生是金融業的人，不惜翻遍所有金融機構的名冊，把他的家人資料也查了出來。同時，他查出陳先生在股票投機上賠了大錢，迫使陳先生和他攜手合作。做事這麼周到的男人，怎麼可能放過麗子最先接觸的誠人？

只有一個可能。那就是黑木並不知道誠人的事。

麗子沒有向任何人提起誠人，但卻告訴真田去香港和秋生見面，申請了境外法人，甚至留下了秋生的手機號碼。麗子捲款逃走後，黑木當然會逼問真田。到時候，就可以把秋生當成擋箭牌，隱瞞誠人的存在。

麗子為什麼要這麼做？

只有一個答案。那就是所有的計畫都是誠人一手策劃的。

「你有什麼證據？」誠人的臉白得像一張紙，說話也發抖起來。他的目光閃爍，顯得十分慌張。

「我不是刑警，不需要證據。只想知道你在飯店攻擊我後，到底發生了什麼事。」

誠人瞪大眼睛，張大嘴巴，當場愣在那裏。

秋生一直在思考，那天到底是誰在飯店突襲自己。

那天，麗子在大久保公寓前，看到秋生被黑道兄弟包圍後，就一直跟蹤他。於是，她打電話給誠人，叫他趕來新宿。為了讓從公司溜出來的誠人可以搶先一步趕到飯店，麗子故意叫住了秋生。如果一切果真如秋生所想像，麗子從一開始就打算幹掉秋生。

誠人用驚愕的眼神看著秋生。

「我怎麼知道。」他好不容易擠出這句話。

「那算了，不過，可不可以請你告訴我一件事？」秋生直視誠人的眼神，「麗子想要殺我嗎？」

這個疑問始終盤踞在秋生的內心。

「怎麼可能！」誠人突然大叫起來，「你不要把麗子小姐說成殺人凶手！」然後，他放聲大哭起來。

誠人斷斷續續地訴說起來。

那天，麗子的確打電話給正在公司的誠人，說想知道聯絡秋生的電話。誠人把秋生的手機告訴了她。誠人說，事情就這麼簡單。

「那你為什麼攻擊我？」

誠人沒有說話。

「秋生先生，我一直很羨慕你。」他喃喃說道，「你擁有才華、自由和愛情……，你擁有一切。我卻一無所有，我無法忍受麗子小姐也被你搶走。」

誠人接到麗子的電話後，就衝出公司，趕往新宿。他之前就查出秋生住宿的飯店。之前在新宿見面時，他假裝搭上計程車，其實卻跟蹤秋生回飯店。

誠人一直在找麗子。麗子把五十億匯入自己的帳戶，從香港回到日本後，一直輾轉住宿在新宿周圍的飯店，並沒有告訴誠人她的下落。秋生想起誠人在新宿酒店前的奇怪舉止。

之後，誠人寫了一封長長的電子郵件給秋生，詢問麗子的消息。在秋生遭到攻擊後，就不曾再收過他的郵件。當然是因為他已經和麗子取得了聯絡。

「我得知麗子小姐要去見你，就在飯店周圍徘徊。結果，看到你和麗子小姐抱在一起。麗子小姐在你的胸前哭，我羨慕死了！」

所以，就去飯店埋伏攻擊嗎？

誠人用他隨身攜帶的筆記型電腦擊中秋生的後腦勺。然而，當秋生昏迷後，誠人沒有勇氣置他於死地，卻在房間裏四處翻找，拿走了他的手機。他說，目的是為了不讓秋生和麗子聯絡，但秋生認為，應該是為了查出自己的真名吧。電腦宅男有這種想法很自然。

秋生等誠人平靜下來。

「她是我第一個女人。而且，她又那麼漂亮。我沒想到會發展成這樣。」

「基金的事，是你設計的嗎？」

誠人點點頭。

「靠處理不良債權吸收更多資金的事呢？」

「那和我無關。」

「搶錢計畫呢？」

「我只是覺得，如果五十億突然消失，應該會很好玩。沒想到，人竟然會因為錢而相互殘殺。」

一切都是因為誠人對麗子著迷，因為誠人的妄想而發生的。他結合了各種點子，設計出麗子喜歡的計畫。

那個斂財計畫也是麗子把誠人的計畫告訴真田後，讓山本去推銷的。在誠人的妄想中，他將靠這筆騙來的錢，和麗子共同生活。

黑木加入了這個計畫，使原本的五億增加到五十億，於是，誠人想到了將法人名義的資金匯入私人名義帳戶的方法。他用電子郵件在香港申請了信箱服務，開設了銀行帳戶。為了隱匿麗子的身份，還計畫更改中村惠的住民票，申請護照的計畫。麗子一一實現了這些計畫。

「是你打電話通知黑木，我和麗子在香港見過面嗎？」

誠人露出嘔氣的表情。

「你也打電話給陳先生？」

「麗子小姐說，她想要一本新護照，所以，我去找他商量。結果，是他主動和我談的。」

他的言下之意，就是「又不是我的錯」。

「陳先生說什麼？」

「他說做假護照很容易，還提出只要一百萬美金，就可以順便幹掉黑木。」

秋生想起麗子去香港前，曾經在世田谷區經堂的ＡＴＭ提款。誠人不久之前還住在那裏。也就是說，麗子和秋生在新宿分手後，曾經和誠人見過面。

麗子用中村惠的名義申請護照的計畫失敗了，在和秋生接觸的同時，也請誠人幫他另想辦法。或者，是誠人主動提出，想要和秋生較量一下。總之，誠人想利用陳先生，為麗子做一本假護照。從誠人的交友關係來看，這種事只能委託陳先生。

所有的一切，終於都有了合理的解釋。

那天，阿媚和秋生在網路上搜尋香港的信箱服務業者。陳先生無所事事，負責接聽電話，結果，就接到了誠人打來的電話。

陳先生知道，麗子想用其他人的名字申請護照。聽到誠人委託他做一本日本女人的假護照，他很快就發現了誠人和麗子的關係。於是，他佯裝出去買食物，進一步洽談這件事。然後，打電話給黑木說：「秋生找到了錢。」引誘他來香港。

陳先生原本計畫在收拾黑木後，叫麗子來香港做一本假護照。一百萬美金的報酬在交付護照時支付。

翌日，秋生拿到了麗子的月結單，陳先生原本以為只有五億的錢，沒想到竟然有五十億。這麼一來，一百萬美金的報酬顯然太少了。陳先生認為，只要勒索麗子，一定可以拿到錢，所以，把殺掉黑木的計畫延後。一旦殺了黑木，就沒有籌碼和麗子交涉了。

然而，黑木一開始就打算幹掉陳先生，所以，才會帶金髮男來香港。不光是陳先生，黑木打算把秋生、麗子等知道他收回那筆錢的人統統殺掉滅口。把礙事的人鏟除後，再把金髮男留在香港就好。反正，他這種樣子，即使警方偵訊他，連名字都問不出來。

每個人都為了五十億陷入瘋狂。

「你在香港做了什麼？」秋生問誠人。

「你去調查過了？」誠人忿忿地看著秋生。

「對，旅客名單上有你的名字。」

誠人和麗子一起前往香港。他們在上午十點三十分到達香港國際機場。

然而，來到香港後，卻聯絡不到陳先生。事務所的人說，他沒來上班。於是，誠人就帶著麗子去陳先生家裏找他。結果，發現了屍體。

他是怎麼和香港的黑道兄弟談妥的？

「即使看到滿身是血的屍體，麗子小姐也面不改色。」誠人說。「好像她已經習慣了。」他用膽怯的眼神看著秋生，「結果，電話響了。麗子小姐猶豫了一下，接起了電話。」

秋生想起在凱悅飯店黑木的房間時，和他擦身而過的那個臉上有疤痕的男人。黑木不可能偶然認識陳先生的老朋友，一定是陳先生介紹給黑木的。陳先生要求那傢伙監視黑木，到時候再幹掉他。

黑木帶著秋生回到飯店，男人拿錢走人的時候差不多十一點多。如果之後打電話給陳先生報告，時間剛剛好。

麗子告訴那個男人，陳先生被殺了。然後，他們交涉了殺害黑木的事。

男人不知道麗子手上有五十億。他看到老朋友被殺，氣得火冒三丈。只要付他一千萬圓，他很樂意接下這份工作。結果，麗子得以用很便宜的價格請人完成這項工作。

接著，為了能夠在香港滙豐銀行的貴賓室欣賞自己導演的這場戲，她打電話給黑木，約他到皇后像廣場。秋生是麗子特別邀請觀賞這齣戲的觀眾。

如此這般，麗子達到了她的目的。黑木身負重傷，暫時無法出院。陳先生死後，雖然無法為她辦理假護照，但可以用秋生教她的方法申請一本新護照。如今，她應該在四季如夏的海邊，喝著熱帶雞尾酒吧。

然而，秋生總覺得事有蹊蹺。

「麗子現在人在哪裏？」秋生問。

「我不知道。」誠人說：「在香港分手後，就沒有見過她。」

「不可能。在事件發生的第二天，你們搭同一班飛機回到了日本。」

誠人低頭沉默不語。

過了一會兒才說：「是在回日本後分手的。」

秋生正打算說什麼，誠人大叫：「夠了，你走吧！」他似乎不願意多談。

秋生無意讓誠人因此受到懲罰。即使以傷害和詐欺的罪名起訴他，已經死去的人也無法起死回生。無論麗子在哪裏，在做什麼，都已經無所謂了。

他走向出口，堆積如山的紙板箱中，有一個敞開著。鮮艷的紅色映入了他的眼簾。仔細一看，原來是女人的高跟鞋。

有一種不祥的預感。

如果麗子按照秋生所教的方法，以「瀧川沙希」的名字申請護照，需要申請一個新的信箱，並用這個假的名字在境外銀行開一個帳戶。同時，必須把錢匯入那個帳戶，連同存款證明一起申請護照。再怎麼快，都需要一個月的時間才能辦完所有的手續。麗子不可能獨自處理這些事，她還需要誠人。因此，回到日本後，麗子應該和誠人有所接觸。

秋生往紙板箱內一看。在皮鞋和皮包下，塞了一套眼熟的藍色香奈兒套裝。那是秋生第一次和麗子見面時，她身上穿的那一套。

誠人在他面前發抖，只有雙眼發亮。

「到底發生了什麼事？」

誠人瞪大眼睛，嘴唇拼命顫抖。

「麗子死了嗎？」

劇烈顫抖變成了抽搐，誠人突然抱著頭，蹲了下來。

「我也不記得我到底做了什麼！」

秋生花了很長的時間，才從誠人的哭訴中掌握了大致的情況。

回到香港後，誠人向公司提出了辭呈。他計畫在新年後，帶麗子一起去歐洲，去那裏領取麗子的新護照。

然而，誠人的精神狀態慢慢出了問題。

「麗子小姐和我在一起時，絲毫沒有幸福的感覺。我覺得，她總是拿我和你做比較。」麗子原本就無意和誠人一起生活，她只想要一個新的名字和一本護照。誠人只是她利用的工具。一旦拿到護照，她就會像對待真田和山本一樣，把誠人當垃圾一樣拋棄。誠人一定察覺了她的這種想法。

不久之後，就有一個聲音在誠人的腦海中呢喃：「麗子想離開你，如果不趕快行動，就會永遠失去她。」久而久之，那變成了秋生的聲音。

從香港回來後的兩個星期內，誠人被強烈的嫉妒糾纏。嫉妒的對象不是秋生，而是自己的自卑。

「那天的事，我記不太清楚了。現在，我仍然覺得可能是一場夢。」

誠人再度哭了起來。

「麗子小姐托著下巴，坐在餐桌旁發呆。我問她：『妳在想什麼？』她很自然地回答說：『我在想秋生先生的事。』聽到這句話，我眼前一片漆黑。

「這時，我腦海裏有一個聲音說：『你完了，根本沒有人愛你』……。

「當我回過神時，發現麗子小姐已經死了。我真的什麼都不記得了！」

誠人開始笑了起來，「請你告訴我，因為，是你對我說：『只要麗子死了，就永遠不會離開你了。』但是，麗子小姐不見了，為什麼……？」

誠人已經瘋了。

然而，那又怎麼樣？事到如今，多一個瘋子也沒什麼好驚訝的。

誠人趁著半夜，把麗子的屍體裝進公寓地下停車場的車子，開車去富士山麓丟棄。秋生叫他畫下地圖，發現是富士五湖之一的西湖旁，被稱為自殺勝地的青木原樹海的正中央。據週刊雜誌報導，由於去那裏自殺的人實在太多了，當地的警方和消防隊已經不再共同大規模尋找屍體。因為，每次搜尋工作都被媒體大幅報導，反而吸引了更多人到這裏自殺。

一旦中止搜尋工作，就只能靠那些特地去樹海找屍體的好事者偶然發現了。然而，他們即使發現屍體，也只是拍照留念而已，根本不會和警方聯絡。

之後，誠人搬了家，賣了車子。他失去了工作，也失去了活下去的力氣，每天在害怕麗子的幻影中度過。最後，誠人的人生也毀了。

「我以後怎麼辦？」

誠人滿臉眼淚和鼻涕地問道。

「一切都沒有改變，」秋生回答說：「你要像以前一樣，繼續活下去。」

翌日，秋生搭清晨六點的新幹線前往三島，在那裏租了一輛車，開車來到西湖附近的冰穴。這是在富士山火山爆發時形成的溶岩洞窟，即使在盛夏季節，洞內也都結冰，故得其名。讀小學時，遠足來這裏參觀時，曾經為如此壯觀的景象感到驚訝。但之後帶女孩子約會繞到這裏時，只覺得是一個冰冷的洞穴。當然，這已經是十多年前的事了。

青木原樹海就在這個冰穴的對面，中間隔著國道一百三十九號線。通往西湖的林道可以穿越樹海中央，只要從林道稍微往旁邊偏一點，就是一片綿延無際的原生林。

秋生把車子停在冰穴的停車場，從行李箱拿出事先準備好的毛毯。這是他中途去日用雜貨店買的。

手無縛雞之力的誠人不可能扛著麗子的屍體走太遠。他正確地記住了從林道偏向樹海時做下記號的位置，也許是想事後再來搬走屍體。雲層很厚實，看不到富士山。也許會下雪吧。秋生把毛毯挾在腋下，手拿著誠人畫的地圖，走進林道。

走了十分鐘左右，就發現了誠人留下記號的巨大山毛櫸。那些徒步旅行者在樹幹上刻了各種不同的文字，正中央的位置，有一個刻痕還很新的心形圖案。那是誠人把麗子搬來這裏時所刻下的。

秋生在山毛櫸的位置左轉後，仔細檢查地面。誠人是在半夜三更來丟棄屍體，如果走得太遠，他會擔心自己無法回來。因此，應該在距離林道不超過五分鐘的位置。天空開始飄起了雪花。

找了三十分鐘左右，在一棵櫟樹根部的小坑洞裏發現了麗子。她穿著最後一次在香港見到她時的藍色毛衣和天鵝絨的上衣。或許因為這一陣子天氣寒冷，所以，屍體並沒有腐爛。

秋生跪在麗子的屍體旁，為她整理好凌亂的衣衫。她的臉和手毫無血色，像蠟一樣蒼白，下腹部因為漲氣微微隆起，脖子的頸動脈上還殘留著一眼就可以看出是外行人所為的勒痕。除此以外，麗子依然美麗，是秋生至今為止所看過的最有魅力的女人。

秋生把帶來的毛毯蓋在麗子的屍體上。

這時，秋生發現她上衣口袋裏好像有什麼東西。拿出來一看，原來是一張舊照片。

雪花飄落在麗子的臉上。

「這就是妳所期望的嗎？」秋生問道，當然，他不可能聽到回答。

他用嘴唇輕吻麗子冰冷的雙唇。

有一種腐爛的肉的臭味。

回到東京時，已經下午三點多了。

他從東京車站打電話給倉田老人。

聽到秋生的拜託，倉田老人猶豫了一下，最後終於說：「既然你這麼堅持，那就好吧。」倉田老人的情報能力果然不同凡響，不到三十分鐘，立刻接到了他的電話。

兩年前，若林康子在監獄發生了嚴重的自戕行為，被送至牧丘精神病院。不久之後，她女兒麗子出現在醫院。

在之後的半年期間，麗子幾乎每天都去探視母親。過了一段時間，突然不再造訪。牧丘醫院的吉岡光代推測在此之前不久，麗子曾經和母親交談過。

康子為了祖護女兒服刑多年，麗子也一直背負著這個罪行。正因為如此，才一直保留著綾瀨那個沾滿血跡的公寓，宛如一塊墓碑。

當母親因為精神失常出獄時，麗子想要了解母親的想法。

秋生認為，麗子應該獲得了母親的原諒；他相信，麗子的母親要求她邁向新的人生。否則，這一切未免太殘酷了。

秋生搭中央線在御茶之水車站下車後，造訪了某家私立醫院。那是之前倉田老人的祕書青木告訴他的醫院。

在每天要支付七萬圓差額的豪華病房內，黑木無聊地翻著週刊雜誌。看到秋生時，沒有絲毫的驚訝，只對他「嗨」了一聲。

黑木在香港遭到槍擊後，雖然奇蹟似的撿回一命，但右腿中間以下都截肢了，一個腎臟也報廢了。香港警方無法找到黑木和事件有關的證據，當他身體稍微好轉時，就立刻把他視為危險人物送回了日本。他還要住院半年左右。

「我已經是廢人了，你來找我幹嘛？」黑木語帶挖苦地問道。

回到東京時，天氣已經放晴了。溫暖的陽光從拉著蕾絲窗簾的窗戶中灑了進來，照滿整個房間。病床周圍放滿了漂亮的蝴蝶蘭。

「我希望你可以為麗子下葬。」秋生說。

「她死了嗎？」黑木驚訝地問道，但隨即恢復了原來的語氣。「為什麼找我處理這種事？」

秋生沒有回答，把標示屍體位置的地圖交給黑木。

「麗子雖然是被勒死的，但希望你當作自殺處理。火葬後，請把她安葬在多磨靈園，和她父母葬在一起。」

秋生不想讓麗子的死鬧大。即使這麼做，也無法拯救任何人。

黑木一言不發地盯著秋生，隨即笑了起來。

「叫我做這種事也無妨，但我的報酬呢？」

「既然發生了這種事，第三者根本無法動用麗子的五十億。但只要她死了，就有繼承的問題。只要能夠開出麗子的死亡證明，不妨找出具有繼承權的人，找一位能幹的律師交涉，應該可以拿到這筆錢。」

「你為什麼要告訴我這些？」

「沒有理由。」然後，又補充說：「我不需要報酬。」

黑木看著秋生，好像在看什麼稀奇的東西。

「不過，希望你告訴我一件事。」秋生問，「你一開始就認識麗子嗎？」

「我什麼都不知道。」黑木說。

然後，好像閒聊似地娓娓道來。

「以前，我還是個嘍囉的時候，去討債的那戶人家，有一個絕世美女。和我一起去討債的傢伙當著她老公的面強暴了她。那個老公因此上吊自殺了，女人帶著女兒四處討生活，躲避世人。我們周圍經常發生這種事。」

「你對那個女兒做了什麼？」

黑木露出回憶的眼神。

「那個女兒很可愛，當她看到自己的母親被幾個男人強暴後，心都快死了。為了讓她活下去，我教她我知道的唯一一種方法。」

他看著秋生笑了起來。

「我拿出錢包裏所有的一萬圓紙鈔，拿給那個女孩。」黑木說完，又若無其事地補充說，「因為，我也曾經有過相同的經驗。」

秋生無言以對。

「無論如何，這些都和你沒有關係，你趕快忘了吧。」

黑木繼續拿起週刊雜誌，不再看秋生一眼。

31

秋生搭翌日上午的班機飛到香港。

由於陳先生的事務所關閉了，他必須回去處理信件。同時，也要順便把公寓退租。

他在成田機場打電話詢問，得知事務所的人每星期會去整理一次。很幸運的，剛好找到事務所的人，約好傍晚的時候在事務所見面。

中午前到達香港後，立刻搭計程車前往上環。

久違的陳先生事務所整理得非常乾淨，空空蕩蕩的，沒有一個人。據接待他的工作人員說，這個月底，就會租給別人了。因此，正在聯絡租用信箱服務的客人。「阿秋先生，你來得正好。」

秋生決定在比利那裏租用新的信箱。他也向幾位以前曾經租用陳先生信箱的客戶提出這個建議。比利的信箱服務有轉寄到國外的服務，也可以在線上變更地址和支付租金的方法。像陳先生那樣靠人脈關係做生意的方式已經落伍了，以後，將是比利這些年輕創業家的時代。

秋生把信件裝在他帶來的紙袋中，把比利的信箱地址告訴事務員。秋生拿出三張一千元港幣交給事務員說，他會去辦理變更地址的手續，萬一來不及時，請幫忙轉寄一下。

他繞去房屋仲介處解除房子的租約。雖然租約還剩下四個月，但秋生說，裏面的傢俱都留下，於是，房屋仲介多退給他一個月的房租。他回到公寓，把衣物打包後，準備寄到加拿大。然後，打電話給房屋仲介，請他幫忙處理剩下的物品。

天色已經暗了下來。雖然覺得時間有點晚了，但他還是打電話到比利的事務所。比利還記得秋生，告訴他：「我今天會熬夜加班，你隨時都可以過來。」秋生說，他會在八點之前過去。

秋生提議：「我是專為日本人服務的金融顧問，希望可以把顧客的信箱轉移到你這裏。」比利十分高興。在秋生之前聯絡的顧客中，似乎已經有人自行申請了。「最近突然有不少日本客人，我還嚇了一跳。」比利說。

「對了，又有信件寄來了。」

說著，他拿了一封信走過來。秋生一看，原來是沉睡著五十億的銀行寄給麗子的。比利以為秋生一直沒有離開香港，意思是說：「你順便帶給她吧。」

信很厚，不像是月結單。秋生接過信封時心想。反正麗子已經死了，即使秋生收下這封信，也不會有人生氣。

香港好像在舉行什麼國際會議，中環附近的飯店幾乎都住滿了，只有麗嘉飯店還有空房。那正是第一次和麗子見面的飯店。

辦理好入住手續，走進房間，秋生打開了從陳先生事務所拿來的寄給間部的信件。裏面是開設帳戶通知與沒有匯款的照會。其他顧客的信件都指定轉寄地點後，交給比利處理了。

秋生打電話給境外銀行，要求把五千萬匯入間部的帳戶。由於他請對方先辦理手續，之後再用傳真補寄正式的匯款委託書，所以，錢應該會在後天匯進間部的帳戶。

他打電話給間部的手機，他剛好不在公司。秋生為這麼晚才匯款表達歉意，告訴他帳戶號碼，並告訴他，可以等事情稍微平息後，再用轉寄服務領取金融卡。

秋生打開比利交給他的那封寄給麗子的信。那是麗子和銀行之間的信託契約影本。

在只有本人簽名才能動用帳戶內資金的歐美銀行，當帳戶所有人死亡時，這些單獨名義的帳戶經常不知道該如何處理。資金通常都會遭到凍結，任何人都無法領取。

據說，這種無人領取的資金有將近數千億美金沉睡在瑞士銀行，其中也包括了在第二次世界大戰中喪生的猶太人的資產。因此，當顧客在單獨名義的帳戶中存入一大筆資金時，銀行就會建議顧客以文字形式寫下死亡時的處理方式。麗子應該也遇到了相同的要求。

信託契約是遇到這種情況時會採用的方法之一，一旦確認帳戶所有人死亡，可以按照帳戶所有人生前指定的比例捐贈給指定的團體。只要在空白欄中寫上團體名稱和捐贈比例，再簽上自己的名字就可以了。

麗子選擇的是UNHCR（聯合國難民高級專員署），捐贈比例是百分之一百。黑木申請了麗子的死亡證明，通知銀行方面後，這份契約就會開始生效，四千萬美金將用於救助世界各地的難民。秋生想通知黑木這件事，但又打消了念頭。反正，無論這筆錢何去何從，都已經和自己無關了。

秋生拿出在麗子上衣裏找到的照片。

那是一張泛黃的黑白照片。在某個櫻花盛開的公園內，三十多歲的男人身旁，坐著一個漂亮的女人。櫻花樹下鋪著一張草蓆，上面放著便當。女人的腿上坐著一個差不多讀幼稚園的可愛女孩，右手拿著櫻花樹枝。漂亮的女人笑容燦爛地對著鏡頭微笑著。

秋生找來菸灰缸和火柴，把信託契約影本和照片放在一起，摺成四折後點了火。香港的街道燈火通明。從飯店的窗戶可以看到麗子曾經住宿的半島酒店。契約書和照片都化為一撮灰燼。

麗子努力用她的方式回到她最幸福的年代，無論這種方式多麼離奇古怪。

秋生拿出筆記型電腦連上網路。阿媚寄了一封電子郵件給他。「溫哥華下了今年的第一場雪。據說加拿大洛磯山到明年春天為止，路面都會凍結。明天開始，我要去中國餐廳上班。」

秋生打電話到航空公司，預約了最早前往溫哥華的班機。

任何人的人生都無法重來。

然而，任何人都可以努力。

解說

玉木雄一郎

我不是在書店，也不是從報紙廣告得知本書的存在，而是在大阪國稅局的幹部會議上。當時，我擔任大阪國稅局總務課長一職，每週必須定期參加局內舉行的幹部會議。在某一天的幹部會議上，M部長介紹說：「我發現一本很了不起的小說，請大家也看一下。」他所介紹的，正是這本書。那時候，我除了參與稅務執行工作以外，還曾經有調查不當證券交易的經驗，曾經見識過各種違法，或者說是遊走在違法邊緣的金融交易。然而，當我看了本書之後，仍然受到了極大的震撼。除了以加速度展開的故事情節以外，作為整個長篇小說的支柱，也就是利用境外市場的避稅技巧，完全是以專業知識為基礎，而且充滿真實性。因為本身職業的關係，我立刻深受吸引。我的幾名下屬也看了本書，都稱讚本書寫得十分透徹。老實說，身為在稅務局工作的人，不禁有一種恐懼，覺得市面上出現了一位驚人的作家。

尤其令我欽佩的是，本書並沒有運用一般小說中常見的，現實中不可能存在的荒誕無稽的技巧，使故事情節很勉強地發展下去。書中在描寫某一個技巧的運用時，比方說，會藉由秋生之口，說出：「無論是在境外設立法人，或是開設銀行帳戶都是合法行為，只有把不合法的資金匯到這個帳戶時，才觸犯了日本的法律。」冷靜地闡述了違法和適法的界限。或許正因為橘氏是

「快樂海外投資協會」的創辦人之一，在境外投資方面累積了卓越的經驗和知識，才能夠做到這一點吧。我本身雖然了解這些知識，但也是在看了本書後，才第一次了解這些知識的實際情況。毫無疑問，以豐富的稅務、金融知識為基礎的細緻描述，正是本書的魅力之一。為了對稅制和金融不太熟悉的讀者，我來簡單介紹一下若林麗子所使用的金融技巧的概要，協助各位更充分享受本書的閱讀樂趣。

麗子為了盜取她的未婚夫真田等人募集的資金，首先利用香港代為辦理銀行帳戶開戶業務的業者，在加勒比海的某個租稅天堂設立法人，試圖將資金轉移到法人的銀行帳戶。正如秋生所說的，日本對外國子公司是採用合算稅制（也就是所謂的租稅天堂對策稅制），轉移到設在低稅率國家的子公司的利益，必須合併在母公司的利益中課稅。因此，為了避免被稅務局鎖定，引起後續的麻煩，不能只是單純地進行資金轉移，而必須將轉入資金的法人偽裝成獨立的外國法人，而不是子公司而已。為此，秋生在法人登記時，利用了代理人的名字，避免麗子的名字出現在登記證上，就可以在表面上偽裝成和麗子無關。當然，這樣的計畫本身就是違法的，然而，正因為正確理解了如何違法，才能夠極其仔細地描寫了偽裝工作，使讀者產生了真實感。

小說中指出日本國稅局能夠進行調查的範圍有限這件事，也增加了小說的真實感。比方說，「日本國稅局只有對日資的金融機構，才能夠確實掌握帳戶的內容。香港的金融機構屬於中國金融當局的管轄，表面上沒有調查權」這一點也很正確。日本稅務當局在日本國內，可以根據法律，具有各種調查權，但原則上，在國外無法行使這些權利。因為，從某種角度來說，行使調查權就是行使主權，對國內的法人和個人具有調查權，是因為這些法人和個人屬於這個國家。也就是說，「即使只是鳥不生蛋的島國，只要是一個國家，就擁有主權。因此，其他國家不具有任何強制力干涉獨立的國家行使主權。」從被調查一方的角度來看，例如說，外國的調查官突然闖入某公司，要求出示某些資料，基本上，該公司也沒有義務接受調查。

以上是從規避租稅的角度加以說明，但麗子所運用的技巧已經不是規避租稅的問題，而是洗錢（十分符合本書的書名）。所謂洗錢，就是隱匿來自違法的金錢來源。比方說，詐騙犯把詐騙所得的金額在幾個銀行帳戶內轉匯多次，使他人無法得知金錢來源的行為，就叫做洗錢。麗子得手的資金本來就是藉由違法行為募集到的資金，因此，她想要做的正是洗錢的工作。只要切斷資金流通的途徑，就可以順利隱匿資金來源。結果，被騙取錢財的人就無法拿回這筆錢。

洗錢和規避租稅一樣，大部分都是透過境外市場的銀行帳戶進行操作。因為，只要運用境外市場的帳戶，巧妙利用剛才所說的國家調查權的界限，就可以逃避追蹤。比方說，從A國的a銀行匯款到B國的b銀行，再繼續轉匯到C國的c銀行，A國雖然知道錢匯到了B國的b銀行，至於之後的資金流向，如果不問B國的b銀行，就無從得知。然而，A國的調查權無法及於B國的b銀行，除非b銀行主動告知匯款資訊，否則，就無法了解資金的流向。

然而，各個國家對於這些情況並不是束手無策。位在巴黎的國際機構OECD（經濟合作暨發展組織）採取了積極的對策。OECD在二〇〇〇年六月公布了三十五個國家和地區的「租稅天堂名單」，在二〇〇二年二月底之前，要求這些國家和地區提供稅務資訊。由於這些國家和地區境內並沒有任何具有規模的產業，實際上是藉由不課徵或是以極低稅率課徵法人稅和所得稅，而吸引國外的資金。因為主權的問題，不可能強迫這些國家和地區提高稅率，但只要他們願意保證提供一定的稅務資訊，就可以有效追蹤交易的內容還有資金流向。以剛才的例子來說，A國政府雖然對B國內的b銀行沒有調查權，但B國政府對其境內的b銀行具有調查權。因為，B國可以根據A國的委託行使調查權，將必要的資訊提供給A國，A國就可以掌握交易的內容和資金流向。

現代社會中，經濟交易已經超越了國界，國家就像是只能進行國內旅行的實體而已。既然無法去國外旅行，就必須多結交國外的朋友，拜託他們從國外把自己需要的資訊寄過來。OECD就是提供這種結交國外朋友的服務，至今為止，已經有許多國家和地區協助提供了資訊。然而，仍然無法獲得其中七個國家的協助。二〇〇二年四月，OECD再度公布了「非合作的租稅天堂名單」。

當然，橘氏是在充分了解這些情況的基礎上，讓秋生說出「雖然曾經以OECD為中心研擬對付租稅天堂的對策，至今仍然沒有有效的解決方法」這番辛辣而諷刺的話。除了指出這些情況以外，秋生不經意地提到對現行制度和當局的批判和諷刺，身為政府當局的人，聽起來的確感到刺耳。然而，正因為這些看法都觸及了事物的本質，又為故事情節更增添了一份真實感。

本書的魅力，在於建立在稅務和金融方面的豐富知識基礎上的細膩描述，然而，這本小說之所以會吸引我，是因為秋生這個角色。首先，獨立的個人投資者這個角色設定很棒。

我在證券交易監察委員會工作時，經常看到證券公司和營業員為了自己的利益，不惜犧牲個人投資者的利益。為了賺取顧客的手續費而要求顧客轉換投資信託還算是有良心的，有時候甚至昧著良心，向顧客推銷一些自己也不真正了解其商品結構和風險的金融商品。為了避免這種情況的發生，政府當局必須嚴格把關，然而，一旦發生狀況，很難挽回造成的損失。因此，為了保護自己的財產，最好的方法，就是充分掌握相關知識，進行自我防衛。為了實現真正成熟的證券市場，就需要培養具有高度判斷力的獨立個人投資者。

從這個角度來看，秋生正是我理想中的個人投資者，他在瑞士私人銀行的日本駐員田宮面前闡述的一連串反駁，以及看了真田等人銷售的基金說明書，撂下這句「不可思議的是，這個世界上，就是有笨蛋會因為這種詐騙手法上當受騙」，令人有一種近乎爽快的舒暢感。

我喜歡秋生的另一個原因，是因為我本身今年三十四歲，可以從他身上感受到強烈的同世代的氣息。他「在平凡的中產階級家庭長大」，「國中、高中和大學都是優等生」、「雖然有錢，卻沒有想做的事」、「缺乏根源性的慾望」、「只是害怕貧困潦倒」的個人簡介，和我們這個嬌生慣養的世代有某種共同點，年輕時受到挫折，用冷漠的眼光看世界的態度，也令同世代的我產生了親近感。

我們這個世代出生在日本富裕的時代，享受了戰後經濟成長的恩惠。然而，當我們踏上社會後，經濟開始走下坡，之後，從來不曾體會過所謂的榮景。即使如此，我們仍然努力工作，終於升上了主管職位，卻整天忙於處理不良債權等泡沫經濟的後遺症，完全看不到光明。即使努力想要改變現狀，那些高高在上、決定逃避一切的世代就像鎮石般紋風不動。因此，每天只能帶著一份漠然的不安，努力克制著想要中途放棄的心情投入工作。這就是我們這個世代。

本書之所以能夠超越普通的推理小說，令人產生真實感，是因為藉由秋生的言談和舉止，不時表達了我們這個世代所感受到的不安和不滿，成功描述了當今時代的不透明感。

我們這世代到底會迎向怎樣的未來？充滿自信和活力的世界，會再度出現嗎？這是在看完本書後，令人深思的課題。我們這個世代的人，面對這個問題時，已經無法認真回答「yes」，然而，如果輕言放棄，似乎又太年輕了。秋生最後的這句話很有象徵意義：

「任何人的人生都無法重來。然而，任何人都可以努力。」

無論個人還是國家，都不能喪失去挑戰微乎其微的可能性的勇氣。

——前大阪國稅局總務課長、行政改革擔當大臣助理祕書官

（註）本解說是以私人立場發表的意見，並非國稅局以及證券交易監察委員會當局的官方見解。當然，完全無意於助長各種違法行為。

〔譯後記〕

繼《窮爸爸，富爸爸》後，對金錢的再度省思

王蘊潔

打開這本書的扉頁，就會看到一段文字。大致的內容是：

讀者可以自由嘗試本書中所舉的事例，但作者和出版社無法對因此造成的經濟、精神和肉體損失負責。

不要以為這只是作者和出版社的噱頭。因為，這種情況真的發生了！

二〇〇三年十二月，瑞士金融當局凍結了一名日本人在瑞士信貸銀行（Credit Suisse）的帳戶，而該帳戶正是日本山口組的一名被稱為「黑金帝王」的老大所有。調查發現，在瑞士信貸銀行香港分行的日本籍行員協助下，有將近一百億日幣的犯罪收入在完全沒有記錄的情況下匯到海外。

日本警視廳在調查過程中發現，這個案子中所使用的「洗錢」手法和作者在二〇〇二年出版的這本《洗錢》中所提到的方法如出一轍，因此，作者橘玲還曾經一度被懷疑是山口組的洗錢顧問。

作者的海外投資經驗豐富、精通香港金融實務，這本曾經令日本國稅局也傷透腦筋的經濟推理小說，在山口組那次的事件後，也成為日本警方和國稅局在研究洗錢防治對策時的必讀文獻。

Money Laundering。

洗錢，就是將毒品、走私等非法活動所產生的收益變成合法的資金。

這個名稱最早來自於一九二〇年代，美國黑手黨老大開了一家洗衣店，在結算洗衣店的現金收入時，將其他開賭場、走私等非法收入也混入其中，向稅務部門納稅，成功地把黑錢漂白了。

進入數位化時代的現代人所使用的洗錢方法當然也日新月異。

故事在亞洲金融中心的香港揭開了序幕。

擔任理財顧問的工藤秋生受來自日本的美女若林麗子之託，要把五億圓的資金轉移到境外。秋生雖然嗅到了危險的味道，考慮再三，還是運用自己的專業知識協助她完成了這項工作。

幾個月後，名叫黑木的黑道大哥找上門來。秋生這才發現麗子遠走高飛時，帶走的不是五億，而是詐騙所得的五十億，秋生已經被迫牽扯進這場攸關人命的複雜金錢遊戲中。

《洗錢》無論在情節設定和描寫都很寫實，用通俗易懂的文字介紹了金融相關知識，讓讀者得以一窺生活在金字塔頂端的他、滿身名牌的她，是如何靠著類似的方法遊走在法律邊緣，利用金融市場和金融制度的漏洞，「合法節稅」，讓他們的子子孫孫都可以享受榮華富貴。

正如小說的主人翁秋生所說的，「不可思議的是，這個世界上，就是有笨蛋會因為這種詐騙手法上當受騙」，騙徒和受害人之間是一種供需關係，只要有人會受騙，詐騙犯就不可能從這個世上絕跡。秋生如何揭開了以投資為名，行詐騙之實的投資計畫的真相，或許可以避免你我成為下一個「笨蛋」。

除了秋生追蹤五十億和麗子下落這條線以外，作者還加入了秋生和麗子之間的感情糾葛、香港的燈紅酒綠這些娛樂要素，秋生在愛情、親情、友情和激情中的掙扎，為這本經濟推理小說增添了戲劇化的色彩，黑道、槍戰、命案的血腥畫面這些犯罪和推理要素，使故事更加引人入勝。背叛和信任，爾虞我詐、鉤心鬥角，貫穿整部作品的緊張、懸疑氣氛，使整部作品的劇情彷彿〇〇七電影般緊湊，掀起一波又一波的高潮。

經過驚心動魄的震撼教育，對金錢有更深層的感慨後，也許你會想知道「什麼是成功的投資方法？」

書中富甲一方的老人提示了一個終極答案，那就是——

「不投資，不繳稅。」

有錢人想的果然和你我不一樣？

參考資料 http://www.alt-invest.com/pl/book/gs_ml/intro.htm

經濟新潮社 〈經營管理系列〉

書號	書名	作者	定價
QB1073C	**策略思考的技術**	齋藤嘉則	450
QB1074	**敢說又能說：**產生激勵、獲得認同、發揮影響的3i說話術	克里斯多佛・威特	280
QB1075	**這樣圖解就對了！：**培養理解力、企畫力、傳達力的20堂圖解課	久恆啟一	350
QB1076	**鍛鍊你的策略腦：**想要出奇制勝，你需要的其實是insight	御立尚資	350
QB1078	**讓顧客主動推薦你：**從陌生到狂推的社群行銷7步驟	約翰・詹區	350
QB1079	**超級業務員特訓班：**2200家企業都在用的「業務可視化」大公開！	長尾一洋	300
QB1080	**從負責到當責：**我還能做些什麼，把事情做對、做好？	羅傑・康納斯、湯姆・史密斯	380
QB1081	**兔子，我要你更優秀！：**如何溝通、對話、讓他變得自信又成功	伊藤守	280
QB1082	**論點思考：**先找對問題，再解決問題	內田和成	360
QB1083	**給設計以靈魂：**當現代設計遇見傳統工藝	喜多俊之	350
QB1084	**關懷的力量**	米爾頓・梅洛夫	250
QB1085	**上下管理，讓你更成功！：**懂部屬想什麼、老闆要什麼，勝出！	蘿貝塔・勤斯基・瑪圖森	350
QB1086	**服務可以很不一樣：**讓顧客見到你就開心，服務正是一種修練	羅珊・德西羅	320
QB1087	**為什麼你不再問「為什麼？」：**問「WHY？」讓問題更清楚、答案更明白	細谷 功	300
QB1088	**成功人生的焦點法則：**抓對重點，你就能贏回工作和人生！	布萊恩・崔西	300
QB1089	**做生意，要快狠準：**讓你秒殺成交的完美提案	馬克・喬那	280
QB1090X	**獵殺巨人：**十大商戰策略經典分析	史蒂芬・丹尼	350
QB1091	**溫伯格的軟體管理學：**擁抱變革（第4卷）	傑拉爾德・溫伯格	980
QB1092	**改造會議的技術**	宇井克己	280
QB1093	**放膽做決策：**一個經理人1000天的策略物語	三枝匡	350
QB1094	**開放式領導：**分享、參與、互動——從辦公室到塗鴉牆，善用社群的新思維	李夏琳	380

書號	書名	作者	定價
QB1095	**華頓商學院的高效談判學：**讓你成為最好的談判者！	理查・謝爾	400
QB1096	**麥肯錫教我的思考武器：**從邏輯思考到真正解決問題	安宅和人	320
QB1097	**我懂了！專案管理**（全新增訂版）	約瑟夫・希格尼	330
QB1098	**CURATION 策展的時代：**「串聯」的資訊革命已經開始！	佐佐木俊尚	330
QB1099	**新・注意力經濟**	艾德里安・奧特	350
QB1100	**Facilitation 引導學：**創造場域、高效溝通、討論架構化、形成共識，21世紀最重要的專業能力！	堀公俊	350
QB1101	**體驗經濟時代**（10週年修訂版）：人們正在追尋更多意義，更多感受	約瑟夫・派恩、詹姆斯・吉爾摩	420
QB1102	**最極致的服務最賺錢：**麗池卡登、寶格麗、迪士尼都知道，服務要有人情味，讓顧客有回家的感覺	李奧納多・英格雷利、麥卡・所羅門	330
QB1103	**輕鬆成交，業務一定要會的提問技術**	保羅・雀瑞	280
QB1104	**不執著的生活工作術：**心理醫師教我的淡定人生魔法	香山理香	250
QB1105	**CQ 文化智商：**全球化的人生、跨文化的職場——在地球村生活與工作的關鍵能力	大衛・湯瑪斯、克爾・印可森	360
QB1106	**爽快啊，人生！：**超熱血、拚第一、恨模仿、一定要幽默——HONDA 創辦人本田宗一郎的履歷書	本田宗一郎	320
QB1107	**當責，從停止抱怨開始：**克服被害者心態，才能交出成果、達成目標！	羅傑・康納斯、湯瑪斯・史密斯、克雷格・希克曼	380
QB1108	**增強你的意志力：**教你實現目標、抗拒誘惑的成功心理學	羅伊・鮑梅斯特、約翰・堤爾尼	350
QB1109	**Big Data 大數據的獲利模式：**圖解・案例・策略・實戰	城田真琴	360
QB1110	**華頓商學院教你活用數字做決策**	理查・蘭柏特	320
QB1111C	**V 型復甦的經營：**只用二年，徹底改造一家公司！	三枝匡	500

國家圖書館出版品預行編目資料

洗錢／橘玲著；王蘊潔譯. -- 二版. -- 臺北
市：經濟新潮社出版：家庭傳媒城邦分
公司發行, 2013.12
面；　公分. --（經濟趨勢；27）

ISBN 978-986-6031-44-1（平裝）

861.57　　102024386